读客

读客彩条外国文学文库

熊猫君激发个人成长

THE TRAVELERS
REGINA PORTER

他们这样旅行

[美] 雷吉娜·波特　著

鲁创创　译

文汇出版社

图书在版编目（CIP）数据

他们这样旅行 / （美）雷吉娜·波特著；鲁创创译
. — 上海：文汇出版社，2022.7
ISBN 978-7-5496-3745-4

Ⅰ . ①他… Ⅱ . ①雷… ②鲁… Ⅲ . ①长篇小说 – 美
国 – 现代 Ⅳ . ① I712.45

中国版本图书馆 CIP 数据核字（2022）第 043919 号

中文版权 © 2022 读客文化股份有限公司
经授权，读客文化股份有限公司拥有本书的中文（简体）版权
著作权合同登记号：09-2022-0211

他们这样旅行

作　　者 / ［美］雷吉娜·波特
译　　者 / 鲁创创

责任编辑 / 徐曙蕾
特邀编辑 / 武姗姗　　叶启秀　　周书涵
封面装帧 / 陈艳丽

出版发行 / 文汇出版社
　　　　　上海市威海路 755 号
　　　　　（邮政编码 200041）
经　　销 / 全国新华书店
印刷装订 / 嘉业印刷（天津）有限公司
版　　次 / 2022 年 7 月第 1 版
印　　次 / 2022 年 7 月第 1 次印刷
开　　本 / 889mm×1270mm　1/32
字　　数 / 268 千字
印　　张 / 13

ISBN 978-7-5496-3745-4
定　　价 / 52.00 元

侵权必究

装订质量问题，请致电 010-87681002（免费更换，邮寄到付）

THE TRAVELERS

REGINA PORTER

目 录
contents

第一部

代代相传

1942 1955 1969 1979 1989 1999 2009

四岁那年，男孩问他的父亲，人们为什么要睡觉。父亲说："只有这样，上帝才能去纠正人们'干'砸了的事情。"

九岁那年，男孩问他的母亲，父亲为什么要离开家。母亲说："只有这样，他才能为所欲为地想跟谁'干'就跟谁'干'。"

到了十岁，男孩很想知道他的父亲为何又回到了家中。母亲告诉他："我都四十一岁了，实在懒得为'干'那点事儿去找野男人了。"

十三岁那年，听惯了伙伴们嘴里滔滔不绝喷涌而出的各种污言秽语，"干"这个词已经提不起男孩的兴趣了。没。意。思。无。所。谓。

到了十八岁，这个名叫小吉米·文森特的男孩离开了故乡长岛亨廷顿，到密歇根大学读书。在所有人眼中，吉米是一名高才生，而且拥有让一切异性神魂颠倒的英俊外貌。凭着这样的条件，他本可以随心所欲地风流猎艳，可故事就是这么老套——他转而去追求了无比平凡的小妞儿艾丽丝。吉米说服自己，他是爱着艾丽丝的。于是，这两个大学新生饮酒作乐，试遍各种高难度体位。每当想到幸运之神如此垂青自己，欣喜若狂的艾丽丝都会紧紧抱住吉米，莺声低语着："天哪，我好幸运。我真的这么幸运吗？'干'呀，来呀！"

从密歇根大学毕业之后，吉米回到了东海岸。他在一家历史悠久的专业律师事务所找了一份助理律师的工作。在这里，他遇到了一位来自新英格兰的高个子姑娘。这姑娘名叫简，是一名医学生，却有着T台模特般的身材和容颜。她从不说脏话，只要有她在，两人总能成为人们目光的焦点。如此优秀的姑娘，在年方二十二岁、尚显青涩稚嫩的吉米看来，不仅是一个理想的结婚对象，更值得倾心相爱。平安夜，他带着简去拜见父母。这一天恰是两人恋爱一周年的日子。

吃完了吉米母亲通宵烹制的美味大餐，吉米的父亲来到客厅，在吉米和简身旁坐下。他喝了口马德拉波尔图酒，追忆起自己在缅因州乡下的童年经历。"我啊，就是从一片土豆田搬到了另一片土豆田。你们大概都不知道，长岛以前也到处都种满了土豆呢。"趁着简到厨房给吉米母亲帮忙的当口，老头儿转身对吉米说道，"小子，你给那姑娘'播种'了吗？好好把握机会吧，别把事情'干'砸。小吉米啊，以后这些事儿爸爸就帮不了你太多了。"一直以来，吉米都是被别人唤作"小吉米"的，然而听完父亲的这番话，他当即决定要改名为"詹姆斯"。后来，詹姆斯被哥伦比亚大学法学院录取，便和简渐行渐远了。

南希·文森特的圣诞菜单

"烧排盛宴"

味美烤牛肉、烤土豆、法式炸洋葱圈、家常西兰花配荷兰酱、苹果圈沙拉、圣诞翻糖、蜡烛蛋糕、热咖啡、牛奶。

——摘自《美好家园指南：特殊场合篇》
梅瑞迪斯出版社，一九五九年版

　　三十五岁那年，詹姆斯成为了律师事务所的合伙人。尽管还算不上富甲一方，但至少他也是个有钱人了。詹姆斯曾经见识过，两个并不比他年长太多的合伙人因为患上心脏病而不得不卷铺盖走人。所以他尽可能地抽出些时间来，出去放松自己，有时在国内转转，有时干脆出国游历一番。他很享受这样的生活方式，因为他可以和各种各样的女人约会。最终，他在佛蒙特州的一片长满蓝莓的山丘上，迎娶了一位明德学院的美丽姑娘。詹姆斯和他的新婚妻子西格丽德买了一套能够俯瞰中央公园的三居公寓。西格丽德的容颜俏丽可爱，却有一处缺憾，那就是她鼻子上的一条伤疤，来自一位陌路人的馈赠。当时，西格丽德正和她的父母一起骑自行车在展望公园游玩。忽然，一个陌生人把西格丽德从她那辆粉色的施文牌自行车上撞了下来。那个穿着紧身衣的陌生人踩着直排轮旱冰鞋，高声叫骂着"给我滚开！"，像风一样从西格丽德身旁掠过。在詹姆斯看来，这个故事在某种程度上似乎预示了些什么。他和西格丽德彼此深深相爱着。西格丽德的笑声总是爽朗动人。两人育有一子，大名"鲁弗斯"，小名"拉夫"。西格丽德告诉詹姆斯，她不想再生第二个孩子了。休完一年产假之后，西格丽德重操旧业，做回了一名文字编辑。

四十五岁那年，詹姆斯的生活并未遭遇波折。他曾经听说过一个观点：人们到了四十多岁都会遭遇中年危机。然而詹姆斯对自己的生活状态感到很满足——他可以带着儿子拉夫到扬基大球场看棒球比赛，也可以坦然地享受周末时光，不去操心那些能带来丰厚收入的无聊工作。在他看来，到母校哥伦比亚大学法学院兼职教课，都要比在法律界浮沉来得更舒坦些。

转眼到了五十一岁，詹姆斯忽然感到生活中的波折如潮水般涌来。当他亲眼看着自己向来不太喜欢的父亲被埋进缅因州卡博特镇的家族墓地之时，这种感觉尤为强烈。葬礼上，律师事务所的一位同事拍着詹姆斯的后背，对他说道："其实你挺幸运了，你至少以成年人的视角了解过你的父亲。可不是所有人都能活到八十一岁的。"詹姆斯真想顶他一句"滚蛋吧你，我根本不了解我的父亲"。不过话到嘴边又被咽了回去。他还是礼貌地说了句："感谢你来缅因州参加葬礼，真的很感谢你。"

五十四岁那年，西格丽德告诉詹姆斯，她已经在公寓里独守空房太久了，她想换个活法。当时他们正在佛蒙特州进行例行公事的年度旅行，距离当初詹姆斯第一次向西格丽德求婚的那座长满蓝莓的山丘几步之遥。这个周末他们过得暗淡无光。詹姆斯就这件事请教了当初那个参加他父亲葬礼的同事。"女人的更年期嘛，的确是个问题，"同事说道，"你该换个老婆了。"詹姆斯预约了一次双人热石按摩，期待着能和妻子一起放松身心，然后问西格丽德是不是更年期的缘故。西格丽德闻言带着他们正值青春期的儿子鲁弗斯跨越整个美国，搬到威尼斯海滩上的一处西班牙式公寓居住。她几乎每天早晨都会去海滩上跑步，然后喝点札幌啤酒。

五十六岁那年，詹姆斯正在跟比他年轻得多的日裔助理明美小姐睡觉，突然接到了儿子鲁弗斯从西海岸打来的电话。鲁弗斯的话音带着哭腔："爸爸，出大事儿了，您能到洛杉矶来接我吗？"詹姆斯并没有做好知悉更多坏消息的准备。他挂掉了儿子的电话。在挂断之前，他对儿子说道："鲁弗斯，对不起，我想睡觉了。"

鲁弗斯又一次打来电话，问他的父亲为何要睡这么多觉。詹姆斯答道："只有这样，我才能去纠正上帝'干'砸了的事情。"挂断电话，詹姆斯伸手从床头柜上拿起装比萨的纸盒。明美（日语里是"美丽非凡"的意思）注意到，詹姆斯最近常把零食拿到床上来吃。她起身披上衣服，不再假装自己还爱着这个老头子。"人变老了就是像你这样吗？"她问詹姆斯。他告诉她，自己想要独处一会儿。明美离开之后，詹姆斯拨通了儿子鲁弗斯的电话。

六十二岁那年，詹姆斯高高兴兴地迎娶了五十四岁的阿黛尔。他很喜欢阿黛尔，因为他们两个都不是话多的人。再婚之际，詹姆斯到养老院去探望他年迈的老母亲。老妇人的头发和假牙一样白得刺眼，脸上看似灿烂的假笑让她的儿子颇感惊讶。詹姆斯从未当面夸赞过母亲的美貌，因为她是那种不会感谢别人赞美的女人。

"妈，您过得怎样？"

母亲看着他，说道："够了。"听到这样的话语，詹姆斯并不意外，但他感觉母亲的话语带双关。他在想，母亲是不是希望从这个被她称作"家"的养老院搬出去。在养老院度过晚年算是一种消极的做法，但詹姆斯从未将其排除出自己的人生规划。母亲（名叫南希）抬手指了指不远处一个穿着破旧丝绸睡袍的老头子。那个老家伙正和一个胖胖的中年女访客相谈甚欢。那女人要么是他的女儿，要么就是一个比他年轻很多的娇妻。

"我在这里真是不得安宁，"母亲说道，"那个老怪物总喜欢盯着我看。"

"妈，您风韵犹存啊。"詹姆斯说道。母亲微笑着捏了捏他的脸颊。这句话不同于直接称赞她的美貌。但话说到这份儿上已经够了。她仰坐在椅子上，对儿子说自己下个星期天还想再见到他。

五年之后，詹姆斯六十七岁。此时他的儿子鲁弗斯已成家多年，膝下也有了一对龙凤胎。鲁弗斯打电话来问："爸爸，我该如何维持我的婚姻？"詹姆斯的回答简单至极："不离婚。"鲁弗斯的妻子是一位黑人女子，名叫克劳迪娅·克里斯蒂。也就是说，詹姆斯的孙子伊莱贾和孙女威诺娜都是黑白混血儿。詹姆斯在曼哈顿到处都能看到混血儿。有一次他犯了个错，说出了"黑白杂种"这个词。鲁弗斯把父亲拉到一旁，向他说明这个词是绝对禁用的。如果他再说一次，就再也别想见到孙子孙女了。尽管如此，每当詹姆斯领着伊莱贾和威诺娜一起逛街，他的心情都如同这两个孩子的肤色一样沉重复杂。"多漂亮的孩子呀。"人们总会这样夸赞他的孙子孙女。然而詹姆斯曾向阿黛尔坦承："不管怎么看，这两个孩子都不像我的血脉。"

八月一个阳光明媚的下午，詹姆斯在后院陪孙子伊莱贾玩棒球。现如今，夏天和秋天的大部分时候，他都和阿黛尔一起住在两人位于阿默甘西特[1]的海滩别墅里。这个星期，鲁弗斯和克劳迪娅去都柏林参加一个关于乔伊斯的学术会议，孩子便交由老两口照顾。阿黛尔每天中午都要喝一杯马天尼，而小威诺娜则在她的照看下在泳池里玩耍。每天中午喝马天尼酒，已然成了这座海边别墅的生活常例。但他们却不打高尔夫球。从来都不打。詹姆斯对眼前的状况感到担忧，因为他眼看着阿黛尔穿着一件《欲海情魔》里那种二十世纪四十年代的旧式泳装，还给威诺娜套了一个老掉牙的救生圈。那救生圈上印着蓝白花儿，还装饰着小螃蟹图案，但它看上去简直就是出土文物——原本应该是红色的小螃蟹图案早就褪色了，变成了暗淡的粉色。詹姆斯只好将自己的注意力一分为二，同时关注着泳池里的孙女和后院里的孙子：威诺娜正在快乐地畅游，而伊莱贾则不停地用他有力的胳膊把棒球抛出刁钻的弧线。在阳光恰当的映照下，孩子们的肤色看上去与詹姆斯并无二致——这，实在是够可笑的。

"爷爷，"伊莱贾一面准备再次抛球，一面问道，"人们为什么要睡觉？"他抛出的球，每次都能将爷爷的手掌打得生疼。

爷孙俩玩球的地方是后院一片宽阔的草坪。两人都穿着泳裤，一模一样的水绿色泳裤。阿黛尔喜欢以加勒比风情的色彩搭配来装饰海滩别墅的一切。她很难理解为何人们常常用白色来装点海滩别墅。哦，说到阿黛尔，她去哪儿了？威诺娜正套着救生圈在泳池里

1　位于"海上高尔夫圣地"长岛的南岸。——译者注（文中注释若无特别说明，均为译者注。）

唱歌，一边用脚丫拍打着水面，一边唱歌，泳池里水花四溅。一刹那间，詹姆斯感觉有些恍惚疑惑。人生一路走到风烛残年，可不是一件容易的事。有时詹姆斯会试着去追忆，沿着时间线索一路追忆回一九四二年，他出生的那一年。

"伊莱贾，你说什么？"

"爷爷，我是在问您，我们为什么都要睡觉呢？"

詹姆斯终于透过阳台窗户看到了屋里的阿黛尔。她正在为自己倒另一杯马天尼酒。她一边倒酒一边打着电话。她或许是在跟某位艺术家朋友聊天，谈论着今晚要带孩子们去哪儿吃饭。到了这个年龄，大家都有了孙辈。带着孩子们一起吃晚餐也成了生活常例。吃晚餐，喝马天尼酒，都一样。

"伊莱贾。"詹姆斯边说边望向泳池的深水区。威诺娜在打瞌睡。威诺娜真的睡着了。她小小的身躯滑出了救生圈，急速向深水区沉了过去。

"没人知道人们为什么要睡觉，"詹姆斯听见自己是这样回答孙子的，"睡觉本身就是一个谜。"

大马士革路

1966 1976 1988 1999 2010

大马士革预科学校，是一所专为那些未被任何学校录取的富家子弟开设的学校。学校建成一周之后，一条身长十八英尺[1]的大鳄鱼从沼泽地里爬出来，想要视察一下它曾经的家园。在科学实验室和美术画室之间的一楼大厅，近视眼校长和十八英尺长的鳄鱼狭路相逢。这位校长来自北方，曾经在马萨诸塞州艾莫斯特市当过拉丁语教授。他记得自己在哪本书上读到过，如果在隧洞里遇到蛇，或是在地上碰到鳄鱼，要按照Z字曲线或是十字折线跑才能逃开。但他认为，这一次自己无论按照哪种方式奔逃，大概都摆脱不了鳄鱼的快速追击。所以他连蹦带跳地蹿进了旁边的美术画室，拿出手机，拨通了动物管制局的电话。

然而动物管制局的人并没有来。于是校长又呼叫了本县的警

---

1 1英尺约等于0.3米。

长。十五分钟后，一位退休警官开着他的福特皮卡，带着县里最棒的神枪手之一赶到学校，击毙了那条鳄鱼。警官年近垂暮，但头发并未全白。他拒绝了现金报酬，随后，和几个同样退休了的警官朋友用车把鳄鱼拖走了。阿格尼斯听说，每天晚上人们都能在大伯德餐厅看到被做成标本挂起来的鳄鱼。想象一下，一条正值壮年的鳄鱼，身躯有多长，体重有多大。餐厅的墙角有一块木头黑板，旁边用绳子吊着一支粉笔。每天晚上第一位猜中鳄鱼重量和身长的顾客，可以获得一块核桃派或者一杯本地酿造的啤酒作为奖励。阿格尼斯·米勒·克里斯蒂，这位来自佐治亚州巴克纳县的富家女已近暮年，却从未到大伯德餐厅吃过饭。比起啤酒，她更钟情葡萄酒，而核桃派也太甜了。她也没再去大马士革预科学校故地重游过——尽管校门口那条名叫大马士革路的道路给她留下过永远无法磨灭的印象。

* * *

"你这么着急要把那杯可口可乐喝完，是要去哪儿吗？"

一九六六年，阿格尼斯·米勒十七岁，在巴克纳县州立学院读一年级，在学校鼓乐队担任指挥。她仿效黛安娜·罗斯和至上女声组合[1]的样子，穿着一件粉蓝色的衬衫式连衣裙，搭配蓬蓬头发型。要想扮演好鼓乐队指挥的角色，必须有一双美腿。阿格尼斯有着修

---

1 The Supremes，20世纪60年代美国流行乐坛盛极一时的黑人女子三重唱组合，黛安娜·罗斯为其主唱。

长的双腿，迈开步子仿佛能轻松跨越尼罗河。她的裙子下摆够短，却又不失优雅。阿格尼斯很喜欢在学校的图书馆做帮工。每当有人问她长大了想做些什么，她总是不假思索地回答说她要当老师。不管阿格尼斯是否真的钟情于教师这个职业，这样的回答总是足够体面且让人欣慰的。

"我今天刚好有点忙。"在"克雷斯五美分"酒吧，阿格尼斯对吧台另一端那个穿着得体的褐发男人嫣然一笑。实际上，除了回家，她无处可去，除了做作业，她无事可做。今天的课已经上完了，鼓乐队的训练两个小时之前也结束了。阿格尼斯正在喝一杯可口可乐。这是她每天都会给自己的一份奖励。坐在她旁边的，是她一同长大的好友——能穿裤子绝不穿裙子的埃洛伊丝。时值黄昏，吧台前安静得有些让人害怕。近来巴克纳县的示威游行和静坐抗议活动此起彼伏，气氛紧张而克制，夹杂着一丝不太容易察觉的任性。白人居民们先是做出了愤怒的反制，随后渐渐学会冷静思考：他们开始将注意力转移到城郊地带，在黑人居民们不敢染指的地方开起了餐馆和商店，建起了乡村风格的错层式宅院。

"你们好，我是克劳德，我今天刚好有点时间。"克劳德·约翰逊看上去身手矫健，他连着绕过几个高脚凳，最后坐到阿格尼斯身旁。他说自己是一名工程师，刚刚被东南航空公司聘用。他下半身穿着平整的灰色裤子，上半身则是衬衫外搭配肘弯有皮补丁的斜纹夹克，脖子上扎着领带。尽管他有着农夫般粗壮的脖颈和肩膀，可这样的衣饰在他身上仍然显得随性而不失体面。克劳德又给阿格尼斯和埃洛伊丝每人买了一杯可口可乐。他的搭讪对象很明显是阿格尼斯，但他也尽力在聊天过程中不冷落埃洛伊丝。埃洛伊丝对这个人充满了厌恶，每当克劳德开口说话的时候，她都会紧紧靠住阿格尼斯，就差开口让这个男人滚蛋了。

"我不是那种死皮赖脸的人，不过今晚我会给你打电话的。"三人离开酒吧的时候，克劳德许诺道。他告诉年轻的阿格尼斯，自己来自佐治亚州塔克西多的一个小镇，曾经在莫尔豪斯学院就读。听到这些，埃洛伊丝才第一次语气友善地对克劳德表示，她有相熟的人也来自塔克西多。不过她又补充道："塔克西多真是个土得掉渣儿的地方。我也只不过是有几个不太熟的朋友在那儿有几个不太愿意来往的熟人而已。"

晚上，克劳德当真打来了电话。他打来电话的时候，阿格尼斯还没来得及做她每晚必做的健美操，而楼上卧室里她的父母也还没有熄灯入睡。他打来电话的时候，在阿格尼斯家里借住的埃洛伊丝还在一边用阿格尼斯的牙刷刷牙，一边翻看着阿格尼斯衣柜的抽屉。

"是阿格尼斯吗？"克劳德问道。

"克劳德，是我啊。当然，我想假如我将来要做一名语文老师的话，我应该说'是的，我是阿格尼斯'。"

"亲爱的，既然你待在自己家里，你应该随心所欲，想怎么说就怎么说。"

"这不是我的家，这是我父母的家。至少上一次我听到他们这么说过。"

"你在这个家里过得开心吗？"

"哎，我不怎么花时间考虑这种问题。不过我觉得自己在哪儿都能过得开心。"阿格尼斯笑了。紧接着她感觉有些惊愕，自己的声音怎会如此温柔呢？

"我希望你跟我在一起也能过得开心。"克劳德说道。

"克劳德，我根本还不了解你呀。"

"这个星期六，一起看个电影吧？我六点左右过去接你，咱们先一起吃个晚饭。"

"听起来不错。"

挂断电话之后，阿格尼斯才忽然意识到，克劳德连她的住址都不知道。埃洛伊丝站在阿格尼斯的卧室门口，身上穿着阿格尼斯的睡裙。因为埃洛伊丝的父母才懒得管他们的女儿有没有睡裙。

"希望那个大块头别让人给搞死了。"埃洛伊丝说道。阿格尼斯转过眼看着埃洛伊丝。难道埃洛伊丝不知道自己的这句话带着一种陈腐的偏见吗？这种陈腐的偏见让她显得过于成熟，甚至透出一股只有垂暮老者才有的酸臭气息。

"你为什么要这么说？"

埃洛伊丝摇摇头："他长得就招人烦。"

一九六六年秋天的夜晚，埃洛伊丝常常把手伸过枕头，去拉阿格尼斯那一侧的被单。有时候，埃洛伊丝的大腿会顶到阿格尼斯的双腿之间。而阿格尼斯则会一边望着卧室窗外夜空中的星星和月亮，一边轻轻拍着埃洛伊丝的后脑勺，或是抚摸光滑的脖颈和紧实的后背，抚摸她日渐熟悉的埃洛伊丝的每一寸肌肤。她俩相互取悦的动作总是安静而高效，即便是有些言语交流，也惜字如金，因为阿格尼斯父母的卧室就在走廊对面。

早晨，两个姑娘就从床上爬起来，准备迎接崭新的一天，迎接可能的各种惊喜和挑战。

*　*　*

克劳德带着阿格尼斯到城郊的一家彩色电影院，观看了《只是个男人》[1]。他们还吃了黄油爆米花。电影散场之后，阿格尼斯说道："天哪，我要是有阿比·林肯那样的美貌就好了！"

"你比阿比·林肯更漂亮。"克劳德说道。

"克劳德，你这个骗子。你是从哪儿学得这样圆滑的？"

"听好了，我可没说你唱歌比阿比·林肯更好听。我要是那么说了，才是骗子呢。"

"这话倒是没错，我唱歌五音不全，"阿格尼斯忍不住笑道，"就因为这个，我都被教堂合唱团开除了——要知道，我爸爸可是那儿的首席执事。"

"真遗憾啊。"

"从那之后我再也没回去过。"

"你很骄傲嘛。"

"我觉得你也不是那种谦卑的人啊。"

1　*Nothing But a Man*，1964年上映，由美国爵士乐女歌手阿比·林肯主演。

"我想亲耳听你唱一次歌。"

阿格尼斯一边唱起那首《我的宝贝我的爱》[1]，一边跟随克劳德走向他那辆灰色的雪佛兰。车子并不是她意料中的那种豪车，也不是什么新车。不过它足够干净，保养得也不错。阿格尼斯刚刚唱了一分钟，克劳德便牵起了她的手。

"阿格尼斯，你的歌声的确有点扰民，尤其是扰了上帝的清净。"

她推了他一把："我这叫假声唱法。很少有女性会这么唱歌。"

克劳德也轻轻推了她一下："你知道人们怎么评价骄傲的人，对吧。骄兵必败呀。"

克劳德·约翰逊租住在一处带车库的公寓里。当时这里属于城中的黑人聚居区。房东吉尔伯特先生，是城里唯一一家黑人家具店的店主。阿格尼斯在克劳德家中的两个房间里转了转，发现白色的墙壁和书架都是重新涂刷过的。克劳德的藏书大多是工程学方面的。他从莫尔豪斯学院和汉普顿学院拿到的文凭都挂在客厅的墙上。一个茶几上摆着一些照片。在阿格尼斯看来，照片里所呈现的是一个大家庭，其中大多是妇女和孩子。咖啡桌上装点着鲜花。

阿格尼斯拿起一张家庭照片问克劳德："你们家有几个小孩啊？"

"反正够女劳力们忙活的。"

---

1 *Baby Love*，至上女声1964年发行的一首热门歌曲。

"女劳力？"阿格尼斯用鼻子闻了闻咖啡桌上的鲜花，然后把照片放回原处，"我将来最多要三个孩子，很可能我就生两个，这是我的极限了。"

"听起来很有道理，也很公平。"

房间里响起阿比·林肯的歌声，阿格尼斯随着音乐翩翩起舞。她会意地对克劳德点点头，又打了个响指。

"你说得没错，她这才叫会唱歌。"

克劳德坐在深褐色的沙发上——与公寓里大多数家具一样，这只沙发也是由房东吉尔伯特先生提供的。作为装饰，克劳德在房间里摆了几个从西尔斯百货买的浅色抱枕。

"阿格尼斯，我得跟你实话实说，"他说道，"我并不打算在这儿待一辈子。"

阿格尼斯还在打着响指："克劳德，这房间是你自己装饰的吗？"

"我最多在这儿混个两三年吧。然后我就要去加利福尼亚或者纽约了。"

"难道东南航空公司给你的待遇不好吗？"

"假如你还没准备好听我的答案，就别问了。"

阿格尼斯不再打响指了。是啊，克劳德肯定也有他自己的难处。他高大而健壮，有着棕色的皮肤，口才不错，穿着也很体面。"你的答案有那么糟糕吗？"

克劳德欠了欠身："我父亲相信棍棒底下出孝子。他经常揍我，因为我说话特别刻薄。他总是对我说：'儿子，这是在美国南方，你怎么就不能像你的兄弟姐妹一样心平气和地说话呢？我们必须帮你改掉说话刻薄的毛病，否则你根本生存不下去。'阿格尼斯，这就是问题所在。之前我一直都恨我的父亲，可现在我能理解他了。我每天都要去上班，所以我会刻意地收敛自己刻薄的语气。"

"你们家只有你说话刻薄？"阿格尼斯扬起眉毛。

"我到别的地方会更有发展。我受过教育。我跟莫尔豪斯学院和汉普顿学院的兄弟们一直保持着密切联系。不管是纽约、新泽西还是华盛顿，甚至马萨诸塞州，我都有可能去闯一闯。但现如今我要做的，是先让简历更好看些，而且尽可能地帮衬家里。"

"我明白。"阿格尼斯说道。她注意到，克劳德那双琥珀色眸子里的光芒比先前柔和了许多。

克劳德拍了拍他身旁的沙发，示意阿格尼斯坐下："我要说的就这么多了。阿格尼斯，对我说说看，你将来是怎么打算的？"

一时间，阿格尼斯不知该说些什么。她曾经对自己的未来有着许多懵懂的幻想，而克劳德是这世界上第一个主动询问或是愿意聆听她梦想的男人。

"也许我不会去当老师吧。"

* * *

"他是我的表兄，远房表兄。"埃洛伊丝说道。这是她最后一次睡在阿格尼斯的床上了。就在这晚，阿格尼斯背过了身，还对她低声耳语："难道你不想去找一个属于自己的男人吗？"

埃洛伊丝却一直在自说自话："他是我的表亲，是我母亲家族那头的。我母亲家的人都挺短命的。"

　　阿格尼斯从硕大的床上爬了下来："埃洛伊丝，我不能再跟你做这种事了。"

　　埃洛伊丝并没有伸手去搂阿格尼斯，但阿格尼斯能感觉到，她是想那么做的。她还在揣摩阿格尼斯的话语和想法——自己能够或者说应该去找一个男人。"找什么男人？"埃洛伊丝问阿格尼斯，"我为你做的事，克劳德也为你做了吗？"阿格尼斯冲出卧室，眼泪瞬间打湿了她美丽的脸庞。不过到了早餐时分，两个姑娘重归于好了。她们的早餐包括炒蛋培根、橙汁和牛奶，还有埃洛伊丝喜欢的青苹果切片。

　　"您对我真的是太好了。"埃洛伊丝对阿格尼斯的母亲米勒夫人说道。米勒夫人是一位烘焙师。大多数日子里，她都会在日出之前起床，去杰弗逊大街的犹太面包店工作。今天早晨，米勒夫人打电话请了病假。直觉告诉她，今天应该待在家里。米勒夫人也曾像她的女儿一样年轻。尽管她没读过什么书，但她既不聋也不瞎，更不是个感觉迟钝的白痴。

　　"这会儿你要去哪儿？"阿格尼斯问埃洛伊丝。

　　"去找我的表兄金·蒂龙。他是我所有亲戚里唯一一个还算正派的。"

　　　　　　＊　＊　＊

　　阿格尼斯第一次在克劳德家过夜时，她的父母并没有说什么。不过，在第二天也就是星期天的晚饭后，她那参与了巴克纳县四分之一建筑工程的石匠父亲把克劳德拉到一旁，想要了解那个年轻人对他女儿有何打算。克劳德把阿格尼斯也叫了过来，说他必须和女朋友商议之后才能说出自己的打算，以免两人的心意彼此有偏差。阿格尼斯说她希望读完大学。克劳德则说他会暂时留在巴克纳县，等阿格尼斯拿到文凭。阿格尼斯的母亲表示，在克劳德给女儿戴上戒指之前，不允许女儿再在外面过夜。这一晚，阿格尼斯去杰克逊快捷便利店买了十几盒儿童饼干，克劳德则在便利店外的车里等候。两人整整拆了六大盒饼干，才找到一个作为幸运奖品附赠的镶嵌着人造红宝石的塑料戒指。其他几大盒饼干他们连动都没动，就当垃圾扔掉了。

　　大马士革预科学校向南四十英里有座小镇，一度贫穷萧条。当沼泽地被填平，学生宿舍、校园、网球场和教工宿舍被建起来之后，小镇上不少居民在这里找到了工作，做起了校园清洁工、餐厅服务员、宿舍管理员、校内保安甚至苦力工。本地的理发师是一位精力充沛、有时候也爱喝点小酒的家伙。为了满足大马士革预科学校学生们的需求，他不得不将营业时间延长一倍。学生们喜欢店里播放的蓝草乡村音乐，喜欢他在帮他们修剪头发的时候拍两下铃鼓。镇中心的电影院之前荒废已久，传说被一个食尸鬼和两个恶灵盘踞，如今也成了大量观众欣赏艺术片的好去处。由于富家子弟们通常喜欢吃新鲜出产的农产品和高品质的肉类，镇上还开起了一家健康食品店和一处副食市场，以便满足大马士革预科学校的学生和城里追求健康的居民们。渔具店开始销售高级定制钓具，本地的渔民也开始在清晨和傍晚提供沼泽旅游服务。一个学年结束之后，租船从佐治亚州到缅因州沿海地区游玩，已经成了一件司空见惯的事。在原本连路灯都几乎没有、每天只闻得蚂蚱和牛蛙聒噪的小路旁建起的这座规模不大的预科学校，已然繁荣了整座小镇。当然，阿格尼斯·米勒·克里斯蒂一开始并不了解这些。她是在巴克纳县图书馆阅读宣传材料时知道这所学校的。她退休之后每周都要在这家图书馆做三天志愿者。有些时候，你会选择在垂暮之年忘记一些事情，而有的时候，你却希望把一些事情牢牢抓紧。

阿格尼斯在巴克纳县州立学院读大二那年，克劳德告诉她，阿比·林肯要来亚特兰大州演出了。他很是激动，因为这是一个拜见父母的绝佳时机，还可以将阿格尼斯介绍给莫尔豪斯学院的朋友，以及他们可爱的老婆和女友们。米勒夫人亲吻了阿格尼斯的塑料戒指，希望给她和克劳德以好运。而阿格尼斯的父亲则塞给女儿一张崭新的五十美元钞票，并且询问汽车是否加够了汽油。克劳德的雪佛兰汽车的油表指针顶在全满的刻度上，但阿格尼斯的父亲还是在他后备厢里额外放了一桶汽油。"千万别犯傻，千万别抽烟。"他一面叮嘱着，一面目送两个孩子驱车离开。

阿格尼斯和克劳德直奔主题，开车来到了塔克西多。这是一座乡村小镇，步行五分钟即可穿越整个镇子。克劳德的父母都是那种话不太多的人。为了招待阿格尼斯，老两口找出了家中最好的桌布，还有一些看上去并不成套的银制碗碟。他们烹制了一顿烤肉大餐，虽然味道不错，却不像米勒夫人那样每道菜都搭配上水果或是地中海香草。没有所谓的餐桌装饰，或者配菜。克劳德的母亲用石头罐子盛冰茶。按照克劳德手表上的时间来看，他和阿格尼斯的这次造访一共也就用了两小时，却得到了一大群五大三粗身强力壮的哥哥姐姐的夹道欢迎。显而易见，他们不仅把克劳德看成了希望的寄托，还把他看成了家里的摇钱树。克劳德勉为其难地和他们一一拥抱，并且许诺下次回家他一定跟阿格尼斯多待些日子。"说起我的工作啊，妈妈，"他一边说着，一边把一个信封推到桌上，阿格尼斯知道那里面都是他的血汗钱，"我从来没请过病假，甚至没正常休过假。我要把假期都攒起来，等我真正能享受它的时候再休。"

欣赏过阿比·林肯拖长了整整一小时的演唱会，见过了克劳德的大多数朋友，在驾车回程的路上，这对情侣在高速公路的车流中纵情飞驰。他们一面听着收音机，一面笑着谈论整晚发生的事情，从阿比·林肯演唱的歌曲，到克劳德的朋友们肆意端详阿格尼斯后发表自己见解的样子。"哎，克劳德，这次旅程看上去真不错，内涵也同样让人难忘。"阿格尼斯起初有些瞧不起克劳德的家人，但随后在克劳德的朋友们面前意识到了自己的浅薄和愚蠢。与她或者她的父母相比，这些人在黑人民权运动中的表现要积极得多。

"你表现得很好。"克劳德对阿格尼斯说道。

"我觉得，你们这儿有些人挺狂妄的，"阿格尼斯说道，"我真不知道你是怎么和他们相处的。"

"相处时间久了，人们总会把他们真实的一面展现给你，"克劳德说道，"我和别人的相处之道，其实就是等待他们展露出最真实的样子。"

凌晨两点，克劳德驾车驶入了大马士革路。这是一条悠长偏僻的道路。若不是为了抄近路去巴克纳县，通常他都选择避开这条路。尽管他这次油门踩得要比平时更深，但他非常明白自己不能超速。克劳德和阿格尼斯都没有发现身后有辆警车跟着他们，直到警察开启了警灯。见此情景，克劳德立马减速靠边停车。月亮高悬，夜色清朗，周围到处都是灌木和沼泽。雪佛兰轿车的驾驶座窗外，一位警官打开了手电筒，而克劳德已经毕恭毕敬地将驾照递了上去。

"警官，晚上好。"克劳德并未直视警官，却也没有望向别处。

"你是嫌自己飞得太慢吧？"警官问道。

"不好意思，我不明白您的意思。"克劳德说道。

"你是着急赶路去什么地方吧？"说话的警官是个瘦子，与健壮的克劳德形成强烈对比。这个有些谢顶的金发男人留着一副络腮胡子。

"警官，请问我超速了吗？"克劳德语气平和地问道。

警官接过他的驾照："我确认你超速了。"

和克劳德一样，阿格尼斯也平视着前方。

警官将身子探进车窗，似乎是要把驾照还给克劳德。他压了压帽檐，对阿格尼斯说道："我猜要是我也在运那种'货'，我也会超速的。"

阿格尼斯发现克劳德有点被吓住了。她用左手按住克劳德的手肘。警官又看了一眼克劳德的驾照："我得好好检查一下，你俩给我老实待在这儿。"

就在警官转身朝巡逻车走去的时候，克劳德长出了一口气。这是一个寒冷的夜晚，比平常更加寒冷。克劳德甚至能看到自己呼出的白气。

"阿格尼斯，我准备发动引擎了。"克劳德说道。

"克劳德，那就正中他下怀了。这就是他的目的。"

"可是我不喜欢这家伙的模样神态。"

"保持礼貌、保持镇静就好了。"

"我到底在想什么啊？"克劳德紧紧抓住方向盘，"我干吗要拐到这条路上来呢？"

杰米·黑格警官呼叫了支援。大约十五分钟之后，县里最棒的神枪手威廉·伯德警官赶到了现场。威廉·伯德肩膀宽阔，不留胡须，笑起来的时候双眼就像是深邃的蓝色湖泊——当然，他几乎不怎么笑。他面颊红润发亮，头发淡黄，看上去并不显老。瘦子警官黑格和大块头警官伯德商谈了几句，决定让克劳德和阿格尼斯下车，以便由他们进行搜查。当克劳德用他能做到的最平和的语气询问他们到底在找什么的时候，伯德警官用他那宽厚的手掌摸了摸他的步枪，警告克劳德不要干扰搜查。警官们翻看了后备厢，检查了前后座椅，拉开手套箱找了个底朝天，最后掀开引擎盖，才又要求克劳德回到车上。克劳德没有直接上车，而是等着阿格尼斯先回到副驾驶座上。

伯德警官坚决地摇摇头："我们还得好好检查一下这位女士的包。"

阿格尼斯打开她那精致的黑色手提包——这是她母亲不久前送给她的礼物。新包和新衣服，去看阿比·林肯的演唱会再合适不过。阿格尼斯眼看着警官们检查她的手提包，胃里一阵痉挛。他们那粗鄙的手正来回翻动着她的私人物品。

"我说杰米，"威廉·伯德警官对他那瘦削的同僚说道，"我认为我们应该把这位女士带远一些，进一步讯问。"

"讯问什么？"克劳德不自觉地向阿格尼斯身旁走去。

伯德警官指着阿格尼斯的手提包："这包里有违禁品。"

阿格尼斯实在无法压抑她的愤怒，高声喊道："我包里没有违禁品。你们为什么诬陷我？我包里只有口红、香水和我的身份证！"

"杰米，"伯德警官轻描淡写地说道，"我想我们或许需要呼叫更多支援。"

"听我说，"黑格警官转身对阿格尼斯说道，他那胡须密布的面颊看上去有些扭曲，"其实这也算不得什么大事，几分钟就能解决。咱俩去那条小路走走，这事儿就一笔勾销。"他指着柳林和沼泽之间的一条弯曲小路。

"她的男伴儿，"威廉·伯德警官朝双拳紧握的克劳德努了努嘴，"他有点紧张啊。"

"你爱这个男人吗？"杰米·黑格警官问道。

阿格尼斯望着克劳德。她回想起埃洛伊丝的话语："我家的男人都挺短命的。"她在想，那个正准备随时扣动步枪扳机的大块头警官究竟想干什么？

"这是我们的私事。"因为要强迫自己压制怒火，克劳德开始颤抖起来。

阿格尼斯点点头："是的，我……爱他。"

头发淡黄的威廉·伯德警官走下路肩，将阿格尼斯带进了沼泽树丛之中。一刻钟之后，他回来了，但并没有带回阿格尼斯。他原本就有些发红的脸色深成了绯红，他朝克劳德微微一笑，笑容里满是性欲得以释放的得意。他从上衣兜里掏出一只威士忌酒壶，高高举起，痛饮了几口："杰米，我觉得那小妞儿身上并没有违禁品。当然，你知道我的眼神不好。"

克劳德已经被戴上了手铐。他被杰米·黑格警官用警棍狠狠打了一下，后脑勺正在流血。为自己的行为做解释之前，黑格低声对克劳德说道："你小子可别像惹我一样去惹威廉。我可是提醒过你了。"接着，他一边用手挠着头上稀疏的毛发，一边绕过汽车冲进黑暗的沼泽森林。

"小子，你还是喝点酒吧。"威廉·伯德警官挨近克劳德，踢了踢他的脚。他把酒壶杵到克劳德嘴上，把威士忌一股脑儿倒到了他的脸上。克劳德扭过头去，紧闭双唇。他才不要喝这如热油浇脸一般灼烫的液体。

没过多会儿，黑格警官带着阿格尼斯走了回来。他为阿格尼斯打开了雪佛兰轿车副驾驶一侧的车门。阿格尼斯目光呆滞地爬进车里，黑格警官将她的手提包轻轻放到她的大腿上。阿格尼斯的蓬蓬头有些地方已经被压平了。

"我希望你们俩安全到家，"威廉·伯德警官一边说着，一边取下克劳德手腕上的铐子，将他推进雪佛兰轿车的驾驶位，"对咱们所有人来说，这个夜晚还长着呢。要是事情继续下去，没准儿会更糟糕的。"

克劳德发动车子，飞驰而去。他完全没意识到自己在流泪。阿格尼斯一直保持着刚才的姿势。当克劳德问她是否要去医院时，她只是眨了眨眼。当他提议去找城里那个习惯于被人在半夜吵醒的黑人产婆弗朗辛夫人时，她也只是眨了眨眼。当他问她究竟感觉如何时，阿格尼斯终于低下头，望着自己的手，发现那只塑料戒指已经不见了。她转头看着克劳德，歇斯底里地尖叫着，哀求他掉头回去。

"阿格尼斯，"克劳德说道，"宝贝儿，我以后给你买一千个塑料戒指行吗？现在掉头回去的话，那些家伙会杀了我们的。我不能掉头回去。"

"那就送我回家吧，"阿格尼斯说，"现在就送我回家。"

接下来的日子里，阿格尼斯没有接克劳德的电话，也没有回拨给他。米勒夫人暗自猜测是跟克劳德家人的会面不顺利。她的父亲，这个面如布克·华盛顿的汉子，开始像个孩子似的将一切归罪于自己的黑色皮肤。他怀疑亚特兰大那些受过教育的白皮佬冷落了他的独生女儿，而阿格尼斯精致的妆容和打扮狠狠回击了那些人。

一个星期天，在去教堂礼拜之前，克劳德来到阿格尼斯家门口。他已经两周没来了。阿格尼斯的父亲并不欢迎他，不过阿格尼斯还是同意到门廊与他相见。克劳德单膝跪地向她求婚，并献上了一枚镶满钻石的订婚戒指——阿格尼斯从未见过这么多钻石。为了买这枚戒指，克劳德一定是花掉了毕生的积蓄。

"克劳德，"她对他说道，"那不是你的错。"

"阿格尼斯。"克劳德一次又一次地呼喊着她的名字。

阿格尼斯拒绝了他的求婚。为了确保克劳德不再接近她，也为了让自己不再心软，阿格尼斯思量了很久。一个月后，在她表兄的婚礼上，她遇见了爱德华·克里斯蒂。爱迪健谈而又强壮，但个子不高。阿格尼斯几乎要比他高出一英尺。两人第一次约会，爱迪就向阿格尼斯求婚了。他们甚至没来得及办一场教堂婚礼。阿格尼斯的父母沮丧而又困惑地在法庭上见证了两人缔结婚约的过程。婚后刚刚六个月，爱迪就被派往越南参战，而阿格尼斯则收拾行囊北上，与婆家人一起生活。

爱迪家的砖房和布朗克斯的意大利区之间也就隔着几个街区。对一个从小生活在黑人白人混居地区的南方姑娘来说，意大利区是个新鲜的地方。此时，布朗克斯骚乱尚未发生。美丽动人的阿格尼斯跟着意大利移民们学会了意大利语。他们很喜欢这位个子高挑、总是把"请""谢谢"和"今天过得好吗"挂在嘴边的年轻女性。

阿格尼斯考进了福特汉姆大学，在那儿拿到了被那条大马士革路中途断送的学位。

阿格尼斯并没有成为一名语文老师。她的第一份工作是在市政部门做项目助理。起初，这是一份比较安稳的公差，薪水也不错。后来，随着城市的发展，这份工作造就了阿格尼斯那收入丰厚的职业生涯。阿格尼斯和爱迪将两人的第一个孩子（结婚九个月后诞生）起名贝弗莉。这名字承袭自爱迪的祖母。小贝弗莉刚会爬，就变成了阿格尼斯的跟屁虫。然而女儿的依赖，让这位年轻的母亲充满了怀疑和失望。但贝弗莉毕竟还算是个好孩子，乐天派性格，还挺像爱迪的。

爱迪·克里斯蒂并非始终长居在家，这成了夫妻俩维持婚姻幸福的保障。每当丈夫回到家中，阿格尼斯都不需要假装自己爱他。爱，就像是身上的肌肉。你要使用它，锻炼它，而作为回报，它会给你柔韧和力量。

一九六九年春天，也就是马丁·路德·金博士在孟菲斯遇刺一年之后，阿格尼斯在一个午夜接到了在巴克纳探亲的埃洛伊丝打来的电话。

"阿格尼斯，"埃洛伊丝说道，"问到你的电话号码可真不容易，我就差把你的老妈弄死了。"

听到埃洛伊丝声音的一刹那，阿格尼斯下意识地捂住了肚子。

她怀了第二胎，已经到了最后三个月。

"埃洛伊丝，你还好吧。"阿格尼斯听见自己这样说道。

"阿格尼斯，你又不是不了解我。我本身就是那种有点依靠就能活得不错的人。"

"也就是说你现在活得不错喽。"

电话那头的埃洛伊丝明显顿了一下："大多数日子过得还行。"

"挺好的。"

"听我说，"埃洛伊丝语速加快了，"克劳德被人枪杀了，死在马萨诸塞州的多尔切斯特，他居住的公寓里。听说可能是遭到了持枪抢劫。他的一个同事发现了他的尸体。"

"克劳德？"阿格尼斯听见自己这样问着，她已经很多年没再提起过这个名字了，"克劳德？他死了？"马萨诸塞州距离她如今的住处不到五小时车程。

"我也很遗憾，阿格尼斯，"埃洛伊丝说道，"也许有些人没办法在大城市生存吧。"

阿格尼斯挂掉电话，回到床上。爱迪的母亲叫来了医生。医生询问阿格尼斯有何贵恙，她告诉他，自己的皮肤下面仿佛有一千零一股尖锐的痛楚要破壁而出。医生说她患上了急性滑囊炎，孕妇偶尔会患这种病。米勒夫妇特地前来照顾他们的独生女儿，但混乱的布朗克斯，乃至纽约城本身，都在刺激着老两口的神经。

距离预产期还有四周的时候，阿格尼斯和爱迪的二女儿早早来到了这个世界。她出生在哥伦比亚长老会医院的产房。这一次，阿格尼斯急切地要抱着她的女儿，不愿她待在医院那被人造灭菌灯照射着的恒温箱里。她开心地宠溺着这个新女儿，为她唱着摇篮曲。当夫妻两人带着孩子回家的时候，阿格尼斯更是欢喜不已。她为这个孩子取名克劳迪娅。刚从战场上返家不久的爱迪提醒妻子，家中长辈并没有人叫过这个名字。阿格尼斯抚摸着丈夫手上的伤疤，对他说道："我就喜欢这个名字呢。"

这是医院，不准吸烟！

2009

我是哥伦比亚长老会医院的执业护士。我手底下管着另外四名护士。这就是说，我是她们的小领导。只要我乐意，我完全可以处处指手画脚，想让她们干什么她们就得干什么。对，就像某位医生那样，表现得万事皆通，仿佛自己就是悬壶济世的神。然而真正工作起来我才明白，这份职业并非像我想象中的那样，甚至和我与谁共事无关。这份职业的意义在于来医院求诊的人们。我或许会是某个人生前见到的最后一个人。这让我感到荣幸。这是一份荣耀。想到这些，总能让我清醒。

原本我也可以去做一名医生的。但我一直没腾出空来去考医学院。在学习护理的过程中，我的成绩一向都是满分。我十五岁的儿子小花生喜欢帮我检查作业。他总是拿起我写满字的纸，边看边称赞："我的天哪，妈妈，你真是太聪明了！"

通常我都会笑着摇摇头："那你为什么还总觉得你的聪明头脑

是从你爸爸那儿遗传的？"

我孩子们的父亲凯文是一名警察——准确一点说，曾经是一名警察。现在他已经去了亚利桑那州的沙漠地带，负责边境巡逻和非法移民甄别，把那些绝望的墨西哥人撵回老家去。还好，我们在高中时学过西班牙语。我们在南布朗克斯长大，离西边那个曾经的意大利区也就几个街区远。当时布朗克斯充斥着波多黎各移民，我们很自然地就接触到了西班牙语，于是在高中学西班牙语时也颇感轻松。我就是这么教育孩子们的：学习用不了太多时间，而学到的东西却能够帮助你走得更远。事情一开始，你并不能预见它的结局。小心一些，从一开始便把事情做好，这就可以了。

然而生下孩子之后——我生了四个孩子——我报考医学院的申请书就再也没能被寄出去。也许有一天我能做个医师助理。这更现实一些。医师助理的生活作息更正常一些。而且在我看来，医师助理早晚会成为热门职业。毕竟医生们没有属于自己的时间，也不像曾几何时那般能赚钱。医生们每天都要拼命干，连轴转。有一天，我听到一位医生抱怨他的上司："老子怎么可能一天接诊五十个病号？万一我漏诊了病情呢？我是一名医生，不是魔法师。"每周七天，我有六天都挺烦这个傲慢的家伙。然而从听过他的这番话开始，我渐渐能够理解他的感受了。

言归正传吧，医院里收治了一个叫詹姆斯的家伙。没错，我的妹妹克劳迪娅就是这么称呼她公公的——"那个叫詹姆斯的家伙"。第一次听到这个称呼，我曾经问过她："你为什么要这样称呼你的公公呢？因为他对你有偏见吗？还是有别的什么原因？"

克劳迪娅只是摇了摇头。"他不是有偏见，"她说道，"他只是迷失了自我。"

　　"那个叫詹姆斯的家伙"躺在重症监护室神经科的病床上，和我的科室隔着两间耳房。我对克劳迪娅承诺过，会经常查看他的状况。克劳迪娅和她的丈夫鲁弗斯原本在法国南部某地，此时正赶回美国。原因如下：老头子詹姆斯原本是要去救我那差点淹死的外甥女威诺娜，却不小心拿脑袋撞到了他家那个大得出奇的游泳池的台子上。我不知道这是不是实际情况。我也是像拼图一样把各种细节拼凑在一起才得出的结论。当我看到威诺娜的哥哥伊莱贾的时候，我把他拉到一旁问道："伊莱贾，到底出什么事儿了？"

　　五岁的伊莱贾说："那个漂浮的东西翻了个底儿朝天，温妮[1]只能拼命游泳。"

　　这样的回答让我抓狂。我的担忧变成了愤怒。我非常想对我的妹妹克劳迪娅大发雷霆。我原本可以帮她照看威诺娜和伊莱贾的。我在华盛顿高地拥有一座建于战前的公寓，有三个卧室，还有豪华舒适的沙发床。我原本可以做到的。表兄弟姐妹们可以难得地欢聚一堂。我们原本都可以过得很开心。我原本可以带着他们去吃比萨，去逛维多利亚时代风格的公园，或者去布朗克斯动物园。克劳迪娅认为我的儿子小花生之所以出落得聪明伶俐，完全是个注定的偶然。可事实是，尽管我和我的孩子们相处得并不完美，但我从未遗弃过他们。从来没有。以后也绝不会。或许我不喜欢被孩子们一

1　威诺娜的昵称。

直缠着。但身为母亲，要做些什么？有哪个母亲会天天把"你们是我的小宝贝，我爱你们"挂在嘴边？又有哪个母亲没有过崩溃到哭喊"浑蛋，浑蛋，浑蛋"的时刻？

此时此刻，那个倒霉的詹姆斯·萨缪尔·文森特正在重症监护室里，头缠绷带，半昏半醒。而他那个如同情妇一般的二婚老婆阿黛尔，已经带着我的外甥和外甥女去逛第五十九大街上的FAO施沃茨玩具店和迪伦糖果屋了，因为她对小孩差点淹死的事深感内疚。我呢，原本很想点支香烟，但我还是去看了看"那个叫詹姆斯的家伙"，因为我向克劳迪娅承诺过我会去看看他。不管怎么说，我一直都是一个信守承诺的人。

但凡克劳迪娅抽出一点点时间来问问我，她也该知道我也有自己的烦恼——这些糟心事儿真是让我一言难尽。我给我孩子们的保姆莉迪娅小姐打了个电话，以便确认我的女儿密涅瓦是否已经去把克劳迪娅的孩子们接回来了。密涅瓦从来都不接手机。就在我给莉迪娅小姐打电话的时候，我的儿子发来一条短信："我需要去趟玩具店吗？我需要去接我的弟弟妹妹吗？"我给他回复的内容大意如下："给老娘安静一会儿行吗？求求你了小花生。安静。"

然而密涅瓦真的去接到了她的表弟表妹。莉迪娅小姐给我打了回来，同样告诉了我这个消息。我的心中刹那间感到一阵愉悦。或许密涅瓦真的比从前成熟了。我迫不及待地想要告诉她，詹姆斯和他的醉鬼二婚老婆差点把她的表妹淹死。我迫不及待地想要告诉她，阿黛尔正在迪伦糖果屋，想要给孩子们补偿一下。当然，尽管密涅瓦喜欢吃巧克力和糖果，但是她却讨厌迪伦糖果屋。

问题就在这儿：密涅瓦十岁那年，我就知道她以后肯定会让我感到麻烦。我带她到上东区的缘分餐厅吃一顿母女餐。我之所以要带她到缘分餐厅吃饭，是因为我曾在某本书或者杂志上读到过，黛安娜·罗斯常常会在女儿们过生日的时候带她们到这家餐厅吃一顿热巧克力冰激凌。我想我可以让密涅瓦见识一下名人们的生活方式。然而当我们到了这家餐厅，却发现它早已关张大吉。他们早就停业了，而我都没想过提前打个电话了解一下情况。我觉得自己真是个白痴，可密涅瓦却只是耸了耸肩，问我："妈，现在我们去哪儿？"转瞬之间，我就从一个自怨自艾的白痴妈妈转变成了一个说着"孩子跟我来"的睿智母亲。我不想让我的孩子失望。于是我俩开始继续步行，就像我知道该往哪儿去似的。我们把上东区逛了个遍，我感觉自己累成了一头套着破车的老牛，每一步都迈得艰难无比。上东区就是这么一个地方，无论高端美甲店、挂着银质门铃的精品服装店，还是有着美丽大窗的现代艺术范儿的咖啡厅，举目望去随处可见。我们来到了迪伦糖果屋。店里挤满了手捧各式糖果的老老少少。我们站在门口，用了整整一分钟的时间来观赏人们蜂拥挤进店里又鱼贯而出的场景。

　　我说："咱们就去这家店吧。"我们跟着人群挤进了店里。密涅瓦喜出望外。她忙不迭地把糖果从塑料罐子里倒出来，装进有着红色拉绳的小塑料袋里，然后把绳子系紧。这里有各式各样的糖果：麦芽球、好时巧克力、小熊软糖、奶油花生杯、焦糖可可块、黑甘草糖，还有彩虹糖，许多许多彩虹糖。密涅瓦问："妈，给我们这么多糖果的那个迪伦，到底是谁啊？"旁边有个人小声说，迪伦是拉尔夫·劳伦的女儿。密涅瓦听了说道："拉尔夫·劳伦？他才不姓劳伦呢。他的真名是拉尔夫·里夫施茨。他跟我们一样，来自布朗克斯。他只是在伪装。隐藏自己的真实身份。"

就在那一刻，我心想：天哪，这个孩子真聪明。她以后肯定是个大麻烦。得让她忙起来才行。接下来，我就采取了行动。我给她报了体操班、游泳班、西班牙语班、中提琴班。我甚至买了一套曲棍球装备。然而随着我的婚姻宣告终结，我对密涅瓦的培养计划也告吹了。

此时此刻，我急切地想要抽一根香烟。但是我必须时常去查看一下"那个叫詹姆斯的家伙"的情况，直到我本轮值班结束。我一直都是一个信守承诺的人。可是上帝啊，为什么在医院里就不能吸烟呢？

要有盐

1955 1969 1979 1989 2009

在病房里，有一刻，詹姆斯·萨缪尔·文森特的心脏几乎要停跳了。他感觉脑海里出现了一副近乎真实而又令他恐惧的幻象：快看哪，上帝不仅是个女的，而且还是个黑人！在镇痛剂的作用下，詹姆斯的脑子里满是各种幻觉，那幻象中的黑人女性版上帝看上去像是一个模糊的影子，宛如梦中人一般。他感到自己已哑然失语，只能尝试着去动胳膊，仿佛要对上帝说"在你审判我之前……"。可就在这时，他的思绪又瞬间飘回那个晴朗夏日的泳池旁，他的孙女威诺娜正从救生圈里滑到水中，迅速下沉，她红棕色的卷发在泳池深水区的水面上起起伏伏，好似跳动的花体字母。说时迟那时快，詹姆斯脱掉手上的棒球手套，一边嘱咐伊莱贾待在原地，一边冲向游泳池，奔跑速度几乎突破了一个六十七岁老人的极限。他跑得真够快的，他跑过精心修剪的草坪，还没等跳进游泳池，便一头撞在了池边那光滑的台子上。湿漉漉的地面让"那个叫詹姆斯的家伙"结结实实地摔昏了过去。

昏迷中的他又变回了小吉米，变回了一个十三岁大的小男孩。他站在厨房的吊扇下面，看着母亲砸碎了精美的骨瓷制品，砸碎了茶碟茶碗，砸碎了餐盘，砸碎了水晶玻璃杯。吉米的父母在一件事情上意见相左。夫妻俩总是意见相左，但这一次意见上的争论已然演变成了一场激烈的吵闹。各种难听至极的话语都被夫妻俩说了出来，覆水难收。

他的父亲老吉米，没跟老婆南希·文森特商量，就在加利福尼亚州夫勒斯诺市的消防部门找了一份工作。找到一份新的工作，就意味着举家搬迁。可是南希·文森特喜欢在朴次茅斯居住。是的，虽然朴次茅斯的生活成本更高（尤其是对单靠一个人收入养活全家的家庭而言），但这里也更适合培养孩子。

"夫勒斯诺市缺消防员。他们甚至可以为我们支付购房费用。"老吉米以前也是一名消防员，但由于古朴而又奇特的朴次茅斯当时在削减预算，很多消防员都被裁撤了。

那个星期天的早晨，南希·文森特如同母狮般大声咆哮。她长着一头红发，却不是一个易怒的、喜欢发火的人，除非真的被惹急了。"我曾经去过夫勒斯诺，去参加图书管理员大会。我告诉你，夫勒斯诺就是一座地狱。我们必须让吉米离这种地方远远的。"

两年前，这家人曾经居住在康涅狄格州的哈特福德。当一家人离开哈特福德迁到朴次茅斯的时候，南希并未抱怨。那一次，夫妻俩有过约定，直到小吉米高中毕业之前，一家人都待在朴次茅斯。

"等咱们搬到夫勒斯诺，"老吉米说道，"咱们就养条狗。"

"可是吉米想养猫。"南希说道。

老吉米摇摇头："谁家男孩子想养猫的？"

小吉米希望继续住在朴次茅斯："求求你了爸爸，只要咱们不搬家，让我养猫养狗都可以。"尽管只有十三岁，但他的个头已经比父亲高了。这时的小吉米并不知道，将来他自己会有两个儿子：一个结婚成家，一个单身瞎混。那个瞎混的儿子，将会继承他的五官相貌、行为举止，以及他的气质性格。

"搬家工人下个月就到。今天是在这儿上学的最后一天了，"老吉米最后说道，"就这么定了。去收拾行李吧。"

老吉米穿上一件崭新的山羊皮外套。在朴次茅斯，即便是在夏天的傍晚，有时也会有微凉的海风吹来。穿件夹克保暖，是最明智不过的选择。老吉米径直前往附近的一家酒吧，和朋友们喝健力士黑啤酒去了。

"我要去找我的家人了！"南希冲着丈夫的背影喊道。

"你哪儿还有什么家人。"

"我家的门罗舅舅还在呢！"

"哎哟，我的小姑娘，你掏得出路费吗？"

南希已经三个月没工作了。在古朴的朴次茅斯，图书管理员们的荷包也都瘪着，而餐馆、商店和购物中心都设在旁边的基特里市。

老吉米提前一周乘飞机到夫勒斯诺，为全家迁徙打前站。搬家工人们到来之时，南希一面在她家的三居公寓里收拾自己觉得有意义的物品，一面唱着《爱在分别时》。小吉米被母亲收拾东西的效率所震撼，这或许是当图书管理员训练出来的吧。南希把吉米婴儿时代的所有照片都装进了一只手提皮箱。她把结婚照丢到了一旁。她收好了吉米的出生证明和社保卡，收好了他们的冬衣、雨鞋、一些换洗内衣，然后说道："谁说女人就不能轻装出发了？"

母子二人把各自喜欢的书打包装箱。吉米喜欢读狄更斯、爱伦·坡和赫尔曼·梅尔维尔的作品。每次读起那本《白鲸》，他都能通宵不眠。

待在朴次茅斯的最后一天，吉米几乎都没什么时间去跟他的朋友们告别。卢卡斯和布恩跟吉米一样，也是那种喜欢熬夜读书的、性格开朗的青春期小男孩。他俩骑着施文牌高级公路自行车专程来跟吉米话别。吉米不会知道，后来卢卡斯·福尔驾驶B-52轰炸机在越南执行任务期间被击落了。吉米也不会知道，布恩·迈克阿里斯特成了一名拒绝服兵役者，还在朴次茅斯为越战老兵开设了一家健康食品商店。搬家之前的这个晚上，坐在公寓楼门口的吉米只知道，自己未来会非常想念这两位好友。吉米总是告诉别人，布恩和卢卡斯是他的表兄弟，而南希从未在这件事上纠正过儿子的说法。她说，在自己的家庭人丁不旺而又支离破碎之时，把新的家庭当成救命稻草是很自然的事。吉米的父母都是独生子女，或者说，至少吉米的母亲南希是独生女。老吉米从来不谈论他的家庭出身，除非喝醉。他最多会说，那都是些缅因州的土老帽。而南希·文森特的家人，按照她自己的说法，其实就是一群南方佬。南希还说过，她的家人都是一些无法忍受故乡人偏见的白皮肤南方佬——好像她这么说了，小吉米就能对他从未见过的外祖父母有点概念似的。门罗舅姥爷是小吉米在这个世界上仅有的舅姥爷。在此之前，小吉米一直把这位舅姥爷当成一个虚构出来的人物，和美人鱼之类的卡通形象差不太多。

小吉米对布恩和卢卡斯说，自己留下的书，他俩可以随便拿走。

"当心，南方佬都是些怪人。"布恩如是提醒过小吉米。在小吉米看来，自己在乘车前往泰比岛的三十二小时车程里，经停各处休息区、加油站、餐馆和汽车旅店时所遇到的，都是些彻头彻尾的怪人。有些人会气鼓鼓地把番茄酱抹在薯条上，有些人会向别人随便打听着根本不会去走的路，还有些人像是多年未曾谋面的老友，彼此小声寒暄。每当母亲跑去洗手间"洗把脸清醒一下"的时候，小吉米都会待在车里等待。他会坐在副驾驶座上，跷着二郎腿，一边吃着芙乐多薯片，一边看着来来往往的人——他们的脚步匆匆，却面无表情宛如冰人。对小吉米而言，所谓的"清醒一下"时刻总是和这些画面紧密相连：和父亲通电话；母亲冲出休息区，全然不顾来往车流奔往路对面的停车位（有两次她几乎都要被车撞到了）；车上的压抑沉默；母亲用她那小脚板全力踩下油门，近乎要超速；他试图提及父亲时，母亲那燃烧着怒火的眼神。

驱车前往泰比岛的过程，简直像是持续了小半辈子。母子二人在曼哈顿停下来，看了露天免费放映的《浮生若梦》。吉米觉得，无论是对母亲还是他自己而言，这部电影都没什么好谈论的。在华盛顿，母子俩瞻仰了林肯纪念碑。到了马里兰州，他们入住了一家假日酒店，用免费券享用了客房附赠的早餐。

"既然早餐是客房附赠的，咱们干吗还需要用免费券呢？"小吉米问母亲。

母亲叹了口气，自顾自地说道："你门罗舅姥爷是个好人。"

"你上次见他是什么时候的事了？"吉米问。

"那时候我才五岁。我记得他经营着一家渔市。"

"好极了。我将来可以去卖鱼。我长大之后可以去做一名渔夫。"

"这主意听起来真不错呀。"吉米的母亲总是抱着年轻的心态面对生活。或许她真是那种能永葆青春的人呢。让其他女人不厌其烦的"婚后困扰"并没有在她的脸上留下痕迹。布恩和卢卡斯曾经称赞她很漂亮。只有漂亮女人才能驾驭齐耳短发，毕竟这发型会把面部五官完整无缺地展露在世人面前。离开朴次茅斯之前，她用剪刀把头发剪短了。被剪掉的红发就散落在厨房黑白瓷砖铺成的地板上。

"这可是我用血汗钱买来的。"南希带上小吉米，开着一辆一九五一年产的粉色凯迪拉克帝威两门跑车上了路，这辆车是她个人名下的私有财产，"你爸爸不会开这么一辆粉色跑车的。天杀的，这大概就是我买这车的原因吧。"

门罗舅姥爷把南希和小吉米迎进了他摇摇欲坠的两居平房。他冲母子俩点了点头，脸上咧开一嘴看透世事无常的微笑。他长得很像条忧伤而卑微的老狗，脸上的胡须已然灰白。"好吧，爸爸说我想养狗，我现在真的要跟一条老狗住在一起了。这世界上还有比门罗舅姥爷更像狗的人吗？"这个想法实在有些刻薄，却如同弱酸一般，自从迁离朴次茅斯开始，便慢慢在吉米的内心刻下了深深的印痕。到泰比岛之后，他还没见到过彩虹。彩虹是他的一生挚爱。在朴次茅斯，天空中总有阳光和云朵，他常常看到从地平线上弯向苍穹的五颜六色的彩虹。

幸好南希并没有随身带来太多行李。门罗舅姥爷的平房，是典型的独居男人的家。卖鱼的季节已经过去，但他的平房里依然摆满了塑料鱼头，桌上铺着旧报纸和老掉牙的盘盘罐罐，此外房子里还有两张硬板床，一个破烂的格纹沙发，以及一台只有最基本信号接收功能的小电视。他用那台电视收听早间新闻和风暴预警。

"舅舅，您不太追求生活舒适啊。"在硬板床上睡了头一夜的南希一瘸一拐地走出卧室，对门罗舅姥爷说道。

"舒适的东西不实用。"门罗舅姥爷如是答道。

"您对舒适的解读真有意思。"南希刚刚走进浴室不到五秒，花洒里的热水就变得冰冷刺骨。

"水这玩意儿，能让钢铁生锈，也能让战舰沉没。"门罗舅姥爷说道。

"这话一听就是卖鱼的人说的。"

"孩子，我是卖鱼的。我不是打鱼的。"

南希笑了："您是在逗我玩儿吗？咱们还是亲戚对吧。"她喜欢门罗舅姥爷那张老狗般的脸。他是她在这个世上最后一个娘家亲人了。过了一周，他出门从西尔斯百货购买了两张新床垫，把它们铺到了南希和吉米居住的那间卧室。他还从小猪扭扭店[1]买了一些黄金菊和萱草——当然，吉米怀疑这些花花草草是他从别人家花园里偷偷摘来的。

* * *

在泰比岛住了两个星期，南希·文森特的热情渐渐淡了一些。她有时会去海边盐滩散步，不过都是在晚上，自己一个人去。她也曾自言自语，有时候她脱口而出的话语让吉米很想捂住耳朵——"蠢货。白痴。大笨蛋。我这些年到底在想些什么啊？"

"咱们什么时候回朴次茅斯？"在泰比岛住了三周之后，吉米问他的母亲。

"该回去的时候自然会回去。"

"这是什么意思？"

门罗舅姥爷插话道："你妈妈的意思是，你爸爸是个浑球。想回朴次茅斯，那是白日做梦。"

"舅舅，说话别这么难听。"南希说道。

门罗舅姥爷甩着手说道："我的老伙计金·蒂龙刚刚捕了满满一船的螃蟹。小子，你摸过三疣梭子蟹吗？"他看着吉米。

1　美国有名的连锁商店。

"我喜欢龙虾。"吉米说道。

"他就算让蟹钳在鼻子上夹一下，也不知道那叫三疣梭子蟹的。"南希说道。

门罗舅姥爷低下头。他的头低了很久，以至于小吉米认为他是在盯着地面。

"这可不行。绝对不行。"

"泰比，在尤奇语[1]里是'盐'的意思，"南希小声对吉米解释道，"是尤奇印第安人发现了泰比岛，他们是这座岛屿的原住民。"可现在他们去哪儿了呢？吉米很想弄清楚这一点。在别人眼中，美丽的海滩绝对充满了诱惑，而吉米却对这海滨美景并不买账。首先，他宁愿这海滩未经人类开发，遍布岩砾和峭壁，以及能把人膝盖剐破的碎石码头。他喜欢缅因州那些寒冷的海滩，属于他父亲的海滩，以及跳入海水那一刻的刺骨寒凉。吉米在朴次茅斯度过的那些夏天，从未有过如此的潮湿和闷热。泰比岛的湿度和炎热，完全刷新了他的认知。按照门罗舅姥爷的说法，"慢慢都会适应的"。自打适应了这里的炎热气候，吉米养成了破晓之前便起床的习惯——每天的这个时候，当地居民还没有聚集到海滩上，空气也还没有被太阳加热到滚烫。

一天早晨，吉米觉得跟着门罗舅姥爷去捕捕蟹也无妨。此前他已经婉拒过门罗舅姥爷六次邀请了。反正即便不去捕蟹，无非也就

1　美国俄克拉荷马州一种濒临失传的冷僻语言。

是待在母亲身边，听她再讲上一整天的泰比岛历史。南希·文森特打定主意要激发儿子的兴趣："吉米啊，我知道，你也许觉得这些都不算什么。但这座岛屿曾经是一处旅游胜地。人们都说，到这里来享受盐疗。各地的人，只要感觉不舒服的，都会扎堆儿到这儿来呼吸新鲜空气。"

门罗舅姥爷开着他的皮卡，行驶了六个街区，就到了金·蒂龙家。金·蒂龙住在码头的一座小棚屋里，附近是海滩沼泽。他是个瘦削的黑人，一看就是那种在船上睡觉都不会晕船的人。门罗舅姥爷和吉米进门的时候，金·蒂龙正在桌边忙着剥一只螃蟹。他向吉米展示了螃蟹的内脏结构，以及如何区分螃蟹公母（蟹黄饱满的母蟹是亮橙色的）。

他们站在一艘满是螃蟹的渔船上。看着蓝白色小渔船的甲板上梭子蟹彼此挤压踩踏的样子，吉米有些想哭。眼前真是一番美丽却又让人忧伤的景象。

"今晚咱们有口福了！"门罗舅姥爷开心地拍了拍吉米的后背。

金·蒂龙徒手拎起十几只螃蟹，扔进一只木桶。他的手上长满老茧，看上去跟蟹钳别无二致。

那天黄昏，南希在后院的野餐桌上铺上了旧报纸。吉米看着门罗舅姥爷把螃蟹拿到厨房，扔进了一只煮着沸水的红色陶罐。他眼看着那些螃蟹在沸水里发疯似的挣扎，然后慢慢沉入水中，渐渐变色。吉米从来没想过自己会去吃螃蟹。然而他的食欲背叛了他的心。那一晚他吃得很满足。

转天早晨，南希在门罗舅姥爷的带领下去了黄貂鱼餐馆。这是一家海鲜餐厅。南希在店里投了简历，申请一份服务员的工作。

"总得着手干点事情，"她说道，"白白浪费时间不是个事儿。"

母亲在黄貂鱼餐馆上班的第二天，吉米跨上门罗舅姥爷那辆除了铃铛不响哪儿都响的自行车，骑到了六英里外的普拉斯基堡。他并没有把自己的行踪告诉母亲，因为他害怕母亲会担心，毕竟八十号高速公路上车水马龙，交通繁忙。他花钱买了门票，拍了一些照片，以便寄给布恩和卢卡斯。他的这两位朋友曾经写信来说，他们正在读《西线无战事》[1]。吉米在回信中提到，据说普拉斯基堡里有美国内战时南方军士兵的鬼魂，它们每到晚上就会出来游荡，寻找自己的首级。参观完普拉斯基堡，吉米沿着城堡周围的土路骑着自行车，沿途观赏植物和鸟儿——这里的鸟儿连鸣叫声都带着热带的异域风情。他在写给卢卡斯和布恩的信中提到，朴次茅斯就没有这些种类的鸟儿。他一路骑车回到家中，戴着门罗舅姥爷那顶老掉牙的草编渔夫帽。他第一次感觉到，原来炎热的下午也并不那么令人厌烦。

在他和母亲南希离开朴次茅斯之前不久的一个傍晚，吉米正在从布恩家回家的路上，忽然听到了父亲的声音。他转过头去，看到老吉米和他那些消防员哥们儿摇摇晃晃地走在路上，兴高采烈，一

---

1 德国作家埃里希·玛利亚·雷马克所著反战小说。

身酒气，丑态毕露。随她去吧，小吉米听到父亲拍着一位朋友的后背这样说道：老婆想闹就随她闹吧，她早晚会回心转意的。在你身上发现其他女人的头发又怎么样，这种鸡毛蒜皮的小事对你不算什么，对娘们儿来说就成了天大的事。娘们儿会什么，一哭二闹三上吊呗。我还从来没见过有哪个女人相信自己能拴住男人的呢。就在老吉米说出这番高论的时候，他甚至还搂着一个女人。那是另外一个红头发女人，一刹那间，吉米差点把她认作是自己的母亲南希。只不过那个女人的穿着打扮更加年轻、更加紧身。她穿着红色毛衣和滑雪裤，与她的发色很搭。小吉米环顾四周，又仰望天空，似乎想要找寻滑雪场上的缆车——怎么可能找得到呢，这里是古色古香的朴次茅斯，哪里来的缆车。

老吉米从夫勒斯诺打来过一次电话。"夫勒斯诺真像是地狱，"他对南希坦承道，"我被困在了沙漠，你却享受着海滩。"

老吉米并未表示他要与南希团聚，而南希也没说她想离婚。"泰比岛风景不错，"她说道，"我喜欢这座大西洋上的明珠。这里的人们很好相处，很友好。"

"你现在还处在搬家到新地方的蜜月期呢。走着瞧吧，你总有真正了解他们的时候。"

"走着瞧，我想这就是我要做的事情，走着瞧。"南希刻意慢悠悠地说道。

"请让我儿子接电话。"

"你儿子？他可是我剖腹产生出来的。"南希笑道。

"好吧，南希，等你们过来跟我团聚了，我一定给你准备好可可奶油。"

"谁说我要跟你团聚了？"

老吉米轻笑了一声。听到儿子接起了电话，他说道："吉米，记住我说的话，在这个世界上，蠢货随时都可能倒霉。你妈就是个蠢货。"

"爸爸，我想你。"小吉米一边说着，一边望向母亲。母亲的表情仿佛在说：你这个叛徒，不肖子。

"我想我得睡会儿了，吉米小子，"老吉米说道，"该去纠正我'干'砸了的事情了。"

那天傍晚涨潮时，小吉米卷起他的卡其短裤，蹚进了海水。自从和母亲来到泰比岛，他还没在这儿的海水里游过泳呢。这里的海滩平整如镜，细沙柔润如雪，与朴次茅斯那边的海滩完全不同。海滩与海水彼此如犬牙般交错。小吉米觉得今晚很有收获。他踮起脚尖，往水更深的地方走去，温凉的海水腾起一个浪头，刚好把他拍倒在水中，仿佛是要扼住他，不让他继续呼吸。被泰比岛海边暗流裹挟的小吉米是绝不会如此束手就擒的。他努力舒展着身上的肌肉，告诉自己要冷静下来。最终，他从暗流中挣脱出来，重新回到水面，呼吸到新鲜的空气。他似乎忘记了。他忘记了自己是一名游泳好手，忘记了在水里畅游是一件多么美好的事情。

＊　＊　＊

詹姆斯·萨缪尔·文森特睁开眼睛，再次在哥伦比亚长老会医院的重症监护室里苏醒过来。"我的孙女呢？"他试图与眼前这位"黑皮肤上帝"贝弗莉对话。然而话到嘴边，却变成了混乱的嘟囔："呜……我……孙……"

"黑皮肤上帝"那张模糊的脸凑到他面前。一股轻微的烟草味扑面而来。詹姆斯心想，哦，原来上帝也吸烟啊。

"我们很担心你的状况。"贝弗莉说道。

哦，原来上帝也会担心啊。这意味着什么呢？他，詹姆斯·萨缪尔·文森特，究竟是要上天堂还是要下地狱呢？他又眨了眨眼，试图看清这"黑皮肤上帝"的表情。这一次她没有再把脸凑过来。她的形象和他的神志一样模糊。整个房间似乎都在飘浮着，一会儿呈现闪烁的蓝色，一会儿又变成刺眼的白色。

"呜……我……孙……孙……"詹姆斯再次尝试说话。

对这种因止痛药而神志不清的老人，贝弗莉·克里斯蒂早就见怪不怪了。她凑近一些说道："鲁弗斯和克劳迪娅正在赶回来的路上。"

"拉夫，"詹姆斯心里念叨着，"我的儿子拉夫。"他想要念出儿子的名字，却只能发出"呜呜呜、汪汪汪"的类似狗叫的声音。这时詹姆斯才意识到，他的嘴是被蒙住的。那似乎是一片塑料材质的东西。他正戴着呼吸机面罩。恍然大悟的詹姆斯开始挣扎，双脚猛踹。

"你摔得很重，"贝弗莉说道，"你撞到脑袋啦。"

哦，看来他还活着。可他的肢体呢，他为什么无法移动自己的肢体？

"你被送到了哥伦比亚长老会医院，"贝弗莉说道，"阿黛尔在陪着孩子们。"

詹姆斯有了一些感觉。一阵刺痛。一阵针扎般的刺痛。耶稣啊。上帝啊。基督啊。詹姆斯顿时热泪盈眶。他已经三十多年没哭过了。这一次，他究竟是在为谁哭呢？为他自己吗？

"维……维……"这个叫詹姆斯的家伙说道。

贝弗莉明白他的意思。她抚摸着他的一头银发，轻声说道："威诺娜和伊莱贾一定会很开心的。他俩一直在问你的状况呢。我们告诉他俩，爷爷像利普·万·温克尔[1]一样睡着了，不过爷爷不会睡一百年的。"

1　美国作家华盛顿·欧文同名短篇小说里的人物。

第一幕

1970 1980 1990 2000 2009

　　我们家位于南布朗克斯，家里有个后院，院里有一角空地，空地上的罐子里种着番茄，篱笆上爬着黄瓜。篱笆另一侧是我们的邻居、意大利裔阿尔弗雷德·弗莱迪·马达罗内的家。扔硬币，扔硬币。可是罗森格兰兹和吉尔登斯吞[1]又在哪儿呢？我母亲阿格尼斯总是絮叨说，我小时候学会说的第一句话就是"硬币在哪儿"。那一次，她在我们家粉刷成青蓝色的厨房里为周末的烤肉刷完油，刚刚回来便看到我跪在那儿，边敲碗碟边说："硬币在哪儿？"扔硬币，扔硬币，扔了硬币决定罗森格兰兹和吉尔登斯吞是死还是活。当时我还不到两周岁，吐字发音却格外清楚，母亲说这让她有些

1　汤姆·斯托帕德于1968年创作的荒诞戏剧《君臣人子小命呜呼》（*Rosencrantz and Guildenstern Are Dead*）中的两位主角。该剧是对《哈姆雷特》的一次荒诞解构。两人是《哈姆雷特》中被派去杀害哈姆雷特的配角，如同牵线木偶一般，任由莎士比亚，或者是荒诞的命运本身，一步步将他们带向毫无意义的死亡。

害怕。作为一个骨子里透出迷信气质的南方人，她心里直犯嘀咕："上帝啊，我的孩子不会有什么问题吧，一个小孩子居然能连贯地说出这样的话，实在有些不合常理。"不过母亲也记得，彼时已经重新去海外执行任务的父亲，给贝弗莉和我讲的睡前故事，是《君臣人子小命呜呼》的剧本，而非《公牛历险记》或是《晚安，月亮》之类的幼儿绘本。

母亲说，等父亲爱迪回来了，她要跟他谈谈。那时我父亲服役的航空母舰正在中国南海游弋。为了维持家里的开销，父亲二次入伍，到越南那边打仗去了。

母亲邀请邻居马达罗内先生来听我说这些话。她知道，如果她对朋友们谈起这些，他们只会觉得她在吹牛。马达罗内先生和他已经过世的妻子曾经教过我母亲说意大利语，还教会了她如何烹制意大利面，调制越南风味龙虾酱（他们坚持要放一点肉豆蔻），以及用华夫饼铁模制作比萨面饼。妻子过世之后，马达罗内先生仍然会在星期天制作比萨面饼，用蜡纸包好送给我们一些。

"说啊，克劳迪娅，"母亲说道，"说啊，再说一遍啊，克劳迪娅，你说啊。"可我一个字都没说。倒是贝弗莉从塑料沙盆里站起身来，三下五除二就脱掉了身上的连衣裙和灯笼裤。她扭着小屁股，拍着腿，唱起了"队长队长骑大马"。马达罗内先生笑了，而我母亲则赶忙跑过去帮贝弗莉换上干净衣服。

"哎，阿格尼斯，"马达罗内先生笑道，"你这两个闺女真是给你长脸。一个是诗人，另一个显然是个爱出风头的暴露狂。"

然而我并没有成为一名诗人，却走上了学术之路。我的生活每天都在文学巨匠和凡夫俗子之间游走。我在讲讨论课的时候，通常都以威廉·亨利·布朗的生平简介作为开场白。那是一位来自西印度群岛的退休船东，一八一六年，他在曼哈顿市中心创办了首个非洲剧院。我在大学担任终身教职，想听我课的人排成了长龙。鲁弗斯喜欢在我们大学教师圈子的晚餐聚会上讲我的"硬币"故事。他每次讲起这些，都能让冷场的气氛瞬间活跃起来。这一次，我们选择横渡大西洋，来到布列塔尼的偏僻郊外度寒假。在这里，我丈夫讲的笑话失去了"笑"果。他讲的奇闻异事在这里失去了生存的土壤。土壤很重要，就像种地一样，有了足够的水分和养料，庄稼才可能抽穗开花。

我俩现在居住在布列塔尼西北部费尼斯戴尔省某个小镇的公寓里。我们到这里来的目的，是研究盖尔民间故事和凯尔特传说。我们造访了一座十七世纪简约风格的农场。这里有狭窄的走廊和小巧的门窗，这样的设计可以节约能源，也有助于农舍保暖。我们到这儿来，是为了聆听鲁弗斯的表亲盖伊·勒孔特和埃斯滕·勒孔特兄弟讲他们古老的语言。我丈夫此行的任务，是用现代语言翻译沃尔特·易灵·埃文斯-温茨的《凯尔特国家的仙女信仰》，以及十九世纪民俗学者保罗·赛比约的《上布列塔尼地区民间故事考》。然而与这些内容相关的书面材料很少，很多东西反倒是以表演形式记录下来的。鲁弗斯跟着那些瘦削枯槁的农民四处采风，走到哪儿都带着一部八毫米胶片摄像机。

初到费尼斯戴尔省的时候，我环顾左右，看着一望无际的荒原，低声对鲁弗斯耳语道："你要是敢把我锁在房间里，我很快就会把自己的头发剃光。"在法语中，费尼斯戴尔是世界尽头的意思。上帝呀，我真的有一种到了世界尽头的感觉。

"克劳迪娅，这地方多美啊！"鲁弗斯同样低声说道，"这地方根本不像看上去那么萧索。我们有的是时间尝尽美食，睡足懒觉，痛痛快快地做爱。"

在鲁弗斯看来，用嘴来满足妻子的性需求，可以帮他解决这世界上的所有问题。对他而言，这种行为是一个思考的过程，也是一种放松，一种散心的方式。每次完事之后，他都会枕着我的大腿，睡上一觉。

"那谁来照看温妮和伊莱贾呢？"我提出了这样一个问题。这个问题很尖锐，这么说并非毫无根据。最近我一直忙于应付各种尖锐的问题。它们突然入侵我的生活，就像是维生素D缺乏症那样。

"我们能照顾好那两个倒霉孩子，"鲁弗斯从脸颊到脖颈都涨红了，"我们会照顾好他们的。"

* * *

八月。阿默甘西特。我们五岁大的女儿温妮差点淹死在阿默甘西特鲁弗斯父亲的游泳池里。医护人员用了人工呼吸才把她救了回来。当时鲁弗斯和我刚刚在都柏林参加完一场关于乔伊斯的学术研讨会，正在法国南部地区尽情放松。鲁弗斯接到他继母电话的时候，我俩正在吃着鹰嘴豆煎饼。我以后再也不会吃这玩意儿了。

我们赶上一班飞往肯尼迪国际机场的夜班飞机。在飞机上我心烦意乱。我在想，假如我的父亲还在世，假如我的母亲还没有退休赋闲，回到巴克纳，会不会出现这样的状况。假如我的父亲没有因为癌症而变得如稻草人般瘦骨嶙峋，他大概会给我的孩子们讲《君臣人子小命呜呼》的故事。威诺娜？伊莱贾？硬币在哪儿呢？来给外公扔一回硬币吧?！到了哥伦比亚长老会医院，我的姐姐贝弗莉——她是那儿的执业护士，某种程度上说也是一个喜欢出风头的暴露狂——怒气冲冲地迎接了我和鲁弗斯。她说，这是你们罪有应得，你选择让两个老人而不是我们来照顾孩子。她说，你就知道事业和工作。伊莱贾对我不说实话，温妮在游泳池里灌了个饱，而你的公公婆婆却在喝马天尼酒。

如今，温妮时常尖叫着从噩梦中醒来，手臂挥舞着要套上"粉色粉色粉色救生圈"。她再也不敢靠近游泳池了。这算是一场意外吗？当然。一定是意外。但鲁弗斯和我必须向他的父亲和继母阿黛尔讲清楚，一边喝着马天尼酒一边在游泳池边上照看孩子是不恰当的。最近我们夫妻的关系有些紧张。这种紧张的态势——我曾经观察过我的朋友们——会导致一小部分夫妻关系走向破裂。

一月的费尼斯戴尔，通常并不是如此令人神伤的。而到了夏天，这片属于布列塔尼的宝地会成为游人们娱乐放松、享受宜人气温的天堂。然而直到现在，我依然不觉得这里有多么宜人。是情绪所致吗？当然了。我的情绪就像是天空中游走的乌云一般暗淡无光。我用帽子、围巾、厚毛衣和羽绒服把威诺娜和伊莱贾紧紧裹住。我们在原野上游逛——开春之后，人们将在这里收获绿色的洋蓟和花椰菜。我的龙凤胎宝贝们精力如此旺盛，需要多多锻炼。他们跑在我前面，给天上的云朵取着名字：

> 你叫猫头鹰
>
> 你叫小鹿
>
> 你叫鲸鱼
>
> 你叫独角兽
>
> 哎呀，你就叫人吧。

"当你走路的时候，雪是不足以在你衣服上留下痕迹的。"第一场雪来临的时候，鲁弗斯的表兄弟们如是说道。雪自然不留痕，但那股寒冷却得以持续，几乎毁掉了盖伊和埃斯滕的庄稼。我转头回望，我的丈夫去哪儿了？鲁弗斯已经被远远甩在后面，变成了田野上的一个小黑点。他一面慢慢踱步，一面跟盖伊和埃斯滕热络地交谈。他的胳膊甩来甩去。那两个家伙，盖伊和埃斯滕，真的是我丈夫的表亲吗？我敢肯定他俩是一对同性恋人。只不过自打来到费尼斯戴尔以来，我一句法语都没说过。我实在不知道怎样去礼貌地打听他们的性取向。

冬天，埃斯滕会用壁炉烹制饭菜。看上去就像是在灶里燃放的焰火一般。今晚的菜肴是叉烧烤羊腿。我们大家围在一起，看着壁炉里的木柴燃烧出明亮的火焰，红色的，蓝色的，橙色的。威诺娜和伊莱贾假装他们正在缅因州乡下露营，央求埃斯滕和盖伊给他们一些果塔饼干，再多讲一些民间故事——鲁弗斯一直在用他的摄像机记录那些民间故事。我提醒孩子们，这里是费尼斯戴尔，没有果塔饼干吃。不出意料，农庄里的菜肴的确优雅有加。羊肉鲜美的汤汁流淌到铸铁锅中，为芜菁甘蓝、土豆和甜菜平添了浓郁的风味。我负责甜点，便尝试制作了黑加仑砂糖黄油甜薯条。我坐在餐桌一头，给青苹果削皮去核，而鲁弗斯则在采访盖伊和埃斯滕。为了逗孩子们开心，盖伊用一块手帕蒙住眼睛，扮成了热爱动物、驯养一头狼为他耕地的盲人修道士圣贺维。鲁弗斯一边翻译着，一边隔着一桌残羹剩饭津津有味地望着他新认的表亲，尽量不去打扰他们。伊莱贾和温妮把羊骨头丢给他们刚刚取了名字的四条杂种小狗——它们都被称作"狗狗"，这名字让两位长者很是高兴。

鲁弗斯的两位表亲使出浑身解数，想要让我也参与到他们的谈话之中。他们放慢了说法语的速度。我则用英语回应。当我望向他们的时候——是的，是的，其实我还是在思考那些属于我自己的小问题——我想到的是我已过世的父亲爱德华·克里斯蒂，还有我叔叔辈的那几位，利瓦伊、鲁本，以及杰布：他们都在种族歧视盛行的南方长大，却选择在大城市安家。即便以全世界的财富做交换，他们也不愿意来过盖伊和埃斯滕这样的生活，不过盖伊和埃斯滕很可能会比他们更长寿一些。

布列塔尼地区的人口负增长已经有些年头了。那些不愿意像祖辈一样面朝黄土背朝天的年轻人，都已经离开家乡远走高飞。而一辈子都在种地的老人们，则留在故乡，默默辞世。等到孩子们卖掉祖产，那些优雅的石头农舍逐渐都变成了度假别墅。

"我们可以买下这座农场。"晚饭后，我和鲁弗斯在盖伊和埃斯滕的厨房里洗碗，鲁弗斯对我说出了这个想法。

"你给奶牛挤过奶吗？"

"当然挤过，"鲁弗斯说道，"我在佛蒙特的一座农场参加过一次夏令营，我整整挤了八个星期的牛奶。"

"你瞎编的吧。"

鲁弗斯把一个盘子插进水槽，激起一片涟漪。他把盘子上的泡沫漂洗掉，然后递给我来擦干。擦盘子的时候，我思考着盖伊和埃斯滕的厨房里究竟需要哪些有实际使用价值的东西。新的洗碗布？等回到纽约之后，我可以给他们寄一大堆洗碗布来。这对农民兄弟每年夏天都会在村里的农贸市场租个摊位。他们向横跨英吉利海峡而来的游客们出售小玻璃罐装的洋蓟、腌胡萝卜、花椰菜和裹着厚厚一层盐粒的新鲜黄油。老哥儿俩必须做这种生意，才能赶得上为他们那摇摇欲坠的三居室农舍交上税。

"克劳迪娅，你给奶牛挤过奶吗？"

"我吃过牛肉。怎么，我还非得会挤牛奶吗？"

"你呀，真不害臊。"鲁弗斯探身过来亲了我脸颊一下，"咱们上楼去好好'爽'一把怎么样？"

"这就是我们不能买一座农场的原因，"我说道，"我们早晚会被各种分神的事情'淹死'。"听我说出"淹死"这个词，鲁弗斯的面部肌肉抽搐了一下。我知道，我不需要再说什么了，这个话题终结了。

　　"我是独生子，"鲁弗斯说道，"除了父母、你，还有孩子们，我再无亲人。我都不了解我的家族。"有时候我会对鲁弗斯提起我的家族。但我也不知道我的家族究竟源自何处，我只知道我的祖先从非洲而来，却不知道他们究竟来自那片大陆的哪个角落。有一回，我的一位朋友去了加纳，登上了四十座贩奴城堡中的一座：当年，黑奴们就是在那里被锁链捆绑、贩卖到大西洋对岸的。这位跟随教会参观团去加纳的朋友后来回忆道，他们在海港边排着队，一名当地的历史学家端详着大家的脸说道，你的祖先来自东边，你的祖先是北边来的，你的祖先是南边来的，还有你的，你的祖先来自西边。然而我并没有去过非洲。我没有做过唾液采样，没有DNA样本可以指明我的祖先究竟来自何方。

*　*　*

　　十二月，我们在V&T饼屋见到了鲁弗斯的父亲——V&T饼屋是一家比萨餐厅，距离我们在哥伦比亚大学的公寓有两个街区。我们点了超大份的意大利辣香肠比萨，眼看着奶酪和酱汁从薄薄的饼皮上滑落。

　　"我和阿黛尔都很想念孩子们。"詹姆斯一面说着，一面伸出双臂拥抱伊莱贾和威诺娜。

"爸爸，阿黛尔酗酒的毛病改得怎样了？"鲁弗斯问道。

"你不能为了一点无心之失就惩罚我们吧，"那个叫詹姆斯的家伙说道，"克劳迪娅，你来说句公道话吧。这么做就是在惩罚我们。"

"詹姆斯，"我说道，"我不希望在孩子面前谈论这些。"

"现如今啊，"他摇着头，"当父母的都把孩子当成纸糊的了。孩子哪有那么脆弱。"

"随你怎么说。"我笑着用餐刀叉起一块比萨。詹姆斯看上去仪表堂堂，就像是年老版的格里高利·派克。一头银发加上一双坚毅的蓝眼睛，能以一种不失礼貌的方式看穿女性的心思——其实，仅凭他那张面庞就足以让女人们敞开心扉了。我感觉他不止一次看穿了我的心思。他给了威诺娜一本乱七八糟的非洲风情涂色本，还有几支红黑色的蜡笔。涂色本的内容很丰富：孩童们在大草原上骑着长颈鹿，斑马悠闲地吃着草，穿着民族服装的当地人随心自得地弹着吉他打着鼓。温妮非常兴奋，全神贯注地涂起了颜色。温妮对涂颜色特别痴迷。

"这球票是给你的，"詹姆斯转头对伊莱贾说道，"我们去哥伦比亚看一场篮球赛。"

爷孙两人举起手来，笨拙地击了一下掌。

"爸爸，"伊莱贾说道，"爷爷弄来了球票，是哥伦比亚对普林斯顿的球票。"

鲁弗斯却转移了话题："你知道吗，妈妈受了一次惊吓。"

那个叫詹姆斯的家伙从来不提他的第一任妻子西格丽德："好

吧，她死了还是活着？她滚蛋了还是仍然待在这儿？"

"詹姆斯，我想她一定还活着。"我说道。让我嫁给我丈夫的，是他的爱——确切地说是他对他母亲的爱。尽管这些日子我并不像之前那样对他充满爱意。我本可以更爱他一些的。

"当然，她当然还活着，"鲁弗斯插话道，"'受了惊吓'的意思是，妈妈已经度过了最阴暗的那一段时间，她撑过去了，活过来了——除非，哦，那当然了，你指的是存在主义意义上的'活着'。"

"别跟我来乔伊斯那一套，小子。"那个叫詹姆斯的家伙说道。鲁弗斯是研究乔伊斯的学者。那个叫詹姆斯的家伙在哥伦比亚大学教过很多年法律课，因为他正是哥大法学院的毕业生。他曾经不止一次强烈暗示过，正是因为他在学校任教时留下的影响力，我们才获得了可以受用终身的身份和地位。

"我读过《芬尼根守灵夜》[1]，根本读不下去！"他用老一辈人的方式咬下一块比萨，把硬边转过去塞进嘴里，仿佛在吃一块三明治。

"伊莱贾、威诺娜，"我轻声说道，"把餐巾铺到膝盖上。铺好餐巾。"

鲁弗斯示意伊莱贾和威诺娜坐到我俩之间的位置。但威诺娜正忙着给涂色本涂颜色，而伊莱贾干脆就摇了摇头，表示拒绝服从指令。

1　*Finnegans Wake*，詹姆斯·乔伊斯所著小说。

"看到了吗？"那个叫詹姆斯的家伙说道，"他们更喜欢跟爷爷待在一起。"他向前探身，亲了伊莱贾的面颊。伊莱贾长得很像那个叫詹姆斯的家伙，无论走路还是说话，都特别像他。

"我和阿黛尔希望……圣诞节早晨你们能到我们那儿去。与温妮和伊莱贾一起打开圣诞礼物。"

孩子们一言不发。他们在观察大人们。他们很想念那个叫詹姆斯的家伙。我感觉我姐姐的话像是一块巨石，再一次重重地朝我砸来。我做错了，我不应该让温妮和伊莱贾跟鲁弗斯的父母如此亲密，而是应该让他们黏在我的身边。

"今年的圣诞节早晨，我们要和克劳迪娅的姐姐和母亲一起过。"鲁弗斯说道。他伸过手来，我欣然握住了他的手。

"那就圣诞节下午过来吧。"詹姆斯固执地说。

"你知道我和妈妈在做些什么吗？"鲁弗斯把牛至酱挤到他的比萨上，"我们把家谱修订完整了。多亏有她帮我，我联系上了布列塔尼那边的远房表亲。这一次她会坐飞机从加利福尼亚那边过来，跟我们一起过圣诞。"

"也就是说，我被排除在外了。不跟我一起过感恩节？不跟我一起过圣诞节？"

"我说老爸，好歹现在我们还在你面前呢。享受此刻不好吗？"

"阿黛尔想念孩子们。圣诞节让我们守着那么一座空房子——"

"等等，阿黛尔不是个犹太人吗？"

"你这是有点怠慢她吗，鲁弗斯？我可没这么教育你，"詹姆斯的脸红了，"不少犹太人也过圣诞节的。我们今年既过光明节[1]也过圣诞节。"

"这与阿黛尔是不是犹太人无关。"

"那你为什么提这件事？"

鲁弗斯用餐巾轻轻点了一下比萨上的油脂："反正我不想跟你们俩一起过圣诞。孩子爷爷，你现在不是想宠溺孩子们吗？本来我们是很高兴的。可是我让你照看孩子们，结果是什么？温妮差点被淹死啊。"

大家沉默了许久。比萨上的油脂开始凝固了。

"鲁弗斯，也许咱们可以圣诞节之后一天去詹姆斯那儿？"我提议道。

阿黛尔很喜欢伊莱贾和威诺娜。阿黛尔曾经给我讲过一些往事，她的第一任丈夫是个家暴狂。总而言之吧，她从那段遍体鳞伤的经历中恢复得很好。而那个叫詹姆斯的家伙也并不缺乏爱心。

"那我得看看妈妈是怎么打算的。"鲁弗斯慢慢地嚼着比萨。

"那咱们就这么定了，"那个叫詹姆斯的家伙说道，"我不知道布列塔尼的情况如何，但是你知道的，法国人以排犹著称。当我和阿黛尔到巴黎的时候，她说她从未觉得自己的犹太人身份如此招人憎恨。阿黛尔并不是个虔诚的犹太教徒，然而我们却发现，因为那些排犹的法国佬，我们只能在巴黎的犹太区里徘徊。"

---

1 Chanukah，犹太教节日。

"很遗憾，克劳迪娅，"鲁弗斯说道，"我实在难以置信，这个把我们的孩子称作黑白杂种的老浑蛋，居然在这儿指责我排犹。"

"爸爸，黑白杂种是什么？"伊莱贾只有五岁，他的心中还没有"种族"这个概念。至少现在他还不懂。

"什么也不是。"鲁弗斯说道。

"爷爷说我们什么也不是？"伊莱贾问道。一直忙着涂颜色的温妮抬起头来，她手中的蜡笔涂到了长颈鹿的线条之外。

"伊莱贾，"我轻声对他说，"咱们回家再谈这个，好吗？"

那个叫詹姆斯的家伙转头看着伊莱贾："黑白杂种，是人们用来描述混血儿的一种过时的说法。这是一个我必须学会不去说的词。这个词……过时了。而且不礼貌。其实我也不太明白。"

"咱们能结账走人了吗？"鲁弗斯问道。

"孩子们还吃着呢，"那个叫詹姆斯的家伙说道，"让孩子们吃完。"

我用左手掐着鲁弗斯的胳膊，又冲已经开始收拾我们这一桌的女服务员使了个眼色。等到晚上，鲁弗斯会在我们家卧室的地板上缩成一团。他会说是因为他的乳糖不耐受发作了，他不该吃比萨的。我呢，则会去灌一瓶热水，按到他的肚子上，给他画着圈热敷按摩。我将会开导他，任何事情都有可能发生。这是一个充斥着过敏症和自体免疫疾病的时代。这是满是焦虑的新千年。

"你觉得你需要去法国寻根问祖吗？你还有爱尔兰血统呢。"

"爸爸，我已经是一名研究乔伊斯的学者了，难道这还不够吗？你还想让我有多少爱尔兰血统？"

"你只要记住，为了救温妮的命，老子负了伤，去挂了急诊。我没有让她被淹死。我救了我的孙女。"

"哎呀，让我们赞美詹姆斯·萨缪尔·文森特吧！"这一次我要和我的男人夫唱妇随了，"如果不是已经喝了两杯酒，我或许还要举杯向你致敬呢。不过我和某些人不一样，我知道适可而止。"

那个叫詹姆斯的家伙似乎一时语塞。"即便是人中龙凤，也有马失前蹄的时候！"过了几秒，他大声说道。

女服务员走了过来。她斜目瞟了詹姆斯一眼。

"小姐，我没说你。"詹姆斯说道。

我闪身坐到一旁。鲁弗斯几乎是要把我拉拽起来。

"克劳迪娅，听我的，咱们走吧。"

"我四十多年前就马失前蹄过！"

温妮用手拍着桌面，笑着说："爷爷失蹄！蹄！"她这突如其来的笑声像是音符一般，流淌进我们的耳朵里。鲁弗斯和我都笑了。这是一对忧愁中的父母的微笑。女服务员拿着签好的账单快步走开了。

"爸爸，你说这话究竟什么意思？"

"你去开过够多的学术会议了，你也会马失前蹄的。或许你还没有马失前蹄过，走着瞧好了。"

"说这种废话？"鲁弗斯说道，"当着我老婆孩子的面，你说这种废话？"

"孩子们，还有克劳迪娅，你们先捂住耳朵。"那个叫詹姆斯的家伙站起身来，用双手按住鲁弗斯的肩膀。餐厅临街的窗户外面，哥伦比亚大学的学生们在步行道上来来往往。圣诞彩灯不停闪烁。"你根本不需要到布列塔尼去找那些你并不认识的表亲。拉夫，你在北卡罗来纳的罗利市有个同父异母的兄弟。他叫汉克·堪夫尔。汉克。"

鲁弗斯花了十几秒，才想明白詹姆斯说的话是什么意思。紧接着，鲁弗斯一边后退，一边笑了起来。

于是，我们来到了数千公里之外的费尼斯戴尔。我丈夫一直没提起过那个北卡罗来纳的汉克·堪夫尔，也没再回他父亲的电话。大多数日子里，我都会在天还没亮的时候就从床上爬起来，把埃斯滕壁炉里熊熊燃烧过的残焰再次拨旺。我会等着温妮从睡梦中尖叫着惊醒。她的尖叫会让"狗狗"们都开始吠叫，公鸡也被吵醒。每当温妮开始尖叫，整个农场就不得安宁。鲁弗斯总是第一个冲进温妮和伊莱贾的房间。他是冲进去的，我则是迟迟不愿进去。

"温妮，温妮，没事了。"鲁弗斯总是急切地安慰道。当我终于鼓起勇气走进孩子们的房间的时候，我都会坐到温妮的另一侧床边，和我的丈夫保持一点距离。不过，我俩还是一起摇着温妮，哄她安静下来。这一切动静并不会影响伊莱贾的睡眠。或者说，他非常善于装睡？埃斯滕和盖伊会穿着他们的法兰绒长睡袍，过来简单露个面。我不知道他们究竟是否理解我们这种美国来的中年亲戚。鲁弗斯总是告诉这两位表亲，一切都好。温妮只是又做噩梦了。

"一切可并不都好。"盖伊和埃斯滕走后，我对鲁弗斯厉声说道。

"我也不知道该怎么办。"鲁弗斯说道,温妮重新睡去的速度跟她被惊醒一样迅速。她会缩成一团,在我俩之间睡去。早晨醒来,她总是记不得做噩梦的事。她总是能开心地吃早餐。

"克劳迪娅,你想让我怎么去改变这种局面?"

与我们的父母辈相比,我和鲁弗斯组成家庭时的年龄要更大一些。跟晚婚的我们相比,我们父母成家的时候简直就是稚嫩的小孩子。和我们的朋友们一样,我和鲁弗斯也并不急于结婚之后就生孩子。我们一直等着——这样我们就可以全心全意去赚钱。我们一直等着——这样我们就可以专注于美好的前程。我们一直等着——这样我们就可以去周游世界多见世面。唉,地球还在自转,可那些对我们而言无比重要的人和地方,却已经不复存在了。

"鲁弗斯,"我听见自己这样说道,"该回家了。"

幕间休息

1969

这本剧本属于克劳迪娅的父亲——爱迪·克里斯蒂,是爱迪在苏比克湾登岸休假时从一位军官那儿得到的。这本剧本被一九七二年自越南战场回归故里的爱迪·克里斯蒂装在裤子后兜里。这本剧本被爱迪当作睡前故事讲给克劳迪娅和贝弗莉听。这本剧本被当时年仅三岁的克劳迪娅撕破了封面,因为她午觉没睡够,情绪上受到了严重的"伤害"。剧本封面上的这道撕裂如此扎眼,让平时总是一脸笑容的爱迪·克里斯蒂表情凝重——他把克劳迪娅倒吊着拎到后院,弄得她脸上满是泥土和杂草,还沾上了不少前来品尝马达罗内先生美味饼渣的蚂蚁。克劳迪娅感觉蚂蚁沿着她的发辫爬了上来,在她的头皮上行走着。她感觉蚂蚁在叮咬她的头皮,当然这也可能只是她的心理作用。克劳迪娅忍不住尖叫起来。她的哭叫声惊动了阿格尼斯,跟随而来的还有她的姐姐贝弗莉——后者刚刚准备午睡。

贝弗莉直截了当地点出了事情的原委：克劳迪娅，克劳迪娅撕坏了爸爸的书。

　　爱迪，这只不过是一本书而已。阿格尼斯的泪水打湿了眼眶。爱迪从来没对182号大街上的砖砌建筑里的任何一个人大声吼过。他没有在越南战场上送命。他是在神志清醒、头脑正常的情况下回到家中的。或者说，他的头脑基本上是正常的。他有时候会对着墙壁自言自语。但大多数时候，爱迪·克里斯蒂都是一个有理智的人。

　　"我用胶带帮你把书粘好，"阿格尼斯说道，"我和女儿们一起帮你弄，但首先你得把女儿给我弄回屋里来。"爱迪把克劳迪娅拎起来，让她站好，一家四口来到厨房，坐到亮红色的人造皮椅上，开始为那本汤姆·斯托帕德的《君臣人子小命呜呼》修复封面。很快，那本剧本又变得近乎崭新如初了。爱迪·克里斯蒂笑着亲吻了妻子和女儿们。"看看，粘得多棒啊，"他说道，"姑娘们，你们看呀！"

第二幕

爱迪在读些什么?

你或许会认为爱迪受过教育。

是啊,我上过高中。然后,到了一九六五年,我加入了海军。

爱迪,你是诗人吗?

不,我只是喜欢阅读。

莎士比亚。看哪,爱迪在读莎士比亚的作品。

舰队在苏比克湾停靠的时候,我从一位军官那儿偷来了这本剧本。这是我这辈子偷的唯一一件东西。那位军官总是在说他老婆这他老婆那,说他老婆在伦敦西区看了《君臣人子小命呜呼》的话剧,还寄来一本让他也读一读。他就坐在酒吧里,一边喝着威士忌,一边天花乱坠地吹大牛。他吹的那些牛让我眼睛发干,让我开始思念阿格尼斯。有些军人的妻子忙着带孩子,有些则忙着上班赚钱，她们根本没时间出去旅行。趁他不注意，我直接走到他跟前，从凳子上拿走了剧本。正所谓"小过不生，大罪不至"。

我加入海军是为了逃离我深爱着的布朗克斯：我喜欢那里的莎莎舞俱乐部，喜欢那里的女人，喜欢大半夜开着我父亲的别克云雀轿车在福特汉姆大道上狂飙的爽快感。我喜欢笑。我的脸上总是挂着笑容，因为我很早就明白，人生不如意事常八九。不学会笑对人生，难道还等着上帝救你吗？

我也的确需要那份工作。我父亲是布朗克斯莫特港苏可洛夫兄弟钢琴厂的安装工人，在那家厂子干了二十九年。和他一起工作的德国裔和意大利裔同事，认为他和他们一样都是纯种白人。然而我父亲却是一个来自哈瓦那的古巴移民。来到美国不久，他讨了个美国黑人老婆，还取了个美国名字。然后，他在布朗克斯182号大街买了一座独栋住宅。我原本应当继承父亲的工作，但我长大之后人们已经不怎么热衷于买钢琴了。他们宁愿去看电影，或者在家看电视，要么就是去夜店里消磨时间。曾几何时，光是布朗克斯就有六十多家钢琴厂。事实就是这样。布朗克斯曾是世界钢琴制造之都。然而等到我成人之时，莫特港一带的钢琴制造厂几乎是一夜之间都倒闭关张了。苏可洛夫兄弟钢琴厂，是坚持到最后一刻的少数几家厂子之一。苏可洛夫兄弟钢琴厂最终关门的时候，我父亲分得了一架立式钢琴，以及少得可怜的遣散费。

入伍之后，我的第一个岗位是在锅炉房做学徒。我是高中毕业生，所以并未花太多时间受训，就熟悉了锅炉房里的活计。更确切地说，是我很快就发现锅炉房的工作并不太适合我。我喜欢蓝天和海上新鲜的空气。但我并没有傻到去公开抱怨，因为我知道自己至少接受了技术培训，掌握这些本领，有助于我在部队里得到晋升。起码我没有被派到食堂当服务生。他们从前常常欺负黑人新兵，让他们去厨房，让他们当厨师，让他们打扫卫生，让他们当食堂服务生。我表哥鲁本·爱泼伍德比我早六个月入伍海军，他对我说过到了部队可能会面临一些困扰。所以我早就做好了应对偏见的准备。也许正是因为做好了准备，所以我才没有遭遇不公正对待。一九六六年，在海军的第一个岗位上，我基本是一切顺利的。黑皮肤的士兵和白人同袍并不能真心相交，但大家也不至于相互憎恨。我们只是彼此保持距离，做自己的事情。我更关心的是做好本职工作，确保燃料不要泄漏，战舰不要着火。毕竟战舰着火可不是什么好事，而且它发生的概率比你想象中的要高得多。我在海军的第二个岗位风险更大。当时的社会氛围已经改变了。詹姆斯·厄尔·雷用一支雷明顿30-06步枪打穿了马丁·路德·金博士的脖颈和脑袋。雷选择刺杀黑人民权运动领袖的时机也给人留下了深刻印象。马丁·路德·金博士并不是战争的支持者。他那时已经开始对美国在越南的行动提出批评了。无论在美国国内还是在越南战场上，当他遇刺的消息传来，一部分白人士兵感到欢欣鼓舞，把酒狂欢。你即便不是黑豹党[1]，也能感受到这事造成的轰动。奥林匹斯号航母上的气氛从忙碌到忙乱，最终变得既忙乱又极度紧张。有时候，我发现自己既会被白人同袍嘲笑，又会被黑人同袍当

1　活跃于1966年至1982年间，由非裔美国人组成的激进黑人民权组织。

成发泄怒火的目标。这样一艘满是思乡成疾的愤怒水兵的战舰，是个艰苦孤独的所在。于是种族问题就变成了微妙的赌博游戏。就像《君臣人子小命呜呼》中的情节，我猜得到开头却猜不到结尾。我宁愿坐在住舱的床铺上，读着《君臣人子小命呜呼》，而不去理睬别人的废话。真好笑。我第一次出海时偷来这本剧本，完全是为了泄愤，并不想去读它。但在战舰或是海军基地，杂志和图书终归得之不易。你大概都想不到，罗森格兰兹和吉尔登斯吞的故事竟能让我笑口常开呢。

罗森格兰兹：

> 他说的话有一半文不对题，另一半毫无意义。

这话听上去就像在描述那些试图为战争开脱的政客。老谋深算的约翰逊总统简直把我们耍得团团转。

我们是乘着奥林匹斯号劈波斩浪的水兵。奥林匹斯号是一艘长一千零五十六英尺的航空母舰，部署在北部湾的扬基站[1]。航空母舰堪称海上巨兽。当被派驻到舰上不同战位的时候，我曾经多次被它复杂的机械装置所震撼。每天各个时段，舰上都会有飞行员或是水兵在食堂用餐，在理发室剪头发，或是在各自的战位上值班，他们让整艘战舰充满了生命力。奥林匹斯号航母可以在中国南海所向披靡地航行，但它的体量太大，所需泊位太宽，很难停靠到海岸边的

---

1 越战期间，为了方便空袭北越军队，美国海军第77特混舰队在北部湾地区设立的航母舰队集结点。

浅水区。我们的行动通常在离岸海域进行。我的第二个岗位，是飞行甲板操作员。我们属于保障团队，为执行侦察任务和日常打击北越军队任务的舰载机飞行员提供服务。他们通常一大早就出去执行任务，直到黄昏才收兵回营。

* * *

一天傍晚，我表兄杰贝迪亚·爱泼伍德到我住舱铺位来发牢骚。他简直像一头怒发冲冠的公牛。

杰贝迪亚说："咱们得整整那个该死的军士长。"

我非常了解那个名叫纳尔逊·"大白痴"·马莫斯的军士长。大多数水兵抽过大麻之后都会变得绵软无力，而这位"大白痴"却会变得，怎么说呢，变得像个拳击高手。我们之所以背地里叫他"大白痴"，是因为他有着不同的双重人格。当他以水手长助理身份当值的时候，从来不会有任何白痴的表现。他会尽职尽责地监督指导舰上的维修团队，行动果决不打折扣。他对奥林匹斯号上的每一个角落都了如指掌。他培训并监控甲板水手，还监督武器弹药在机库和飞行甲板之间的升降转运。他几乎可以操作舰上的任何一台设备，还能指挥损管团队。作为水手长助理，"大白痴"从不在当值的时候嗑药或是喝酒。然而一旦变回纳尔逊·马莫斯军士长，事情就大不一样了。他特别喜欢在那些因为"十万计划"[1]而入伍的黑

1　Project 100000，20世纪60年代美国麦克纳马拉牵头发起的计划，意在招募按原有标准不符合体能或精神要求的人入伍参军，以满足美国入侵越南的人力需要。

人水兵面前作威作福。他喜欢问你是哪年参军的，是"十万计划"启动之前、运作之中还是结束之后参军的——"那个时期无论什么货色都能入伍"。他会要求你当场做智力测试，用人类语言中所有的种族歧视词汇来称呼你。其实"十万计划"的实施范围只包含陆军和海军陆战队，然而"大白痴"才不去管这些。一九六六年，美国海军中只有大约百分之五的水兵是黑人。这个比例在他看来也太高了。当他接近我，抛出那套恶心人的说辞之时，我用来和他对话的语言杂糅了意大利语、希腊语和西班牙语。这些语言都是我在布朗克斯四处游荡的时候学到的。而他则是吹着口哨对我说："我猜，你是'十万计划'前来的吧？"我才懒得搭理他，但我了解一些情况。来自城乡各地的穷小子、抱怨鬼，美国军队里的士兵大多是这种出身，不论黑人还是白人，情况好一点的或许能初中毕业。他们要么是自愿参军的，要么就是被挑中加入了军队，去越南参加了这场毫无准备的战争。在舰上服役的最初几个月，我感觉纳尔逊·马莫斯军士长就是个浑蛋。他不断地给在奥林匹斯号这艘跟日本首都差不多大的巨舰上服役的每一个黑人水兵贴"标签"。纳尔逊戴着种族肤色的有色眼镜，直到冰冷的海水让他清醒过来。

"爱迪，你怎么看？"

我放下书，冲杰贝迪亚笑道："我觉得罗森格兰兹和吉尔登斯吞需要谨慎一点。哈姆雷特可不吃他们这一套。"

"不不不，我说的是'大白痴'马莫斯。"

我想到了我们的兄长鲁本。鲁本一定会这样告诫杰贝迪亚："杰布，我觉得我们不值得为了他惹上麻烦。我的意思是，小不忍则乱大谋。"

杰贝迪亚跨到我的铺位上。我睡的是下铺，如果睡上铺的话，有时候我突然醒来会撞到舱室天花板。

"昨天晚上，'大白痴'打伤了一个餐厅服务员的鼻子。那个狗娘养的浑蛋打人，就是因为人家忘了给他送番茄酱。被打的倒霉蛋吓坏了，不敢去举报他。"杰贝迪亚说道。

"你为什么要骂他是狗娘养的？你为什么要骂他母亲是个狗娘？我们并不认识他的母亲。或许老人家是个好人呢。"我说道。我希望杰贝迪亚早点离开，这样我就能继续读剧本了。

杰贝迪亚叹了口气。他已经习惯于我这种沉迷《君臣人子小命呜呼》的状态了。

"爱迪，你到底挺不挺我？"

"那得看情况，"我说道，"我一直是挺你的，但是，杰布[1]，他欺负人也不是什么新鲜事了。你到底在说什么？我不知道你到底想干什么。"

杰贝迪亚和我是我母亲家族的第二代表亲。我们都有南方人那种浓烈的家族情结。天哪，我俩居然在同一艘战舰上服役，这岂不美哉！我们并不经常谈及我俩的亲戚关系。原因在于，我们很怕有一天会阴阳两隔。杰贝迪亚和我，与奥林匹斯号上的其他弟兄一样。如今我们之间交流已经不多了。越南战争结束后，我回到了布朗克斯的家中，而他则回到了佐治亚州。他去了一家造纸厂工作。

---

1 杰贝迪亚的昵称。

不过他在那儿并没有干多久。杰贝迪亚似乎不是那种追求安稳的人。上一次听到他的消息时，我听说他成了一名搬运工，居住在新罕布什尔州。曾经有一回我收到过他从新罕布什尔州寄来的明信片，上面写着：我以为挪威已经够冷的了，没想到新罕布什尔的冬天才真他妈的叫个冷啊。

我心想，这家伙还是骂骂咧咧的，真是狗改不了吃屎。我老婆问我，爱迪，你笑什么呢？

奥林匹斯号上总共有超过四千名舰员。在某些锚地驻泊时，一间住舱里要头对头地住八个人。你能清楚地听到别人的鼾声、哭泣声，还有手淫时的呻吟声。有时候，你甚至能听到做爱的声音——哦，可不是你所想的那种男欢女爱。舰上水兵在工作时总是带着某种情绪，等回到自己的铺位，就会做出一些事情。就像我们被纳尔逊·马莫斯军士长彻底惹恼的时候所做的那样。

如果鲁本也在奥林匹斯号上，与我和杰布一起服役，情况或许会有所不同。杰布、鲁本和利瓦伊（鲁本的弟弟），从小就成长在同一个屋檐下。鲁本和利瓦伊的父亲，是杰布的叔叔。而我的母亲则是他们的第一代表亲。每年夏天，母亲都会送我南下，去认识我的亲戚们。我们会跟鲁本和利瓦伊待在一块儿，一起打棒球，一起做各种愚蠢的事情。鲁本是我们几个孩子里年龄最大的，所以即便在儿时他也充当着"士官"的角色，负责看好我们别惹麻烦。他比我们年长两岁。南方有很多东西是我所不了解的。我在布朗克斯长大，身边的街坊邻居都是意大利裔、希腊裔和犹太人。我并未太多涉足过黑人和白人的种族纷争。然而每当我跟母亲一起到南方去，她都会给我讲爱默特·提尔[1]的故事。一切问题都会被归结到爱默特·提尔的故事里。我不希望有一天见到你横尸大街，听见了吗？每次到南方去，大家都会谈论这些东西，你懂的。我们会发笑，但惹我们发笑的并不是爱默特的故事，而是我们所发现的一个道理——很多事情我们不会去做，原因在于它们狗屁不通，或者没有理由去做，就像人们不会带着孩子们到满是漂白粉的泳池里游泳一样。我们之所以发笑，是因为外人来到这里，亲眼看到黑人和白人的生活有着天壤之别，会感到多么荒唐，而更荒唐的是黑人只关注眼前，忽略了大局。所以，鲁本——对，就是鲁本——会这样告诫我们，要是有白人来找你麻烦，你应该像水手一样选择自己的目标海域。北冰洋、大西洋、印度洋、太平洋，或者广阔的南半球海域。你应该保持冷静，镇定自若。每个星期，鲁本和利瓦伊的父亲泽科·爱泼伍德都会给我们一些钱，让我们去城里买一本新出的漫画书。我们四个小男孩得共享一本漫画书。我们会先一起读一遍，然后轮流各自阅读。不过，我们必须到老城区的一家书店去，才能买到漫画书。那家书店名叫"萨迪的好书与古董店"，店主养了一条黄褐色的老斗牛犬。那条斗牛犬总是拦在书店门口，一边淌着口水一边低声咆哮，挡住我们的去路。店主萨迪小姐是位身材瘦高、

1　爱默特·提尔（Emmett Louis Till，1941—1955），非裔美国人，1955年因同一名白人女子说话，而被该女子家人绑架、谋杀并抛尸河中，此事是美国黑人民权运动的导火索之一。

长得像是某种罕见鸟类的白人女性，她通常会笑着说："哎呀，小伙子们想看漫画呀，来呀，来呀。"这时鲁本会说，该启航了，选好你们的目标海域吧。他总是第一个冲进去。斗牛犬会蹦跳着扑过来，追咬跨进书店大门的鲁本。鲁本会竭尽所能吸引它的注意力，我们几个就能安然无恙地进入书店了。那条斗牛犬曾经不止一次咬伤鲁本的脚踝和小腿，咬到鲜血横流。每当此时，萨迪小姐都会吹响口哨，对斗牛犬喊一声"小伙子快回来"，然后把鲁本想要的漫画书白送给他。接下来，鲁本就会捧着一本最新的《飞侠哥顿》，走在我们所有人前面，一瘸一拐地回家。

*

最近我的睡眠质量不好。

*

我有些神经过敏。

*

我是从什么时候开始变得如此神经过敏的？

*

　　纳尔逊·马莫斯军士长有家室。知道吗，这是最让我感到困扰的一件事。我思量过他妻子和孩子们的事。我思量过，在我们做了那些事之后，在马莫斯命丧黄泉之后，他妻子和孩子们的生日聚会和假期将会变得多么冰冷空虚。

*

　　我想到了那场大雾，想到了整艘战舰笼罩在大雾里的样子。还有他看到我在甲板上吸烟时，露出的那副笑容。他不知道，其实我并不抽烟。他真应该多花点时间，多了解我一些。"你这个不合格的新标兵。"他这样取笑我。他的牙齿上还带着咖啡渍。

*

　　他的一嘴黄牙在大雾中映射出模糊的光亮。

*

　　看上去一片蔚蓝的大海，其实根本不是蓝色的。这是马莫斯军士长听到的最后一句话。

最近一段日子里，我坐在住舱的下铺上，总能听到有人在叫我的名字。谁在叫我？我总是听到或是看到奇怪的东西……

听呀，听我说呀。罗森格兰兹和吉尔登斯吞都死了。战舰在中国南海部署的时候，我见过他俩在奥林匹斯号的飞行甲板上溜达。我看见他们扔着硬币，嘴里胡言乱语。他们问我，他们对哈姆雷特做了什么，以至于他要如此对待他们？我在给A-4攻击机装载炸弹的时候——那些炸弹既会炸死很多越共军人，也会炸死同样多的平民——对他俩说明了真相。你们跟克劳迪斯国王串通一气。你们吃里扒外。哈姆雷特王子是你们的好朋友，你们本应当掩护好他。就在这时，他俩生气了，说我是个乖戾无礼的摩尔人。非洲的摩尔人？哎，这倒是挺新鲜的。之前我听说我只不过是越南战场上的一名黑人小兵而已。他们总是说，越南战场上的黑人小兵，带着我们去伦敦。弟兄们，请相信我，你们才不想靠近伦敦呢。胆敢在那儿停留的，都会被砍掉脑袋。然而罗森格兰兹和吉尔登斯吞只是扔了一次硬币，摇着头说道，摩尔人，我们才不信你说的话呢。我们看见了，是你把军士长扔到海里去的。你这个杀人犯。你和另外那个摩尔人，你们谋杀了一个人。你们不该这么干的。而我对他们说，你以为我不知道这些吗？接着，我盯着表挨到了午餐时间，急匆匆地冲到洗衣房，去找杰贝迪亚。

"杰布，"我说道，"罗森格兰兹和吉尔登斯吞又来搅扰我的头脑了。"

杰贝迪亚环视四周，确认没有人在偷听。接着，他用力抓住我的胳膊，仿佛要捏碎我的骨头似的。杰贝迪亚喜欢洗衣服。他说过，洗衣服让他想起远在佐治亚州巴克纳县的家。他让我到黑人食堂外面等他。当时，除非万不得已，我们是不会跟白人水兵们一起用餐的。大多数时候，我们都守着自己的小圈子，比如我和杰贝迪亚。

"爱迪，你他妈有什么毛病啊？"十分钟后，杰布找到了正在喝冰咖啡的我，"你是打算把咱俩都送上军事法庭吗？你可不能冲到洗衣房，像那个'白肉团'一样大声嚷嚷。"

"白肉团"是黑人水兵们用来称呼白人水兵的代号。这里所说的"白肉团"特指纳尔逊·"大白痴"·马莫斯。纳尔逊·马莫斯和我俩有无法调和的冤仇。所以我和杰贝迪亚用我们的方式解决了这个问题：我们把他从船上扔了下去。他失踪了，但越南战场上的士兵本就难逃一死。水兵们偶尔也会跳海，或是失足落水。一支搜救队被派出去寻找"大白痴"，但没人知道他是何时落水失踪的。直到他没按时去军士长餐厅吃晚餐，还错过了当晚的电影，人们才发现他失踪了。他们都说他是自杀的。他们都说他最近开始嗑药了。即便是最棒的水兵，嗑药之后也会变得草率马虎。于是大家都认为他是坠海身亡了。

"杰布，我只是想说……"我的声音越发虚弱了，"他们，他们就在我的脑袋里。"

"爱迪，把那本狗屁剧本给我。把那本狗娘养的剧本给我，然后马上滚蛋。现在就照我说的做。"

"不可能的。"我已经汗流浃背了，烘干机的蒸汽早就把整个洗衣房变成了一个灼热的蒸笼。

我想告诉杰贝迪亚，有些时候罗森格兰兹和吉尔登斯吞会鬼鬼祟祟地悄悄对我说，那个"白肉团"正往回游呢。我问他们，是那个"白肉团"吗？他们会回答我，就是那个"大白痴"。我问他们，是那个"大白痴"吗？他们的回答就会变成，没错，是那个"白肉团"。这就像是一场战争，没完没了。而这些信息片段却被列入了一个被称作"杰布不需要知道的事情"的清单之中。每天傍晚，晚餐之后，奥林匹斯号航母的舰长都会通过高音喇叭宣布今天又投下了多少炸弹、有多少官兵丧生、有多少目标被摧毁。每到这时，杰贝迪亚都会用枕头堵住耳朵，用手指着墙上那个清单——"杰布不需要知道的事情"。一九七〇年，这是我最后一次到越南地区执行任务。与这艘航母上大多数官兵一样，我从未真正参加一线的实际作战行动。但我亲眼见到过用裹尸袋装回来的缺胳膊少腿的陆战队员和飞行员。我很庆幸自己没去参加一线作战行动。我的职责之一，是协助甲板上的飞机调度。各式飞机呼啸着飞向天空，有一些就再也回不来了。

"也许你需要嗑点药缓一缓，"杰布关心地说道，"来点儿大麻就行。"

"杰布，我不想嗑药。我可不想在这个站都站不直的住舱铺位上犯了毒瘾。"

"爱迪，你想要的是什么？"杰布一边叠着毛巾，一边说道，"你现在精神错乱，还拿这些破事儿来烦我。"

我点点头："我想再见见阿格尼斯和我的女儿们。我想回南布朗克斯去。我想给我女儿们造一个树屋。或许还能和她们玩滚硬币游戏。我想吃一顿家常饭菜，然后坐在家门口发呆。"

"那你就打起精神来吧，否则咱俩都吃不了兜着走。"杰布说道。

＊　＊　＊

罗森格兰兹和吉尔登斯吞都死了。听呀，听我说呀。我看见他们乘着一艘内河船在北部湾漂流。我对他们说，回来，回来呀。那不是去伦敦的航路。可他们却摇着头，一边抛硬币一边对我说，摩尔人，我们必须离开这里。这场战争和我们无关。我们不能在这儿待下去了。他们吩咐我同他们一起，但北部湾从来不会有好事情发生。罗森格兰兹和吉尔登斯吞能活过这一天都算走运。杰布告诉我，他们的离开其实是上帝的馈赠，是狗日的恩赐。感谢主耶稣，这两个好管闲事的浑蛋终于滚了。杰布说，自从他俩滚蛋之后，我的情绪冷静了不少，但我的情绪曾经不够冷静吗？不冷静的是道德罢了。杰布说，道德只配给他擦屁股，等我们上岸休整的时候，我俩要去花街柳巷找些乐子。可是我也很想念罗森格兰兹和吉尔登斯吞。我现在没有倾诉对象，有些事情不知道能跟谁说。就像马莫斯军士长恶狠狠地说出那些种族歧视的屁话，还用拳头狠狠揍了那个食堂服务员一样——他之所以揍了那个来自新英格兰某僻静小镇的病恹恹的十六岁小男孩，只是因为后者的手腕关节弯得无法矫正，走路时一摇一摆无法站直，说话声音还像个阴柔的女人。还是这个马莫斯军士长，在一个暗如黑夜的风暴天，像个被关进笼子的幽灵一样在甲板上游荡，因为嗑药过度而如妄想狂般对一切充满了猜疑。他像每周的例行公事一样把那个食堂服务员拎出来揍了一顿，然后像扔毛线球一样把他扔到楼梯下面。所有水兵，包括我和杰布在内，都讨厌这个军士长。但我们也从来不敢站出来为那个小男孩伸张正义。小男孩的遭遇让我们内心感到某种程度的不安，也让我们更加憎恨那个"白肉团"了。

下一次挨揍的可能就是你了。终于，杰布如是说道。

我们都可能成为被欺凌的对象。我说道。

明天我们来解决这一切吧。我们都赞同这个计划。

我们就是这样把事儿给干了。

第三幕

小时候，在182号大街的家中，克劳迪娅喜欢蹦蹦跳跳地从一个房间跑到另一个房间，对着墙壁自言自语，表演《君臣人子小命呜呼》中的桥段。有些时候，她会抬起头来，望着正在审视她的父亲。

克劳迪娅。克劳迪斯。爱迪常常这样念叨着。克劳迪斯国王杀害了哈姆雷特王子的父亲。他妈的，阿格尼斯为什么要给我们的女儿取名克劳迪娅？

爱迪念叨这些时的样子，让克劳迪娅怕父亲再一次把她头朝下倒拎起来。然而父亲却总会温柔地把她抱起来，靠在自己肩膀上。硬币在哪儿呢？克劳迪娅，克劳迪娅，帮爸爸把硬币找出来好不好？

克劳迪娅在家中的书桌上，放着一本翻旧了的《君臣人子小命呜呼》。她已经很多年没再读这本剧本了。每当出门旅行，她都会带上这本剧本，算是一个护身符。不过这一次，因为太过匆忙，她没能带着它去布列塔尼。

为了庆祝爱迪·克里斯蒂的五十大寿，克劳迪娅和当时还是她男朋友的鲁弗斯，带着爱迪和阿格尼斯老两口一起去看了《君臣人子小命呜呼》的复排版舞台剧。鲁弗斯的计划是，看过这场《君臣人子小命呜呼》后，向未来岳父爱迪·克里斯蒂提亲。而在看剧的过程中，穿着黑色礼服、戴着礼帽、已是大腹便便的中年男人爱迪·克里斯蒂，全程紧闭双眼，默念着剧中的每一句台词——对他而言，那些台词不仅是烂熟于心的词句，更是人生经历的一部分。所以当克劳迪娅转过头来问"爸爸，您喜欢这部剧吗"时，爱迪·克里斯蒂点点头，把手中的票根揉作一团。这是他这辈子第一次看剧。但他又怎会知道，这也是他这辈子最后一次看剧。

越战之后的爱迪

复员回家后的开始几个星期，爱迪·克里斯蒂似乎很乐于照看他的两个女儿。贝弗莉和克劳迪娅并不十分了解她们的父亲，但他允许她们在楼上楼下四处乱跑、玩捉迷藏游戏，这让姐妹俩很开心。爱迪给女儿们完全的行动自由，是因为他拿不准自己该跟她们说些什么。她们让他想到佐治亚州的伊齐基尔舅舅家农场上的雏鸟：那些小家伙虽然个头不大，却飞得很快。他能想象得到，她们那翅膀般的双臂变成真正的翅膀的样子。他也能想象得到，假如自己把女儿们惹恼了，她们挥动翅膀飞出窗外再也不回这座砖砌房子的情景。所以，只要他回忆起战争中的某些往事——比如他和杰贝迪亚把纳尔逊·马莫斯军士长扛起来扔下奥林匹斯号时，对方脸上绝望的表情——他都会悄悄避开女儿们，一个人站到墙壁前面，强迫自己静一静。

有一次，四岁的克劳迪娅发现父亲正对着客厅的墙壁念念有词。克劳迪娅问父亲，他在跟谁说话？

爱迪告诉女儿，他在"打破第四堵墙"[1]。

"墙的另一边是什么？"克劳迪娅问。

"是一个舞台。"

"那舞台上又有什么呢？"

"舞台上，当然是戏剧啦。"

这就是爱迪为女儿们表演汤姆·斯托帕德那部《君臣人子小命呜呼》里桥段的最初缘由。这也是克劳迪娅开始笃信"穿墙咒语"和罗森格兰兹与吉尔登斯呑的缘由——她对这些的笃信，就像大多数孩子对于圣诞老人传说的笃信一样。也正是因此，每当爱迪·克里斯蒂感觉自己头脑里的墙壁又在咆哮或是低语的时候，克劳迪娅都会悄悄走到他身后，轻轻地问："罗森格兰兹和吉尔登斯呑今天在干些什么？"

"他们只是在投硬币。"

"我赌正面！"克劳迪娅总会笑着说道。

"我赌反面！"爱迪则会点点头，从牛仔裤兜里掏出硬币扔到地上，各式各样的硬币。硬币落到地上，会发出清亮的声响。

爱迪心里清楚，自己最好不要自言自语，也不要冲着墙壁发呆。但只要面前有一堵能够吸引他思绪的墙壁，他就感觉自己比大多数越战老兵要更胜一筹。还有一个原因：每当他表现出不正常的

1　戏剧术语。第四面墙是一面在传统三壁镜框式舞台中虚构的"墙"，观众透过这面"墙"可以看到戏剧设定的世界中的情节发展。打破第四堵墙，则指剧中人意识到戏剧和观众的存在，与之直接交流。

状态，他的女儿们都会及时唤醒他。她们会胳肢他，让他发笑，或是干脆说些没头没脑的蠢话——比如"哦，爸爸快看，我们刚刚把月亮摘下来给你了"之类的——用荒谬的言语来逗笑他，让他恢复神志。这样，他就能暂时忘掉墙壁，假装用双手去捧住女儿们"摘下的月亮"。

* * *

每天傍晚六点，爱迪都会坐在客厅里，看沃尔特·克朗凯特播报的CBS晚间新闻。他会用酥脆的全麦面包为自己做一些三层意大利熏香肠三明治，在里面加上腌黄瓜、芥末和胡椒来调味。奶油硬糖是他的餐前开胃菜。他总是把银色的糖纸扔到圆形玻璃咖啡桌上的糖果盘里。爱迪天生个子不高，但海军的训练让他保持了强壮的体格。不过，守在电视前收看这场"尼克松的战争"的新闻，让他提前长出了属于老年人的大肚子。

"阿格尼斯，"有一天晚上，爱迪坐在家中的大号四柱床旁边，对妻子郑重地说道，"我想我应该为自己做点事情了。"

"你有什么计划吗？"阿格尼斯认为，为丈夫找工作不应该是她操心的事。她觉得，如果自己管得太多，爱迪将来会怨恨她。

"我也不知道。"爱迪说道。

阿格尼斯放下牙刷，走出洗手间，坐到丈夫身旁。她每次刷牙都要默数字母表，从A数到Z，再从Z数到A。这是她小时候，父母教给她的。"那就等着吧，船到桥头自然直，"她说道，"你能在家陪着女儿们，我就很感激了。"

"真的吗？"爱迪问道。

阿格尼斯点点头："当然，爱迪，当然是真的。"

爱迪伸手去脱阿格尼斯的黑色睡袍。相对于宽松的睡衣睡裤，阿格尼斯更喜欢穿丝质睡袍。当爱迪的手触摸到她的肌肤时，她的身体变得紧绷起来，但她并没有推开丈夫。爱迪刚刚回家的头一个星期，他们曾经尝试云雨，但他的表现很糟糕。或许是因为他在越南嫖过妓女的缘故吧。爱迪想要说服自己，在越南他并没有真正享受到性的快乐，那些妓女只不过是他想要散心时找来的玩偶。但肉欲是真实的，那些嫖妓经历让他很享受。

"今晚就算了吧。"阿格尼斯说。她关掉了床头柜上的台灯。

"那就改天晚上试试吧。"爱迪和阿格尼斯算是闪婚。那时两人都还年轻。有时候，爱迪会有一种强烈的感觉，他们的婚姻就像一个没有瓶塞的酒瓶，或许那瓶中美酒早就变质，成了一瓶醋。

阿格尼斯去上班的时候，爱迪并没有去做家务，也没有去做她布置的杂事：诸如把篮子里的脏衣服洗了烘干叠好，去超市采购日用百货（以及必不可少要面对的一大堆叽叽喳喳的妈妈和婴儿车里尖叫的宝宝），吸尘、扫地、拖地，等等。他为自己找了一些更有趣的事情。

他在后院那棵粗壮多瘤的桦树上造了一座树屋，用垃圾桶里和地上散落的边角木材来装饰。爱迪戴着一双厚重的工作手套，嘱咐女儿们：乖乖看着，但是别动手去摸，否则要打破伤风疫苗。贝弗莉和克劳迪娅非常害怕打针。兴之所至，爱迪和他的女儿们一边在垃圾堆里搜寻着可用之物，一边还即兴表演着《君臣人子小命呜呼》里的桥段。邻居家的孩子们会停下脚步，呆呆地看着这个棕皮肤矮个子男人和他两个像苍蝇一样的女儿，听他们背诵类似外语的古怪台词。爱迪花了三个星期才把树屋建造完成，因为他找不到能用来搭建屋顶的材料。一天傍晚吃过晚饭，爱迪发现两个男孩扛着成捆的干草在街上狂奔。一般来说，爱迪不会去抢别人的东西，可那捆干草简直是为树屋搭建屋顶的绝佳材料。

* * *

"阿尔弗雷德，今天天气怎么样？"有时候，爱迪会大声跟对门的老邻居阿尔弗雷德·马达罗内聊上两句。

当贝弗莉和克劳迪娅学会玩呼啦圈，并且在蜿蜒曲折的小道上说悄悄话的时候，爱迪和阿尔弗雷德则以大声训斥那些偷鸡摸狗的小流氓为乐。他们会站在门廊上，用手抓着护栏，就像是在扬基球场观赛的狂热球迷。他们会用"送你去吃牢饭"或是"老子要拍下你的照片交给警方"之类的话吓唬那些小流氓。而小流氓们则会使出浑身解数反击。这些年轻人觉得爱迪和阿尔弗雷德没什么了不起的。正是这种心态让他们从狂野的毛头小子变成了冷酷的暴力分子。他们向爱迪和阿尔弗雷德竖中指，骂最恶毒的脏话，往门廊台阶上扔板砖，甚至差点砸到克劳迪娅和贝弗莉的脑袋。每当爱迪让女儿们躲到屋里，那些大多未成年的小流氓就会在门前小道上撒尿——那里属于公共区域。爱迪常常警告他们,他会用铁管揍他们,而且他还有个表弟在布鲁克林,能用球拍砸扁他们的脑袋。小流氓们则会威胁他,说他们会再来捣乱,还说要把爱迪和马达罗内先生的房子都烧掉,把他俩都烧成灰。面对小流氓们扔来的板砖,爱迪和马达罗内虽然有所闪躲,但仍然站在原地并未退缩。小流氓们或许明白了,假如他们真敢闯进这两座房子或是偷走什么东西,或许会付出代价。

有传言说阿尔弗雷德·马达罗内与黑手党有瓜葛。但据爱迪所知,这个老头一直都是可靠而正派的。马达罗内先生曾经在布朗克斯意大利移民区大道旁的亚瑟大道开过一家药店。他以医者仁心著称,经常凌晨3点就打开药店大门,接诊孕吐不止的年轻妈妈,或是被肾结石折磨的可怜大叔。退休之后不久,马达罗内先生就把生意转手出售,资助在宾夕法尼亚大学读书的儿子。如今,他的儿子尼古拉斯已经在麦迪逊大道当起了牙医。他每隔一周的星期天都会来看望父亲。每当此时,父子二人和爱迪·克里斯蒂都会坐在马达罗内先生家前门廊的沙发长椅上,蘸着醇黑咖啡吃杏仁脆饼。

"你劝劝我爸吧,"尼古拉斯恳求爱迪,"我在纽约州的恩亚科镇买了一座大房子。我爸何必住在这儿呢?看看那些浑蛋移民把这儿都弄成什么样了!那些波多黎各人,简直就不是人。"

爱迪很想问问尼古拉斯,如果你觉得波多黎各人都是浑蛋移民,那老子又算什么?虫子腿?王八壳?不过,他还是和尼古拉斯一起,吃着同一只碗里的杏仁脆饼,看着那些小流氓挨家挨户地捣乱惹事,看着他们让每天把厨房地板扫三遍拖三遍的贝拉·马达罗内几乎心脏病发作。他们每天对着克莱蒙特圣母天主教学校的漂亮姑娘们意淫，嘴上吹得天花乱坠，最多也只敢一边幻想一边手淫而已。可是，此时此刻，爱迪该怎么回应尼古拉斯呢？

"移民，哪朝哪代都有，"爱迪说道，"每隔十年左右，就有新的移民到来。曾几何时你的爷爷奶奶也是浑蛋移民。"马达罗内家族来自意大利的普利亚大区。假如说意大利的版图是一只靴子，那么普利亚大区就在靴子鞋跟的位置。马达罗内家族的人的皮肤，在夏天也会被晒成棕色。爱迪用蹩脚杂乱的意大利语对尼古拉斯讲述着这些道理，但眼前这个年轻人却已经不会讲他祖辈的语言了。

尼古拉斯把杯中咖啡喝完："爱迪，你需要我帮你担保贷款到别处买房吗？只要你搬走了，我父亲也会搬走的。"

"这是我的家。"爱迪说道。

尼古拉斯站起身来，看着门廊外面。大多数星期天，他还是会到亚瑟大道购物。"我把话说在前面。如果有人找我父亲的麻烦，如果有人敢到他的房子里捣乱。如果他门廊上的家具少了一片木头……我发誓我饶不了你。"

爱迪笑道："我是个和平主义者。"

尼古拉斯也笑了："那就祝你好运吧。"

夏日的傍晚，当水泥地面、砖石房屋和小道上的热浪逐渐消散，空气变得相对清新一些之时，爱迪喜欢跟妻子和孩子们一起仰望布朗克斯的天空。他们会沿着梯子爬上树屋，揭开干草屋顶，挤在一起仰望澄净如洗的夜空。在越南参战时，爱迪看到的天空像中国南海一样湛蓝，两者很容易混淆。爱迪一直很清楚，天上地下，自己不过是一直在受命运的摆布。还有机会回到布朗克斯，望着天上的星辰，透过雾霭欣赏夜景，他很欣慰。

他曾经把女儿们带到克罗托纳公园，将她们扔进池塘。贝弗莉和克劳迪娅很快就学会了游泳。尽管有泳帽，当阿格尼斯抱怨孩子们的头发被池水弄得一团糟时，爱迪只是耸了耸肩："有人快淹死的时候，谁还会在意他的头发乱不乱。他们的眼里只剩下水。"

*　　*　　*

阿格尼斯·克里斯蒂很少把时间花费在烘焙上。每逢生日或是纪念日，家中都是雷打不动地用红薯派来庆祝。她曾经亲眼看到她的母亲把很多精力耗费在烘焙上。年轻时的阿格尼斯就坚信，烘焙食物会蚕食掉一个已婚女人的整个生命。然而每当她怀念南方的家乡，她还是会把筛粉笸箩、面盆和量杯都摆出来——做一些薰衣草饼干或是蜂鸟蛋糕，满足爱迪和女儿们的食欲。

"爸爸和他的朋友们都傻乎乎的。"贝弗莉在青蓝色的厨房里喃喃道。她跪在厨房灶台跟前的长凳上，看着妈妈用擀面杖压出一块又一块的薰衣草饼干。

"真的吗？"阿格尼斯有些蒙。爱迪最近似乎并没有几个朋友。有几次，她劝爱迪给杰贝迪亚打电话聊聊，要么叫上尼古拉斯·马达罗内或者几个战前好友一起去喝上几杯。然而爱迪的回应总是一成不变："有空了我会去的。"

"爸爸跟你说什么了？"阿格尼斯高兴起来，"跟你谈到他的朋友们了？"

"妈妈，我从来没亲眼见过他那些朋友，但的确有两个说话很滑稽的白人。爸爸说他们会从墙壁里出来，在他面前扔硬币。有时候，我们也会在他们面前扔硬币。"

那天晚饭时，阿格尼斯一直都充满爱意、温情脉脉地同丈夫爱迪交流着。她的爱意和温情，让贝弗莉感到愧疚。翌日早晨，阿格尼斯并没有直接去上班，而是开了小差回到家中。她悄悄溜进房子，发现爱迪和女儿们都待在厨房里。女儿们坐在摆在厨房桌面上的椅子上，而爱迪则站在桌面上，就在她俩身旁。贝弗莉拿着一个纸巾筒——这是在假装拿着望远镜吗？克劳迪娅敲打着两个煎锅锅盖，像是在敲着婚礼上的钟。爱迪的身躯前仰后合，用脚踩踏着桌面，把桌子踩得如海上的扁舟般左右摇摆。圆点图案的床单摇摇晃晃地挂在厨房墙壁的晾绳上，以胶带固定。床单把桌子围了起来，仿佛一道围墙。水从洗菜池里喷溅而出，打湿了床单。灶台上的气炉喷出火焰。每个气炉上都煮着沸腾冒泡的开水。

"二位，我们好像对你们说过，"爱迪朝墙上挂着的床单布帘瞟了一眼，"有些时候，你们要么干点什么，要么就别占着茅坑不拉屎。"

"不，从来没有，永远不会。"女孩们用蹩脚的英国口音喊道。她们的马尾辫摇来晃去，她们穿着凉鞋的小脚丫在桌板上踩出笃笃的声响，她们的双手贴着瘦削的小屁股。

"你们就是一对白痴、笨蛋，"爱迪耸耸肩，"就是两个乘着鬼船的笨蛋。"

"吉尔登斯吞是笨蛋。"克劳迪娅说道。

"不，罗森格兰兹才是笨蛋。"贝弗莉说道。

"可是罗森格兰兹总能获胜！"克劳迪娅得意兴奋地高声叫道。说着，她跳跃起来，手舞足蹈，几乎摔下桌子。

阿格尼斯脱下漆皮便鞋，轻轻放到湿漉漉的地板上。"爱迪，我上班的时候你整天就在搞这些？"她大声呵斥着，逐一关掉了气炉。她生气地盯着气炉上热雾升腾的水壶。

爱迪和女儿们仿佛被冻住了："你为什么会在家里？"

"据我所知，这也是我的家。"

爱迪从桌子上跳下，环视四周，尝试以阿格尼斯的视角观察整个厨房："我和孩子们在排练戏剧呢。"

"那你们排的戏可够危险的。"阿格尼斯瞟了他一眼。这一切的确很有趣，但真的有些过火了。她应该把这一切都搞清楚。她怎么就不知道这些事呢。

"我以为你信任我的。"

"贝弗莉、克劳迪娅，从桌子上下来，帮你们的爸爸把这一堆烂摊子收拾干净，"阿格尼斯说道，"爱迪，从某个特定时刻起，我谁都不相信了。你也不应该再相信别人了。"

阿格尼斯并未要求爱迪停止对墙壁自言自语。不过，她给贝弗莉和克劳迪娅弄来了数学和拼读练习册，要求她俩在她下班回家之前完成这些作业。她找到了爱迪的母亲弗朗西斯·克里斯蒂，说服她每周从长岛乘火车过来两次。阿格尼斯还拜托马达罗内先生继续陪爱迪在门廊聊天，并且每天一起喝咖啡。

这是爱迪和阿格尼斯结婚以来，两人的关系第一次出现不确定因素。他们之间的关系紧张，直接对女儿们产生了影响。贝弗莉和克劳迪娅会为了"谁年龄大了不该再用塑料杯子""谁在棋牌游戏里作弊了"或是"肯尼娃娃的发型怎么了"之类的问题争吵。一个炎热的下午，感到疲惫却又不想睡觉的克劳迪娅拿走了父亲爱迪的那本《君臣人子小命呜呼》，撕坏了封面。爱迪把克劳迪娅倒吊着拎起来打屁股。突如其来的震荡和视角转换，让克劳迪娅感到恐惧，也让爱迪颇受启发。他意识到，自己有能力让克劳迪娅永远感到恐惧。

剧本封面修复之后，爱迪将它扔进了一只鞋盒，跟他父亲的护照，以及那张"杰布不需要知道的事情"清单放在一起。他认为，阿格尼斯不再信任他，是正确的选择。

每周日上午十一点一刻，爱迪都会去克莱蒙特圣母天主教堂参加弥撒。阿格尼斯总是睡过头。贝弗莉和克劳迪娅会陪伴她们的父亲一起去参加弥撒。但经历了被父亲倒吊着拎起来的那一次之后，克劳迪娅更愿意踏踏实实待在家里。对贝弗莉而言，去教堂参加弥撒，成了她独占父爱的机遇。每当走过那些颜色像沙子一样的废弃建筑，爱迪讲起那些已经消失的房客的故事，她就紧紧抱住父亲的手臂。在弥撒过程中，爱迪会叫贝弗莉用一个小号塑料容器盛上足够的圣水，为她的芭比娃娃们做洗礼。父女二人将之称作"圣水香水"。

爱迪给克莱蒙特圣母天主教堂的四位神父都起了外号。"那位是'风度'，"他低声对贝弗莉说道，"那位是'受难'。这位是'讽刺'。贝弗莉，我实在不知道该怎么评价那个'浮华'。"他决定不向贝弗莉讲明，那个"风度"是他唯一信任的、可以靠近他两个女儿的神父。

弥撒仪式间歇，"风度"神父在教区大厅里找到了爱迪。享用过信众们捐奉的咖啡和点心之后，"风度"神父说道："爱迪，我听人说克莱蒙特圣母天主教堂想要招募一位管理员。如果你能来干，我们会感到很欣慰的。"

钢琴厂倒闭之后，爱迪的父亲曾经在克莱蒙特圣母天主教堂做过兼职看门人。爱迪始终没能看惯父亲手拿扫帚和拖把的样子。如今让他也来教堂做事，这是怎样怪异的轮回啊。还好，"受难""讽刺"和"浮华"神父没来这样劝他入伙。否则他没准儿会揍他们。要是当真揍了某位神父，他该如何自处？

"你们这儿的老管理员出什么事了？"爱迪说道。他克制着情绪，尽量避免表现出自己的不悦。

"是他的个人原因。""风度"神父说道。

爱迪与阿尔弗雷德·马达罗内一起调查了这件事的真相。"是生活作风问题，"马达罗内先生抛出了结论，"有人抓到他在清洁工具间里对一个姑娘动手动脚。"

爱迪开始算计，有了这样一笔外快，他能做些什么。

当他把这个消息告诉阿格尼斯之时，他拿了一份美国地图。他把地图铺在厨房那张有时会剐破他皮肤的四叶草桌子上，在尼亚加拉瀑布和阿迪朗达克山脉宿营区的位置画圈做了标记。或许明年还可以去看看胡佛大坝或是去大峡谷公园逛逛？或者更现实一些，全家去华盛顿游玩一番？爱迪说，这些外快可以花在度假上。

阿格尼斯把豌豆放进冰箱里，停顿了一下，又给女儿们倒了两杯冰牛奶。贝弗莉和克劳迪娅必须每天喝一杯牛奶。强壮的骨骼可以让你站得更稳当，到了关键时刻还可以让你逃得更快。

"爱迪，"阿格尼斯倚到丈夫怀里，"当初我说从某个特定时刻起就不信任你了，并不是出于我的本心。不要因为我而去接下这个工作。"

劳动节之后的星期二，爱迪开始去教堂工作。阿格尼斯重新安排了自己每天的日程表，以便每周三次将贝弗莉和克劳迪娅送到日托所去，因为爱迪早晨七点半就要开始工作了。接孩子们回家由爱迪负责。他并没有穿着制服去上班，而是每天早晨提前到教堂的更衣室换装。下班之前，他会换下制服，这样孩子们大老远就能认出她们的父亲。

大多数时候，如此安排都能妥当运转。不过，阿格尼斯偶尔会在傍晚和城市规划局的同事们小聚玩乐一番。如果回家晚了，阿格尼斯都会带着笑脸与爱迪相见。看到丈夫穿着干净的睡裤、衬衫和拖鞋，她感到很愉快。

就在这一年，克莱蒙特圣母天主教学校聘请了一位剧院的客座戏剧家，让他帮忙给学生们导演《第十二夜》[1]。除了之前学生们表演《第十二夜》时积攒下来的数不清的戏服，这位在九月第一周到来的、名叫巴雷特·巴斯的戏剧家还带来了欧式花呢服装，以及崭新锃亮的黑色皮革便鞋。爱迪总是对它们嗤之以鼻（因为爱迪上班时间必须穿亮面牛皮鞋）。

爱迪扫地用的笤帚，跟他的身体一样短小精悍。如果他按照自己的心情去干活儿，忙到满头大汗，别人要花一小时才能干完的活儿，他大概十五分钟就能完成。每当他从六楼开始扫地，一直扫到一楼，最后都会在门口靠近礼堂的地方收尾——那正是巴雷特·巴斯每天下午带着学生们排练戏剧的地方。

"我亲爱的小演员们，"巴雷特·巴斯说道，"此时此刻你们所面临的困局，是在布朗克斯的土地上演出伊丽莎白一世时代那股味儿来。我们必须在舞台上对抗自己的土方言。这可是'屡屡'[2]被搬演的莎剧。把你们的舌头捋直了，别给莎士比亚抹黑。"

"屡屡"在这里是指"经常"。爱迪愣了几秒，才明白这个词的含义。他径直去了教堂学校的图书馆，想要查阅《第十二夜》的剧本。图书馆管理员是一位兼职志愿者，也是家庭教师协会的联络员。他热心地帮助了爱迪。

当年正值一九七一年，克莱蒙特圣母天主教堂学校里的学生大多是黑人和波多黎各裔移民。整个学校里的爱尔兰裔和意大利裔

1　*Twelfth Night*，莎士比亚戏剧。
2　原文为oft，常用于诗文。

学生，爱迪用一只手就差不多能数过来。许多学生家中都有在越南战场打仗或是躲在某处逃兵役的亲戚。每天早晨或者傍晚，在打扫厕所隔间、收拾垃圾桶里污物的时候，爱迪常常跟学生们打招呼。趁着擦拭旋转阶梯或是重新粉刷冬天漏雨的教师休息室天花板的工夫，爱迪会在脑海中默念《第十二夜》的台词。学生们给他起了个外号，叫"提词器"。无论他们喊出哪一句台词，爱迪都能背出下一句。爱迪忽然想明白了一件事，他现在所做的，不正是阿格尼斯曾经要求他做的"家务"嘛。他每天要给卫生间消毒，擦洗员工厨房，擦拭食堂里的桌椅……这些活儿足够两个人干，但爱迪并没有抱怨。他的身体又健壮结实起来了，肥腻的大肚腩也重新被肌肉取代。

七年级学生们在礼堂排练《第十二夜》第一幕第四场，一个叫加布里埃尔·鲁伊斯的学生忘记了台词——他们已经在这儿排练了好几个星期，但加布里埃尔总是在同一场戏忘词。他实在搞不清为什么那些台词在他的脑子里总是颠三倒四的。后来，他被诊断为诵读困难症患者。

扮演薇奥拉的学生[1]：

　　殿下，要是她真像人家所说的那样沉浸在悲哀里，她一定不会允许我进去的。

1　以下《第十二夜》节选均出自朱生豪译本。

扮演奥西诺的加布里埃尔：

你可以跟他们吵闹，不用顾虑一切礼貌的界限，但一定不要毫无结果而归。

扮演薇奥拉的学生：

我想不见得吧，殿下。

扮演奥西诺的加布里埃尔：

好孩子，相信我的话；因为像你这样的妙龄，还不能算是个成人：狄安娜的嘴唇也不比你的更柔滑而红润；你的娇细的喉咙像处女一样……处女一样……那个？

爱迪当时正在礼堂里维修椅子扶手。他干得很慢，为的是听孩子们排练戏剧。学生们坐在舞台的折叠椅上，脱稿排练。加布里埃尔环顾四周，希望有人能帮他一把。巴雷特·巴斯抱着肩膀，不耐烦地用脚轻敲地面。

"你的娇细的喉咙像处女一样尖锐而清朗，"爱迪站在礼堂后排，字正腔圆声若洪钟地说道，"在各方面你都像个女人。我知道你的性格很容易对付这件事情。四五个人陪着他去；要是你愿意，就把他们全带去也好；因为我欢喜孤寂。你倘能成功，那么你主人的财产你也可以有份。"

巴雷特·巴斯笑着走下舞台："嘿，有人记得台词呀。也许你该来我们这部戏里演个角色？"他对这个号称"提词器"的看门人有所耳闻，想要亲自了解一下此人的本事。

"我还得去检查锅炉呢。"爱迪总是在锅炉房吃午餐。在那儿他可以对自己的情绪进行一番评判。如果感觉情绪有失控的趋向，那他就会对着墙壁说话。在海军战舰上服役的时候，他可忍受不了锅炉房的闷热。

"来吧，就占用你一两分钟时间，"巴雷特笑着说道，"就当是帮帮我们。"

爱迪抱着金属工具箱，沿着铺有红毯的过道走了过来。他并没有走上舞台。

"嗨，鲁伊斯，"他打了个招呼，同时避免与巴雷特·巴斯目光相对，"小伙子，你喜欢橄榄球吗？"

"不，"加布里埃尔·鲁伊斯耸了耸肩，他留着迈克尔·杰克逊式的发型，脸上的粉刺都带着迈克尔·杰克逊的风格，"我喜欢棒球。"

"那就更棒了，"爱迪笑着说，"当你感觉要忘词的时候，想象一下，一只棒球正拖着那些台词飞过你的脑海。紧跟棒球飞行的轨迹去记台词，你就能记得多忘得少了。"

爱迪离开了礼堂。这一周接下来几天，他都刻意回避了学生们的戏剧排练。这是他受雇于克莱蒙特圣母天主教堂学校期间最沮丧的几天。每一天他都感觉度日如年。

* * *

"你在越南杀过多少人？"巴雷特问道。爱迪正跪坐在教师休息室，打磨铸铁装饰上的掉漆痕迹。校长正在给他自己倒咖啡，另外两位老师则在饮水机旁边闲聊。

起先爱迪装作没听到这句提问。他当初在航母上是负责给飞机装炸弹的。他见过很多飞行员起飞离舰之后再也没能回来。在一个侥幸返航的飞行员身上，爱迪闻到过凝固汽油弹的气味。

"我没上前线。"爱迪说道。

"但你还是杀过人吧？"巴雷特·巴斯追问道。

"算是间接杀过吧，"爱迪站起身来，"不过我大概也直接杀过一个人。"

"只杀过一个？"

"一个就不少了，"爱迪说道，"一个就够了。"

教师休息室登时一片寂静。巴雷特·巴斯一脸怀疑地微笑着。他那张长脸上的笑容并没有惹恼爱迪。他把手搁到爱迪制服的肩部、仿佛是要掸掉灰尘似的动作，也没有惹恼爱迪。真正让爱迪恼怒的，是戏剧家为他掸去"灰尘"的时候，校长与另外两位老师一起爆发出的笑声。实际上他们的笑声并没有什么恶意。只不过，在精神紧张或是其他一些情况下，一个人有可能失去理智，做出不明智的事情。另外，巴雷特·巴斯的个头比他高出四英尺，这或许也是原因之一。作为一名戏剧导演，他的浮夸扮相是不是太滑稽了？爱迪从柜子旁边抄起一根扫帚，开始在巴雷特周围扫地，就像他儿时看到的母亲和贝拉·马达罗内所做的那样。他使劲扫着巴雷特·巴斯周围的地板，用扫帚划过后者的黑皮鞋。爱迪试图用扫地的方式解除自己的尴尬。他扫地的动作越来越大，扫帚上沾的灰尘渐渐把巴雷特那亮闪闪的皮鞋弄脏。爱迪每扫一下，巴雷特都会向后躲一步。当爱迪扫到第六下，巴雷特重重地仰面摔在了地上。

这一回，校长和老师们憋住没再笑。爱迪躬身伸手想要把巴雷特·巴斯拉起来。而巴雷特却在硬木地板上打起滚儿来："我想我的脚受伤了！"

第二天早晨，爱迪来到教堂学校，看到校长正在员工更衣室门口等他。

"爱迪，"校长说道，"我们还算幸运，那家伙不打算起诉。"

"那家伙就是个混球。"爱迪说道。

"我真后悔雇了他。"校长说道。

"那么，事情怎么解决？"爱迪还没来得及进入员工更衣室。他注意到，校长挡在了员工更衣室门口。

校长脸一红："你应该另谋高就。"

爱迪把手抄进衣兜，把里面的钢镚儿搅得叮当响："也就是说，我没机会看今年冬天的《第十二夜》公演了？"

"鉴于最近发生的事情，"校长点点头，"我不得不要求你离职了。"

* * *

阿尔弗雷德·马达罗内通过一位表亲的关系，拜托到后者的一位表亲，在亚瑟大道的罗纳尔多花店为爱迪找了一份朝九晚五的工作。

"爱迪，"马达罗内先生提醒道，"竖起耳朵来听好了。那些家伙，他们彼此都串通好了。有些人会给你使绊子。永远不要向任何人借钱。贷款都要付利息，而且没人给你交医疗保险。不要盯着他们的老婆或者女朋友看。如果他们的女人把视线转向你，你一定要抬头看天，即便是大白天也要装着数星星，否则到了晚上你就会被那些人打得满眼金星。不要去交什么朋友。你不是他们的朋友。你只是一个雇员。只有在婚礼、葬礼或是洗礼的时候，他们才会假装你是他们的朋友。别指望用纸笔记录什么，那些都没用。永远不要把任何东西写下来。很多人就是因为别人留下的笔记什么的，被杀掉灭口了。"

当阿格尼斯问起爱迪的新工作时，他告诉她，自己在花店当经理助理。夫妻俩都认为，比起教堂学校"管理员"，这已经是进步了。爱迪的薪水变少了，但阿格尼斯并不介意。她告诉自己，无论爱迪能挣来什么，只要他还能挣点钱，而且心情暂时还不错，那就足够了。

打眼初看，罗纳尔多花店显得平淡无奇。然而多看一眼，你或许就能发现一条通往楼上的阶梯。花店楼上，是一家墙上装饰着壁画的西西里风味餐厅。这家店不接受预订，想来吃饭必须有邀请函。爱迪曾经到这家餐厅去过一次——给罗纳尔多的母亲搬运一箱罗马式洋蓟，因为罗纳尔多的母亲就是餐厅的主厨。

餐厅顶层是一处温室，罗纳尔多长年在那儿种植特定的植物和花卉。每周有三天，他会派遣爱迪去曼哈顿的花市弄些新鲜花卉来。爱迪由此练就了选购花卉植物外加讨价还价的本领。每周五，爱迪都会给阿格尼斯和女儿们带回新鲜的玫瑰。这年夏天，他在自家后院开辟了一处花圃，种满三色堇、紫罗兰、迷迭香和茴香——都是那些莎剧里出现过的花花草草。由此，爱迪再次赢得了女儿克劳迪娅的信任和喜爱。

对爱迪而言，这段日子是平和的。他开始对着花花草草背诵《君臣人子小命呜呼》里的台词，因为在罗纳尔多花店，他没时间冲着墙壁念念有词。爱迪觉得，那些玫瑰花和马蹄莲好像都能听懂他的话似的，而每当他精心培育照料的植物被别人买走，他也感到心情愉悦。在身着华服、驾着豪车的顾客们看来，爱迪的脑子似乎有些问题，是一个笨蛋。爱迪根本不需要去做什么，就因为他是黑人，那些白人顾客就自然判断他是一个蠢货。与巴雷特·巴斯和纳尔逊·马莫斯军士长的共事经历，让爱迪坚信，白人更喜欢黑人又聋又哑、直冒傻气的样子。

* * *

六月的第二个周末，子弹如雨般倾泻到罗纳尔多花店。爱迪对那情景久久不能忘怀，因为报纸记录下了当时亚瑟大道上人山人海的样子——那是一个闷热潮湿的星期六下午，许多家庭在街边的咖啡馆和餐厅用餐，或是在商店采购。爱迪刚冲洗完店门口的步行道，正在借着水管里的水洗手。这时一群人从花店里走了出来。爱迪知道，这些人之中有一个，是外号"萨尔"的黑帮老大萨瓦托雷·加利亚诺。萨瓦托雷每周六都会到罗纳尔多花店楼上的餐厅吃饭，饭后会到花店里短暂逗留一番，欣赏各色花卉。他从来不买花，即便是妻子或是情人就陪在他身边，他也一毛不拔。但这一次，萨瓦托雷似乎对天堂鸟产生了兴趣。

"这花多少钱？"他问爱迪。

那段时间，罗纳尔多开始让爱迪当收银员。爱迪把手擦干，走到萨瓦托雷面前。

"一枝三美元，一束四十美元。"爱迪说道。

萨瓦托雷的手下都穿着休闲便装。他们的装扮与星期六的慵懒气氛很搭调。他们站在老大的左右。萨瓦托雷把手伸进衣袋，想要掏出钱包，却什么都没摸到，便咒骂了一句。他刚才在楼上吃双份开心果芝士饼的时候，把钱包忘在了餐桌上。就在他派一名手下上楼去拿钱包的时候，一辆黑色豪华轿车从路对面拐了过来。一刹那间，时间似乎凝固了。一个身穿白色三件套的男人从豪华轿车里溜出。萨瓦托雷·加利亚诺的手下们还没来得及掩护老大逃走或是做出自救动作，白衣男子手中的枪便向他们倾泻出无数子弹。爱迪一直盯着枪手。是幻觉吗？枪手是个黑人？一个比爱迪大不了几岁的黑人？谁能理解这一刻爱迪脑海中的冲突，理解那杂糅的骄傲与嫌恶、爱与仇恨？怒火在他的心中燃烧。肾上腺素在他的体内奔流。爱迪抱起那束天堂鸟，左扑右挡，又拉着萨瓦托雷·加利亚诺一起趴下，躲过了枪手的子弹。

"我是一名越战老兵，"晚些时候，当警察和记者追问枪击案细节之时，爱迪说道，"我见到过很多东西在墙壁上进进出出，很多时候我甚至都不知道自己是否也在墙壁上进进出出。"

他突然转过身背对摄像机镜头，开始与几乎被摧毁殆尽的鲜花进行"心灵沟通"。枪击案造成两人丧生。萨瓦托雷·加利亚诺毫发无伤。被警方确认无法有效做证之后，爱迪决定开车回家。让他来做证，注定是竹篮打水一场空。

阿尔弗雷德·马达罗内专程前来拜访爱迪，对他在枪击案中的英勇表现表示祝贺："换成是我，做不到你那么勇敢。"

枪击案后，罗纳尔多花店关了六个月之久。爱迪得到了六千美元的离职补偿金。他和阿格尼斯一致认为，要是拒绝接受这笔封口费，那就太愚蠢了。夫妻两把这笔钱存进了家里的长期备用金账户，用以支付克劳迪娅上大学之后的住宿费和伙食费。

当阿尔弗雷德·马达罗内对爱迪提到另一个工作机会的时候，爱迪想到了一句话：自助者天助之。他曾经不止一次申请过MTA[1]的职位。一年零四个月后，他开始为桥梁隧道部工作，作为收费亭管理员，被派往乔治·华盛顿大桥。爱迪慢慢适应了每天或是每周都看到相同的人驾车过桥，当然，有些过桥的人他也就只见过一次。他白天根本没时间诵读《君臣人子小命呜呼》里的台词，晚上回到家中，也经常过于疲劳，懒得从鞋盒子里拿出剧本一阅。他试图将战争经历和纳尔逊·马莫斯军士长忘到脑后，在某种程度上

1　Metropolitan Transportation Authority，大都会运输署。

说，他的确做到了。他也尝试着与阿格尼斯重归于好，享受床笫之乐，相比于对过去梦魇的遗忘，在这件事情上他做得更好一些。有些时候，爱迪会说梦话。通过聆听爱迪的梦话，阿格尼斯记下了许多她丈夫的事情，不过她从未对爱迪提起过这些，也从未提出任何疑问。爱迪在乔治·华盛顿大桥的收费亭里存了一些零钱。如果有驾车过桥的人没带零钱，但态度诚恳或是有正当理由，爱迪都会花点时间给对方进行一番"快速补课"——你知道吗，建造这座桥花费了六千万美元，这座桥建成于一九二七年，桥的下半区，哎，自然是以玛莎·华盛顿[1]命名的——然后他就会笑着示意对方可以离开。他会从他自己那堆私房零钱里拿出几个钢镚儿，跟其他票据和零钱一起扔进柜台钱箱。

1　乔治·华盛顿的妻子。

第二部

炎夏时节

- ┐

1980

 一九八〇年阵亡者纪念日[1]前后，一个黑人家庭搬到了汉克和他父母家隔壁。这家人是下午最热的时候搬来的。还好，太阳并没有特别慷慨地炙烤人间，来自湾岸区的风儿也尽职尽责地吹着，新搬来的人们算是少受了些灼热之苦。

 汉克的父亲查尔斯·堪夫尔手上拿着一套崭新的高尔夫球杆。查尔斯并没有选择铁质球杆，而是选用了柿木材质的。他在向家人解释着，这些硬木制成的球具对他的击球动作有着怎样的改善。他向谢默斯三世的父亲、他的堂哥大个子谢默斯展示他的高尔夫球杆。查尔斯家的豪宅——有着五间卧室、三间浴室、大阳台、全景式前廊和自动开门车库的像姜饼屋一样的大房子——让堪夫尔的表兄弟们瞠目结舌。这座占地半英亩的豪宅所在的日落海滩，是佐

1　美国纪念日，每年五月的最后一个星期一，用以悼念在各场战争中阵亡的美国官兵。又称国殇日。

治亚州巴克纳县的一处封闭式岛屿社区。房子俯瞰一座高尔夫球场和一处盐沼。查尔斯·堪夫尔的夫人有一个专用的坐浴盆，而且这个连米饭都不会煮的女人还有一处配有大理石操作台的豪华厨房，这一切都让查尔斯·堪夫尔的堂嫂和堂弟媳们颇感不爽。女人们犯了红眼病的样子又让查尔斯·堪夫尔的堂兄弟们非常不悦。当天早晨，查尔斯的妻子芭芭拉·堪夫尔正巧不在日落海滩社区，而是驾车去了市中心的特鲁迪夫人路边餐厅。这家餐厅的黑人厨师们依然穿着美国内战前风格的服装。店里的吊扇除了让闷热的空气更加凝重，几乎毫无作用。这顿精致大餐花了芭芭拉五百美金：秋葵浓汤、南方红米、炸鸡、酸黄瓜酱、芥蓝，还有一份家常土豆沙拉。当查尔斯在堂亲们身上浪费时间时，芭芭拉独自坐在厨房里的一只高脚椅上。她穿着红色衬衫和卡其色短裤，一双海军蓝帆布鞋拖在地上。一九八〇年夏天，帆布鞋一度非常流行，但芭芭拉之所以选择它们，仅仅是因为穿着舒服。她根本没必要关心时尚走势，就算是给鱼开膛破肚她也照样能看上去光彩照人。她和丈夫查尔斯·堪夫尔一样，都有着蓝色的眼睛和淡黄色的头发，在太阳映照下仿佛闪着金光。芭芭拉和查尔斯的儿子汉克继承了他俩的俊俏容貌，不过汉克的头发是黑色的。芭芭拉常常用手指梳理着汉克那黑亮的头发，对他说："宝贝儿，该去游泳了。"

烤架上正烹制着汉堡和热狗。从特鲁迪餐厅带来的其他食物都摆在木头野餐桌上。芭芭拉光脚走出房间，站在丈夫身旁。查尔斯的堂兄弟们和他们的妻子们在高声谈笑着。

"你煮鸡蛋的方法是跟谁学的？芭芭拉，是谁教给你什么是土豆泥、什么是土豆沙拉的？"大个子谢默斯的老婆问道。

芭芭拉喝了一口密尔沃基啤酒："我想，你是在说我手艺不错。"她给客人们斟满酒杯：这些家伙正是冲着她丈夫收藏的美酒来的。不过他们并不知道，头天夜里，芭芭拉就已经把那些优质的美国威士忌、波本酒、苏格兰威士忌、黑麦威士忌和金酒都倒进了别的瓶子，然后在空酒瓶里倒满了廉价劣酒——此刻客人们喝的正是那些劣酒。汉克也帮了忙。他喜欢帮母亲一起耍弄父亲的堂兄弟们。这是炎夏时节最大的乐趣之一。

一整天，大家都在谈笑风生中消磨时光。查尔斯的一位堂亲——一个目光如游隼般犀利、身材瘦削的家伙——忽然问道："隔壁住着什么人？"

"没人知道。"查尔斯答道。那是一座维多利亚时代风格的黄色房子，前院种着一棵垂柳。查尔斯和芭芭拉是九个月前买下房子搬到此地的。当时隔壁房子就是空着的，无人居住。

"能住这种地方，"那位有着游隼般犀利目光的堂亲把查尔斯家的房子从天花板到地面打量了一遍，"看来你们家赚了不少钱啊。"

查尔斯望向芭芭拉：她曾经建议过不要请这位堂亲来做客。"查尔斯，亲爱的，你太热情了。有些人就像是填不饱的无底洞。"芭芭拉警告过，"即便是一顿大餐也填不饱他们的胃口。"

"这么说吧，这座房子的价格还算公道。"查尔斯用他新高尔夫球杆的头部戳了戳这位堂亲的肋骨。大家都笑了。

就在此时，一辆搬家卡车沿着幽静的街道驶来，开进了隔壁那座维多利亚时代风格的宅院。紧跟着搬家卡车开进来的，是一辆银色的沃尔沃轿车。车上载着一家人。黑人。

"别告诉我你们也看到了同样的……"目光如游隼般犀利的堂亲说道。其他的堂亲爆发出刻薄而又欢快的笑声——他们的儿孙成年后大多也会继承这样的笑声。查尔斯愣在原地，挂着他崭新的高尔夫球杆。最后，是大个子谢默斯站出来打圆场。

"嘘，"大个子谢默斯说道，"你们不希望查尔斯的新街坊把我们都看成是愚蠢的家伙吧。"三十年后，当汉克将他父母的房子卖给大个子谢默斯的时候，他依然记得这位堂亲当年的这一善举。

新搬来的邻居从他们的银色沃尔沃轿车上下来，走向新居门口。一瞬间，那家的母亲转过头来，朝查尔斯·堪夫尔家看了一眼——也许汉克是有些庸人自扰了，也许人家根本没朝他们家这边看。那位女士穿着一身明艳的蓝色夏装，脚上蹬着一双海军蓝帆布鞋——那鞋子看上去跟汉克母亲那双很像，只是鞋跟高了两三英寸。汉克原以为那女人会停下来打个招呼，但人家却一直走在丈夫身边。夫妻俩身后跟着四个孩子：其中有一个娇美的十五岁姑娘，卷发及肩，身上的紫色花布裙子伴着她的脚步轻轻摇曳。女孩右边是一条身材短小的垂耳巴赛特猎犬。跟在女孩身后的，是一个戴着眼镜、留着寸头的男孩。汉克自己刚满十三岁，他认为那个男孩跟他岁数相仿。最后钻出沃尔沃轿车的，是一对胖乎乎的龙凤胎。他俩刚才在车上睡着了。这对龙凤胎也就四五岁的样子，穿着白底蓝领的水手服，搭配红色飘带。看着他们的样子，汉克不禁想到了他在幼儿园最喜欢的童话书《给小鸭子让路》里的野鸭一家。这家人的棕黑肤色简直跟童话书里的鸭子一模一样，只不过脖子上没有那一圈绿。到了特定的季节，野鸭会换毛。换毛期的野鸭脖子上没有绿毛。换毛期的野鸭是飞不起来的。

"我准备这顿饭可花了不少工夫，"芭芭拉的话把丈夫堂亲们的视线从新街坊一家人身上拉了回来，"对吧，汉克，我的好儿子？现在咱们把东西都收拾回去吧，这大热天的，万一食物都变质了呢。我想你们都不想食物中毒吧。早晨我还要赶飞机。不过你们大家可以整晚吹着空调，喝我丈夫珍藏的好酒。"

第二天早晨，巴克纳县机场。在登机之前，芭芭拉忘情地亲吻了查尔斯："从现在开始，查尔斯，可别背着我干坏事。"她要去亚特兰大参加一个区域性的红十字组织会议。

"宝贝儿，坏事留着你回来一起做。"查尔斯轻轻拍了拍芭芭拉的屁股。

芭芭拉后退一步，用手理了理汉克的头发。"还有你，我的小伙子，"她说道，"个子别长得太快呀。"

* * *

整整三天时间，汉克都在暗中观察邻家的男孩，希望能找个机会大大方方地跟对方打个招呼。那个男孩的眼镜厚如龟壳，让他显得既严肃又紧绷。打眼望去，仿佛他的思维要比他本人快两步，而他愤怒的表情就像是在埋怨自己的思维不听指挥似的。从日落海滩乡村俱乐部上完航海训练课回家的路上，汉克终于碰见了邻家男孩，对方正在遛着那条垂耳巴赛特猎犬。

"你不怕狗跑到街上去吗？"汉克问道。那条巴赛特猎犬并没有拴着牵引绳，而是走在邻家男孩前面几码的地方，鼻子在步行道上嗅来嗅去。

"蒂伯知道怎么安全地过马路，"邻家男孩答道，"再说了，这种断头路上也不会有太多车来人往。"

"你训练过它吗？"汉克问完这句话，忽然感觉自己问得有点蠢。

"没有。平时主要是我姐在照料它。除了我姐朗尼，它基本上不搭理别人。是她训练了它。"

"那为什么是你出来遛它呢？"

"我们家那对龙凤胎总是闷闷不乐。每次他俩摆出那种臭脸，我就不想在家里待下去。"

汉克差点被邻家男孩的傲慢劲儿给逗乐了，但他还是忍住了。

"我叫汉克。"他友好地自我介绍道。

"什么？哈克？"

"不不不，汉克，跟那个乡村歌手汉克·威廉姆斯同名。"汉克唱起了那首《把路让开》。汉克·威廉姆斯所有的歌他都烂熟于心，因为他母亲总是播放这位大歌星的唱片。汉克的母亲在密尔沃基长大，但她的娘家亲戚都来自汉克·威廉姆斯的故乡，亚拉巴马州的巴特勒县。汉克的母亲总是这样说："我给你取名汉克，就是想让你成就一番事业。"

"那是乡村音乐啊。"邻家男孩说着，从上衣兜里拿出一个魔方。在他熟练的拧动下，魔方在他的手里旋转，黄色、绿色、白色、蓝色逐渐都被拼齐，红色也几乎要被拼好了。

"乡村音乐怎么了？"汉克注意到，邻家男孩脚上的查克·泰勒球鞋有点变形。哦。原来他有点足内翻。

"没什么。"邻家男孩肯定发现了汉克正盯着他的双脚，因为他把脚往外伸了一点。他第一次正眼看向汉克："艾尔维斯·科斯特洛有些歌也算是乡村音乐。我喜欢他的歌。"

"我也喜欢艾尔维斯·科斯特洛。"汉克松了口气。他终于和邻家男孩有了一点共同语言。

"那你喜欢金发女郎乐队吗？"邻家男孩问道。

汉克点点头。

"伪装者乐队呢？"

汉克又点点头。

"平克·弗洛伊德乐队呢？"

"当然，"汉克把手从短裤兜里拿出来，他忽然更自信了，"我还喜欢皇后乐队和黑色安息日乐队呢！"

邻家男孩似乎对魔方失去了兴趣。"好吧，"他耸耸肩，"我想《波西米亚狂想曲》[1]应该是弗雷迪的巅峰了。哦，我叫吉迪恩。"

吉迪恩伸手要与汉克击掌。十三岁的汉克已经身高五英尺八英寸了。等将来上大学的时候，他会长到六英尺六英寸。而吉迪恩的双腿似乎还没赶上身体发育的节奏。他的个头只到汉克的肩膀。

1　皇后乐队的代表作，弗雷迪·莫库里是皇后乐队的主唱。

两个男孩一起绕着街区走了两圈，那条叫蒂伯的狗走在他俩前面。两人在吉迪恩家的门前停下脚步。吉迪恩的姐姐朗尼正在门廊读着一本《青少年节拍》杂志。看到朗尼，猎犬蒂伯几步就冲上了廊前的阶梯。朗尼放下杂志，亲吻了狗的鼻尖。她的头发盘着个芭蕾舞演员式的发髻。她穿着一件粉色的海滩休闲套衫，蹬着一双拖鞋。

"她可真爱读《青少年节拍》啊。"汉克说道。其实在过去这三天时间里，他也在偷窥朗尼，看她在门廊上坐着读杂志的样子。

"别让她骗了。她那本《青少年节拍》后面还指不定藏着什么书呢。有可能是阿娜伊斯·宁，或者是柯莱特，也有可能是D. H. 劳伦斯[1]。都是从我妈妈的柜子里翻出来的。"

"你说我是不是该去了解一下阿娜伊斯·宁的作品？"

"还是听你的黑色安息日吧。再说了，谁说她就真的喜欢那些作家了？她只不过是要找点事情做而已。反正在这儿也没什么事情可做。"

"不对。在这儿有很多事情可以做呢。"汉克说道。

"有什么好做的？"

"哎，"汉克忽然感到自己应该为这片街区仗义执言，"我们家刚到这儿住了几个月。乡村俱乐部有航海课。我们还能打网球。不同年龄段的人们都能找到适合自己的活动。你可以游泳、骑自行

1　阿娜伊斯·宁（Anaïs Nin, 1903—1977），西班牙作家，著有十一部日记。柯莱特（Sidonie-Gabrielle Colette, 1873—1954），法国作家，著有《琪琪》。D. H. 劳伦斯（D. H. Lawrence, 1885—1930），著有《查泰莱夫人的情人》。

车，或者去徒步旅行。每个周六晚上，还有露天电影可以看呢。"

"那我们倒是可以去乡村俱乐部玩玩，"吉迪恩说道，"我玩魔方的时候，朗尼可以找点奇异的乐子。"

吉迪恩这么说他姐姐，让汉克感到有些不悦。他说他的龙凤胎弟弟妹妹"总是闷闷不乐"时的态度，也让汉克心中不爽。汉克甚至不知道自己是否看得惯这个邻家男孩。

吉迪恩掏出魔方，又开始玩了起来。

汉克的注意力重新转移到坐在门廊阳台看书的朗尼身上："哎，你姐姐看上去真是既高傲又甜美。"

"你可别对她动歪心思。将来朗尼要去做医生的。她说过，要想了解人体的解剖结构，先得去了解人类的激情。激情嘛，能创造一切，也能毁灭一切，包括人的躯体。"

"你刚才说你姐姐多大年龄来着？"

吉迪恩把魔方放回上衣口袋。"抽空你来我家玩玩吧？"他说道。

"没问题啊。"汉克应道。

"那好。"吉迪恩头也不回地进了屋。

＊　＊　＊

每天晚上，猎犬蒂伯都会从厨房的狗洞里钻出来，到屋外嚎叫。汉克认为这条狗大概是想念从前居住的地方了，就像朗尼和吉迪恩一样。汉克忽然想到，自己甚至还没打听过吉迪恩他们家原来住在哪里。

"这品种的狗都这样。"查尔斯对儿子解释道。汉克和他的父亲正在后院里看星星。"猎犬从娘胎里就会嚎叫咆哮。当然，要让我说，其实他们家那条狗不算是真正的猎犬，太矮太胖。像那样的狗，派不上什么用场，也就养来玩玩吧。"

"爸？"汉克小心翼翼地说道，"我在想啊，或许我可以邀请邻家那个新搬来的小伙子来咱们家做客？"

"不，儿子，我觉得不行。"

"为什么不行？"

查尔斯在躺椅上坐定。他是S&S银行的高级副总裁。其实这个头衔并不像听上去那么正式，但依然会让人背负上一些包袱。在二十世纪八十年代，许多长久以来经济拮据的美国民众开始寻求改变。里根主政时期即将开始，这位总统坚信"普通人"应该得到社会的回馈，这样他们就不用一直"普通"下去了。在里根当总统的数年间，查尔斯将会见证这片土地的发展。他将会亲自批准许多人家的首套住房贷款申请。查尔斯有一个健康活泼的儿子，有一套五间卧室的豪宅。他的老婆喜欢助人为乐，忙得天天不着家，所以教育孩子怎样行事，便成了他的职责。"两家的庭院之间没有栅栏，你们完全可以在外面相见，想聊什么就聊什么。"

"可是外面很热呀。"

"嫌热就站到树荫底下。"

"爸，他邀请我去他家玩了。如果我不邀请他到咱们家来坐坐，那多尴尬。"

"这附近又不止你们两个小男孩。再说现在时机不对。"查尔斯笑着对儿子说道。查尔斯的笑容很好看,即便已经从银行下班回到家中,他的脸上依然在很大程度上保持着微笑。

"咱们连欢迎礼物都没给他们送,"汉克说道,"咱们搬到这儿来的第一天,邻居们就送欢迎礼物来了。"

"然后那些礼物全都让你妈给扔了。你也知道,芭芭拉非常反感高热量食物。咱们家大概是全美国唯一不吃蛋黄酱的家庭。"

"好吧,我去问问她。我去问问妈妈。"

"去吧儿子,"查尔斯闭上眼睛,"准备好欢迎礼物然后送给邻居,这都是女人的活儿。"

"不,我不是指欢迎礼物。我说的是请吉迪恩过来做客的事。"

查尔斯·堪夫尔没有睁眼。汉克分辨不清父亲究竟是睡了,还是在刻意忽略他的话。

那一夜,汉克躺在他那张双层床的上铺,脚丫搭在床边,脑海里想的全是他新朋友的姐姐。吉迪恩对他说过,朗尼喜欢看那些"奇异"的东西。回到家中之后,汉克第一时间找出他那本袖珍韦氏词典,查了这个词的含义:

奇异:用来形容特别与众不同的或是不同寻常的事物;有时可以用来特指那些在背景上或是本质上少见而有诱惑力的文学或是艺术作品。

汉克想要告诉吉迪恩，自己并不像吉迪恩想象的那样年幼无知。查尔斯·堪夫尔在地下室里藏了多到令人震惊的色情物品。汉克不太喜欢看色情录像，因为那些玩意儿很容易让人分心，目不转睛地看着录像里的男女彼此口交或是扶床猛干的样子，很容易让人忘记时间的流逝。但每个月，汉克都会溜到地下室去偷偷看《花花公子》《妓女》或是《阁楼》之类的成人杂志。在浏览鲍勃·古乔内[1]的《阁楼论坛》的时候，汉克逐渐有了自己的世界观。每次看完这些东西，汉克都会解开裤子，按照自己喜欢的方式把色情图片排好，听着黑色安息日乐队的歌，尽情手淫一番。

就在芭芭拉·堪夫尔乘飞机去参加最近一次会议之前——也就是查尔斯的表亲们拍拍屁股滚蛋、留下一个烂摊子让堪夫尔一家人收拾之后——汉克无意中听到母亲这样对父亲说："查尔斯，我的阴道现在很开心，你可别惹它不开心。"

如果不是听到了这样隐私的内容，或许汉克会把父母的对话统统讲给吉迪恩听。更确切地说，他或许应该去找朗尼·爱泼伍德探讨一下，那让阴道开心的东西究竟是什么。毫无疑问，假如他真的这么问了，朗尼一定会抽他耳光。于是第二天，汉克直接去找母亲，想要问个明白。

"你和爸爸过得幸福吗？"

芭芭拉正在刷牙。她要乘的飞机还有不到两小时就要起飞了。

---

1 《阁楼》杂志的创始人，《阁楼论坛》也属于其旗下。

"汉克，亲爱的儿子，我能嫁给你爸，绝对是三生有幸。"

"妈？"

"当然了。怎么了儿子？你有什么烦恼吗？为什么要问这些？"

"昨晚我好像听到你俩在争论什么。"

芭芭拉把牙刷冲洗干净，开始扑粉涂眼影。汉克觉得母亲已经够美艳了，没必要多此一举。"如果我们不再'争论'了，"她对儿子说道，"那才是你应该担心的时候。"

"也就是说，你俩不会离婚了？"

"我的小汉克，"芭芭拉冲儿子一笑，"人都是懒惰的。人们之所以离婚，不是对伴侣太过迁就了，就是对伴侣太不迁就了。既然结了婚，就得把握好自己的方向。"

离家前往亚特兰大以来，芭芭拉·堪夫尔整整三天都没打电话来。她没留口信就到外地去，也不打电话回来询问儿子和丈夫的情况，这还是第一次。后来她时常对儿子说，我给你取名汉克，希望你能对得起这个名字。

* * *

吉迪恩·爱泼伍德家的房子有一股像是生姜味的清香。桌台的玻璃盘上摆着一只装点着姜片的三层椰肉蛋糕。吉迪恩喜欢吃有菠萝的蛋糕，但朗尼对菠萝过敏。所以菠萝就成了这家人的禁忌。

"我们在特克斯和凯科斯群岛度暑假的时候，朗尼喝了菠萝汁，紧接着她就没办法呼吸了。现如今她走到哪儿都随身带着抗过敏药。"汉克怀疑，朗尼之所以想当医生，就是因为她差点因喝菠萝汁而窒息。他意识到，吉迪恩是在像切胡萝卜一样，一点一点地在他面前透露朗尼的信息，然后看他是否会上钩。

吉迪恩家的房子非常舒适，里面摆满了能让人尽情放松身体的家具。还有从地面堆到天花板的无数书籍，几乎要从前任房主留下的墙嵌书架上"流淌"下来。初次造访之时，汉克只是瞥到了吉迪恩的母亲一眼——她在游戏室里全神贯注地陪着那对龙凤胎玩耍。

大部分时间里吉迪恩和汉克都在娱乐室待着。汉克一边听着收音机里平克·弗洛伊德乐队的《迷墙》，一边吃着第二块椰子蛋糕。而汉克学习的"榜样"吉迪恩，无论做任何事情，都不喜欢静止不动——静止不动会让他无法集中精神——所以他在原地蹦跳。他并不是在舞蹈，只是单纯地蹦跳。玩弹球机的时候，每当要激活机器或是重来一局，吉迪恩从不规规矩矩地塞硬币进去，而是会用力砸机器一下。娱乐室几乎是整座房子里最混乱的地方，充斥着电唱机和弹球机的噪声，堆满了各种玩具和自行车，还有一张歪歪斜斜的绒布面台球桌——那张台球桌让汉克脸红心跳，他忽然想到了自己和朗尼在桌上翻云覆雨的样子。

"你怎么会有弹球机的？"

"有人贿赂我啊。"

"真的假的？"汉克问道。

"我没糊弄你。为了让我们同意搬家到这儿来，我爸给我们买了很多好东西。他要么贿赂我们，要么——"

"要么就得看着你们'闷闷不乐的臭脸'。"

吉迪恩扬起眉毛:"差不多是这样。"

"那你爸给朗尼许诺了什么呢?"

"圣诞节假期,去纽约来一次文化之旅。"

"我想,你或许会想念俄亥俄州的朋友们吧。"

吉迪恩冲汉克一笑。他的笑容暗含着一切可以用来形容"刻薄"的言语。全世界几乎都能感受到这份"刻薄"。"汉克,你有朋友吗?"

汉克真想把吉迪恩踹倒在地暴揍一顿:"我们家在佐治亚州北部有一座农舍。我们会去那儿过圣诞。当然,比不上你们的纽约文化之旅。"

吉迪恩把他的魔方递给汉克。自从搬家到佐治亚州以来,他的社交圈子就只有眼前这个白人男孩而已。吉迪恩不确定汉克是真傻还是装傻,或者说不管他真傻还是装傻其实都是一回事。在俄亥俄州,吉迪恩有很多朋友,白人、黑人、犹太人、亚洲人、印第安人……总之都跟他一样古灵精怪。可现如今呢,一切都被分成了泾渭分明的两个阵营:黑人、白人。整个街区就没有谁拥有与吉迪恩、朗尼、他们的父母和他们的龙凤胎弟弟妹妹一样的肤色相貌。汉克甚至都没邀请自己去他家里做客呢。不过,现在汉克正在吉迪恩的家里做客。

"是啊,我想念我的朋友们。俄亥俄州的生活很有趣。"

　　　　　　* 　 * 　 *

　　夏洛特·爱泼伍德是一名中学教师，劳动节之后就要重新开始全职工作了。大致浏览过新生们的学业水平测试成绩之后，夏洛特坚定了要回南方去的想法。眼前的这个学年必定漫长而无趣。现在，夏洛特几乎把所有时间都用在了陪伴她的龙凤胎孩子上，因为开学之后她就不一定总有时间或者精力来陪他们了。与芭芭拉·堪夫尔一样，夏洛特·爱泼伍德也不擅长烹饪和烘焙。于是，她的姑姑——戈特利布面包店的首席烘焙师米勒夫人——总是会送一些巧克力小零食、葡萄干姜饼或是其他各式各样她觉得应该做来送给夏洛特母子的吃食。米勒夫人曾经一度坚信，女孩儿就不应该远嫁他乡。侄女夏洛特都打算回巴克纳县了，自己的女儿阿格尼斯却选择待在北方，这真是让米勒夫人苦在心头。

　　"现在可是一九八〇年了，世界早就不一样了。"每当侄女夏洛特在宁静的傍晚打来电话，抱怨着要回俄亥俄州的时候，米勒夫人都很喜欢这样说。夏洛特曾经在巴克纳县参加过三个不同的亲子社团，但她依然无法放下心来——不知怎的，她总是严阵以待，随时出手保护她的孩子们。

　　"我见识到了比私刑更可怕的东西。"丈夫刚刚下班回到家中，夏洛特就对他这样说道。接着，她告诉丈夫，儿子吉迪恩交了个新朋友，这会儿两人正在娱乐室交流。

　　"你今天出门了吗？"鲁本·爱泼伍德问道。作为一名退役海军军官，他最近刚刚被任命为巴克纳县历史悠久的黑人学院的教务

132

处长。

"我去了城里。我带着龙凤胎在罗伯特·李公园那一带散了个步。"

"那够远的呀。为什么不去乡村俱乐部玩呢？"

夏洛特让龙凤胎都坐在她腿上："鲁本，这里可不比谢克海茨[1]。我就说一遍，你听好了：只要我还活着，我的孩子们就不会踏进乡村俱乐部一步。"

"夏洛特，他们还得接着学游泳课呢。他们是天生的游泳好手，但凭他俩现在的本事，若是在大洋上落了水，还不一定能活着游回来呢。"

"哼，"夏洛特争辩道，"我看还是带他们去城里的基督教青年会，用那儿稍差一点的设备学游泳吧。"

* * *

吉迪恩·爱泼伍德把下面这些东西都落在了俄亥俄州克利夫兰谢克海茨那充满了自由气息的混居街区：

1. 好朋友。

2. 一间树屋（他六岁生日那年，父亲为他建造的）。

3. 一个红色的相机取景器，送给了他最好朋友的弟

---

1 位于美国俄亥俄州的一座城市。

弟（那小家伙简直就是他俩的跟屁虫）。

4. 汤米甜品店的美味奶昔。

5. 街边小摊用红辣椒调味的热狗。

6. 克利夫兰印第安人队[1]，以及球场外贩卖的用红辣椒和芥末调味的热狗。

7. 七年级时的语文老师弗罗斯特女士，她喜欢用红色记号笔在他的作业本上打满红叉，但总是写下一段鼓励的话：吉迪恩，勇敢做你自己，同时要保持聪明的头脑。

8. 伪装者乐队一九七九年的专辑。他把它忘在了卧室地板上。他恳求父母在77号高速公路或是其他哪条高速公路上掉头，想要回去拿这张专辑，甚至威胁父母要跳车。

9. 伪装者乐队一九七九年专辑盒子里藏着的情书。那封情书来自第一个亲吻他的姑娘。

10. 第一个亲吻他的姑娘写给他的情书背面的电话号码。他俩曾经计划私奔去范库弗峰——两人一起背包徒步登山，一同乘坐四轮马车。

数年之后，一九八五年，当纳尔逊·曼德拉在哥伦比亚大学汉密尔顿大厅门前组织集会的时候，吉迪恩和他的第一任女友邂逅了。两人各自放下手中的标语牌，从人群中偷偷溜出来。他们的躯体在蹦跳，他们的脑袋在摇晃，伴着现场模糊的克丽茜·海德[2]的歌

1　美国职业棒球队。
2　克丽茜·海德（Chrissie Hynde, 1951— ），美国女歌手，伪装者乐队成员。

声，前后摇曳着。

"我是个女同性恋。"吉迪恩的第一任女友如是说道。

"没关系，"吉迪恩·爱泼伍德应道，"我是男同性恋。"

六月的第一个星期天，芭芭拉·堪夫尔带着礼物回到家中：给丈夫的是一箱桃子味啤酒，而给汉克的是一个侧面雕刻着佐治亚大学斗牛犬队[1]标志的红色自行车灯。吃过一顿烤石斑鱼之后，汉克的父母转眼间就钻进了卧室，只留下汉克一个人观看电视上重播的《迈阿密风云》。直到电视剧播到第二集快结尾的部分，芭芭拉和她的丈夫才重新出现在客厅，伸胳膊蹬腿地躺倒在沙发上。两人都穿着新换的衣服。芭芭拉的头枕着查尔斯的大腿。

汉克坐在沙发旁的地板上。他关掉了电视："那，咱们什么时候来一次文化之旅？"

"文化之旅？"芭芭拉坐起身来，打着哈欠，"真是个好主意，我怎么没想到呢？"

查尔斯抚摸着芭芭拉的头发——那一头秀发闻上去就像是夹杂着香烟味的海风，或许还有一点大麻的味道。然而查尔斯心想，芭芭拉是何等聪明的人，她抽大麻什么时候被别人抓到过？

"芭芭拉，"查尔斯问道，"你又开始吸烟了吗？"

"汉克，好儿子，"芭芭拉打着哈欠说道，"你想来一次什么样的文化之旅？"

1　美国职业橄榄球队。

"嗯，我想咱们或许可以去纽约。圣诞假期就去。"

"汉克，你忘了吗，咱们全家人要在农舍一起过圣诞。"查尔斯说道。

芭芭拉笑着看向丈夫。她抬起双腿做出一个半倒立的瑜伽姿势，肩膀舒舒服服地抵着查尔斯的大腿："纽约现代艺术博物馆有梵高作品展，去参观的人还能欣赏到那幅《星空》呢。"

查尔斯喝了一口威士忌："梵高，就是那个把自己耳朵割掉的家伙嘛。"

芭芭拉笑了："正是因为割掉了自己的耳朵，他才有了更敏锐的视觉和更灵巧的双手啊。"

查尔斯俯身亲了芭芭拉一口："好啦，亲爱的。我喜欢你审视这个世界的样子。实际上，我喜欢你的样子。"

"那就说定了。咱们到农舍里待一个星期，然后去曼哈顿好好过个周末，"芭芭拉对汉克挤挤眼，"我的大小伙子，满意了吧？"

汉克的父母用他们自己"特有的方式"又抱在了一起。这就意味着汉克应该悄悄躲到别处去了。每当父母开始自顾自地抱在一起"找乐子"，汉克都觉得，若是能有个弟弟妹妹，或许是件好事。但他并不确定自己是否愿意与别人"分享"父母的宠爱。透过客厅窗户，他看到猎犬蒂伯正蹲在屋前的草坪上，便出去逗狗了。每天晚上，当蒂伯在外面拉完尿完，吉迪恩的父亲都会拿着狗粪铲子走到屋外，等着蒂伯带他去"作案地点"清理粪便。有时候，鲁本·爱泼伍德会点上一支雪茄。汉克怀疑这雪茄是邻家大叔偷偷拿来享用的，就像他偶尔会在母亲钱包里发现维珍牌女士香烟一样。

猎犬蒂伯每次看到汉克，都会摇着尾巴开心地迎上来。虽然蒂伯个头不高、叫得很响，但它是条很不错的狗。每当汉克在草坪上玩起侧手翻来，蒂伯都会围着他转圈，吠叫不停，用沾满口水的舌头舔他的脸颊。

就在这个夜晚，汉克决定不再就是否邀请吉迪恩来家中做客征求母亲的意见。母亲无论有怎样的借口，都会让他感到失望。

＊　＊　＊

六月中旬，芭芭拉再一次踏上了红十字之旅。"哪里有疾病，我就去哪里。"她对丈夫和儿子如是说道。出发那天早晨，查尔斯送她到了机场。随后，为了放松心情，他到乡村俱乐部打了一场高尔夫球。接着，他回到家中，叫醒了青春期刚开始养成睡午觉习惯的儿子。

"汉克，咱们去见见你的朋友。"查尔斯一边说着，一边从彩格呢高尔夫球短裤的口袋里掏出一串车钥匙。

"妈妈呢？"汉克睡眼惺忪地揉着眼皮。

查尔斯指了指天空的方向："在云彩里飞着呢。"

"你怎么不叫我？"

"我这不正叫你起床吗？快去洗个澡吧，你妈说不准什么时候就回来了。"

当他们驱车从桥上驶过，离开日落海滩岛前往大陆方向之时，汉克渐渐放弃了说服父亲邀请吉迪恩一起去玩的念头。查尔斯驾车驶向西边的木兰花大道。当年那些装点着枯萎杜鹃花的洋房早已被现代化的钢筋水泥砖石建筑取代，有些建筑也曾经历过繁荣年代。查尔斯驾车拐上了一条旁边排列着小窝棚的土路。那些小窝棚歪歪斜斜的门廊之间拉着晾衣绳，绳上挂着些许衣物。杰罗姆·詹金斯和他的母亲坐在他们家歪歪扭扭的门廊上。杰罗姆是日落海滩学校与汉克同年级的唯一一个黑人男孩。孩子们都知道他是靠奖学金读书的。他的身材肥胖，眼神总是怪异得让人捉摸不透，皮肤常常肮脏不堪——他自己说那只不过是一层"尘土"。这对他的境遇并无太多帮助。

"堪夫尔先生。"杰罗姆的母亲一边说着，一边朝查尔斯的车走过来。她套着一件印花便服。在汉克看来，夏洛特·爱泼伍德绝对不会穿这种衣服。"你大概几点能把杰罗姆送回来？"

"明天早晨吃过早饭。行吗，马维斯？"查尔斯一面说着，一面调整着后视镜的角度。

"堪夫尔先生，我没给他准备过夜的换洗衣服。"

查尔斯笑了。"那我们正好去逛逛商店，"查尔斯冲杰罗姆挤挤眼，"你说呢，杰罗姆？"

杰罗姆假装镇定，一直没有同汉克的父亲对视："堪夫尔先生，都行。"

"马维斯，我保证把你的儿子完好无缺地送回来。你就别担心了。"

138

　　　　　　　　　＊　＊　＊

　　查尔斯问杰罗姆想去哪儿吃饭。杰罗姆说他想去城里的莫里森
餐厅。这家连锁店后来关掉了位于老城区的店面,在城郊的南区商
场开了一家新店。不过,在一九八〇年夏天,无论早饭、中饭还是
晚饭,人们依然可以在老店拿着餐盘享用家常风味的自助餐。查尔
斯选了烤火腿、炸玉米饼和青萝卜。汉克和杰罗姆则选了炸鸡,还
有酱汁浓厚的菜豆奶酪意面——莫里森餐厅的厨师们总能将这种意
面的奶酪酱汁口感调制得恰到好处。就在查尔斯父子和杰罗姆坐在
桌前喝甜茶的时候,吉迪恩和他的家人也来这里吃周末自助餐了。
看到吉迪恩,汉克本能地跳了起来,几乎把杯子里的甜茶都打翻
了。他从餐桌旁站起身来,去跟吉迪恩打招呼,留下他的父亲和杰
罗姆继续坐在那儿。

　　"杰罗姆,你长大了想做点什么?"查尔斯·堪夫尔漫不经心
地问道。

　　杰罗姆刚刚往嘴里塞了一小块墨西哥玉米面包。开口答话之
前,他使劲嚼了几口。等他回到家中,他的母亲马维斯一上来就
会问他:"你说话之前把嘴里的东西嚼碎咽下了吗?你上过厕所之
后冲了吗?你洗手了吗?他们欺负你了吗?你知道,他们就喜欢胡
闹。"

　　"我喜欢研究电线。"杰罗姆说道。

　　查尔斯点点头:"也就是说,你将来想当电工?"

　　"嗯,先生……"其实杰罗姆特别希望把手里的墨西哥面包吃

完，而不是聊这些闲篇。

"杰罗姆，你用不着叫我'先生'。"

杰罗姆笑了："我只不过有时候喜欢站在那儿看电线。"

"别老是站在电线杆底下发呆，"查尔斯端起茶喝了一口，"没准儿哪天就有电线掉下来把你电死。如今还有不少人被电椅处决呢。如果你真想当电工，那倒也不错。"

汉克把吉迪恩和他的家人领到了他们吃饭的桌前。

"我想我们是邻居。"鲁本说道。

"是啊，是邻居。"查尔斯压根儿没站起身来。

"啊，这是我妻子夏洛特，这是我们的女儿，劳伦（朗尼），这是我们的儿子，吉迪恩。"

"听说你还有别的小孩？"查尔斯问道。

"是的，堪夫尔先生，我们还有一对龙凤胎。他们这会儿在家，我姑姑陪着他们。"夏洛特看了看手表，领着吉迪恩和朗尼朝一个空着的餐桌走去。

"不错的星期天，"查尔斯说道，"你们这是从哪儿来？"

"我们刚在教堂做完礼拜。"鲁本·爱泼伍德说道。

"好吧，这附近有一座不错的浸信会教堂。"

"谢谢推荐，不过我们家都是天主教徒。"

"我自己是卫理派教徒，"查尔斯低声嘟囔着，"不过这是我们的小秘密。"接着，他抓住杰罗姆的手，"你们还不认识杰罗姆吧，他是我儿子汉克最好的朋友。"

汉克盯着他的父亲。没错，他的确很喜欢杰罗姆，但这不代表他们是最好的朋友啊。他最好的朋友是谁呢……其实他根本就没有最好的朋友。

查尔斯眼巴巴地看着儿子，希望他能说点什么，确认他和杰罗姆之间的亲密友谊。然而汉克的视线却飘到了别处。

"既然如此，先生们，"鲁本说道，"很荣幸与你们碰面。"他冲着杰罗姆敬了一个军礼，轻轻从他们身边走开了。

汉克坐回桌边。查尔斯狠狠地瞪了儿子一眼。

"刚才那个姑娘，"杰罗姆指着身穿橘色夏装的朗尼，"她可真漂亮。"

"你是说劳伦？"汉克一边痴笑着一边念出了朗尼的学名，"她当然很漂亮。"

* * *

"要这样给缆绳打结。"查尔斯讲解着。杰罗姆尝试着认真听，却时不时地在走神。船在海面上剧烈起伏，让他不可自已地晕船了。

杰罗姆笨拙地打好绳结，停下来想要一睹大海的雄浑壮观。身上的救生衣让他很踏实，因为他不会游泳。"杰罗姆，你干得不错嘛。"查尔斯称赞道。杰罗姆前后重复了四次才学会打绳结。但第四次他打出的绳结很完美。

"再给我一些蚝味饼干。"杰罗姆站起身来，摇摇晃晃，仿佛要把胃里的东西都倒出来似的。蚝味饼干大概可以帮助他缓解恶心。

"把袖口系好。"查尔斯大声说道。

"先生，您说什么？"

"吃蚝味饼干的时候，记得把你的袖口系好。"

汉克站在舵轮前，把握着整条船的方向。驾着船在海上航行就有这点好处：无论汉克心怀怎样的疑惑，或是有着怎样的怒火，只要来到海上，他都会把一切暂时抛到脑后。他的父亲来到他身边，用胳膊搂住他的肩膀。

"他干得不错。"查尔斯说道。

他们正驾着船顶着风返回岸边。杰罗姆在船上转来转去，用力抓着目光所及范围内一切能够支撑他的东西，就像是溜冰场上随时要滑倒的醉汉。汉克一直在掌舵，海风吹拂着他的头发。周遭的海水湛蓝。汉克心想，也许特克斯和凯科斯群岛的海水也有这么蓝吧。

"爸，我觉得他不喜欢驾船航海。"

"杰罗姆很喜欢驾船航海。他只是需要时间来调整状态。毕竟航海对他来说是全新的体验。"

"在餐厅吃饭的时候，你为什么要说他是我最好的朋友？"汉克尽量控制着自己的音量，以便不让父亲有被冒犯的感觉，不过他父亲大概也听出了他的弦外之音，"我根本就没有最好的朋友。"

查尔斯曾经是克莱姆森大学橄榄球队的一员。他当时是球队的跑卫。他参加过学校的荣誉学会，每年都会跟老朋友们聚会一次。可他却看不懂他的儿子。"你不应该以此为荣，"查尔斯提高了嗓门儿，"你难道想当一个只会在卧室里手淫的孤独白痴吗？如果那样的话，你永远交不到朋友，也泡不到女人。"

"你真是个浑球，"汉克突然脱口说道，"爸，你又有什么朋友呢？"

查尔斯轻轻地抽了儿子一个耳光。

* * *

在来学习驾船的路上，他们先去光顾了帕克制服店。汉克和杰罗姆的校服都是在这里量身定做的。这家店的店员总是会把衣服的下摆折边留长一些。开学之前一周，她会再把客户的孩子们叫回来，对衣服再加调整，量一量孩子们长高了多少。查尔斯给汉克和杰罗姆每人定做了三身制服，然后把他的运通信用卡拍给店员。"现在你给我听好了，等马维斯来消费的时候，她完全付得起账，她的信用额度还多着呢。"

查尔斯在做这些事情的时候很谨慎小心，所以无论杰罗姆还是马维斯，都并不需要来感谢他。同理，还有杰罗姆的学费，如果马维斯交不起钱了，会有一份信托基金为杰罗姆·詹金斯撑腰。

* * *

刚刚上岸，杰罗姆就吐了。尽管查尔斯一再挽留，他还是要求回家。就算他听到了汉克和查尔斯的争执对话，这个孩子也不至于傻到当场表现出来。

"堪夫尔先生，"回到家中的小窝棚之前，杰罗姆伸出胳膊与查尔斯握手道别，"真希望咱们下次还能一起驾船出海。"

"小子，咱们随时可以再去，"查尔斯说道，"今天你干得不错！"

数年之后，查尔斯·皮埃尔·堪夫尔死于一场航海意外。杰罗姆·詹金斯专程从科罗拉多州的丹佛飞回来，在他的葬礼上发言。作为一名成功的高端电动玩具制造商，杰罗姆在查尔斯的葬礼上回忆了自己第一次驾船出海的冒险经历，以及查尔斯·皮埃尔·堪夫尔自始至终对他的慷慨帮助。

* * *

在父亲面前，汉克把自己红肿的脸颊当成了值得骄傲的勋章。他心想，等妈妈回来看到我左脸颊上的这片瘀青，哼，等着瞧。可就在芭芭拉预计回家的那天，她却打来电话说，在纽约耽搁了行程。

"'耽搁了'是什么意思？"

"意思就是我买不到从这里回家的机票，"她说道，"我被滞留在纽约了。我和女伴们认为，或许可以借此机会在这里过个周末。我也可以为咱们家的圣诞节之旅打打前站。"

"芭芭拉，我希望你能搭乘下一班飞机回来。"

"查尔斯，那是不可能的。"

"你想想办法。"

电话那头的芭芭拉沉默了几秒："我有个升职的机会。"

"升职去哪儿？纽约吗？"

"当然不是。"

"等你到家了咱们再谈这事吧。"

"你根本没听懂我说什么，"电话那头的芭芭拉深吸了一口气，"我已经接受了这个新的职位。我现在需要花些时间来梳理我的工作关系网络。"

"你喝多了吗？"

"老娘当然没喝酒！"

接着查尔斯听到电话那头传来使劲吸烟的声音。查尔斯心想，你还自称老娘了，真是够自大的。"芭芭拉，你没喝多吧？"

"目前我们还没确定这个职位的正式名称，但是，查尔斯，如果我做得好，从现在开始两年之后我就能成为东南地区的执行总监了。"

查尔斯笑了："你抱上了哪个大人物的腿？"

"下一步我要当疫病专家。我是个注册护士，而且有至少十年的经验，还曾经辅修过企业管理。我甚至不需要去学其他技能。我以为你会为我感到高兴的。"

电话里一片死寂。过了一会儿，查尔斯问道："芭芭拉，你给多少男人口交过了？你跟哪个上司上的床？"

电话另一头，芭芭拉把听筒从耳边拿开。在新的职位上，她需要应对一项完全不同的国内疫情。这是一种新的病症，由病毒引起，叫作艾滋病。她需要针对包括性取向在内的某些微妙话题展开问卷调查，还要开展演讲宣传。在芭芭拉看来，做这种工作的关键不在于说些什么，而是在于怎样提出问题。"查尔斯，亲爱的，家里情况怎么样？我儿子怎么样？"

"让我瞧瞧，"查尔斯望向汉克的卧室——最近两天他几乎一直把自己关在里面，"芭芭拉，好着呢，一切都好着呢。"

* * *

这是汉克第一次从他父亲的钱包里偷钱——他从查尔斯那叠放整齐的现金里偷拿了二十五美元。汉克非常小心地把钱包按照偷拿之前的原样放了回去。

"在那座星光城堡里，还有大金刚、变异蜈蚣和吃豆人的电子游戏呢。"汉克站在爱泼伍德家的厨房，拎着一袋脐橙。

"你妈妈太客气了，"夏洛特·爱泼伍德说着，接过汉克手中所谓的欢迎礼物，"这真的没必要呀。我们刚搬来的第一晚，她就送来了一份土豆沙拉。我还想问她是怎么做的呢。特别好吃。"

汉克为自己的愚蠢而羞红了脸。他是专程骑自行车去水果店买来的脐橙。他偷来的钱足够买这种水果，还能剩下点零钱在某天下午邀请吉迪恩和朗尼到星光城堡游乐场玩上一趟。

"妈妈，我能去那里玩吗？"吉迪恩问道。

"吉迪恩，我不知道呢。我刚刚把你的龙凤胎弟弟妹妹哄睡。"

"我们可以乘坐摆渡车过去，"汉克说道，"然后在岛中心下车。从那里到星光城堡，只需要二十分钟。"

捧着杂志的朗尼偷瞄了一眼。她正在阅读她母亲的《小姐》杂志。"天哪，"她说道，"你把一切都计划好了。"

夏洛特对女儿使了个眼色，让她别搭理汉克。而吉迪恩则在给自己的查克·泰勒篮球鞋穿鞋带。

"现在已经中午了。我希望你们俩五点之前回到家里。这还算公平吧？"

"好的太太。"汉克说道。

夏洛特走到厨房灶台旁边，从她的手包里拿出一些零钱："万一你们没钱了，可以救急。"

她亲吻了吉迪恩的额头，又伸手摸了摸汉克红肿的脸颊："脸上'受伤伤'了？"

"妈，他又不是小孩，"吉迪恩说道，"哄孩子的时候才说'受伤伤'。"

"哎呀，吉迪恩，在我眼里你们永远都是小孩子。你们都是。"

"驾船出海的时候撞了一下。"汉克说道。他犹豫着，是不是该走到朗尼身边去邀请她。猎犬蒂伯趴在她高脚椅旁边的地板上。汉克低下身子去抚摸蒂伯，尽量不让自己因为朗尼的修长美腿而过于神魂颠倒。

"你也一起去吧？"他问道。

朗尼俯视着汉克："我已经过了去游乐场的年纪。"汉克感到沮丧，但依然控制着自己不表现出来。朗尼从高脚椅上下来，坐到厨房地板上。两人一起抚摸着蒂伯，都没有作声。这是她对汉克·堪夫尔说话最多的一次。这也是劳伦·爱泼伍德和汉克·堪夫尔坐得最近的一次。

"谢谢你邀请我，"朗尼伸出手，显然是安慰性地摸了摸汉克的脸颊，"小伙子，记得抹点药。"

* * *

那一天，汉克和吉迪恩在星光城堡玩得忘记了时间。或许是因为红色的灯光在夜幕下格外耀眼，或许是因为其他孩子的陪伴，或许是因为欢声笑语。汉克疯疯癫癫地高声笑着，笑得那么用力，以至于他的肚子都疼了起来。他甚至不觉得自己失去了什么，毕竟朗尼·爱泼伍德用她那曼妙的手指触摸了他的面颊。他的内心某处不由得悸动起来，他觉得朗尼·爱泼伍德对他是有感觉的。汉克的心中充满喜悦，脑海里一遍遍重演着当时的情景。他和吉迪恩一会儿轮流玩着吃豆人电子游戏，一会儿对着不那么新鲜的爆米花和热狗垂涎三尺。吉迪恩点了搭配罐装辣椒酱的热狗："这算是穷人版的辣牛肉酱热狗吗？"

"为什么是穷人版的？"汉克问道。

"一想就明白啊。这辣酱里没什么肉，豆子碎成了糊。气味闻上去也不像是香菜和桂皮，而更像是狗食。"

"吉迪恩，研究得还挺透彻嘛。"

"哟哟哟，你话里有话？"

"哟哟哟，也许吧。"

一九八〇年的这个夏天，热浪席卷了东南部地区。对呆头呆脑而又无所事事的孩子们而言，游乐场里中央空调营造出的凉爽潮湿的环境简直就像是天堂一般。种族之间的界限在这里被轻易地模糊化了。

"真希望你姐姐也一起来玩了。"汉克说道。

"伙计，"吉迪恩摇了摇头，"你就不能只跟我一起玩吗？朗尼你就别妄想了。再说，她是有男朋友的，就在克利夫兰。"

"她——她是认真的吗？"

吉迪恩转过身去："走，去玩大金刚游戏吧。"

"吉迪恩，快，告诉我，究竟是怎么回事？"

"话说回来，汉克，"吉迪恩说道，"你为什么从来都不邀请我去你家做客？"

汉克站到大金刚游戏机跟前，想要转移话题却不知从何说起："只是因为——没想起来。"

"哎？"吉迪恩说道。

"也许要等我妈回来之后吧。"

"好吧，"吉迪恩笑道，"朗尼和她的男朋友，他俩已经上过床了。我曾经撞见过他俩干那事儿。"

汉克闭上眼睛："我不信你说的。"

"咱们十三岁。她已经十五岁了，"吉迪恩顿了一下，接着说道，"同样，我也不相信你刚才说的。"

* * *

　　汉克和吉迪恩没赶上六点的摆渡车，只能搭乘公交车回家。当地的公交车就像垂死的蛇一样，颤巍巍地爬行着，看上去就像是美国最贫穷的地方才有的交通工具。两人到家之时，已是夜里九点半了，整个岛上早已被夜幕彻底笼罩。吉迪恩的妈妈在门廊等着他。汉克站在步行道上，看着夏洛特·爱泼伍德一边温柔地责备着吉迪恩，一边把他拥进怀里："你疯了吗？我差点就打电话叫你爸爸去找你了。"

　　乘坐公交车回家的途中，这两个"朋友"一路无言。

* * *

　　"儿子，你去哪儿了？"查尔斯·堪夫尔一直在客厅里等待。他身旁桌上的酒壶已经见底了。

　　"去游乐场了。"

　　"那个女人，就是你那个朋友的妈妈，刚才来咱们家了。你俩让她很担心。"

　　"她叫爱泼伍德夫人。夏洛特·爱泼伍德。"

　　"哦。这位夏洛特可不太高兴啊。"

　　汉克回到自己房间，关上了房门。他叫汉克，跟汉克·威廉姆斯同名。当他还是个小孩子的时候，芭芭拉·堪夫尔有时会把他抱在怀里，给他哼唱着汉克·威廉姆斯的歌。汉克很怀念那个时候，

150

怀念妈妈的怀抱。

"汉克，你从我钱包里偷钱了。"查尔斯在房间门外说道。

"我是借的。我借了你的钱。"汉克说道，他把房门反锁了，"等妈妈回来我就还给你。从我的零用钱里扣出来就是了。"

"你这个小浑蛋为什么就非得给我惹事？"

窗外的夜空中挂着一弯新月。猎犬蒂伯在嚎叫。

"说实话我也不知道。"汉克说道。

查尔斯用额头顶着汉克的房门："汉克，你已经十三岁了。我像你这么大的时候，我的父母根本不需要这样为我操心。我只能自己扛着破麻袋，找到什么都往里塞。有时候，我和大个子谢默斯会带着我那支老气枪，去打兔子、松鼠和负鼠。我母亲会采摘一些野菜，为我们炖一锅肉汤。她还会像变戏法似的——至少她自己是这么认为的——用粗面粉做出各种食物，煎炸烹煮，让我们馋得直流口水。每个季节她都会用粗面粉做各种食物。有种粗面粉做成的糊糊，其实就是现在那些高档餐厅里的粥。汉克，知道吗？曾经，那玩意儿就叫糊糊。"

汉克打开房门："我想养一条巴赛特猎犬。"

"你说什么？"查尔斯一脸疑惑。

"像朗尼和吉迪恩那样，养条狗。"

"不行。"

"巴赛特猎犬是非常不错的品种。"

"这只是你的看法罢了。"

"而且这是一种温驯的狗。书上说它们对孩子非常友好。"

"那就这样好了，咱们先达成一点共识，然后再商量这事。咱们总能找到一条所有家人都满意的狗。"

"所有家人？"汉克笑道，"什么样的家人？"

"小子，能守在一起的就是家人。"

"你不是我的家人。"

"从什么时候开始我不是你的家人了？"

"就从我妈无法忍受在这里生活开始。"

"现代家庭有现代家庭的烦恼。你妈是个现代女性。上帝做证，这一点让我很害怕。但是，汉克，这也正是我爱她的原因。"

"那好，我想养一条巴赛特猎犬。"

"不可能。"

"那我想要换一个家庭生活，就像咱们隔壁那家一样的，"汉克把双臂交叉抱在胸前，"我想去一个有色人种家庭生活。"

"汉克，如果你真的到一个那样的家庭生活，你该怎样自处？你觉得他们的生活就是完美的吗？你觉得那样的家庭就没有难念的经吗？"

"我想，我想，"汉克似乎在绞尽脑汁思考自己该说些什么，"反正他们过得不错。比如说，他们家那个不放菠萝片的可可蛋糕，他们家的可可蛋糕从来不放菠萝片。如果孩子对菠萝过敏，蛋糕上不能放菠萝片，而你的父母选择欣然接受并默默忍耐。如果你的母亲是这个世界上第一个发现你的脸被打肿了的人，如果你有个姐姐，你有时爱她有时恨她有时又想亲她，如果你的父亲每天工作到深夜，回到家里却不会跟他的妻子说'亲爱的，今天你又睡了谁？你又给谁口交了？'之类的混账话……那养条狗，哪怕是养着玩的，也能让你过得稍微舒服一些，"汉克激动得开始跺脚，"算了吧，还是让我养一条巴赛特猎犬，跟一家子有色人种生活吧。我才不关心你的什么粗面糊糊。"

查尔斯扔掉了手中的酒杯。汉克下意识地举起胳膊想要挡住父亲即将抽来的巴掌。查尔斯望着摔碎的酒杯，并没有伸手去捡，而是从汉克的卧室退了出去，从容不迫地朝家门外的方向走去。在走向家门外的过程中，他从崭新的球具包里抽出一根崭新的高尔夫球杆。他拎着那根球杆，不时挥舞着，带出如哨响一般的风声。汉克跟着也来到门外的庭院，但和父亲保持着安全距离。他眼睁睁地看着父亲挥舞着球杆，听着那如哨响一般的风声。

猎犬蒂伯已经停止了嚎叫。看到查尔斯和汉克，它便摇着尾巴跑了过来。汉克拼命跑上前去，想要超越——不，想要挡在父亲前面。然而查尔斯却拎着汉克的衣领，把他推到一边。就在汉克重重地摔在草地上的时候，查尔斯高高举起球杆，重重地砸在蒂伯的背上。球杆应声断掉。这一击仿佛凝聚了雷霆万钧之力，以至于汉克后来相信蒂伯当时都来不及感到疼痛。当然，这并不是真的。前一刻，猎犬蒂伯还活蹦乱跳，后一刻，它已经在地上奄奄一息地挣扎了。

"好了，汉克，"查尔斯放下球杆，步履蹒跚地朝房子走去，"把你的死狗埋了吧。"

汉克坐在蒂伯尸体旁边的草地上，仰天号叫了起来。

　　　　　　　　* 　* 　*

　　两小时后，芭芭拉·堪夫尔下了出租车，看到家中所有的灯都亮着。她发现查尔斯在客厅沙发上呼呼大睡。她注意到汉克卧室外走廊的地板上满是碎玻璃碴子。她寻遍了家中的每一个房间，找不到汉克的踪迹，也无法唤醒沉睡的查尔斯。她走到房子外面，在毗邻沼泽的后院里搜索着。月光之下，汉克正在挖坑，他的左边已经堆起了一些泥土。芭芭拉赶忙跑到儿子身边，打量着他正在挖的土坑。芭芭拉屏住呼吸，浑身颤抖着，从汉克手中夺下铲子。

　　"别挖了。"

　　"爸爸把蒂伯的脊梁骨打断了。"

　　"嘘。"

　　"妈妈，他是个坏人。"

　　"谁？"芭芭拉环视四周，感觉她一生中都没遭遇过如此惊人的"秘密"。

　　"爸爸，"汉克喃喃地说道，"他为什么憎恨他们？"

　　芭芭拉的视线越过汉克的肩膀，望向邻居家的房子："汉克，你爸爸成长的环境很严酷。他心如铁石的性格，得要两辈子才能改掉。可我们只能活一辈子。"

　　汉克摇着头："你都没看到——"

　　"汉克，回头再给我讲吧，我这会儿消化不了。"芭芭拉说道。她示意汉克走开，但汉克完全没动。芭芭拉挽起绿色丝绸上衣的袖子——这件衣服是她交往了十年的一个婚外情夫最近送给她的。那是一个有妇之夫，一个叫詹姆斯·萨缪尔·文森特的家伙。最近她在纽约和那家伙见了一次。双方都同意结束情人关系。

芭芭拉拿起铲子开始挖土："接下来就让我来挖吧。"

那个夜晚，鲁本·爱泼伍德穿着睡衣和拖鞋来到屋外，一边偷偷享受着他的古巴雪茄，一边打开手电筒。这样做是为了提示猎犬蒂伯，让它带着鲁本去它刚刚拉屎撒尿的"作案现场"。随后，鲁本就会清理掉狗屎，蒂伯则会回到家里。然而这一次，蒂伯并没有出现。仿佛整个街区的萤火虫都飞到鲁本·爱泼伍德身边，翩翩起舞。鲁本并不是一个迷信的人，更不是天生心智不全的小孩。他召唤了三次，蒂伯都没有前来回应。鲁本低声嘟囔着："这些狗娘养的浑蛋杀死了我孩子们的宠物。"

* * *

汉克打心眼儿里很想再弄条狗来，赔给朗尼和吉迪恩。然而芭芭拉回屋之后，说她这次可以在家里待到八月，然后才会去洛杉矶参加红十字会的会议。这让汉克感到惊讶。她从洛杉矶参会归来之时，带回一大堆礼物。她的大号花呢背包里塞满了某家墨西哥特色食品店的玉米脆片，从威尼斯海滩带回的、绣着棕榈树和冲浪者图案的毛巾，还有大中小号的洛杉矶道奇队[1]亲笔签名运动衫。她为汉克准备了一件特别的礼物：一枚有着道奇队全部球员签名的棒球，

1　美国职业棒球队。

那是红十字会代表们受邀去道奇队主场看比赛时拿到的纪念品。给查尔斯的礼物，是一双精美的镀金高尔夫球标，上面印着查尔斯·堪夫尔的缩写C.C.。从芭芭拉手中接过球标，查尔斯的脸一下变得煞白。"或许我得开始跑步锻炼了。"他说道。

从洛杉矶参会回来之后，芭芭拉一直待在家里，陪着汉克和查尔斯。堪夫尔家的生活平静而安详。三口人一起去划船游玩，并且为圣诞节假期的纽约之旅制订了详细的计划。芭芭拉说服汉克去和查尔斯一起跑步锻炼。对汉克而言，这是一件好事，因为他可以逐渐交往到一些同样喜欢奔跑的同龄孩子，交到一些志同道合的朋友。

* * *

吉迪恩·爱泼伍德日记本上关于友谊的记录：

我：我爸认为蒂伯逃走了。

汉克：听到这个我很遗憾。

我：我姐姐认为它是想逃回克利夫兰。

汉克：它以前逃跑过吗？

我：从来没有过。

汉克：吉迪恩……唉，我想任何事情都会有个头一遭。

我：我觉得是有人开车把它劫走了。

汉克：我想你说得对。

我：我一直希望在路上看到蒂伯。但朗尼说应该忘了过去、向前看。

（注：汉克不再打听朗尼的事了。他从前总是在打听朗尼的事。今晚我故意弄坏了我的魔方。）

搬家工人站着不动

1971

家

名词

1. 人们长期居住的场所，尤其是以一家一户形式居住的场所。

2. （之家）人们接受专业护理或是指导的场所。

3. （××到家了）终极目标。

整整九十二天，杰贝迪亚·爱泼伍德连一次勃起都没有。当初在越南，他曾经跟一百六十三个女人上过床——其实按照某些人的计算，这一数字也算不得惊世骇俗。有些美国大兵只用了杰贝迪亚一半的时间，就睡了两倍数量的女人。杰贝迪亚是个精确而诚实的记录者，每次猎艳寻欢都会记录下来。他这么做并不是为了在人前吹嘘，而是因为他的头脑偶尔会不太清醒，以至于时常忘记事情发

158

生的时间顺序。侵越美军为士兵们配发了一系列防治性病的药物，用来抵御淋病、衣原体感染之类的疾病。幸运的是，杰贝迪亚并未感染生殖器疱疹和梅毒。由此，他认为一定是他母亲和姑妈们也代他做了祈祷。

有时候，杰贝迪亚会在半夜三更惊醒，浑身冷汗，像父母紧张检查新生儿是否有缺陷那样，检查自己的身体。所有器官都在。但杰贝迪亚确信，他身上某处要害部位已经融化消失了。他在卧室的壁炉架上安置了一个供奉"爱情"的祭台，铺着紫色丝绒，用女演员帕姆·格里尔、布伦达·赛克斯和沃内塔·麦吉的海报加以装饰，还用亚光彩色塑料珠子、檀香和粗壮的红蜡烛点缀，用来向这几位美丽的黑人血统女性致敬——她们都因为参演了那些故意拍来吸引黑人观众的影片而声名鹊起。杰贝迪亚二十四岁了。他喜欢坐在床边，目不转睛地看着三位女演员的面容——她们可真美啊——然后他会退后一些，欣赏她们的非洲式发型、性感的臀部和胸部。接着，杰布会双膝跪地，恳求这几位"女神"能够帮助他摆脱溺水而亡的噩梦。

为了欢迎杰贝迪亚回到佐治亚州巴克纳县，他的母亲和姑妈们准备了一顿盛宴——在他儿时住所举办的黑人传统食品自助餐。看着一盘又一盘的美食，杰贝迪亚觉得它们并不能满足自己。但他还是拿起一只纸餐盘和一套刀叉，有模有样地把每样菜都尝了两次。这样，他的姑妈们就不至于感到厨艺受到了冒犯或是枉费了时间。杰贝迪亚不想伤害这些看着他从小长大的女人。她们曾经用心呵护着他，就像猛禽呵护它们的幼鸟一般。杰贝迪亚注意到，这些女性长辈将他在海军服役的那段时间称为"离家参军"或是"到那边去"。对于越南战争，她们绝口不提。

露比·丹尼斯带来了她拿手的土豆沙拉。她用研钵把香芹碾碎倒在沙拉上。有了香芹汁调味，这道菜就不用添加太多浓郁的蛋黄酱了。玛莎带来了一只炸鸡。她的炸鸡用冷水镇过，几乎没撒面粉，所以吃起来外焦里嫩。卢拉贝尔带来的是奶油胡椒焗大虾。斯黛拉准备了甜椒红米饭、炖土豆和熏肉香肠。约瑟芬带来了烤通心粉和五颜六色的碎干酪，因为她买不起昂贵的古达干酪和荷兰干酪，毕竟她几乎每个月底都要跟家人和朋友们借钱。

越南的那些女人对杰贝迪亚并无所图。她们甚至不奢望和他建立"友谊"。而杰贝迪亚也并不信任那些在他面前笑靥如花、温柔似水的越南女人，因为他们彼此之间并没有公平交流的基础。他在她们的国家，杀戮她们的兄弟、丈夫和儿子。他拿钱换取和她们的一夜春宵。然而回到家乡，这些女性长辈似乎对杰贝迪亚寄望颇高。他打量着母亲和姑妈们，看着她们灰白色的头发或是梳成平髻，或是高高盘起。他突然意识到，巴克纳县似乎已经没有几个男人了。这种情况是从什么时候开始的？各种叔叔舅舅堂兄表弟的缺席，让杰贝迪亚感觉很是古怪。他在城中游逛，看到男人们要么缺胳膊少腿地无所事事，要么干脆踪迹全无。当初，是他的堂兄鲁本·爱泼伍德鼓励他加入海军。咱们黑人很少有在这个军种服役的——鲁本是在苏比克湾的美国海军新泽西号战列舰的住舱里弯着腰写的这封信——一旦被征召，你不应有怨言，你将会成为一名奔赴前线的战士，你会成为一名士兵。鲁本还在越南战场上服役，鲁本的弟弟利瓦伊已经彻底离开南方老家，到了布鲁克林，在贝德富锡–斯图维桑地区的哈尔赛大街买了一栋褐色砂石房子。而那个曾经与杰贝迪亚在奥林匹斯号上一同服役的堂弟爱迪·克里斯蒂，已经回到了布朗克斯的家中。而回归故里的杰贝迪亚，身边却只有些老弱妇孺。

咱们去钓鱼吧，杰贝迪亚熟识的一群老人如是说道。杰贝迪亚通常会钓上一条黄花鱼，和它对个眼神，然后解开鱼钩将其放生。老人们有时邀请杰贝迪亚去打保龄球，而他也会像模像样地用两根手指钩住球上的孔洞，看着它沿着长长的球道滚动而去。当保龄球击中瓶子——发出类似"哐当"的声响，像是一次爆炸——杰贝迪亚会瞬间呆若木鸡，依稀"看到"纳尔逊·马莫斯军士长一边向他游过来，一边从嘴里喷着水，就像当初杰贝迪亚和爱迪·克里斯蒂把他从奥林匹斯号甲板上扔进海里的样子。每当此时，保龄球游戏都会宣告结束。

杰贝迪亚想过给住在布朗克斯的爱迪打个电话，却又作罢。在越南，爱迪差一点就失魂落魄了。杰贝迪亚教唆爱迪和他一起做了一件两人日后都会后悔的事。如今爱迪的神志已经恢复正常了。而杰贝迪亚实在不想——不想做出任何可能让他再次陷入精神危机的事情。习惯就好了，杰贝迪亚如此宽慰自己。他要做的，只不过是去习惯偶尔阴魂不散的纳尔逊·马莫斯军士长而已。

"杰贝迪亚，"母亲问道，"你要不要一起到教堂里看看？"杰贝迪亚拒绝了，但他依然开车将母亲和姑妈们送到了圣母天主教堂，以便她们参加上午十一点的弥撒。他自己去了电影院。他看了克林特·伊斯特伍德主演的《警探哈里》。《警探哈里》是一九七一年全美票房最高的电影之一。当时备受欢迎的影片还有《最后一场电影》《法国贩毒网》和《威利·旺卡与巧克力工厂》等。后来，杰贝迪亚将《威利·旺卡与巧克力工厂》称作是他一生中最喜爱的电影之一。

　　翌日，杰贝迪亚去了退伍军人诊所。在他看来，医生或许能给他的失眠症开上些药。他在诊所见到了一个憔悴瘦削的秃头士兵——他光秃秃的脑袋看上去油光锃亮，让杰贝迪亚想到了同样油光锃亮的保龄球道。面对诊所工作人员让他签字的一大沓告知文件，秃头士兵显然已经快要发疯了。我要把这块石板擦干净。秃头士兵嘴里嘟囔着。从他的话里，杰贝迪亚并未听出什么威胁。然而诊所里的警铃忽然响了起来。工作人员冲过来，用约束带把秃头士兵捆在床上推走了。杰贝迪亚默默离开诊所，去两个街区之外买了一些大麻。接下来整整两天，他都在呼呼大睡。

　　拿到海军的退役补偿金支票，杰贝迪亚便把它交给了母亲。但母亲却说："儿子，我不能拿它去兑钱。"于是，杰贝迪亚自己去把支票兑了，把现金交到母亲手上。母亲将钱存进了一个应急账户，回来对杰贝迪亚说："也许你可以去纽约闯上一闯。我们给利瓦伊和他老婆打过电话。他们买了一座不错的褐色砖石房子，可以出租一层给你，当然，你知道的，爱迪也在纽约……"

"那谁来照顾您呢？"杰贝迪亚问道。

"孩子，上帝自有安排。"

杰贝迪亚并不相信什么上帝的安排，但他的母亲和姑妈们却笃信这些。

"我考虑考虑吧。"说完，杰贝迪亚钻进洗衣间，洗净了所有衣物。实际上，他母亲并不希望他把衣服洗了，因为洗衣对她而言是一种自我慰藉——尤其是此时此刻。但她明白，洗衣服也是杰贝迪亚找乐子的方式。

杰贝迪亚并不是那种能在房子里待得住的人。他精心修剪了母亲家后院的橡树，因为他不想让城里人来折腾这棵树。有些时候，那些城市佬会毫无缘由地砍掉黑人家庭院里的树木。杰贝迪亚爬上橡树，消灭了树上的害虫和寄生藤类植物。他检查了橡树长歪了的旁枝，以防它们在暴风雨中打坏房子的门窗。他拧紧了厨房洗菜池下漏水的管道，重新做了屋顶防水，疏通了排水沟，还给花园新增了一条下水管，这样污水便不会聚集在一起倒灌进洗衣间了。他给地板重新涂了油漆，在东方风格的地毯下面重新铺了垫子，以防污损房子原有的栗色地面。他给楼梯做了抛光，通洗了烟囱，给壁炉塞满木柴，为窗户购置了新的窗帘。尽管母亲抱怨木头会因潮湿慢慢腐坏，而唱片封套价格低廉，但杰贝迪亚还是撕掉了工作间墙上贴着的那些唱片封套。杰贝迪亚没办法向母亲解释，那些黑胶唱片

163

是如何让他感到沮丧，所以他说道，我打算把这间房子漆成黄色。他的母亲和弗劳拉姑妈都很期待房子被漆成黄色的样子。

房子彻底整修完毕之时，尽管杰贝迪亚内心仍然躁动不已，但他起码不再失眠了。他去西尔斯百货购买了两件长袖白衬衫、两件短袖白衬衫、两条海军纹短裤、两条卡其色裤子、一件蓝色夹克，又到中央大道的托姆鞋店买了一双棕色的山羊皮鞋。他穿着卡其色短裤和白色衬衣，去参观了本地的黑人大学。此时正值一九七一年九月，作为一名越战老兵，依据退伍军人权利法案，他可以申请去大学就读。漫步在这座始建于十九世纪、周围环绕着青蒿和盐沼的校园，看着身边的青年男女，杰贝迪亚感觉自己的心情好了一些。这里汇集了所有的年轻人啊。只过了大概五分钟，他感觉自己也被这青春的气氛感染了。他一边走着，一边旁若无人地心想，自己才二十四岁而已，依然是个年轻的小伙子，自然有权利追求快乐。

乘电梯到校董办公室的途中，杰贝迪亚的心情很好。然而当电梯门再次打开之时，矛盾的情绪再次向他袭来。快乐？他是在自欺欺人吗？快乐？他咨询了学校的辅导员。战争仍未结束，我怎么才能快乐得起来？辅导员告诉杰贝迪亚，所谓的快乐，是一个存在主义的话题。这个问题真应该被收进《哲学一百零一问》。辅导员说，读读尼采吧，你大概会找到一些答案。杰贝迪亚曾经偶尔翻阅过爱迪·克里斯蒂读的书。他告诉辅导员，坐在教室里，陪着一群开心的人谈论"虚无"，对他而言一点狗屁好处都没有。

那咱们还是从你专精的领域谈起吧？辅导员说道。你对什么感兴趣?

　　这个嘛,杰贝迪亚心说:对于水中的尸体,我倒是有点了解。不过他并没有提及诸如水是如何灌满肺部、让人窒息、呛进鼻孔、灌进耳朵之类的常识。他也没有描述溺水者挣扎的样子。当水侵袭人体之时,人体想要做的就是"礼尚往来",对水"发起反抗"。有些时候,在溺水者尚未失去意识之时,他们的肌肉就先受伤了。

　　"我很喜欢水上运动。"杰贝迪亚说道。

　　他的话让辅导员来了精神。辅导员探过身子,说道:"兄弟,现在这屋里就咱们两个人,虽然我们这个种族很爱干净,喜欢在水里洗澡——可你难道没想过吗,为什么大多数人都不会游泳呢?"

　　自打从战场上回到家中,杰贝迪亚发现了一个现象:人们的思维回路似乎有些问题。人们总是侃侃而谈,却极少听别人讲些什么。不,他说,我不知道。

　　"嘿嘿,我知道为什么。"辅导员一边说着,一边再次舒舒服服地坐到他的椅子上,"每个群体都有自己的心魔。对黑人群体而言,祖先从非洲到美洲屈辱而艰辛的旅程[1]就是我们的心魔。我们为什么不安排你就读体育教育专业呢?你可以先复习一下游泳技术。你是个越战老兵,对吧?你也知道,游泳是一种很不错的减压途径。"

1　指贩卖黑奴时期从非洲西海岸到加勒比海的一段航程。

* * *

杰贝迪亚的母亲和弗劳拉姑妈为他在本地的造纸厂找了一份工作。他认为自己还没有做好去上大学的准备，所以当即决定去造纸厂上班。这份工作是不需要复杂思考的简单劳动，却可以让工人们感觉时间过得够快。杰贝迪亚的岗位在处理生产线上，主要负责把化学药剂、纸浆和其他一些叫不上名字的原材料一起掺进水里。每过一段时间，杰贝迪亚都会借着工歇的空当抬起头来思考，或许这份工作让我变老了。干这种工作的人们是怎样慢慢变老的？造纸过程中散发出的硫磺气味，让他鼻涕奔涌眼泪横流。过了几周，原本负责调兑化学药剂的杰贝迪亚升职了，负责管理那些操作机器和打包发货的工人。他干起活儿来速度很快，效率也高，而且不爱说话。

当杰贝迪亚·爱泼伍德看到两名同事在工作中失去了小臂，他选择辞掉了造纸厂的工作。车间工头很敬仰杰贝迪亚勤奋工作的态度，便跟着他一起来到停车场。医护人员已经过来运走了两名受伤的工人。在造纸厂里，工伤概率很高。管理层深知员工们低落的士气对于生意运作不利。事故发生的时候，杰贝迪亚就站在那两个工人身边，亲眼看到纸材循环设备突然发生故障，将两人的衣服卷住，把他们的胳膊吞了进去。

此时此刻，在停车场里，杰贝迪亚倚在自己的车旁。他的下半身居然有了八个月来的第一次勃起。他的衣服上、头发上和鞋上都沾着鲜血。杰贝迪亚瑟瑟发抖：这恐惧来源于那些鲜血，更来源于他在目睹了那可怕场景后身体上产生的怪异反应。在一九七一年，类似这种心理创伤患者的自发性勃起，医学界还尚无明确的诊断结论。人们对越战老兵们的"创伤后应急综合征"毫无概念。

我辞职了。杰贝迪亚对车间工头说道。

你是这儿最棒的工人之一。工头说道。工头早就想过，等他退休了，就让杰贝迪亚来接替他的职位。

杰贝迪亚走开了。对不起，可我不想落下个残疾。

车间工头与杰贝迪亚的母亲和姑妈们，都是一座教堂的教友。这些人结成了一张人际关系网。这是一张规模不小的人际关系网，集合了来自佐治亚州和东海岸地区的黑人，包括各种杰贝迪亚搞不太清的亲戚和故交。随着时间推移，到了子孙辈，这些亲戚和故交也就渐行渐远了。车间工头和弗劳拉姑妈的汽车后备厢里保留着"绿皮书"[1]。那本所谓的"旅行指南"，在"吉姆·克劳"种族隔离法案[2]生效期间，为黑人民众指明了安全的道路和处所。

杰贝迪亚明白，假如母亲和弗劳拉姑妈知道了他辞职的事，那肯定会引起一番"暴风骤雨"。他遍查了廉价商品推销小报背面登载的招工启事。阿克塞尔罗德搬家公司正在招聘"随来随走"的临时搬家工人。杰贝迪亚回到家中，梳洗利索，开车去了搬家公司

---

1 二十世纪五六十年代一本专为黑人而设的旅行指南，标注了各城市中允许黑人进入的旅店、餐馆。
2 1876年至1965年间美国南部各州以及边境各州对有色人种实行种族隔离制度的法律，主要针对非洲裔美国人，但同时也包含其他族群。

所在的南区。公司老板花了五分钟时间对他进行了一番面试，接着就给他安排了第一次长距离搬家任务。和他搭档的货车司机将是大个子谢默斯·堪夫尔，原美国陆军中士，同样也是一名越战老兵。他俩这一次的任务，是去孟菲斯接货，运送到新罕布什尔州的朴次茅斯。

杰贝迪亚很吃惊，自己居然没被安排和其他黑人搬运工搭档。他觉得，这个在白人里堪称健壮出众的大个子谢默斯·堪夫尔，心里大概也是这么想的。不过就算的确有这种想法，大个子谢默斯也并未将其表露出来。他说他正处在失业期，非常渴望能赚些钱。

"我遭遇了婚姻危机，"在路上行驶了一小时之后，大个子谢默斯对杰贝迪亚说道，"我需要摆脱家里的老婆。"

实际上，"火"才是大个子谢默斯·堪夫尔拼命想要摆脱的。从越南战场上回来之后，他发现自己再也没办法胜任曾经的消防员工作了。整个世界已经被火烧得通红。有一次，一座房子因为一枚蜡烛而失火，前去救火的大个子谢默斯居然坐在一个小男孩的卧室里，惊喜地看着火焰吞噬他身边的一切。谢默斯并不喜欢火，所以才舍生去做消防员。正是这一场火灾杀人于无形的力量和难以熄灭的旺盛活力，让他感到震惊不已。

杰贝迪亚很快意识到，谢默斯·堪夫尔并不喜欢在大城市或是高速公路上流连。谢默斯告诉杰贝迪亚，如果时间充裕，那些风景优美的道路才是更好的选择。杰贝迪亚庆幸他们的时间并不充裕。南方的小城镇并不能引起他的兴趣，也无法拨动他的心弦。他干脆把车钥匙塞给谢默斯，自己躲到了副驾驶座上。基于谢默斯给他留下的第一印象，似乎这样才是明智之选。

谢默斯很健谈。他忽然把话题转到了狩猎上。关于狩猎，杰贝迪亚曾经略知一二。当他、鲁本和利瓦伊都还是小孩子的时候，鲁本的父亲伊齐基尔·爱泼伍德曾经带着他们，去捕猎被法国人称为"矮胖子"的鸽子，或是兔子和松鼠。听到这些，谢默斯兴奋起来。两人一致认为，把松鼠烤来吃简直是人间美味。杰贝迪亚决定不去提及他们家族在南卡罗来纳拥有一块土地，而那里曾是德怀特·艾森豪威尔及其密友们捕猎鹌鹑的地方。若以金钱为标准，爱泼伍德家族算不上富有，但他们却拥有四十英亩的田产和成群的骡子。

大个子谢默斯讲述了他和堂弟查尔斯·堪夫尔最近一次一起吃午饭的事：我们花了十二美元，吃了大虾和烧烤。那是我吃过的最难吃的大虾和烧烤。吃过饭，我们在公园里散步。那公园里到处都是厚颜无耻的松鼠，它们敢用后腿直立，好像等着人们把橡子递给它们似的。查尔斯当时笑着说："谢默斯，它们不是挺可爱的吗？"这句话把我惹毛了。我说："这些玩意儿有什么可爱的？如果我带着气枪来了，哼哼，来吧，小松鼠们，来一个我杀一个。"然而查尔斯却大步走到我前面，头也不回地对我说："谢默斯，你别再吃烤松鼠了。当然，你也绝对不能告诉别人我吃过烤松鼠。"

谢默斯对杰贝迪亚坦承："没人看见的时候，我还是会射杀松鼠。还有负鼠、兔子，还有龟。如果上帝不想让我们用枪，为什么还要给我们枪呢？但我只喜欢瞄准移动目标。我从来不射击站着不动的目标。"

尽管在一九七一年黑人已经被允许和白人同住一室，但到了孟菲斯，杰贝迪亚和谢默斯并未同住一间酒店客房。这也是可以理解的。大个子谢默斯打算去拜访一个从越南战场回来的战友。他计划先去喝酒，随后去战友家借住，这样就可以把按天报销的住宿费装进自己的腰包。而杰贝迪亚则拿出弗劳拉姑妈为他准备好的"绿皮书"一页一页翻看着，直到看到这样一个条目——田纳西州孟菲斯的墨特尔·亨德里克斯家庭旅馆。

* * *

　　墨特尔·亨德里克斯住在孟菲斯的橙丘。据说那里是美国最古老的全黑人社区。墨特尔家的房子装饰着白色边条。这座房子曾经是她父母的财产。在"吉姆·克劳"种族隔离法案生效期间，这座房子有时会作为一家包含早餐服务的旅馆来运作，或者说，当非常时期呼唤非常手段之时，这座房子可以为无家可归的黑人提供一处长期居所。

　　墨特尔·亨德里克斯女士给人的第一印象，并无特别之处。她的腿细得像麻秆儿，头发干枯卷曲，也没有涂暗示色情和特殊服务的艳俗口红。她只是打开纱门，用她那棕色的眼睛　瞥，问："过路的？"

　　杰贝迪亚说道："对，我是过路的。"

　　"到哪儿去？"墨特尔问。

　　"这一次嘛，要去新罕布什尔。至于将来，谁知道呢？"

杰贝迪亚穿着一件搬运工专用的连体工作服，看上去就像一个穿长袖连体衫的小孩子。墨特尔上下打量着他。他看得出这个女人正在犹豫，究竟是给他报个价让他借宿一晚，还是干脆让他滚蛋。

"一晚房费十五美元，送早餐。"她说道。

杰贝迪亚脱掉搬家公司的工作服，躺到大铁架床的聚酯床垫上。他疏忽了，忘记带一身换洗衣服。客房里的一切陈设都仿佛在告诫住客，别想在这儿享受到舒适——尤其是那张床垫。杰贝迪亚是个睡惯了柔暖被褥的人。客房里这张光秃秃的床垫让他非常想念佐治亚州家中舒适的床铺。弗劳拉姑妈曾经向杰贝迪亚承诺，他的房间不会有任何人去打扰，她也不会去碰房间里任何一件对他意义重大的物事。杰贝迪亚怎会知道，他那个供奉着黑人女星裸照的"祭坛"会给弗劳拉姑妈带来怎样的快乐：她是一个纯粹的女同性恋者，只不过错误地出生在了那个让她无法公开享受同性生活的年代。

墨特尔问杰贝迪亚，是否有衣服需要浆洗熨烫，以便去夜总会时穿。他告诉她，自己不是到这里来欣赏音乐的，也不是来风流快活的。

"这里可是蓝调音乐的发源地。"她说道，"这里有比尔街[1]。还有斯戴斯唱片公司[2]。来了这儿你就不想听点什么吗？"

杰贝迪亚说出了一个地名，那是他心驰神往的去处：洛林汽车

1　蓝调重镇。
2　1957年成立，对灵魂乐影响深远的一家唱片公司。

旅馆[1]。

"你为什么想去那里？"墨特尔问道。她注意到杰贝迪亚对床上的铺盖不满意，便给他换了一套更好的。

"我就是想去看看。"杰贝迪亚说道。

"对我而言，在詹姆斯·厄尔·雷伊举枪瞄准之前，那里该看的东西就已经被看完了。事儿已经出了，你才来看。"

杰贝迪亚感谢墨特尔给他更换被褥。她看着他把被褥掀开，又重新叠好——这一看便是在军队接受训练养成的习惯。

"我觉得很奇怪，"杰贝迪亚说道，"这里的人们居然没把城市闹个天翻地覆。"

"你怎么知道我们没尝试去抗议？我们尝试过。"

"我只是想亲眼看一看那个地方。"

"我听到过一些传言。其实有不少传言。"墨特尔叹了口气，"我听说有些人用手帕去蘸他的血。我的上帝啊。他们居然干出这样的事，拿鲜血浸透的手帕当作来自一个王者[2]的纪念。"

"亨德里克斯夫人，那叫作'战利品'。"

"爱泼伍德先生，别这么叫我，别叫我亨德里克斯夫人。"

杰贝迪亚意识到，墨特尔并没有脱掉她身上的粉色浴袍。他注意到，她的浴袍裹得很紧。

第二天清晨，尚未去"工作岗位"报到的杰贝迪亚沿着中央

1　Lorraine Motel，黑人民权运动领袖马丁·路德·金被詹姆斯·厄尔·雷伊刺杀的地方。

2　马丁·路德·金姓名中的金（King）有国王的意思。

大道往南，朝洛林汽车旅馆走去。他在路上看到了向北走的墨特尔·亨德里克斯。他第一眼并未认出她来，因为她没穿那件粉色浴袍。墨特尔的卷发被梳理成了时髦的非洲式发髻，还别了一朵月季花。她穿着一件优雅的翡翠色连衣裙，搭配灰色帆布鞋和灰色帆布手包。两人擦肩而过的时候，墨特尔笑着跟他说，早上好啊。杰贝迪亚心想，我的天哪，她的牙齿真白，她的眼睛真亮。他转过身去想要回礼，可墨特尔已经消失在街角了。

　　杰贝迪亚站在洛林汽车旅馆门外，站定默哀。马丁·路德·金遇刺身亡已有四年，他原以为自己会是绝无仅有的参观者，但现场仍有其他慕名前来的游客。抬头望去，可以看到二层那间有着斑驳绿漆房门的306号房间。马丁·路德·金遇刺的阳台上挂着一只白色的花环。这间客房如今已不对公众开放。同样被封闭的还有旁边那间客房。那是马丁·路德·金的同志们住过的。杰贝迪亚转向北边，有些游客也转向了他所朝的方向。对他们而言，这是一次朝圣之旅。有传闻说，詹姆斯·厄尔·雷伊的子弹就是从北边射来的。杰贝迪亚总喜欢想象假如他当天在现场会是什么样子。他会挺身而出，用某些非暴力手段阻止凶手发射子弹。北，本是自由的方向，不是吗？杰贝迪亚感觉自己的脸变成了一块吸满水的海绵，不住地流下泪水。他就站在那里，脑海里的思绪变成了一堆碎片。他想到造纸厂里被切断的手臂，游弋在中国南海的美国海军战舰。他想到了在战舰上，他的住舱在甲板以下很深的地方，有时候他的耳朵里会因为气压变化而噗噗作响。他想到了有一回从潜艇的舷窗向外望，看到一条硕大无比的乌贼在幽暗的海水里游过，以及像走钢丝的杂技演员一样，在乌贼触手上跳来蹦去的纳尔逊·马莫斯军士长。那一夜，在潜艇上，杰贝迪亚把他住舱墙壁上的"杰布不需要知道的事情"清单撕掉了。他把清单撕了个粉碎。不过，第二天，当他回到铺位，却发现那张清单还在。那是用爱迪·克里斯蒂的字迹重新誊写的。对于杰贝迪亚的那张清单，爱迪烂熟于心。或许这就是表兄弟的意义所在，既是兄弟，也是朋友？杰贝迪亚为马丁·路德·金和他的同志们默哀。

* * *

午饭时间，墨特尔叫上了在洛林汽车旅馆旁步行道上发呆的杰贝迪亚。她在孟菲斯城中一家大百货商店的香水和化妆品专柜工作。这一职位挺适合她，不过每当回到家中，她都会洗去脸上的铅华。有些女人喜欢购买旁氏化妆品，有的则偏爱更昂贵的产品。墨特尔通常用金缕梅成分的产品洁面，然后用橄榄油保湿。她能找到这份化妆品销售员的工作，是一个不小的成就，因为她并不算貌美。她经历了一轮又一轮的面试，而高层们最终认为，如果是那些肤色较浅但更有姿色的黑人女性，会让那些偶尔来为妻子购买香水的白人男性难以专注于购物，亦会让与那些男性相伴的白人女性感觉受到威胁。

"他们为什么要这么做？"杰贝迪亚问墨特尔，"他们为什么要杀死他？"墨特尔挽着杰贝迪亚的胳膊，拉着他离开了汽车旅馆。

其实昨晚没等他开口说话，墨特尔就知道他要到洛林汽车旅馆来。杰贝迪亚并不是第一个到孟菲斯来追寻马丁·路德·金的人。有些时候,这些人并不承认洛林汽车旅馆是他们的目的地,但他们的双脚总会不由自主地带着他们到这里来。杰贝迪亚不是墨特尔看到的第一个在旅馆旁步行道上面如枯叶的人。每当游客们流露出这样的神情,墨特尔总会在心中盘算着自己应该去"唤醒"他们,她想对他们说,你们认为只有孟菲斯这座城市见证了死亡吗? 其实死亡无处不在。但在她心中的某个角落,总有一个声音,或者说是一组声音,最终让她改变主意。或许杰贝迪亚最终会被收监或是送进精神病院,并因此受到伤害,因为有些人并不能理解他心伤的缘由。其实每个人都有心伤。

在帮杰贝迪亚放洗澡水的时候,墨特尔跟他聊着这些。她一边倒着浴盐,一边对他说:我很抱歉,但这些浴盐我得收你钱。

她一边留下一把椅子供他坐着或是码放衣服,然后帮他关好浴室的门,一边跟他聊着这些。一小时之后,当他因为忘拿毛巾而赤条条地从浴室里出来时,她也还在跟他聊着这些。看到他赤裸的身体,误以为他要强奸自己的墨特尔高声尖叫起来。她的尖叫让杰贝迪亚的下身瞬间勃起了。他赶忙盖住自己的身体,解释道:"墨特尔,事情不是你想的那样。"

她已经回到了客厅,坐到那张被塑料布紧紧裹着的紫红色双人沙发上,点了一根香烟。杰贝迪亚不知道她抽烟。他没在她身上闻到过烟味。

他很快穿戴整齐,提出要离开。

墨特尔用罐头什锦菜炖了萨利斯伯里牛肉饼,又做了土豆泥。

"不好意思，"她说道，"我不擅长烹饪。我也没有孩子。正是因为这两件事，我丈夫才离我而去。你算什么女人？他这么说我。你也不会做饭。你也不能生儿育女。我对他说，我是虔诚祷告的汉娜[1]，我是萨拉[2]。"

她一边做饭一边抽烟。烟灰掉进饭锅。杰贝迪亚很好奇，不知尼古丁是否能为这饭菜增色添香。

"那你又犯下第三条罪孽了，他这样对我说，你竟然引述《圣经》故事。是个人都知道，《圣经》里记录的女人都是些不能'干'的货色。猜猜看，"墨特尔问杰贝迪亚，"是谁教他说这些的？"

杰贝迪亚说："我不知道。"

"说实话，你到底知道点什么？"

杰贝迪亚知道有人要跟他争吵一番了："我知道我五小时之前就该去工作的地方报到了。"

"我替你给南希·文森特打过电话了。她说你明天上午十点前到就可以了。在百货商店，如果有人要彻底搬家远走高飞，那瞒不过任何人。孟菲斯这座城说小不小，说大其实也没那么大。你很幸运，她喜欢涂蓝色眼影。有些人喜欢所有蓝色的东西。"

当天晚些时候，杰贝迪亚躺在床上，用手指在墨特尔那小而坚挺的乳房上一圈又一圈地画着鸽子形状的圈圈。她咯咯笑着，用手把他的胳膊打开。

"墨特尔，"他一边低声说着，一边把她搂紧，"你丈夫是个

---

1 《圣经·旧约·撒母耳记》中的人物。
2 《圣经》中先知亚伯拉罕的妻子，也是他同父异母的妹妹。

蠢货，想到就要离开你了，我真要伤心死了。"

第二天早晨，杰贝迪亚看着南希·文森特打开了一瓶青蓝色眼影。南希站在餐厅里，用刷子把一点点眼影涂到眼皮上。她对杰贝迪亚和谢默斯说，她原本是想把前夫留下的家具统统扔在孟菲斯，但这似乎对他们正在读研究生的儿子詹姆斯·萨缪尔·文森特不太公平。南希想要在搬去朴次茅斯新家的路上，把那些属于她前夫的殖民时代风格的餐桌餐椅都丢到波士顿去。

杰贝迪亚和谢默斯匆忙穿梭于南希家小房子的每个房间，搬走她所拥有的一切物事。

"我不是要故意给你添麻烦的。"杰贝迪亚对谢默斯如是说道。谢默斯已经干净利索地给卧室里的家具包上了缓冲垫。他注意到南希正在经历生活上的变故。在人们遭受生活变故的时候，他总是尽量让在一旁，不去打扰。

谢默斯耸了耸肩说道："你去哪儿了？"

"我有点事情要料理一下。"

"是吗？随意掌控自己的时间，感觉挺爽的吧。"

杰贝迪亚不想吵架。尤其是当他情绪不错的时候。

"我不在的时候，你把活儿干了。你把我那份工钱拿去吧。"杰贝迪亚说道，"包括昨晚的津贴。这样咱俩就扯平了。"

"哎哟，没想到你这么大方啊！"谢默斯笑了。他的眼睛满是血丝。昨晚，谢默斯在贝尔大街跟他的朋友玩了一整夜。他推了杰贝迪亚一把："瞧你那副样子，你今天一来，我就闻到有女人味道。"

如果是在越南，听到谢默斯刚才这样的调侃，杰贝迪亚可能完全不当回事。他曾经也是这样一个粗话不离口的糙汉。然而自从回到母亲身边，他便开始时刻注意自己的言语文明了。

"还可以吧。"他说道。

谢默斯眨了眨眼："我也跟你一样。"

杰贝迪亚和谢默斯把她在孟菲斯的生活痕迹收拾干净之后，南希·文森特拎起她那只新秀丽牌行李箱，朝屋外那辆粉色的凯迪拉克走去。

"好啦，"她一边涂着与蓝色眼影形成强烈反差的红色唇膏，一边坐上那辆能吸引许多男人目光的凯迪拉克轿车，"人生就是山不转水转。咱们朴次茅斯再见。你们开车注意别撞了，也别把车上我的宝贝儿们颠散架了。"

看着南希开车绝尘而去，谢默斯嘟囔道："别看这娘们儿年龄不小了，可保养得还真不错。"他从越南战场回到家中的时候，他老婆的胸部早就松垮下垂了，活像是瘪了一半的气球。他实在是想不明白，他老婆为什么就不能好好保养自己，为什么她还没生孩子，身材就已经走样到让人目不忍视。杰贝迪亚听他念叨着这些，并没有搭话。他知道，评价谢默斯的白人老婆貌美与否，或许会让对方感到恼怒。随后谢默斯或许还会逼他对此做出解释。毕竟，他们距离新罕布什尔州的朴次茅斯还有近一千两百公里车程。

178

他们在俄亥俄州乡村地区的一家路边餐厅停车休整。谢默斯掏出一支大麻烟枪，顺手点燃。他打算就睡在车里，以便省下住汽车旅馆的钱。在杰贝迪亚看来，睡在路边或是露天野地里，算不上什么好主意。

四个月之前，也就是一九七一年六月，理查德·米尔豪斯·尼克松总统对毒品宣战。那时，很多从前线回来的美军士兵吸食海洛因。杰贝迪亚和谢默斯则选择了大麻作为消遣，当然，他俩对致幻蘑菇、安非他命或是巴比妥酸盐也都是来者不拒。为了不引起旁人注意，两人爬到厢式货车后排，轮流吸食大麻。几轮过后，谢默斯开始傻笑。杰贝迪亚也想笑，可死活笑不出来，因为他的身上到处发痒，光是抓挠就已经够他忙的了。谢默斯说："杰布，要么是这儿有蚊子，要么就是你长虱子了。"

话音未落，谢默斯也开始到处抓挠了。他俩站起身来，在车厢里四处打量着，想要寻找究竟是什么东西让他们感到奇痒难忍（谢默斯后来发现，罪魁祸首是给货车消毒的内饰清洗剂）。然而就在那一刻，两人猛地被黑暗笼罩了。那些原本属于老吉米·文森特在缅因州卡博特镇某位姑妈的殖民时代风格的餐厅家具，竟然开始为那个每周日都用柠檬精油擦拭它们的女人南希·文森特悲泣起来。餐桌不住地流泪，在它的感召下，那些餐椅也开始蠢蠢欲动。谢默斯说道："这他妈是怎么个意思？"

面对"能说话"的家具，时常撞见死人鬼魂的杰贝迪亚并不感到疑惑。他反倒是用力甩开了厢式货车的门，像一条急着蹭掉虱子的狗，冲进了地上铺满砂石的路边餐厅。呼吸到新鲜空气的杰贝迪亚感觉脑子瞬间清醒了。他躺倒在地，大口摄取着氧气。仰望天空，天幕徐徐拉开，他看到的仿佛不只是尘世人间，而是如画卷般展开的整个宇宙。他想要放声大笑，想要纵情歌唱，想要到沙漠里尽情奔跑，因为他的心中有个声音在呼喊着：墨特尔·亨德里克斯正在沙漠深处等待着和他再度翻云覆雨。

"咱们抽得真爽！"杰贝迪亚对谢默斯嚷道。后者刚刚跌跌撞撞地从车厢后部爬到前部，在手套箱里翻找着。

家具从车厢里掉落，摔得到处都是。真的，只剩下那张殖民时代风格的餐桌和四把殖民时代的餐椅还在车厢里。谢默斯和杰贝迪亚面面相觑，不知所措。忽然，谢默斯冲下货车，想要把逃走的家具都追回来。杰贝迪亚站起身来，去追谢默斯，粘在他后背上的砂砾纷纷掉落。他用了比预想中更多的时间，终于撵上了那个健壮的越战老兵。

杰贝迪亚一边继续在自己身上抓挠着，一边说道："谢默斯，这个鬼地方有响尾蛇和蝎子。没准儿还有野狼呢。"

谢默斯从工作服兜里掏出一支手枪。那是一支点三五七口径的麦格农左轮手枪，是他回到美国之后买的第一件东西。当时的美国，各地的失业率都处在历史高位。谢默斯也丢掉了消防员的工作。如果连消防员都没办法去灭火了，这世界得多危险啊。

谢默斯拿枪在杰贝迪亚·爱泼伍德面前比划着："我才不怕那些玩意儿呢。它们敢来，我就要它们好看。"

杰贝迪亚举起双手，向后退了几步，说话的嗓音都变了："谢默斯，把那破玩意儿放下。你他妈抽得太多了。"

"我在部队的时候搜剿大麻的水平可不低呢。那些天杀的家具最好乖乖滚回来。"

谢默斯开始朝那些"在他头顶上飞来飞去"的家具射击。他很快消失在黑暗之中，一边跑着一边脱掉身上的工作服。杰贝迪亚看着这个赤条条的家伙在夜风中裸奔。

要理智。杰贝迪亚冷静地思考着，如果警察这时出现，发现光着屁股的谢默斯·堪夫尔跑的方向和他相反，那可就不妙了。要理智。杰贝迪亚冷静地思考着，如果他眼睁睁地看着谢默斯消失在沙漠里，这或许会被当成一次刑事案件，而他会成为主要嫌犯。于是，在这个夜晚他第二次追上了谢默斯。那个裸奔的家伙已经打光了枪里的子弹。

杰贝迪亚想到了希腊神话里被浸入斯提克斯冥河的阿喀琉斯。他想到了伊齐基尔·爱泼伍德曾对他说过的，如果一个人正面临失败，那么他使出什么下作招数也无所谓了。杰贝迪亚瞄准谢默斯的阿喀琉斯之踵[1]，铆足劲踢了一脚。大个子应声而倒，枪也掉在地上。说时迟那时快，杰贝迪亚拿起枪，把谢默斯砸晕了。接着，他躺到谢默斯身旁，不一会儿也打起了呼噜。

其实从孟菲斯到朴次茅斯的这一路上根本不经过什么沙漠。不过，吹牛嘛，本身就是这样。假的能吹成真的。荒谬的记忆也能吹成绝世传奇。

1　阿喀琉斯，希腊神话中的英雄，因脚跟是其全身唯一没有浸泡到神水的地方，故而他在特洛伊战争中被人射中脚跟丧命。后来，阿喀琉斯之踵就代指致命的弱点或要害。

* * *

一九七一年十一月，在驱车前往波士顿的路上，杰贝迪亚和谢默斯在广播里听了下列这些歌曲：

卡朋特兄妹的《巨星》

艾萨克·海耶斯的《苛刻的对待》

齐柏林飞艇乐队的《大坝决堤》

马文·盖伊的《到底怎么了》

滚石乐队的《红糖》

洛·史都华的《玛姬梅》

比尔·维瑟的《阳光不再》

三犬之夜的《举世欢腾》

简·奈特的《大人物先生》

奥斯蒙德兄弟的《一只烂苹果》

无可争议的真理乐队的《笑脸》

菲利普·里维尔与突袭者的《印第安人保留地》

艾尔·格林的《我已如此厌倦孤独》

波士顿的城区规模比杰贝迪亚意想中的要小一些。一九七一年，他和谢默斯总能遇到那些手上晃着纸杯或是在步行道上拿着写有"帮帮老兵"的纸箱的越战老兵。他们俩在战争时期朝思暮想的嬉皮士时代已经一去不复返了。从厢式货车的驾驶座和副驾驶座向外望去，数不清的在街上游荡的无家可归者让他们心里非常别扭。杰贝迪亚心想，波士顿真是个民生艰难的城市。其实，即便是纽约、旧金山、洛杉矶或是芝加哥，民生也是一样艰难。

　　"你是吉米·文森特吗？"坐在厢式货车副驾驶座上的杰贝迪亚喊出声来。他和谢默斯已经在波士顿南城吉米·文森特的砖石房子门前等了一小时，终于等来了这位退休的消防员。

　　"大概是吧。你们是什么人？"吉米·文森特仔细打量着眼前这两个搬家工人。他的脸上像是蒙着一层皮革。他也曾经有过红润光亮的面色，但长年的不良生活习惯已经在他的额头和下巴上留下了不可修复的印迹。吉米·文森特的怀里搂着一个瘦削的黑发女子。如果那姑娘说她是二十岁，那她顶多有十九岁。如果说她十八岁，那她顶多有十七岁，或者更小。

　　杰贝迪亚说："货车上有些属于你的家具。"

　　吉米·文森特说："我告诉过南希，让她留着用。"

　　"她认为你回头可能会改主意。"就在杰贝迪亚说话的时候，谢默斯走到货车跟前，打开车门，开始卸下那些殖民时代风格的餐桌和餐椅。杰贝迪亚把货单递给吉米·文森特，也来帮谢默斯卸货。

　　那姑娘走到货车旁，用手指捅了捅包裹着殖民时代风格餐桌的保护垫。她开心地拍着手问："这些都是给咱们的吗？"

　　吉米·文森特摇摇头："南希给我留下的，只有霉运。"

　　"你打算让我们把家具放在哪儿？"杰贝迪亚问道。

　　吉米·文森特点了根香烟："扔在路边吧。"

眼前这个男人对自己财产的漠视态度，让谢默斯感到震惊："这些家具属于你啊。"

　　那姑娘用双手抚摸着木制高餐椅的背面，然后回到路边，对吉米·文森特低声耳语了几句。吉米·文森特耸了耸肩。那姑娘再一次开心地拍着手说："把它们放在前门廊吧。明天我们可以把它们卖了换钱。"

　　"你们看见了吧？"吉米吐了口烟，没有转头，只是用手指了指那姑娘，"我上个月才认识她。她这会儿已经开始计划我的余生了，还以为她会跟我一起过下去呢。"

　　杰贝迪亚和谢默斯把家具放在前门廊。黑发姑娘忙着玩弄那些餐椅。吉米·文森特斜倚在那张殖民时代风格的餐桌旁，一边抽烟，一边讲着他前妻南希的事。比如，他有多么讨厌她。再比如，若是他没有对她那沉重的恨意，那余生将会多么难熬。也许他根本不恨她？也许他只是讨厌两人共同生活的样子。只要两人在一起，生活就会变成一场暴风雪。

　　杰贝迪亚多多少少领会了作为一名搬家工人的真谛。作为一名搬家工人，重点并不在于搬家本身，而是所搬运的东西承载的历史。每一样东西都有它的历史。见多了这样那样的历史，杰贝迪亚为自己的一身轻松而感到快慰。

　　这家二十四小时营业的餐厅，霓虹灯招牌一直闪个不停。杰贝迪亚和谢默斯走进餐厅，长方形的吧台和立柱高脚椅让他们想起家乡的"卡卡圈坊"甜甜圈专卖店。橱窗里油光闪亮的甜甜圈让他们垂涎三尺。就连店里的女招待们也都穿着绿白相间的工作服，戴着姓名牌，跟佐治亚州巴克纳县的"卡卡圈坊"如出一辙。一张海报上印着"波士顿最棒的汉堡包"。杰贝迪亚和谢默斯在吧台前坐下。谢默斯用手指敲着吧台，要杰贝迪亚为他点一杯咖啡，他现在要去厕所小解。一个穿着绿色制服、眨着绿色眼睛的女招待走上前来。她环视一周，然后把餐巾和刀叉放到谢默斯空下的位置，接着又给杰贝迪亚也摆了一套餐具。许多人都盯着这位女招待。杰贝迪亚对这些事情很敏感。他还没从柜台前的高脚椅上转过身来，就已经感受到了那些刺眼的目光。这家餐厅里坐满了人。他在人堆里寻找着，看是否有和自己同样肤色的面孔。他只看到了几个意大利人。没有黑人。杰贝迪亚慢悠悠地转回身，双手抄进上衣兜里。餐厅外面，雪粒如婴儿粉般扑簌簌地飘落，结成了冰凌。

"来两杯咖啡。"杰贝迪亚说道。女招待微笑着快步走来，为谢默斯的杯子倒满咖啡。当她准备给杰贝迪亚倒咖啡的时候，一位一直在不远处默默看着他们的、年长一点的女招待走了过来，双臂交叉抱在胸前。

"不好意思，我们店里不提供咖啡。"年长一点的女招待说道。她的眼睛盯着年轻的女招待，但她的话却是说给杰贝迪亚听的。

"那她手上端着的是什么？"杰贝迪亚的话音里并没有抱怨的意思。他只是在陈述事实。

"那不是咖啡。"年长一点的女招待微胖，身材看上去和杰贝迪亚的弗劳拉姑妈差不多。

杰贝迪亚叹了口气："你们有茶水吗？"

年长一点的女招待摇摇头："没有茶水。"

"那开水总有的吧？"

年长一点的女招待转头望向杰贝迪亚，眼睛一眨不眨："想要开水是吧，赶快喝完赶快走人。"

"我们开车赶了好久的路。"杰贝迪亚希望能唤醒年长女招待的良心。扎着马尾的年轻女招待脸一下就红了，活像是圣诞节礼物的包装纸。她给杰贝迪亚倒了一杯水。杰贝迪亚实在口渴，但为了自尊，他并没有碰那杯水。这大概是他一生中最口渴的时刻。

"店里那么多人都在喝咖啡，你却告诉我说店里不提供咖啡？咖啡就在壶里。你告诉我你们不提供咖啡？"杰贝迪亚曾经在巴克纳县参与过静坐示威。但是他没有预料到，来到北方还要如此抗争。睡眠不足加上旅途劳累，他真不知道自己是否有力气进行这样的抗争。

年长一点的女招待对年轻女招待说："看，你惹出了多大的麻烦。规矩你懂的。把这事儿给我处理好了。"

说完，她扬长而去。年轻女招待低声说："别害我。我刚来这儿工作一个星期。我需要这份工作。"

杰贝迪亚原本不想大声嚷嚷，但他还是没控制住自己的音量："我是一名越战老兵。我是美国人。"

年轻女招待叹了口气。谢默斯走出卫生间，回到座位上开始喝咖啡。"杰贝迪亚，你的咖啡呢？"谢默斯这才注意到年轻女招待，注意到这里的气氛尴尬而沉默。他看到杰贝迪亚的杯子里并没有咖啡。

"谢默斯，他们店里不提供咖啡。"

谢默斯继续喝着杯中的咖啡。他还没弄明白究竟发生了什么事，只是自顾自地讲述着他的惊喜发现："那张海报上写着'最棒的汉堡包'。天哪，我真想吃一个多加炸洋葱的汉堡包。我们那儿有维达丽雅洋葱。你说他们这儿有没有维达丽雅洋葱？"

杰贝迪亚很想抽谢默斯一耳光："这儿连咖啡都没有，我他妈怎么会知道这儿有没有维达丽雅洋葱？该吃什么你就吃什么吧。该干什么你就干什么吧。"

杰贝迪亚站起身，走出了餐厅。谢默斯慢慢喝光杯中的咖啡，也站了起来："既然这店里不提供咖啡，看来我也不用为这杯东西付钱了。"

谢默斯跟着杰贝迪亚走出餐厅。两人钻进厢式货车。杰贝迪亚坐到了驾驶位。谢默斯把车钥匙扔给他。他们如果对这一地区足够了解，那么或许应该开车去波士顿南城的多尔切斯特黑人区。当然，在那个地方，剧情或许会翻转，发现自己不受欢迎的大概会是谢默斯。与一九七一年的其他许多美国城市一样，波士顿的种族界限也是泾渭分明的。就在杰贝迪亚被餐厅拒绝服务的事情过去三年之后，在波士顿南城，爆发了针对公共汽车种族歧视的示威。这次危机在全美的新闻媒体上激起轩然大波。许多美国南方人对北方人的虚伪嗤之以鼻。

两人正准备开车离开的时候，扎着马尾的绿眼睛年轻女招待冲出餐厅，手上捧着一个满是油渍的纸袋。她跑到厢式货车驾驶员一侧："东西不多，一份汉堡，一份薯条。你们分着吃吧。"

"谢谢。"杰贝迪亚说道。

年轻女招待跑回餐厅，在门口站下，说："我弟弟正在越南作战呢。"

一九七一年感恩节的这场暴风雪，把成千上万的美国人困在了路上。杰贝迪亚·爱泼伍德和谢默斯·堪夫尔在新罕布什尔州朴次茅斯滞留了整整五天。南希·文森特对只能让他俩在硬木地板上打地铺感到抱歉，接着给他们丢下几件被单、枕头和睡袋，以便他们睡得舒服一些。他们每天吃着火鸡肉三明治，还有不知是谁"发明"的火鸡肉汤。那肉汤足够让他俩吃饱喝足，但大部分时间南希·文森特都无视了他俩的存在，只是自顾自地读着她儿子从密歇根大学寄来的书。谢默斯说他现在知道吉米·文森特为什么要去找年轻小姑娘了，因为除了一日三餐，南希什么都没为她的男人提供过。这样的一日三餐，让杰贝迪亚想到了墨特尔。

望着房间外面的积雪，杰贝迪亚决定出去帮南希·文森特铲干净。他多套了一层衣服。南希保留了一些她前夫的衣服，因为她舍不得扔掉它们。杰贝迪亚顿觉有些感动。然而她说，或许她的儿子能用得着这些衣服。

暴风雪停了，谢默斯走了七个街区，去一家夜店找乐子。杰贝迪亚则往反方向走了九个街区，去逛健康食品商店。那是一家很简朴的商店，店主是南希·文森特儿子的儿时好友布恩·迈克阿里斯特。店里的存货不多：用塑料罐盛装的坚果、黄豆，还有一台可以将鹰嘴豆之类的谷物碾成粉或是坚果酱的大型机器。杰贝迪亚对这一切并不了解，但他亲眼见证了"延寿饮食运动"在布恩·迈克阿里斯特店里的发端。

当他走进店里，布恩·迈克阿里斯特告诉他，因为暴风雪，当日的"延寿饮食运动"聚会被取消了。不过，如果他想找个地方放松一会儿，那地下室和里屋倒还有点空。

地下室的天花板很低，地面铺着泥土。折叠桌椅横七竖八地摆放着，就像南方人打纸牌时用的。地下室里有六七个人，有的人身上和衣服上散发出很久没用肥皂洗过的酸臭味。布恩·迈克阿里斯特每个星期都会为这些人的"聚会"提供热汤和三明治。杰贝迪亚从这些越战老兵的口中得知，这附近有一座航空兵基地，不远处的西克莱斯特村里也有廉价宿舍。但由于隔音不良，飞机引擎的轰鸣声会让人彻夜难眠。海军错把他们在弗吉尼亚州建宿舍的图纸用到了这一带的宿舍工程之中。

老兵们谈论着战争中的事。他们谈论着阴谋论。他们都对中央情报局有着自己的看法。有的老兵信誓旦旦地说，他们曾经看到运送海洛因的飞机飞出越南。他们谈论着致幻药物试验。他们谈论着自己被迫做出的艰难抉择。比如，为了整个连队的生存，用手雷炸死长官。

杰贝迪亚在越南时并未亲自上过前线，所以他基本上保持着沉默。通常，他坚信"听"比"说"好。当他终于开口说话而且说得有理有据之时，连他自己都感到惊讶。他讲述了一位越战老兵回到佐治亚州家中的经历。他描绘了那位老兵连踢带骂地被人拖走的样子。他说他确定那位老兵根本看不懂自己的诊断书。他并未提及

189

纳尔逊·马莫斯军士长的事。

就在杰贝迪亚和谢默斯准备离开的前一天，布恩·迈克阿里斯特向杰贝迪亚提供了一个在健康食品商店工作的机会。他注意到，杰贝迪亚是个看上去犹豫踌躇，但最后总会下定决心前行的人。他注意到，"聚会"之后，杰贝迪亚都会把桌椅折叠放好，还总是阅读一些小册子。他注意到，杰贝迪亚在阅读烹饪书籍的时候很是认真。

"我在想，以后我就不吃猪肉了。"杰贝迪亚对布恩如是说道。

"你正在慢慢变成一个素食主义者。"

"这我可说不好。"

"这样吧，"布恩·迈克阿里斯特说道，"我们需要人来帮忙看店。你觉得你能胜任吗？"

在返回南希·文森特家的路上，杰贝迪亚觉得自己好像远远看到了一个长得很像墨特尔的女人。这是他除了自己之外，在朴次茅斯看到的第一个黑人。杰贝迪亚感觉自己的身体有了"可喜"的反应。他勃起了。杰贝迪亚焦急地寻找着电话亭。当他终于找到一座电话亭的时候，他兴奋的身体也恢复了平静。他拨打了墨特尔·亨德里克斯家庭旅馆的电话。拨到第三次的时候，墨特尔接起了他的长途电话。

"你说，咱们到新罕布什尔州生活怎么样？"

墨特尔一直在等待杰贝迪亚的电话，但并不奢望他一定会打来。她经不起失望的打击。

"我从来没去过那儿。"

"或许你应该来看看？"

"新罕布什尔是一整个州。"

杰贝迪亚认真地对着话筒说道："我们在朴次茅斯开始新生活。看看会怎样。"

墨特尔沉默许久，说："你好歹得给我个地址吧。"

杰贝迪亚换了只脚支撑，站直了身体："等我安顿下来有了地址，马上给你打电话。"

* * *

谢默斯·堪夫尔知道，想要劝杰贝迪亚继续留在搬家公司工作，是不可能的。翌日早晨，两个男人握手道别。谢默斯钻进厢式货车。自此之后，谢默斯再也没有过如此亲密的黑人朋友，也没有找过黑人的麻烦。数年之后——在杰贝迪亚成为朴次茅斯皮尔斯空军基地心理治疗师很长时间之后——谢默斯·堪夫尔经常会满腹抱怨地讲起他因为暴风雪被困在北方的往事。他会告诉别人，自己之所以得了关节炎，就是因为那年感恩节受了冻。他会告诉别人，那一年的严寒天气冷酷又无情，不但伤了他的身，更伤了他的心。当然，他也承认，正是那一番严寒，让他意识到自己更喜欢火焰的炽热。谢默斯·堪夫尔回到佐治亚州巴克纳县，又开着厢式货车跑了最后一趟活儿，经历了又一次瘙痒不止。随后，他重新做回了消防员，救下了许多条人命。

*　*　*

朴次茅斯长途汽车站的旁边有一家旅馆。杰贝迪亚为他和墨特尔订了一间客房以便过夜。南希·文森特把她的粉色凯迪拉克轿车租给了杰贝迪亚，用来接墨特尔。"浪漫，"南希说道，"要浪漫，我是一个非常追求浪漫的人，而我人生中的一半问题也因浪漫而起。"

墨特尔走下灰狗巴士[1]，只拎着一只手提箱——她不愿带着所有的行装贸然远走他乡，因为她知道男人都是变化无常的动物。她把孟菲斯的房子锁好，将钥匙交给表亲，并且告诉他们她会寄信回去。

她站在长途汽车站，左右张望。即便身在室内，墨特尔也让刺骨的寒冷冻了个激灵。不过她看过天气预报。她给自己和杰贝迪亚各带了一件短呢风衣。杰贝迪亚看到墨特尔，连忙跑过来拎起她的行李。

"墨特尔，你一定累了吧。"他说道。

"你看上去也挺累的。"她说道。

两人手挽手，穿过车站。

紧紧靠在一起。

1　Greyhound Bus，美国长途汽车运营商之一。

开飞机的埃洛伊丝 1

1948 1958 1968

贝西·科尔曼[1]是埃洛伊丝·德莱尼爱上的第一个女人，那时，她还不懂爱是什么。本地的黑人报纸《巴克纳县印象报》上，曾经刊载过一张长方形照片，上面是科尔曼站在她那架柯蒂斯JN-4 "詹妮" 双翼飞机左起落架上的飒爽英姿。她那戴着手套的右手搭在驾驶舱旁边。她穿着量身定做的飞行服，目光直视着镜头。照片被刊登之时，距离拍摄时至少已经过去了三十年。这张照片拍摄于一九二六年——那一年，这位黑人女飞行家英年早逝了。不过，对埃洛伊丝的父母而言，那场坠机事故大概就是昨天发生的事：这两口子都是整日浑浑噩噩的酒鬼，时间对他们来说只是个模糊的概念。

"人类就不该长翅膀飞上天。" 赫伯特·德莱尼说道。

1　伊丽莎白·贝西·科尔曼（Elizabeth "Bessie" Coleman，1892—1926），美国女飞行家。

"那不是一出戏吗？"德洛雷斯·德莱尼一边敲着手指一边说道，"《上帝儿女都有翅膀》[1]？"

赫伯特耸耸肩："她根本没做好准备。她太想去飞了。"

"赫伯特，你在说什么啊？"德洛雷斯·德莱尼亲吻着丈夫那瘦长的手臂，"你是说上帝希望她坠机吗？上帝想要贝西死掉吗？"

"唉，反正他肯定不想让她活。否则那架该死的飞机也不至于失控。"

贝西·科尔曼的飞机，是在佛罗里达州奥兰多的一次巡回飞行表演中坠毁的。德洛雷斯·德莱尼总喜欢在人前吹嘘，说"勇敢的贝西"从两千英尺高的空中坠落地面的那个早晨，她就在围观人群中间，目睹了这一切。但埃洛伊丝才不会相信这样的醉话，尤其是她妈妈说出的醉话。

尽管如此，埃洛伊丝还是依稀记得童年的那些傍晚，记得她自己坐在餐桌旁残破的高脚椅上，父母在她两旁，记得一家三口一起看剪报的样子。她终于不用再跟啤酒、波本酒、威士忌、金酒争夺父母的注意力。

---

1 *All God's Chillun Got Wings*，尤金·奥尼尔所著的剧作。

*　*　*

　　埃洛伊丝的父母在城外两英里处的海产品加工厂工作。从儿时到成年，他们一直在做着剥生蚝、挑螃蟹、收拾鱼杂之类的活儿。这活儿仿佛是他们的第二天性，而拿钱干这活儿就像是拿钱度假一样。他们可以闭着眼去挑螃蟹，手脚利索，绝不会漏掉任何一只猎物。很多时候，即便他们睡着了，紧张的手指依然可以继续工作，丢掉死蟹和怀孕的母蟹，剖开螃蟹的肚子，剔出柔软的白肉。有些时候，海产品加工厂的经理不得不把他俩当成反面教材，因为他们会带着一身酒气来上班，或是干脆迟到、旷工。他会让他们拼命干活儿出汗以便醒酒。埃洛伊丝常常要饿着肚子在家里等上很久，直到父母从厂子里偷偷溜回来。

　　海产品加工厂开在一座仓房之中，旁边是一片盐沼。每到海产品丰收的季节，赫伯特和德洛雷斯便会把埃洛伊丝带到厂里。埃洛伊丝会瞪大双眼，扒着高高的窗户，观察那些在盐沼附近觅食的白鹭、海鸥、鸬鹚和黑莺。

　　"我父母陪伴我的时间比不管我的时间更多。"后来，埃洛伊丝曾经对她的同性友人们说过这样半真半假的话。然而作为一名只有八九岁、至多不过十岁的孩童，尽管她瘦得皮包骨头，但如果有人在言语上对她父母不敬，或是嘲笑她身上的破衣烂衫，她还是会用肘弯朝对方的下三路狠狠来一下的。

"那是个捡旧衣服穿的小崽子。"街坊邻居们总是这样说她。

"你好啊。再见啊。去你妈的蛋啊。"埃洛伊丝·德莱尼通常会这样回应他们。

"听见了吧？可怜的小崽子。她家里大人不好好教育她。"说罢，街坊邻居都会皱起眉头。

从星期一到星期五：埃洛伊丝每周有五天要走着去上学。阳光雨露，风雪无阻。如果下雨，她就拿一块塑料布当成雨衣披在身上。后来，当她长大了，跟女朋友们一起去逛街，面对着标价九十美元、色彩斑斓的高级雨衣，她会一边摇头一边感叹。难怪年轻人都存不下钱呢。你看看这都是什么面料啊，这么薄。她会低声嘟囔抱怨着买下雨衣送给她的女朋友。为什么呢？因为埃洛伊丝·德莱尼是个会照顾自己女人的人。

小时候，埃洛伊丝每天上学的路程并不遥远。她在路上并不会看到奶牛和猪崽。她就读的学校，不是那种在荒原上平地而起的简陋场所。救赎者圣保罗学校，是一座只招收黑人学生的天主教教会学校，包含十二个年级，由一群面色如鲜牛奶般的修女负责运作。

一九五八年，埃洛伊丝升入五年级的第一天。她家距离救赎者圣保罗学校有三个街区。这三个街区的路程走起来就像是三英里远。她的脑袋高高扬起，肚子里却饥肠辘辘。空空如也的肠胃对高高扬起的脑袋说，你想保持高傲，那你随意便是，我可是要饿得咕咕叫了。空空如也的肠胃对高高扬起的脑袋说，你想用你那骄傲的肩膀扛起整个世界，那你随意便是，我可是要饿得痛起来了。空空如也的肠胃对高高扬起的脑袋说，你今天早晨没让我吃饭，我感觉非常不爽，看到后果了吧？你让我喝西北风，我要开始胀气了。空空如也的肠胃对高高扬起的脑袋说，赶紧蹲下按住肚子，否则我可要呕了。开学第一天，你可不希望我吐脏你从旧衣店里淘来的裙子吧。

　　埃洛伊丝并没有哭出来。尽管她的裙子下摆已经被呕吐物弄湿了。她用一块面纸盖住湿掉的地方，努力继续听老师讲课。然而没过多久，她便无法集中精神，开始分心了。我散发着呕吐物的气味是吗？埃洛伊丝开始在座位上扭动起来。她没办法安静地坐在那儿了。她的老师，最近才刚刚宣誓入教的年轻修女玛丽·拉兰斯基，原本可以拿起戒尺打她的手掌心。但玛丽并没有这样做，而是观察着班上的所有学生：他们都是有色人种小孩，有些穿着制服，有些没有，大多数都出身穷苦人家。给学生们讲课的时候，玛丽的声音是颤抖着的。

　　"孩子们，你们知道莎士比亚吗？"

　　鲁本·爱泼伍德举起手："我们听说过他。"

　　"好，"玛丽·拉兰斯基修女说道，"你们听说过哪些与他有关的事？"

　　鲁本的眼睛一直盯着课桌桌面："他是个英国人。他写戏剧。还有'生存还是毁灭，这是一个问题'。"

玛丽·拉兰斯基笑了。鲁本·爱泼伍德是整个班上最聪明的男生。等到学年结束之时，她会推荐他跳上一级。

　　"我认为，"她说道，"一个人如果不了解莎士比亚，那么他的人生将是不完整的。亚伯拉罕·林肯接受过良好的教育，读过莎士比亚的著作，也读过《圣经》。你们中的某些人，可能做不到每天都来上学，甚至可能不会每周都来上学，但只要你们能坚持读哪怕一点点莎士比亚的作品，时光就不会白白浪费。"

　　她说话带有一些口音。紧张的时候口音就更明显。孩子们注意到了这一点，他们都很好奇地看着老师。

　　"玛丽修女，您是哪里人？"一名学生问道。

　　"我的故乡啊，那是一个你们或许不知道的地方。"教室墙上并没有地图，玛丽·拉兰斯基修女一直心心念念想要买一幅挂上去。她拿起一根粉笔，在黑板上画了一幅匈牙利的地图。画着画着，她紧张的神经慢慢放松下来。

　　"我的故乡是布达佩斯，那是匈牙利的一座城市。"

　　"你想念你的故乡吗？"又一名学生问道。

　　"每次回忆到那儿，我都会很怀念的。等你们长大了，就会总想起从前的事。"

　　学生们很快就会发现，玛丽修女常常在救赎者圣保罗学校卫生间的隔间里哭泣——为那个将她送来当修女的家庭哭泣。学生们给她起了个外号，叫"哭泣的修女"玛丽，因为她曾经在课上给他们讲莎士比亚的戏剧，又像奥菲利亚一样哭泣。然而埃洛伊丝对"哭泣的修女"玛丽在第一节课上所说的话完全不屑一顾。如今她明白了，在那个时候，她被一种叫作"爱情"的东西蒙住了双眼——当时的她，眼里只有坐在旁桌、正打开文具盒的阿格尼斯·米勒。

阿格尼斯·米勒的头发被扎成了两条油亮的马尾，刘海动人。看到她的形象，你一定会觉得她"洗劫"了娜塔莉·科尔[1]的衣柜。是的，在埃洛伊丝看来，就像是纳特·金·科尔[2]的女儿大摇大摆地混进了救赎者圣保罗学校。这难道不是一见钟情的感觉吗？埃洛伊丝感到自己的心脏在突突乱跳，就像她父母那辆老掉牙的别克车的引擎，前一秒还有节奏地运转着，后一秒就突然停摆了，除非他们从车上下来，推车下山，直到引擎重新开始工作，或者干脆站在路边，等着搭陌生人的车。那个叫阿格尼斯·米勒的姑娘完全没有刻意去关注埃洛伊丝的形象打扮。看到埃洛伊丝身上的破衣烂衫，班上其他的孩子总是冲她挤眼睛皱鼻子，或是大声嘲笑，或是摆出一副同情弱者的微笑——其实他们自己穿得也并不比她更好。但阿格尼斯从未这样对待埃洛伊丝。阿格尼斯·米勒对她最大的"羞辱"，只不过是漠然地坐在她旁边，两手放在膝上，仿佛当她不存在似的。埃洛伊丝很疑惑，难道阿格尼斯没有嗅到她衣服上恶心的呕吐物气味吗？午餐时间，孩子们都在教室里吃饭。阿格尼斯拿出几块像是薰衣草小饼干的点心，悠然吃着。埃洛伊丝在一旁眼睁睁地看着。阿格尼斯舔掉了饼干上的淡紫色糖霜，然后停下来，把她刚舔过的一块饼干递给埃洛伊丝。埃洛伊丝摇摇头："谢谢，我不

1　娜塔莉·科尔（Natalie Cole，1950—2015），美国黑人女歌手。

2　纳特·金·科尔（Nat King Cole，1919—1965），娜塔莉·科尔的父亲。

要。"她已经下定了决心，绝不容忍别人在自己面前如此傲慢。放学路上，当鲁本·爱泼伍德和其他那些好学生走了之后，埃洛伊丝对几个同学说道："你们听好了，看好了！"她从路边的桑树上掰下一根树枝，扯掉上面的叶子，跟在阿格尼斯·米勒身后，故意在后者那双黑亮的腿上狠狠抽了几下。出乎埃洛伊丝意料的是，阿格尼斯调整了一下书包肩带，然后转过身，像一只野猫似的疯狂抓挠她的脸颊。最终，埃洛伊丝只能穿着气味难闻的衣裙，带着一脸伤痕回到家里。

"这是谁干的？"德洛雷斯·德莱尼想问个明白。

"一个叫阿格尼斯的女孩。"埃洛伊丝说道。母亲用一块湿布给她擦了脸，抹上金缕梅雪花膏，又用可可油擦了每一条伤痕。

"她是哪家的孩子？"赫伯特·德莱尼问道，"她姓什么？"

"我不知道。"埃洛伊丝说道。

"她是爱泼伍德家的人吗？"父亲问道。父母提到爱泼伍德家族，这让埃洛伊丝有些摸不着头脑。爱泼伍德家族是城里历史最悠久的黑人家族，学校的几乎每个年级都有姓爱泼伍德的孩子。他们靠赌马和贩私发家致富。不过，如果你见识过他们说话的样子，尤其是那位德高望重的老妇人弗劳拉·爱泼伍德的谈吐气质，你一定会认为他们出身清白。

"不，"埃洛伊丝说道，"她姓米勒。"

德洛雷斯·德莱尼眉头紧锁，沉默了几秒，然后狠狠抽了埃洛伊丝一个耳光。"你这个蠢孩子，"她说道，"那可是米勒执事家的千金。她爸是城里的教会执事。他们是有头有脸的大人物。小人物招惹大人物会有什么后果，你难道不知道吗？"

德洛雷斯和赫伯特强扭着埃洛伊丝来到阿格尼斯·米勒家，逼迫她向阿格尼斯及其父母道歉。埃洛伊丝原本就不喜欢自己的父母，而这一次她对他们的憎恨到达了顶点。当一家三口回到他们破败不堪的小房子，埃洛伊丝重新钻进了厨房，站在那张登载着贝西·科尔曼照片的剪报前。她伸出双臂，模仿着那架柯蒂斯JN-4双翼飞机的样子，假装自己在天空中翱翔。

* * *

火焰从门廊一路烧来，烧到了厨房，而那里的窗帘成了绝佳的助燃物，用来炸鱼炸鸡的灌装油脂更是起到了推波助澜的作用。埃洛伊丝的父母正彼此拥抱着睡在客厅沙发上。埃洛伊丝的卧室在厨房旁边，浓烈的烟雾把她呛醒了。她大声呼喊父母，却只能听到火焰吞噬家具的嘶嘶声。德洛雷斯和赫伯特把未熄的香烟扔在了门廊，又忘记关掉厨房的炉灶——他们用铝锅煎了一些从商店买来的火腿，权当晚饭。

埃洛伊丝像一条蜥蜴，匍匐着爬下床来。她又喊了几声——爸？妈？——她发现他们正在沙发上打着呼噜。在那个瞬间，看着正在疯狂舔舐客厅墙壁的火焰，埃洛伊丝心想：我是不是应该不去管他们，自己逃走呢？她用母亲扔在一旁的裙子堵住口鼻，以免吸入过多烟雾，然后冲过走廊，到厨房墙上取下那张登载着贝西·科尔曼照片的剪报。报纸的边缘有些烧焦了，但并未被彻底烧毁。埃洛伊丝冲出厨房，沿着走廊向前门跑去。然而就在她准备打开家门逃之夭夭的时候，良心告诉她，不能把父母扔下。于是她再一次跑到沙发旁，用力踢打推搡他们。德洛雷斯和赫伯特惊恐地醒来，以为是恶魔要把他俩拖进地狱。

"快逃出去，现在就走！"埃洛伊丝说道，"快把你们没用的身体从该死的沙发上挪开！"

一家三口刚刚冲出家门，房顶便被烧塌了。

巴克纳县消防局的雇员全都是白人。他们赶来救火的时机真是恰到好处：德莱尼家的房子被烧了个一干二净，而周围的房子却几乎毫发无损。消防员们用水桶和两根长长的水管扑灭了大火。这支消防队的领队，人称谢默斯一世，出身堪夫尔家族。他是大个子谢默斯的父亲，也是谢默斯三世的祖父、小胖子谢默斯四世的曾祖父。自从美国南北战争时起，谢默斯家族的男人们就一直从事消防事业。

埃洛伊丝望着自家房子的废墟：火光映着残存的框架，天幕低垂，低到月亮仿佛就要接触到地上的灰烬。这一刻，埃洛伊丝再次感到羞耻不已。她的父亲只穿着一条长秋裤，而她的母亲只套着一件满是破洞、脏兮兮的衬裙。前来围观的邻居们想要扔给德洛雷斯一条披肩让她遮体，但这个醉酒的女人却把披肩扔到一旁。夫妻二人忙着争吵究竟是谁把燃烧着的烟头扔到了门廊，究竟是谁忘了关炉灶的火。埃洛伊丝心想，还不如让他俩被烧死得了。

"别看了别看了，没什么好看的。"谢默斯一世指示手下人驱散围观人群。他很清楚，每次伴随火灾而来的，都是隐私暴露而导致的愤怒。其实这户人家已经不剩什么了。大火吞噬了一切，吞噬得一干二净。

第二天早晨，阿格尼斯的母亲米勒夫人来了，为埃洛伊丝带来一箱衣裙和内衣。米勒夫人每个月都会从戈特利布面包店的东家那里收到一些旧衣服。这些旧衣服大多数都跟新的差不多，但她从来不会拿给她自己的孩子穿。米勒夫妇都是节俭的人，但他们只有阿格尼斯这一个孩子。米勒夫人不希望她的宝贝女儿穿别人的旧衣服。所以她会把这些旧衣服攒起来，留给其他贫穷的孩子。

火灾发生当晚收留德莱尼一家的邻居，就曾经收下这样的旧衣服。这家邻居，四口人挤在三间屋子里，其中还包括一间厨房。那一晚，房子里一下挤进七个人，每个人都像是罐头里的沙丁鱼。米勒夫人明白，她要做一名诚实的基督徒，至少应该伸出援手。

"只要埃洛伊丝能跟得上，那她就不应该耽误学业，一天都不应该耽误，"米勒夫人对赫伯特和德洛雷斯说道，"孩子们不去上课，就会错过一些重要的东西。"

通过弗劳拉·爱泼伍德讲述的八卦消息，米勒夫人了解到，埃洛伊丝是在前一年凭着非全额奖学金被救赎者圣保罗教会学校录取的。为了保护隐私，米勒夫人和德莱尼夫妇在收容他们的邻居家后门廊进行了一番谈话。他们决定，埃洛伊丝要到米勒家住上一两个星期。而赫伯特和德洛雷斯则要问问海鲜加工厂老板，在找到更适合常住的居所之前，他们能不能先在厂子里凑合住上一阵。

＊　＊　＊

　　房子被火烧毁两周之后，赫伯特·德莱尼告诉他的老婆，那场火灾并非意外事故。此时，他们已经在海鲜加工厂后面的公寓里租了一个单间。德洛雷斯总认为赫伯特是个性格阴郁的偏执狂。她劝丈夫最好喝杯啤酒，三思一番再决定是否戒酒。赫伯特喝了一两罐啤酒，然后告诉妻子，他已经喝够了。德洛雷斯笑了。夫妻俩已经不止一次约定戒酒了，但两人从来没有遵守过这样的约定。他们是那种头脑简单、大多数时候只知道傻乐呵的酒鬼，除了喝酒，世界上的其他东西，包括他们的女儿埃洛伊丝，只不过是身外之物。所以，当赫伯特宣布要再次尝试戒酒的时候，德洛雷斯只是习惯性地耸了耸肩。

　　戒酒五周之后，赫伯特决定去探望一下他的亲戚。他们都是居住在新奥尔良的渔民。

　　"要我跟你一起去吗？"德洛雷斯一边问着，一边倒了两杯波本酒，"来，为这次旅行干杯吧。"

　　赫伯特端起酒杯喝了一口，把酒含在嘴里，仿佛是在漱口。他并没有把自己的真实想法对德洛雷斯挑明，他觉得女人比男人更难戒酒。他咽下口中的波本酒，心中不禁感到一阵轻松：刚才把酒含在嘴里品味的动作，并没有激起他再喝几口的欲望。那一夜，赫伯特和德洛雷斯相拥而眠。不过，翌日清晨太阳刚刚升起，赫伯特便从床上爬了起来，步行整整九英里，来到米勒家。他拎着一只棕色的大纸袋，里面装着新摘的黑莓、三磅鲜虾、两瓶蟹肉罐头。鲜虾和蟹肉罐头是他从海鲜加工厂偷来的，意在感谢米勒一家照顾他的女儿——他想要对米勒一家说清楚，他的妻子接下来也会照顾好埃洛伊丝的。门铃响起时，米勒夫妇正在喝他们的第二杯麦斯威尔咖啡。听到父亲的声音，埃洛伊丝快步跑到了客厅，她穿着一件白色的睡裙，这是她出生以来第一次看上去像是个小女孩。赫伯特原本是来接女儿回家的，看到女儿身着漂亮睡裙的样子，他改了主意。

"埃洛伊丝，"赫伯特停顿片刻，说道，"你这个捣蛋鬼。以后不要为了自己高兴就烧房子了，听见了吗？"

"可我没烧房子，"埃洛伊丝说道，"咱们家的房子不是我烧的。"

"你没烧，"赫伯特瞥了她一眼，"但如果心中没有恶念，就不会去用毒咒害人。人们的头脑和舌头都是有魔力的。我们是新奥尔良人，我们对这一点深信不疑。"

埃洛伊丝转过头，避开父亲的目光："我不会去烧她家的房子。"

赫伯特·德莱尼想要对女儿说自己是爱着她的。但他能做的，至多就是拥抱她一下，然后轻轻亲吻她的额头。如果他告诉女儿自己有多爱她，只会让他老泪纵横，心中充满负罪感和遗憾。

"你啊，可以成就一番事业，或者，你也可以选择让大家失望。"说完，赫伯特戴上帽子离开了。

从那之后，埃洛伊丝再也没有见过她的父亲。

*　*　*

阿格尼斯·米勒对待埃洛伊丝的态度，是一种沉默的冷淡。所以，当埃洛伊丝发现她俩几乎没什么共同语言的时候，她对阿格尼斯曾经的兴趣——无论这份兴趣由何而起——大多湮灭无踪了。阿格尼斯十一岁，善于涂鸦，研究时尚趋势，喜欢花上几小时的时间趴在卧室地板上，按照时装杂志的图样裁剪布料，铺得满屋都是，连埃洛伊丝的床都不放过。她会用一架立式钢琴演奏那些过世已久的白人音乐家创作的乐曲。她会用五音不全的嗓子为父母唱教堂圣歌——当然，埃洛伊丝觉得那实在是无法入耳。从星期一到星期五，阿格尼斯依次要被送去学习钢琴、舞蹈、礼仪、体操和《圣经》研究。让埃洛伊丝感到震惊的是，对于这些课程，阿格尼斯居然完全没有抗议，眼都不眨就全盘接受了。米勒夫妇到这些课外培训班接女儿的时候，看到的永远是阿格尼斯的微笑和她装得整整齐齐的书包。有些时候，埃洛伊丝会跟在这三口人身边，当阿格尼斯学习这些课程的时候，她就在客厅里，读读书或是写写家庭作业。米勒夫妇曾经不止一次问过埃洛伊丝，是否也想学钢琴或是舞蹈，但埃洛伊丝知道，他们只不过是看她可怜而已。

　　　　　　　＊　＊　＊

　　"哭泣的修女"玛丽还是会为她远在新泽西州的亲人而哭泣，但随着时间推移，她哭的次数明显少多了。一天下午课间休息时，她偶然听到学生们聊起埃洛伊丝让阿格尼斯的父母有些头疼。第二天，"哭泣的修女"玛丽主动向米勒夫人提起，能否让埃洛伊丝在放学后留在教室帮她做些事情。米勒夫妇正在为他们女儿的嫁妆和大学学费攒钱。他们还在为退休生活和夏威夷的金婚度假攒钱。如果能让埃洛伊丝有点事情做，同时让他们少为她花点钱，那对他们而言绝对是如释重负。

　　起先，埃洛伊丝和玛丽修女用鸡蛋盒种植了很多豆子，把它们放到窗台上，以便沐浴阳光。随后，她们精心制作了一个标注着每一个学生姓名的日历，这样班上所有人都可以参与到豆子的整个培育过程中来。她们把《人权法案》贴到墙上，除去桌子下面那些经年累月凝结固化的口香糖。她们按照题目和类别整理莎士比亚的作品：包括各种喜剧、悲剧、历史剧和十四行诗。她们将吸满粉笔灰的黑板擦清理干净，又粘好了破旧的《不列颠大百科全书》，一边粘着，一边阅读她们感兴趣的段落。她们偶尔会短暂停下来，吃一点玛丽·拉兰斯基修女喜爱的花生脆糖。当这一切都顺利完成之时，她们把玛丽修女在纽约教师商店买来的巨幅世界地图展开，小心翼翼地挂到了黑板旁边。

"哭泣的修女"玛丽发现了埃洛伊丝的数学天赋。"哎，"一天下午，看到埃洛伊丝轻松完成了一大堆数学作业，玛丽修女说道，"如果你有数学天赋，那么你也很可能是个语言天才。"

　　她把埃洛伊丝领到世界地图跟前，用手指着匈牙利的位置。她已经在图上标出了欧洲最狭长的湖泊——巴拉顿湖。

　　"埃洛伊丝，跟我念——"

　　（玛丽修女用英语和匈牙利语交替念着如下内容）

　　　　欢迎

　　　　你好

　　　　你好吗？

　　　　你叫什么名字？

　　　　我叫埃洛伊丝

　　埃洛伊丝就是这样学会了匈牙利语。"哭泣的修女"玛丽的判断是正确的：这个小女孩是个语言天才。后来，成年之后的埃洛伊丝将会环游世界，像人们在快餐店品尝炸薯条那样，学会很多其他语言的简单会话。她一辈子都记得玛丽·拉兰斯基修女——玛丽修女在救赎者圣保罗教会学校待了四年，她向埃洛伊丝坦承了自己悖逆父母心愿、爱上一位土耳其医学生的事。"你还是出家去修道院吧，"玛丽修女用匈牙利语复述着她父母当初的话，"土耳其人和匈牙利人是不能通婚的。"

　　如果说"哭泣的修女"玛丽是黄油，那么院长嬷嬷就是凝乳。

没人知道，为了把救赎者圣保罗天主教会学校运作下去，院长嬷嬷付出了多少。一九七一年，当所有的黑人学校都关张大吉之时，尽管院长嬷嬷努力操持，但巴克纳县那些传统的白人天主教会学校还是分流了很多非裔学生。为了招生，头发灰白、眼神坚毅的院长嬷嬷用她那长满老年斑的双手，亲自打了一百一十七个电话。她连求带吓，连哄带骗，将心比心地劝说着那些让她又爱又恨的学生。然而追溯到一九五八年，她还是挺吓人的。

"哎呀，这不是有着一头长长秀发的黑美人阿格尼斯嘛！"无论在门厅还是楼梯上见到阿格尼斯，她都会这样打招呼。

"院长嬷嬷，早上好。"阿格尼斯总是甜甜地回答。

"阿格尼斯，你真的很有礼貌和教养，"院长会说，"说说看，像你这样黝黑的姑娘，是如何长出这么一头美丽长发的？"

面对这样的问题，阿格尼斯会低头看着自己黑白相间的牛津鞋，默不作声。每当此时，院长嬷嬷都会抓住她的头发扯上一下。看到独自哭泣的玛丽修女，她也会去扯一下她的头发。那些即将下值的修女如果忘记关灯，或是盯着镜子自赏太久，或是在猜字谜、看电影的时候放声大笑，也都会受到类似的惩戒。

一天，埃洛伊丝和男孩们打完垒球，正在饮水器处狂饮解渴。阿格尼斯走到饮水器旁，排队等候喝水。这两个女孩在学校里彼此并不交往，也没有相同的交际圈子。除了互相说"早上好"或是"晚上好"，她们彼此完全不沟通。院长嬷嬷悄悄走到阿格尼斯身后，用力揪住她的头发。阿格尼斯尖叫起来。

"这么漂亮的头发，"院长说道，"你这么一个小黑妞儿，为何要有这么美的长头发？"

在饮水器处牛饮的埃洛伊丝愣住了。她上下打量着院长嬷嬷："如果你总是这样去揪，那她的头发就不美了。她的头发这么美，也许是因为她妈妈每天晚上都给她梳上一百零一次呢。"

第一次看到米勒夫人为阿格尼斯解开发辫之时，埃洛伊丝不禁叫出声来。米勒夫人用亲手配置的迷迭香和鼠尾草洗头水为女儿清洗浓密的秀发，因为她觉得商店里卖的洗发水刺激性太大。米勒夫人会把阿格尼斯用过的梳子和发刷留给埃洛伊丝，让她自己打理头发。埃洛伊丝常常假装是贝西·科尔曼（是时尚而注重细节的贝西·科尔曼，不单包括飞行时的飒爽英姿，更包括她形象的每一个细微之处，比如她的发型）在帮她梳发。

当然，院长嬷嬷可并不了解这些。她揪住埃洛伊丝的耳朵，把她拎到了办公室，找出一把长长的戒尺，在埃洛伊丝的手上狠狠打了三下。其中有一下是因为埃洛伊丝的缺乏耐心，另外两下是因为她的语法和句法学得太差。

阿格尼斯站在院长办公室门口，一直等到埃洛伊丝出来。

"你为什么要跟她顶嘴？"阿格尼斯生气地小声说道，"她拽我头发一下，又伤不到我。每次她揪我头发，我都会默默地数到三，然后在心里咒骂她的母亲。"

"你都咒骂她母亲些什么？"埃洛伊丝揉着如着火般红肿疼痛的右手。

阿格尼斯拉着埃洛伊丝离开院长办公室："她母亲是个胖子。别人说外面天气很冷，她却只知道拿起酒杯狂饮。"

埃洛伊丝扭头看着院长办公室的方向，皱起眉头："她母亲是个胖子，洗澡的时候都看不见自己的脚趾。"

阿格尼斯低声说道："她母亲是个蠢货，每次想要表达自我，都会言困词穷。"

埃洛伊丝咯咯一笑："她母亲是个蠢货，每次想要表达自我，都发现自己根本没脑子。"

阿格尼斯咧嘴一笑："她母亲是个丑八怪，只要一站起身来，太阳都会被吓得赶紧落山。"

埃洛伊丝点点头："她母亲是个丑八怪，魔鬼看到她，都会哀求上帝让自己重上天堂。"

阿格尼斯摇摇头："她母亲是个丑八怪，每次她照镜子，镜子都会大声嚷着：'放过我吧，你这个丑陋的婊子，别再照镜子了！'"

课间休息剩下的时间里，埃洛伊丝和阿格尼斯一直在玩这种"咒骂别人母亲"的游戏，校园里半数的孩子都加入了进来。鲁本·爱泼伍德、他的弟弟利瓦伊以及堂亲杰贝迪亚担任"调停人"——毕竟这种以咒骂他人母亲为乐的游戏，很容易演变成为拳脚相加的打斗，参与斗殴的双方都会被扭送到院长办公室，被戒尺抽手掌心儿。假如这些学生拒不认错，被戒尺打屁股也是可能的。

*　*　*

从那一刻起，两个小女孩变得难舍难分。埃洛伊丝睡到了阿格尼斯那张矮床的另外一头。每天晚上她都要拿出那张印有贝西·科尔曼照片的被烧焦的剪报，仔细看上许久才能入眠。她总喜欢大声朗读剪报上的内容，追述贝西·科尔曼在法国和德国的壮举。贝西·科尔曼是在法德两国学习的飞行，因为美国的航空学校并不接纳女性或是有色人种学员。与贝西·科尔曼同时期的女"飞人"们，包括阿梅莉亚·埃尔哈特[1]和其他白人女飞行家，都出身于能够购买飞机或是雇用私教的富庶家庭。然而贝西却成为了美国第一个考取国际飞行驾照的人。她师从欧洲诸多顶尖飞行好手，掌握各种高难度飞行技巧。她曾在德国腓特烈港驾驶世界上最早的民航客机之一升空，还曾在柏林的皇宫上空翱翔。小有名气之后她回到美国，在全美各地做危险的巡回飞行表演，为建立一所黑人航空学校而募资。

对阿格尼斯而言，剪报上贝西·科尔曼的事迹成了绝佳的睡前故事。在埃洛伊丝大声朗读的时候，阿格尼斯总是静静地聆听着。埃洛伊丝从来不会先入眠。她会躺在床上，尽情嗅着阿格尼斯身上洗薄荷浴留下的香味。浴室里的浴缸上甚至摆着一块木板，以便阿格尼斯想阅读的时候放书。有时，米勒夫人会准备一碗切好的苹果，放到浴缸的木板上。她会把苹果浸在接骨木糖浆里，这样苹果

1　阿梅莉亚·埃尔哈特（Amelia Earhart，1897—1937），美国女飞行家，世界上第一个独自驾机飞越大西洋的女性。

就不会太冰凉。

十五岁那一年，埃洛伊丝仍然喜欢嗅那甜美的薄荷香味，却压抑着想要爬上阿格尼斯绣床的欲望。她的心还是会怦怦乱跳，就像她父母那辆破别克轿车的引擎。她希望自己的"引擎"能彻底消停下来。然而当她进入青春期、与阿格尼斯同处一室却分床而睡之时，埃洛伊丝的心开始悸动起来——有一天夜里，她从床上坐起，径直朝阿格尼斯走去。为了保持发型不被弄乱，阿格尼斯戴了一顶睡帽。埃洛伊丝看到阿格尼斯睁大着眼睛，她看到阿格尼斯正盯着自己，看起来很放松。埃洛伊丝像是低头祈祷一般跪到阿格尼斯床边，亲吻了她隐约带着薄荷牙膏味的嘴唇。对于这个吻，阿格尼斯并未抗拒：她只是看上去被这个唐突的吻搞得有些疑惑。不过，紧接着她就把埃洛伊丝抱紧，与她深吻起来。

后来，当阿格尼斯开始和男人约会时，她对埃洛伊丝说过："是你先吻我的。"

埃洛伊丝则提醒她："我是吻了你没错。但是，是你先把舌头伸到我嘴里的。舌头可以做证。"

再后来，当阿格尼斯又去和男人约会时，埃洛伊丝说："我宁愿去死，也不想活得那么虚伪。"

而阿格尼斯则把她那天鹅颈般漂亮的脖子扭过去，略显愧疚地半闭着眼睛说："埃洛伊丝，没去尝试过就别急着下结论嘛。我就不相信，难道你对男人就没有一丁点好奇吗？"

在埃洛伊丝看来，被男人特有的器官"刺穿"，简直就像是被钉在十字架上。她实在不能理解，为何女人要遭受那样的苦难。

　　她们在巴克纳县州立学院读大二的时候，阿格尼斯遇到了克劳德·约翰逊。克劳德是一位受雇于东南航空的工程师。更糟糕的是，他是埃洛伊丝母亲家族那边的远房表亲。一看到他，埃洛伊丝就恨得牙根发痒。那天下午，在"克雷斯五美分"酒吧，克劳德坐到了阿格尼斯身旁，而埃洛伊丝恨不得魔鬼马上把他带到地狱去。当天晚上，也就是埃洛伊丝和阿格尼斯最后一次做爱的那个晚上，她对阿格尼斯吐露了"逆耳忠言"。

　　"你们俩长久不了的。"埃洛伊丝说道。

　　"你我之间也长久不了。"阿格尼斯厉声答道。第二天早晨，阿格尼斯对埃洛伊丝的态度来了个一百八十度大转弯。

　　埃洛伊丝说不准米勒夫妇是否忽视了阿格尼斯的性取向。在父亲眼中，女儿总是无可挑剔的。所以，或许米勒执事对两个小姑娘之间的事情一无所知。不过，即便是在阿格尼斯还没把克劳德·约翰逊带回来见父母之时，米勒夫人就已经在打包埃洛伊丝的行李了。

　　"这些年很高兴有你在这里。"米勒夫人一边说着，一边把钱塞到埃洛伊丝的手里。

　　那钱究竟有多少，埃洛伊丝并没有去数。她的内心就像是一只包裹着腾腾火焰的橙子。她闭上眼睛："我该去哪儿呢？"

　　"我在你这个年龄已经嫁人了。路要靠你自己走。"

　　埃洛伊丝的母亲仍然住在海产品加工厂旁边。有传言说她成了厂主的情妇。德洛雷斯·德莱尼每个月会来看望埃洛伊丝一次，带些虾肉、蟹肉或是鲜鱼。有一回，她扛着一大块灰鲭鲨肉，米勒夫人把那肉腌制之后串起来烤熟了。埃洛伊丝知道鲨鱼睡觉时是睁着眼的。这是她从"哭泣的修女"玛丽那儿学到的诸多知识之一。然而，在埃洛伊丝读九年级那年，玛丽修女已经"还俗"，回到新泽西州嫁给了那个土耳其男人。埃洛伊丝确信，她此生再也不会听闻这位人生导师的音讯了。埃洛伊丝能熟练地用匈牙利语读写，但这又有什么用呢？她这辈子是不可能邂逅匈牙利人的。人家要么会让她滚开，要么会主动躲开她。

"我去找我的表兄金·蒂龙吧，"最终，埃洛伊丝说道，"他是我所有亲戚里唯一一个还算正派的。"

"嗯，这些年很高兴有你在这里。"米勒夫人重复着这句话。

米勒夫人为埃洛伊丝准备了她最喜欢的早餐：枫糖熏肉、炒蛋、鲜榨橙汁、接骨木糖浆拌苹果。这天早晨，阿格尼斯很晚才来吃早餐。她几乎都没瞥埃洛伊丝一眼。当埃洛伊丝站起身来准备彻底离开时，阿格尼斯送她到门口，问她能不能把那张登着贝西·科尔曼照片的剪报留下作纪念。

"阿格尼斯，"埃洛伊丝说道，"我想我应该给你们留下一点好印象。可是，说实话，真的，你他妈只配亲吻我的屁股。"

阿格尼斯轻叹一声，挥了挥手，仿佛在摇动一把无形的扇子。若不是她母亲在场，她真想低声嘟囔一句："埃洛伊丝，我不是早就亲吻过你的屁股了吗？"

＊　＊　＊

埃洛伊丝的表兄金·蒂龙说："如果你能爱上一个跟你身体器官互补的人，那你的生活或许能更轻松些。"

埃洛伊丝冲着蒂龙一笑。她自己也这么想过。但这话从金·蒂龙嘴里说出来，让她不禁回想起那些让她应付到身心俱疲的繁冗俗事。他们坐在蒂龙家俯瞰盐沼的后门台阶上，择着青菜。埃洛伊丝左边放着一桶盐水，用来清洗菜叶，驱除虫子。而她的右边放着一只破破烂烂、几乎无法修补的棕色纸袋。她面前的木碗里盛着她刚刚采摘回来的青菜。菜叶已经被掰开撕碎，以便做饭时慢慢烹煮。

"蒂龙，你见过这世界上有什么东西是表里如一的吗？"

"哎，"金·蒂龙愣了一下，说道，"只要你需要，这里永远有一间属于你的房间。"

埃洛伊丝想问问金·蒂龙，他是如何变得这般温和敦厚的。但她知道，在海边过着靠海吃海的生活，是他全部快乐的源泉。金·蒂龙是一名渔夫，和他的父母一样。他的父母大多数时间都自己生活，不参加家庭聚会，也不愿意惹麻烦。包括星期六晚上的聚会和星期天的教堂礼拜。除了谈论天气，他们对其他话题都不感兴趣，因为天气会影响打鱼的收成，而打鱼的收成影响他们的生活。金·蒂龙十五岁那年，他的父母出海时死于船难。

"表哥，你真是个好人。今晚我能睡个好觉了。"

然而平淡的海岛生活，反倒让埃洛伊丝更加深刻地意识到，自己有多么不甘平淡。来到这儿的第一个星期，她学会了抽烟。来到这儿的第二个星期，她跟金·蒂龙打了个招呼，拿着米勒夫人塞给她的钱，坐车去了城里。她到专卖男装的爱德森裁缝店，买了一整套时尚男装，从头到脚全都换上。她又走进街对过的男装配饰店，比照着父亲当年的风格，买了一顶圆礼帽。她把帽子戴到头上，稍稍压低帽檐。她确信，自己这样戴要比父亲更显气度。

* * *

埃洛伊丝和阿格尼斯在巴克纳县州立学院就读时被分在同一个班。但如今的埃洛伊丝已经无法再面对阿格尼斯了。她选择了请假休学，去城中心一家食品杂货店做了一名收银员。她是一个"英俊"的女人，尤其是穿着衬衫和阔脚裤的样子。没过多久，那些来买牛奶、鸡蛋、婴儿配方奶粉和洗衣粉的单身或是已婚女性便对她青眼有加。她跟她们寒暄、闲聊，告诉她们打折商品摆放的位置，暗中告诫她们不要去买那些在后厨放了太久、已经有些变质的牛排。

与阿格尼斯分手之后，埃洛伊丝的第一个女朋友，是一位名叫格雷斯·贝尔的已婚女性。格雷斯算是一个"低配版"的阿格尼斯，但她那种超脱世外的劲头跟阿格尼斯如出一辙。埃洛伊丝心想，这一定是美女的专利。只有美丽的女人才有资本活得如此无忧无虑、漫不经心。格雷斯的丈夫是火车卧铺车厢乘务员。他在美铁公司工作，跑东部沿海客运线，收入不菲——同时，这也意味着他每次出差都要离家数周。

一个星期天，埃洛伊丝去看望她的母亲。德洛雷斯每周还是会送虾肉和蟹肉去阿格尼斯家。

"说起那些虾，"埃洛伊丝说道，"以后别再给那家人送了。我已经不住那儿了。"

德洛雷斯·德莱尼正在打开一罐米勒牌啤酒。她曾经是城里身材最棒的女人。然而长期酗酒已经让她从迷人的蜜糖变成了一坨狗屎。

德洛雷斯转过头，不再看着女儿，嘴里嘟囔着："真没想到，我生下的居然是个儿子。早知道是这样我就给你取名'厄尔'了。"

"这么多年对我不管不问，见了面你就对我说这个？"

"哎，"德洛雷斯拿起桌子中间女儿的烟盒，抽出一支香烟，"我揍过你吗？"

"没有。"

"我哪次吃东西不是让你先吃的？"

埃洛伊丝笑了："是，每次有东西吃你都让我先吃。可是有些时候你还让我挨饿呢。"

"那是因为我也挨饿。"

"可没耽误你喝酒呢。"

"宝贝儿，即便是那样，我对你也很好。你自己想想，我从来都没培养你喝酒吧。"

埃洛伊丝想了想母亲的言下之意："也许你应该戒酒了。"

"埃洛伊丝，这是我的病啊。"

218

母亲话里的真意让埃洛伊丝有些蒙了。

"我爸戒酒了。"她说。

"对，然后他就走了。既然头脑比从前清醒了，就该把一切遗憾抛到脑后了。"

埃洛伊丝也点了一根香烟："你从来没说过你爱我。"

"因为这个，你就打扮得像个男人，到这儿来显摆？"

"不，妈妈，这只是好的父母会对孩子们说的话之一。如果将来我有了小孩，我会对他们说，我爱他们。"

德洛雷斯冲着女儿吐了口烟："好吧，我为自己没能多爱你一点表示歉意。"她站起身来，朝节能冰箱走去。

埃洛伊丝也站了起来，在这间小小的公寓房里转了一圈。她扫视着每一样东西，想要看看母亲是否有交男友的迹象。或者说，她在寻找海鲜加工厂老板的蛛丝马迹。她母亲的住处出奇地整洁。红砖墙的角落里码放着一堆啤酒罐和软木酒瓶塞，码放方式似乎很有讲究。后来，在二十世纪八十年代的柏林，埃洛伊丝看到了和这堆东西风格如出一辙的装置艺术，又想起她的母亲。

"你把虾拿走吧，"德洛雷斯把一大包虾塞进女儿手里，"这些虾个头挺大的，脑袋还没去掉。"

埃洛伊丝把这包虾都送给了格雷斯，因为格雷斯烹制海鲜秋葵汤的手艺堪称一绝。

埃洛伊丝现在的住处，是位于一条土路尽头的一处带家具的一室公寓。附近的孩童们常常在她门外嬉闹玩耍。孩子们很喜欢她。每次他们叫她"假小子埃洛伊丝",她总是用痞里痞气的话骂他们。下班之后,她有时会陪孩子们玩躲避球。当格雷斯的丈夫拎着牛仔皮带出现之时,埃洛伊丝正一边吃着橘子味的奶油冰棍儿,一边跟孩子们玩跳房子游戏。起初她心想,没准儿哪家小孩要挨揍了。然而格雷斯的丈夫从孩子们身边走过,径直朝她而来。那男人手上拎着皮带,朝她这边甩着金光闪闪的皮带扣。不等她躲开,他便抓住她的胳膊,用皮带抽了起来。大腿。屁股。胸部。脖颈。面颊。这根皮带,是格雷斯从得克萨斯州达拉斯为她丈夫量身定做的结婚纪念日礼物。

看到一个穿着讲究的男人堵到家门口来殴打他们的"伙伴",孩子们生气了。他们连蹦带跳地冲向格雷斯的丈夫。他视若无物地将他们推开。实际上,这些孩子算是救了埃洛伊丝的命,因为格雷斯的丈夫不想误伤到他们,他只是想弄死埃洛伊丝。

格雷斯的丈夫离开了,留下埃洛伊丝伤痕累累、满身血污地躺在地上。两小时之前,格雷斯刚刚为丈夫烹制了一顿他从未吃到过的、无比美味的海鲜秋葵汤。然而,就在他们躺在床上翻云覆雨的时候,格雷斯喊出了埃洛伊丝·德莱尼的名字。

* * *

弗劳拉·爱泼伍德从她的院子里采了些草药,敷在埃洛伊丝肿胀的脸上。她劈开库拉索芦荟的茎,用黏稠的汁液涂抹埃洛伊丝被皮带扣抽成了两瓣的下嘴唇。她麻利地把低矮的四柱床转了个方向，又俯下身子脱掉埃洛伊丝浸满血污的衣服。她让侄子鲁本、利瓦伊和杰贝迪亚把埃洛伊丝抬回三楼的公寓，并且不断叮嘱他们一定要小心。小伙子们的确抬得足够小心，因为埃洛伊丝·德莱尼曾是他们在天主教会学校的同学，而且爱泼伍德家族从来不能容忍男人粗暴地对待女人。

弗劳拉姑妈一直大声说话，为的是让埃洛伊丝保持清醒，也是为了缓解自己的紧张。侄子们离开之后，弗劳拉对埃洛伊丝讲起她自己十六岁时独闯纽约，去找一位经常往南方老家寄漂亮衣服的表亲的往事。当时，弗劳拉惊讶地发现，那位表亲竟然住在一间肮脏破旧的一室公寓里，厨房里放着一个锈迹斑斑的浴盆。弗劳拉第二天早晨便搬家去了一处膳食公寓，发誓今生再也不搭理这位表亲了。然而一周之后，这位表亲就找到了这间公寓，告诉她有一位白人富婆想找一个帮佣，包住宿。"我并不打算一直被人使唤，但有份工作总比等着饿死强，再说那位名叫温特沃斯夫人的白人富婆，挺喜欢我的南方口音。她是德怀特·艾森豪威尔将军的亲戚，总之不是一个坏透气的女人。温特沃斯夫人当场就决定雇用我，而我不仅要白天为她服务，大部分夜晚也要听她摆布。不过，每周的星期二、星期三，还有每隔一周的星期六，都是属于我自己的时间。我周二要去上社工课。而每隔一周的星期六，我都会乘火车去哈勒姆，尽情享受生活。我曾经和埃塞尔·沃特斯[1]有过一些交情。卡门·梅赛德斯·麦克雷[2]曾经亲吻过我的嘴唇，还要我脱下长筒袜。

1　埃塞尔·沃特斯（Ethel Waters，1896—1977），美国演员、歌手。

2　卡门·梅赛德斯·麦克雷（Carmen Mercedes McRay，1920—1994），美国歌手。

我有一大把的女朋友，凭着这张脸四处留情。"

"埃洛伊丝，你知道吗，"弗劳拉说道，"我真希望你能痊愈，因为你的肤色浅亮，那些伤痕如果变成伤疤，可能更容易被看出来。"而从未意识到自己肤色浅亮的埃洛伊丝，傻傻地盯着自己的胳膊。她怎么就没意识到这一点呢？或者说，她怎么就刻意让自己忽略了这一点呢？"皮囊，只不过是皮囊而已。"她对自己如是说道。

在埃洛伊丝养伤期间，无论是她的母亲、女朋友格雷斯，还是阿格尼斯·米勒，都杳无音讯。金·蒂龙得知埃洛伊丝挨打的消息，已经是很久之后的事了。是弗劳拉姑妈一直在埃洛伊丝床边，倾听她的每一声呼吸；是弗劳拉姑妈为她朗读贝西·科尔曼的故事，就像她当初为阿格尼斯朗读那样；是弗劳拉姑妈用温暖的梳子理顺她的头发；是弗劳拉姑妈一次又一次地告诉埃洛伊丝，要想办法逃离。

埃洛伊丝加入了美军的"空军妇女队"（**WAF**）。去部队报到的前一天，她去见了弗劳拉一面。她解开了弗劳拉那朝上弯曲的发髻，擦掉了她嘴唇上暗淡的口红，帮她梳了头发，脱下她紧身裁剪的裙子，褪下她米黄色的长筒丝袜，把她的高跟鞋整齐地摆在四柱床旁边。她解下白色的胸罩肩带，脱掉白色的内裤，让她躺下，安静地躺下。而从未奢望自己的好意有任何回报的弗劳拉姑妈并没有反抗，因为她自己也年轻过，早已见过这世上所有的残酷和温柔。

* * *

　　埃洛伊丝被派遣到了得克萨斯州的安东尼奥，在那里接受了基本的军事训练，还戒了烟。有两三个女兵，或许会和她发生一些浪漫的故事。但在八周的新兵训练期间，埃洛伊丝还是选择了纯粹的同袍之情。女兵们一直处在长官的持续监督之下，埃洛伊丝不想给任何人留下话柄，让他们有理由开除她，或是质疑她的道德。弗劳拉·爱泼伍德成功地培养了她的洞察力。认真观察但不要出手，埃洛伊丝，如果你出手了，就是在以身犯险；她用更朴素的方式告诉了她："什么都别问，什么都别说。[1]"

　　军事训练之后是文化课程。埃洛伊丝原本就能在一分钟之内用打字机录入九十八个单词，因为当初在天主教会学校，女生都要学习家政课。除了能熟练运用数学知识，埃洛伊丝还能讲拉丁语和匈牙利语——在有些人看来，这两种语言是世界上最难掌握的。长官看到她的打字速度，便先安排她去做了书记员。但埃洛伊丝并没有去战场上做一名秘书，也没有足够的耐心去做战地护士。一位室友建议她去空军语言学院试试看。

　　埃洛伊丝带着那张贝西·科尔曼的剪报来到空军语言学院，每晚都把它放在枕头底下。她心中的女英雄，当年是跟法国飞行家

1　Don't ask, don't tell. 美军1994年2月28日至2011年9月20日间对待军队内同性恋者的政策，由时任美国总统的比尔·克林顿提出。

和德国王牌飞行员们学习驾驶飞机的。她心中的女英雄能讲德语和法语。她凭什么不能效法她心中的女英雄呢？埃洛伊丝集中精神，忙于学习——她告诫自己不要去想阿格尼斯，那个女人已经离开了克劳德·约翰逊，投进了一个名叫爱迪·克里斯蒂的小个子男人的怀抱，而那个男人又是爱泼伍德家族的远亲。埃洛伊丝并不知道到底哪件事对她的伤害更深：阿格尼斯更喜欢男人，还是她把目标从女人迅速转向了男人。就在埃洛伊丝以全班第二高分拿到法语和德语能力证书两天之后，她从弗劳拉·爱泼伍德那里听到了一个消息——阿格尼斯正式嫁给了爱迪·克里斯蒂。她立刻提出申请，要求调往越南前线。

一九六八年一月二十九日，埃洛伊丝来到越南隆平。此时正值越南春节攻势前夕——所谓的春节攻势，是越共和越南人民军为了对抗美军及其盟友而发动的、席卷东南亚的一场战役。攻势正值春节，伴随着导弹攻击、火箭弹袭击和狙击作战。刚刚飞越太平洋、还在倒着时差的埃洛伊丝躺在女兵营房，突然被枪炮声、爆炸声和火焰惊醒。这让她想起了儿时家中的那场大火。每当房屋被火焰吞噬，所有人都会失去一切，没有赢家。美军在越南最大的军事基地坐落在隆平，距离西贡二十三公里。这座基地被称为"隆平枢纽"，里面各种设施错综复杂，包括军事指挥中心、餐厅、诊所、营房、游泳池，以及为男兵女兵们设置的各种其他设施和娱乐器械。

埃洛伊丝作为一名特殊情报分析员被派驻到指挥中心。她的职责包括研读大量来自部队指挥官和侦察员们的第一手信息：这里所说的侦察员，指的是类似"绿色贝雷帽"的、在前线作业的侦察兵。她负责指出各种情报报告之间的误差以避免伤亡，分析当地的地理环境和交通状况，在各个山口之间画出安全的补给通道。后来她渐渐发现，做情报工作的军官们都忽冷忽热，他们表面上看起来俗不可耐，实际上很多人对于情报中的细枝末节非常在意。埃洛伊丝又恢复了一天抽一盒烟的习惯。她每天要花上十到十二小时，听录音，分析那些支持美英等西方国家的老挝、柬埔寨和越南山民提供的"线报"。这些山民并没有书面语言。他们传递信息都是靠口口相传。这一点跟埃洛伊丝那些生活在佐治亚州偏远农村的祖先并无二致。

在隆平基地的夜总会里，埃洛伊丝与黑人尉官们交往着。凭借聪慧的头脑，她让这些交往保持着亲密、诚实而理想化的状态。因为埃洛伊丝以"脚步轻快"而名声在外，她说服了长官让她去战区执行情报收集工作。初上战场，她着实被吓坏了。她深信，换作不同的环境，她早晚能成为尉官，甚至更高一级的指挥官。然而在越南战争期间，美军不允许女兵参与实际作战，也不允许她们持有武器。

在写给埃洛伊丝的信中，弗劳拉·爱泼伍德常常问及她是否遇到过在海军执行任务的鲁本或者杰贝迪亚·爱泼伍德。埃洛伊丝在回信中表示并未见到他们——但实际上，她曾经在西贡市中心的一家夜总会遇见过杰贝迪亚。当时的她走到杰贝迪亚跟前，后者正喝着马天尼酒，两眼闪着恶魔般的红光。他的胳膊搂着两个女人。埃洛伊丝一眼便认出了其中一个：那是一个美国妓女，专程飞到越南来"劳军"的。另外一个女人则是一名西贡本地的"陪茶女"。看到杰贝迪亚·爱泼伍德随意揉捏着这些女人的身体，埃洛伊丝感到自己变成了一只泄了气的皮球。其实在那一刻，她早已了解到美军士兵们时常如此行事，但眼前的杰贝迪亚毕竟是自己在学校时一起玩耍过的同窗。在她被打得遍体鳞伤时，他曾经帮着抬她回公寓。

"表哥，你好吗？"埃洛伊丝说道。

杰贝迪亚还没嗑药嗑到真以为她跟自己有血缘关系。少年时代，和男孩子们轻易打成一片的埃洛伊丝·德莱尼曾经让他春心萌动。杰贝迪亚刚刚吸过大麻，他用他那双迷离的眼睛盯着埃洛伊丝·德莱尼那中性化的身体，脑中肆无忌惮地幻想着和她翻云覆雨的画面。坐在吧台另一头的是埃洛伊丝目前的女朋友，在隆平基地做管理工作。埃洛伊丝对女朋友做了个手势，表示自己需要时间处理一点事情。

"喝点什么吗？"杰贝迪亚转向酒保，似乎并不在意埃洛伊丝如何回答。

"我自己有酒喝，"埃洛伊丝拉住杰贝迪亚的胳膊，"方便跟我出去一下吗？"

"我不想把爱迪一个人留在这儿。"杰贝迪亚望向吧台后面一处临时搭建的舞台，一个身材不高、肌肉坚实的黑人男子正站在中间，稀稀拉拉的几个士兵围在他身边，像是在表演莎士比亚的《哈姆雷特》，但动作和剧情似乎又有些古怪。那个矮个子男人站在一个木制梯子上。他用色彩明快的丝绸窗帘裁成了戏服。他的演员们混杂着士兵和平民，既有美国人又有越南人。有些人像孩子一样围坐成一圈，双腿交叉。有些人则默默地伴舞，仿佛《君臣人子小命呜呼》的剧变成了一首慢悠悠的舞曲。房间里弥漫着蓝色的烟雾。爱迪·克里斯蒂用粗笨的手指翻着剧本，斜着眼睛，念诵着台词。

爱迪：

　　（我们剧团排演的是）悲剧，先生，死亡与揭露，阐释人类共性的，或者个性的东西。

　　结局既让人意想不到，又让人感觉理当如此，无论哪个层面都让人觉得雌雄莫辨，包含一些暗示和挑逗。我们将带您进入一个充斥着阴谋和错觉的世界……

　　在酒吧外面，杰贝迪亚倚着侧墙站住。

　　"杰贝迪亚，你过得怎么样？"埃洛伊丝一边说着，一边打量着眼前这位海军士兵。在爱泼伍德家族的男人里，杰贝迪亚怕是形象最差的那一个。他的肩膀很窄，弯腰驼背，四肢又显得太长。这会儿的他脸上满是胡茬儿。在埃洛伊丝看来，其实杰贝迪亚也还算是有一点与英俊稍稍沾边的气质，但她能看得出他内心的挣扎。

　　杰贝迪亚点燃一支香烟："反正不比从前。"

　　"咱们不都一样吗？"埃洛伊丝说道，"你知道吧，我和你姑姑一直保持着联系。"

　　"是吗？不错，不错。所以呢？你说这个是什么意思？"

埃洛伊丝冲着杰贝迪亚的耳朵狠狠抡了一拳："我可不会告诉她我看到了你现在的鬼样子。我也不会告诉她，你现在这副德行简直是糟透了。"

杰贝迪亚深深吸了一口气，又使劲吐了出来："埃洛伊丝，战争很适合你。但对我们之中的某些人来说，这玩意儿是那么不真实。"他向前凑了一步，埃洛伊丝甚至能从他的呼吸中感受到那股纠缠不休的劲头，毒品和酒精的味道从他的皮肤里渗出来，"这绝对不可能是真实的。"

"梯子上那个小矮子是谁？"其实埃洛伊丝知道自己能得到怎样的答案，但她还是问了。

"那是我的表亲，爱迪·克里斯蒂，"说着，杰贝迪亚笑了，"就是他娶了你的女朋友阿格尼斯。他们已经生了两个小孩了。"

埃洛伊丝抡起拳头打了他另外一只耳朵："给我闭嘴。"

"你这么做究竟是图什么？"杰贝迪亚捂着耳朵说道。

"想做就做咯。"埃洛伊丝转身朝酒吧走去。

杰贝迪亚在她身后喊道："埃洛伊丝，回来。埃洛伊丝，你知道的……或许咱们可以……或许我可以……享受一点南方亲人的'安慰'？"他故意拖长了音，生怕表达得还不够清楚。

"杰贝迪亚·爱泼伍德，"埃洛伊丝笑着说道，"我希望你能不缺胳膊不少腿儿地回到家里。另外，你只配亲吻我的屁股。"

一天后半夜，一辆从西贡开往隆平基地的军车遭遇了敌人的袭击。埃洛伊丝和两位军官被甩下了吉普车。一枚弹片击中了埃洛伊丝的左腿，另外一位军官的右肩也被炸弹炸伤。埃洛伊丝没有武器，无法拔枪自卫。就在四名幸存的士兵开火还击、打死敌方狙击手的时候，埃洛伊丝拼命将她自己和那位受伤军官挪到了吉普车底下的安全地带。她躺在那儿，听着空中战斗机的呼啸，想到了贝西·科尔曼驾着柯蒂斯JN-4"詹妮"双翼飞机进行特技飞行表演的样子：她驾着飞机扶摇直上九霄，没有什么东西能触碰到她，没有什么人能伤害到她。

我知毒药何处寻

2008

是二噁英害死了我们的父亲。父亲在河岸护理所咽气之后，我把这件事告诉了克劳迪娅。我妹妹看着我，仿佛我说的都是一些疯狂难懂的外星语言。为了让她能听懂，我重复说着，二噁英是剧毒物质。二噁英是"橙剂"[1]里用来杀死植物的主要成分。这种成分破坏了我们父亲的五脏六腑。我给克劳迪娅看了各种书面证明，皱巴巴的剪报，以及由曾在越南战场上服役的海军航空兵老兵们提供的、沾着咖啡渍的文字材料。但克劳迪娅仍然往后缩着身体，只抬起她的尖下巴对着我，就像儿时我们扮演那两个莎士比亚船上的英国佬的情景一样。

"这世间万物可不是一场荒谬的戏剧，"我低声说着，"有些

1　一种高效落叶剂，美军曾用飞机向越南丛林中喷洒了七千六百万升落叶剂，打算以此清除遮天蔽日的树木，让越共游击队无处可逃。这些落叶剂被封装在带有橙色条纹的圆桶中，所以被称为"橙剂"。

时候，所谓荒谬的戏剧，根本就没有意义。"

"你说话的口气像个水手。"

"哎，我毕竟是水手的女儿。你不也一样吗。"

"事情不应该这么办，"她耸了耸肩，"我们不应该这样追悼我们的父亲。为什么不能尽情哀悼呢？让他们尽情释放自己的感受就好了。"

感受。我的感受就是愤怒。因为三天之后我的父亲就要下葬了。数日之内，他的肉身将在坟墓中腐坏，膨胀，爆裂开来。蛆虫将会前来完成它们的黑暗勾当，为我们父亲遗骸的转化过程提供助力。皮肤，我们父亲那漂亮的栗色皮肤，将从他的骨架上剥离开来。尽管我清洗了父亲的遗体，但源自他肠道的内部腐坏已然开始。肝癌导致他身体里的血液酸败。而身体酸败程度越高，腐烂速度就越快。冷冻防腐可以延缓这一进程，但腐烂已经不可逆转。凑巧的是，爱德华·克里斯蒂的死亡证明书上也提到了败血症的事。我真希望自己不懂这些东西。当我为父亲最后一次尽孝，也就是为他清洗尸身的时候，我拼命想要把这些东西赶出我的头脑。我不能容忍护理所的护工们一如他们往常所做的那样完美而职业地清洗他那冰冷的尸身。这是我的事。我要用我自己的方式，同父亲告别，对他说"再见"，说"下辈子再相会"。

几天后，克劳迪娅会在我们父亲的葬礼上致辞。她会被迫装出一副悲伤的面孔，称颂我们的父亲。但我已经看到，父亲的嘴唇失去了血色，棕色的眼睛也再无光彩。父亲弥留之际，克劳迪娅在他床边哼哼着："没事了，爸爸，没事了，爸爸，回家了，回家吧。"

她在诵读那本《君臣人子小命呜呼》里的浑蛋台词。

父亲咽气两小时后，盖在他脸上的床单被揭开，他的尸身被运到了殡仪馆。现在他曾经睡过的金属病床空空如也。我盯着那如同褪色薰衣草般的墙壁——设计师们会把这种颜色称为淡紫色吧。河岸护理所的墙壁都是暖色调的。确切地说，主要是土褐色系的。面对生离死别，也许你会觉得，墙壁是什么颜色已经无关紧要了。但是，墙壁颜色真的会对人产生影响。医院里的墙壁都是白色的，让人感觉坚毅而无所畏惧。而护理所的墙壁有小麦色的、奶油色的、淡紫色的，让焦躁不安的人感到一丝心理安慰。克劳迪娅睡在一张绿色皮椅上。这张皮椅让人想起旧式客厅里的懒人沙发。护理所对于这些小细节还是很用心的。皮椅是可调的，可以随意展开成一张尺寸翻倍的睡床。之前这三个星期，我妹妹一直睡在这张皮椅上。我感到疲惫不堪，便让她跟我轮班照顾父亲——她可以在皮椅上用各种姿势休息，不至于让身体僵硬或是患上关节炎。房间里有一把紫红色的折叠椅。多亏了它坚实的椅背和座垫，让我坐得很不舒服，被迫每十分钟左右就得站起来活动一下。在寻常的医院，比如我工作的哥伦比亚长老会医院，即便是最棒的护士也会紧盯着时钟，尽管她们会用手扶着脑袋说着"不着急慢慢来"，但心里都巴不得死者家属赶紧滚蛋，好让她们早一秒开始打扫病房。护理所的工作人员则不同，他们理解死者家属失去亲人的痛苦。遗体被运走之后，你还可以在病房里待上一两个小时，以便"消化"刚刚发生的残酷现实。在这间病房里，这样的事情已经发生过很多次了吧。

＊　＊　＊

当父亲的健康状况急转直下，医生们表示他还有不到六个月生命时，我找到了我的一位老朋友：雪莉。她是我跑步锻炼时的伙伴，和我大概前后脚怀孕。她也是我当年在城里的奈尔酒吧、焦点酒吧的浴室隔间里一同吸食可卡因的伙伴。雪莉和我都是少女时代就怀孕生子，我俩孩子的出生日期相隔不到三个月。当我俩在盛夏时节为了掩盖隆起的腹部而穿着厚重的毛衣和开衫去上学时，克莱蒙特圣母天主教会学校的修女们刻意无视了我们怪异的装扮。但班上的同学们没有无视这些。他们的嘲讽让我俩怒火中烧。我们一起躲在角落里吃午饭，成了彼此的密友。我俩都拿到了学位，但却并未参加毕业典礼。是我对雪莉提起，可以去读护理学校。我们形影不离，一起在我亲戚的房子里或是她母亲的公寓里学习。我们学习的时候，是父母长辈唯一愿意帮助我们的时候，因为他们想让我们知道，我们的人生实际上已经废了，他们实在不愿承认我们是他们的女儿。当克劳迪娅被哥伦比亚大学录取的时候，我看到了父亲母亲那满脸神采的模样。我不愿看着克劳迪娅去读大学的样子，就跟我女儿密涅瓦的父亲一起搬进了一间单房公寓。看着我的小妹妹志得意满地去哥伦比亚大学读书，会让我感觉很受伤。如果我不能成为众人目光的焦点，那就去他妈的吧，我要做一个独立的人。从护理学校毕业之后，我成为了急诊室护士。雪莉先是在老年科干了一阵，然后改行做了护理所的护工。当初我们第一次到河岸护理所拜访，就是她安排的。

"我们会认真照顾克里斯蒂先生,直到他体面地走完最后一步。"雪莉说道。

河岸护理所是一家很不错的机构。"雪莉,我们恐怕付不起钱。"我说道。我父亲的保险并不能报销单间病房的费用。

"贝弗莉,"雪莉说道,"已经安排好了,交给我吧。"

雪莉安排我父亲住进了一间有两张床的单间。这样克劳迪娅、母亲和我就可以轮流在这儿陪着父亲了。从房间里可以看到外面花园的风景。花园里的树上结满了小小的梨子,可以随意采摘。郁金香、芍药花和亮紫色的杜鹃花竞相吐蕊、争奇斗艳。

父亲辞世之前二十四小时,我们认为他或许能好转。在过去的两年时间里,他曾经有四五次被宣布病危,然后再缓过一口气来,仿佛是要让我们明白,他依然有能力、有权利选择自己的生死。我母亲在我父亲床边睡着了。病床的金属围栏被她当成了枕头。而我则下楼去喝杯咖啡,抽根香烟,因为我真是离不开尼古丁和咖啡因这两样东西。克劳迪娅在皮椅上打盹儿,她那睡姿看上去无比惬意,我甚至怀疑她想把那把皮椅搬回家去自用。回到病房之时,我看见父亲坐了起来,双目圆睁,嘴里念念有词,声音非常洪亮,听上去完全不像一个已经瘦得只剩一百一十五磅的病人:"草莓冰激凌放在哪儿了?"我连拖鞋都没趿好,便转身冲出病房去找护理所的护工。他们用一只白色的塑料泡沫碗盛来两大勺草莓冰激凌。母亲用勺子喂父亲吃着冰激凌,而父亲一边狼吞虎咽,一边跟《君臣人子小命呜呼》里的英国佬们聊起天来,仿佛他们也在这病房之中。

"哎,假如不是罗森格兰兹和吉尔登斯吞这两个老家伙告密，"父亲说道，"你们这些胆小鬼怎么能找到我？看来你们终于登上了岸。是的，我享受过比这更好的生活。"

我和妹妹在成长过程中，已经见惯了父亲在家中念念有词、戴着帽子乱转的样子。他总是跟那些任何旁人都看不到的英国佬对话。

母亲接话道："哎，就像是昨日重现。"

被父亲说话声惊醒的克劳迪娅，如同昏迷许久的睡美人般从皮椅上蹦了起来，从她的书包里翻出那本破旧不堪的《君臣人子小命呜呼》。每次不知道该做些什么的时候，克劳迪娅就会给父亲诵读这本剧本。她走到父亲床边，随便翻开一页，直接就念了起来。

"犯规了！不能用同义词！一比一平！"克劳迪娅说道。转瞬之间，她就已经进入了罗森格兰兹的角色。父亲笑了。于是，我接过克劳迪娅的话把儿，开始扮演吉尔登斯吞。表演这一角色，我完全不需要去看台词。我们都不需要。要说真的有人要看台词，那大概是我的母亲，她从来没背诵过那些台词，因为家里总得有人充当观众，并在癫狂的表演之后收拾残局。

我扮演的吉尔登斯吞：

我宣布：二比二平。赛点。

克劳迪娅扮演的罗森格兰兹：

你今天怎么了？

我扮演的吉尔登斯吞：

什么时候？

克劳迪娅扮演的罗森格兰兹：

　　什么？

我扮演的吉尔登斯吞：

　　你聋了吗？

克劳迪娅扮演的罗森格兰兹：

　　我死了吗？

我扮演的吉尔登斯吞：

　　"是"还是"不是"？

克劳迪娅扮演的罗森格兰兹：

　　有选择余地吗？

我扮演的吉尔登斯吞：

　　上帝存在吗？

　　父亲放声大笑，因为我们表演的是两个坐船航行在不归之途上且无法回头的英国白痴。他的笑声越爽朗，我和克劳迪娅心里就越高兴。我们仿佛变成了当年四五岁或是八九岁的小女孩，在我们的父亲面前沾沾自喜而又无比卖力地表演着。然而当我再次望向父亲的时候，他的笑容已经消失，取而代之的是极其痛苦的表情，仿佛他的脸颊变成了一张死亡面具。我能看出癌症已经对他的面容和身体敲响了丧钟。癌细胞已经把他摧垮。"究竟发生了什么事？""别问我。"我从克劳迪娅手中夺下那本剧本，沿着多年以前粘好的缝隙，把它再次撕开。要不是克劳迪娅高声尖叫起来，我绝对能把剧本撕个粉碎。她用手撕扯着她的卷发，尖叫着："贝弗莉，求你了，别撕！”

"孩子们，孩子们！"母亲嚷着。

然而父亲还在笑着，这是注射了吗啡之后的亢奋。此时此刻他在乎的只是剧情之中那两个癫狂的英国佬。就在此时，密涅瓦和我的表兄罗亚尔走进病房。密涅瓦看了我一眼，那眼神好像在说："别在这儿发疯。"

母亲转身看着罗亚尔："你先把贝弗莉带到一边去吧，好吗？"密涅瓦穿着一身条纹夏装裙——那身裙子实在太过于夏日风情了，我早就告诉过她现在还是春天——她和我母亲互换了位置，俯身亲吻了她那还在咯咯笑着不能自拔的外祖父。母亲走到克劳迪娅身旁。克劳迪娅手脚并用跪在床边，试图重新拼好那剧本的封面。

"克劳迪娅，"母亲说道，"我们之前能粘好它，这次肯定也能粘好。"

克劳迪娅抬头望着我："有一个词，是专门用来称呼你这种见过大世面的女人的。"

我耸了耸肩："你是想说'愤怒的婊子'对吧？"

"愤愤不平的黑娘们儿。"

我在努力思考，这世界上是不是还有比"愤愤不平的黑娘们儿"更恶毒的咒骂。"在火烧眉毛的当口，愤愤不平有什么错吗？"

父亲突然不再笑了。是的，在护理院闹出这么一番事端，我也感到很羞耻。人们到这里来，是为了寻求平静和尊严，而我却彻底丢了脸。

克劳迪娅站起来，和站在门口目睹了这一切的罗亚尔打了个招呼。"不好意思，表哥，"克劳迪娅说道，"这儿有点闹腾。"我真想对她说，你不用这么委婉。你的行为就像是那些白人。跟他们真是一模一样。白人说"闹腾"的时候，是指他们所在的空间有黑人。每当你对白人说些他们不爱听的话，他们就会看着你，仿佛你完全不存在似的，他们会让你重复你所说的话，仿佛他们听不懂你说什么似的。他们这么做的目的，是给你挖陷阱，等着你犯错，让你产生自己已经语无伦次的错觉——其实在这种时候，他们才不想听你阐述所谓的真相，或者至少不想从你嘴里听到所谓的真相。当白人说计划有变时，通常意味着有人要被炒鱿鱼了，或者要被抛弃了，要被丢到一旁。克劳迪娅已然掌握了白人的言语逻辑，对其运用自如，全无矫揉造作刻意模仿的痕迹。她的语气既不显紧张，也不装腔作势，每次触怒我的正是这一点。我他妈当然知道，我俩都是在布朗克斯182号大街长大的。但每当我望着克劳迪娅，我都会开始怀疑，或许我才是那个癫狂而失控的疯子？或许，我们根本不是工薪阶层家庭的孩子。或许，我们应该是那种含着银汤匙出生、受到良好的高等教育以确保立身于中产阶级上层的幸运儿。或许，我们应该成长于曼哈顿上西区某座有着门卫的豪宅，或是城中心某个古朴优雅的街区——因为克劳迪娅一直在这么念叨着，这些是她的夙愿。

然而我还是忍住了，我不想再引起争吵，便跟着罗亚尔走出了房间。我的表兄罗亚尔之所以来此，是因为他的父亲利瓦伊是个糖尿病重症患者，没办法亲自来探视病人。实际上，利瓦伊叔叔并不希望看到我父亲断气，因为他知道自己就是下一个。至于杰贝迪亚叔叔，作为唯一认真听我阐述二噁英和我父亲癌症之间关联的人，拒绝前来探视——按照他的说法，他不希望听我父亲絮叨那些或许会让他心情不悦的东西。

在走廊里，我对罗亚尔说："罗亚尔，人们说'回家'的时候，是想表达什么意思？假如一个将死之人只认得这家护理院了，要怎么告诉他'该回家了'？能带给人们希望的，只有那些全然陌生的所在。至于死亡，死亡只不过是我们路途之中的歇脚之处。"

罗亚尔摇着头："不，姑娘。关于'歇脚之处'和前生后世，我有我自己的看法。无论天上到底有多少颗星星，我真心希望死亡不只是一个歇脚之处。"

"他就要死了，"我对罗亚尔说，"就这么简单。"

"宝贝儿，我能体会你的心情，"罗亚尔扶住我的肩膀，轻轻捏着，"但你得冷静下来。"

我的肩膀在他的按摩下稍稍放松下来。我知道，自己又开始矫情了。有些话我憋了一上午，一直在等着找个机会说出来。罗亚尔把我搂到怀里。

"你们的父亲亲眼见证了你们姐妹俩的成长，"他说道，"他看到了你们姐妹俩出嫁的样子。他见到了自己的外孙辈。并不是所有人都能做到这些的。从某种程度上说，他比大多数黑人都要幸福。"

我发现罗亚尔已经在用过去时态来谈论我父亲的事了。不过我并没有提醒他这一点。

"去散散步怎么样？呼吸呼吸新鲜空气？"罗亚尔身上的气味闻起来就像他那辆林肯牌轿车后窗上的人造树枝。那是一种闻上去很造作的气味，给人一种每天都在过节的错觉，让我顿时清醒了不少。恶心的感觉就是这么让人抓狂。它让你感到悲伤的同时，又让你春心荡漾。还有一件事情同样很疯狂：假如罗亚尔不是我的表哥，我大概会嫁给他。儿时我俩就两小无猜。玩亲亲游戏的时候，我俩总是众人目光的焦点。我俩曾经抱在一起在地板上滚来滚去。我俩曾经在他妈妈那幅耶稣像跟前搂着彼此的脖子亲吻。罗亚尔总会说："看，耶稣正光着屁股看咱们呢。"

* * *

是日早晨，我来到护理院之后做的第一件事，就是换上了一身白大褂。我并不是那种特别在意"符号"的人，不过现在回想起来，或许我换上白大褂这件事，恰恰是预示我父亲那天下午就要死去的"符号"。当我发现父亲已经病入膏肓之后，我曾经暗下决心，我决不会再将工作和生活杂糅在一起。我不想以护士的形象出现在他身边。我希望自己首先是他的女儿，其次才是一名护士。每天下班后，我从来不在家中处理与工作相关的事。而每天上班，我也会试着全心全意地投入工作。这是我从父亲那里学到的诸多道理之一。他就是这样的一个人，下班后把身上的制服换掉才进家门。他那两套制服都被装在塑料洗衣袋里拿回家中清洗，再让我母亲把它们熨平。其实，美国应该制定一项政策，规定护士们该怎样去上班。有些护士的行为让我很难理解，她们穿着那些只适合在大街上穿的衣服，挤地铁来上班，随便洗洗手，就开始换床单、照顾病人。我不会这样做。我上班的时候都会换好衣服，打理得干净整洁。我并不笃信上帝，但我会为我自己和我照顾的病人们祈祷，包括那些我所熟识的病人，那些前来求诊、病愈出院的幸运儿或是告别尘世的亡人。

在学校里，无论飞鸟还是蝴蝶，都已伴随着老师们讲述的谎言飞得无影无踪。那些印在教科书中的谎言，我们都要当成真相去熟记。谎言被散播到我们居住的街区，和正在发生着的真实的事情彼此相伴，而人们口口相传的故事，我们在房屋外墙和美铁车厢的涂鸦中早已耳熟能详。所谓真相，就隐藏在他们所讲述的"消灭邪恶势力"的故事里。我比克劳迪娅年长两岁。有些事情她可能记不清了，或者是她想刻意遗忘。我记得当时父亲正一边吃着蒜味腊肠三明治，一边看CBS的电视新闻。我记得父亲冲电视画面里的"狡猾迪克"[1]抱怨着什么。我记得父亲死时病房里凝重的气氛。我记得他咽下最后一口气的样子。他的遗体，和承载着它的铁架病床一样，已经变成了了无生气的事物。

我的父亲并不是被逼着上战场的。他是自愿参军的。他先后参军两次。我的父亲每年七月四日[2]都会庆祝，退伍军人节和阵亡将

1　即美国第37任总统理查德·米尔豪斯·尼克松。
2　美国独立日。

士纪念日也一样。每次在扬基大球场看球赛，我的父亲都会高唱国歌。我的父亲是一个聪明的人，但并非出类拔萃的天才。他出身贫苦，却也有过"富足"的人生。他大概不是第一个，也不是最后一个对女儿们说我们是他"人生财富"的父亲。我的父亲不是一个喜欢抱怨的人。这一点让我悲伤不已。他去世时已经六十五岁了。或许我应该为此感到高兴。也许是华盛顿大桥上往来车辆的尾气害死了他。但我还是坚信他死于二噁英中毒。我不会用糖衣去掩盖丑恶的真相。不应该丧命的人们丢掉了性命。每天都有人死去。而我知毒药何处寻。

密涅瓦，无处不在

🗕- ◢

嘿，看到他们为剧本创作大赛竖宣传牌，我并没有多想。当时我正处在留校察看期，因为我的成绩一落千丈，大部分都是C或者D。因为不参加合练，我被学校的乐团开除了。我的中提琴被扔在电视机旁接灰，因为我妈妈还在幻想某一天我会重拾对它的兴趣。我还有一架日本产的铃木牌合成器，那是我爸爸听说我放弃中提琴之后送给我的，在他看来，当一个人为某件事情所困之时，可以通过尝试做其他事情来摆脱困境。拿到合成器的头一个星期，我天天带着它四处招摇。我想让我妈妈感到难堪，因为爸爸之所以离开，多多少少都是由于她做得不好。当爸爸像所有男人那样抛开妻子去外面寻欢、对妈妈开始不闻不问，妈妈在家中客厅召开了一次忏悔恳谈会，方便大家都能坦诚地把话说开。哼，好像我多爱听爸爸讲他和某个贱货的床第之欢似的。恳谈会的其中一个议程，就是大家都保持冷静克制，轮流讲述自己的"罪行"——当然，大家都有自己的立场。我记得我弟弟小花生很惊讶地问，你刚才说你干了什么？而我爸爸则一脸惊愕地看着小花生，就像我有些时候的表现一样，怀疑这小子有同性恋倾向——当然，即便小花生是同性恋我也觉得无所谓，我在拉瓜迪亚高中有几个好朋友就是男同性恋。我记得我当时的反应是，这又怎么样，这又能怎么样呢？妈妈的态度让爸爸感到无比内疚，他拼命表态，以后不会再那么做了。爸爸的出轨对象是警局的同事，他们是为了排解警察职业的高压才厮混到一起的。听了他的解释，妈妈点点头表示接受。接着，大家继续靠谎言维持着生活的表面和谐，维持着无忧无虑的氛围。一段时间里，所有人、所有事物都出奇地平静。后来，妈妈忽然开始活跃起来：她每次回到家中，嘴上都不再涂我们表姐格拉迪丝送的深色唇膏；她修剪了头上那些分叉干枯的发丝，接着开始使用润发乳，把头发打理成克劳迪娅姨妈那样自然下垂的波浪，还开始喷伊丽莎白·雅顿香水。我扯着几乎能在客厅里掀起海啸的嗓门儿，高声嚷着："爸爸，是你给妈妈买了伊丽莎白·雅顿香水吗？"接着，我因为说出这件事而被踹了一脚。妈妈开始骂我，因为我揭露了她混乱的私生活。爸爸说："我记得你从来都不喜欢香水啊，闻到香水味你就头疼，不是吗？"妈妈说："大概是因为我的荷尔蒙分泌变化不定。现在我能受得了香水味了。"然而爸爸对于这一切的感觉实在是太敏锐了。有一天，他在哥伦比亚长老会医院附近的小吃摊抓到妈妈正跟一个老男人分享一支香烟。妈妈承认她和这个名叫齐科的瘸腿老男人打情骂俏来着。这老家伙因为价格原因被赶出了食品市场，只能开车沿街叫卖烙饼之类的小吃。妈妈说她和他主要就是聊聊天，大概也就亲过一次嘴。爸爸对男女偷情接吻的事情了如指掌。就是从那一刻起，爸爸开始认清了妈妈的真实嘴脸，不再回家吃晚饭。随后，他开始跟那些被他称作"一大群臭男人"的同事去寻欢作乐，几乎每天夜里都很晚才回到家。在爸爸寻欢作乐的时候，妈妈要下班回家，做好晚饭，哄双胞胎睡觉。然后夫妻俩就会开始争吵不休。我和小花生被夹在中间手足无措。这是专属穷人家的戏码，比杰里·斯普林格[1]的节目高明不了多少的戏码。爸爸总是说，天知道那对双胞胎究竟是不是他的骨肉。那两个小孩长得跟他一点都不像，这完全是一场闹剧。他说，没准儿凯莎和拉马尔都是那个小吃摊老瘸子的种。而妈妈却说，爸爸的话纯粹是扯淡，因为她怀双胞胎的时候，齐科还在食品市场里面开店呢。爸爸追问道，她是怎么知道齐科在那儿开店的。妈妈说齐科拥有的可不止这些。于是爸爸离开了。妈妈威胁要申请针对他的限制令，而小花生和我一致表示，妈妈你不能这么做，否则爸爸会丢了工作的。爸爸对此嗤之以鼻，她居然要这样对付我？该死的，她可真卑鄙。于是，他搬家去了亚利桑那州，因为他在那里有一些警界的熟人。搬家去菲尼克斯，爸爸是下了很大决心的。我觉得他原本是寄望于逼迫妈妈挽留他。这一次爸爸的态度好像很坚决，似乎说走就一定要走。他和妈妈都陷入了固执的怪圈不能自拔。我真希望他俩能重归于好。然而接下来，我那耐不住寂寞的妈妈就跟齐科发生了一些说不清道不明的关系。开弓没有回头箭。爸爸出局了，齐科取他而代之。我

---

1 Jerry Springer，美国脱口秀主持人。

对妈妈说，你就他妈的瞎干吧。而妈妈好像是让我少说脏话，多多尊重她作为成年人的权利。她说，家里的房租是她付的。于是我开始和朋友们出去瞎混，每天逃课——我不去上课的原因仅仅在于，我感觉这样干很爽。我的老师们说，得了，你的成绩一落千丈啊。我对他们说，那又怎样？他们告诉我，再过一个学期，一切就结束了，你就可以滚蛋了。我心想，千万别呀，他们是要送我去上补习班吗？我弟弟小花生有些沾沾自喜，因为他就读的是布朗克斯科技高中，他自认为可以成为史蒂夫·乔布斯那样的人物。从这一刻起，我再一次对书本和学校恨之入骨。我不可能比肩小花生，我永远赶不上他的水平。也就是在这时，我看到了关于剧本创作大赛的海报。那个已经老到教不动高中课程而校董会却没办法解雇的贝斯教授说，假如你本身并没有那么傲慢，那么你或许能写出点像样的东西呢。他说这学校里半数的学生根本不配来上学。我转了转眼珠说，那么，假如你是我，也是一个不配来上学的孩子，你会为参加一场十五分钟的戏剧创作比赛去写点什么吗？贝斯教授说，反正你不能写诸如去马达加斯加徒步旅行或是去蒙古捕飞鱼之类的故事。你可以写一些和传统相关的东西。于是我去请教我那个愚蠢的妈妈——当时她正就着咖啡吃甜甜圈，爸爸离开之后，她又长了不少肉。她告诉我，密涅瓦，如果能身处不同的时空背景，或许很多人都能做出一番大事业。你们外公就是这种人。听完这些话，我当时的反应是，哦，这理论真新鲜，她是怎么想出来的？妈妈让我给外婆打电话。接到我的电话，外婆很欣慰，她给我讲了讲外公在越南战场上捡到的那本剧本——《君臣人子小命呜呼》。就是克劳迪娅姨妈保存着的那一本。我冲妈妈大发雷霆。她居然愿意当这样一个二等公民。我写出了一个剧本，内容大致如下：幕布拉开，一个男人在船上阅读莎士比亚的剧作，下一幕切换到他弥留之际，女儿们诵读着同一部莎士比亚的剧作。凭着这个故事，我获得了剧本创作大赛第二名。当我把我写的剧本拿给贝斯教授看的时候，他把咖啡都溅到了他常穿的那件破旧不堪的花呢夹克上，随后痛哭流涕。我都已经准备好了再听他讲一次纽约城艺术发展的糟糕现状，以及艺术家们在面对困境时为守住尊严而做的努力。或者听他再讲一次，如果他年轻时候留在欧洲会有怎样不同的成就。然而贝斯教授只是从他那褪色的灯芯绒裤子里掏出手帕擦了擦眼泪。他对我说，你这剧本写得真不错。凭着这本剧本，我在比赛中得了二等奖，拿到一条绶带和二十五美元奖金。我约小花生在纽约时报广场的戏剧书店见面。我们一起在游客和流浪汉们面前表演，然后买了一本《君臣人子小命呜呼》。店员用精美的海军蓝包装纸把书包了起来，我们拿着书回了家。我把剧本创作大赛第二名绶带和我写的剧本拿给妈妈看。我为妈妈感到遗憾，因为多年之前她居然没亲自去买一本属于她自己的《君臣人子小命呜呼》。妈妈想要拥抱我，但我拒绝了。我想躲到一边去，但她不让。她伸出胳膊，紧紧抱住我。我们就这样抱着站在那儿，大概有一分钟。这一次我并没有再拒绝她，因为我觉得，或许妈妈比我更需要这样一个拥抱。或许是这样的。在她抱着我的时候，我回忆起儿时她为我读故事的情景。不知何时，我挣脱了她的怀抱，只留她一人站在客厅里，我听到她笑着说："密涅瓦，宝贝儿，宝贝儿，好女儿，谢谢你。我都忘了这玩意儿多么荒谬了⋯⋯"

这一次我意识到，我做得不错。

写作练习 / 贝斯教授的语言结构课程

密涅瓦·C. 帕克

（对话）

密涅瓦的父亲：

米妮，你肯定会喜欢上这沙漠的。它并不像我所想的那样是一片荒芜的棕黄色。没错，亚利桑那州的沙漠有大片荒芜的棕黄色沙地，但在山区地带也有一些美丽的地方，装点着绿色、蓝色和银色。我大概明白这里究竟有什么讨人喜欢的东西了。我和一个朋友花了好几天——

密涅瓦：

你在和谁约会？你在和人约会吗？你已经开始约会别人了吗？

密涅瓦的父亲：

沙漠里的风景真不错。我是说我交了一个朋友。

密涅瓦：

你说过，你绝对不会再婚的。

密涅瓦的父亲：

我说过这样的话吗？我给你们寄过一张我工作单位的明信片。那是亚利桑那州最古老的建筑之一。可是，为什么你总是给我寄一些印着下流的半裸女人的明信片？

248

密涅瓦：

因为那些明信片是免费的。是我从比萨店和小旅馆里拿来的。

密涅瓦的父亲：

看来你妈妈有足够的钱付房租和邮费。我向她支付了子女抚养费的。

密涅瓦：

你的女朋友是黑人吗？

密涅瓦的父亲：

你的语气真像你妈妈。艾斯特雷亚是纳瓦霍人，也有西班牙血统。

密涅瓦：

纳瓦霍人都让我们杀光了。我们的水牛战士[1]把他们消灭了。我们像驯牧牲畜一样围歼了他们。就像你们当年把墨西哥人赶回边界那边去一样。爸爸。或者，我是不是应该叫你卡斯特将军[2]？整整一代墨西哥人都对美国黑人恨之入骨，而你要对此负责。

密涅瓦的父亲：

你懂得这些，历史考试却只得了个C。米妮，你说说，你是怎么把历史学到这么差的？

1　又译"布法罗战士"，最初指美国陆军第十黑人骑兵团的士兵。在美国人屠杀印第安人的战争中，该团的黑人士兵被印第安人称作水牛战士。这一称呼后被用来泛指美国军队中的非洲裔士兵。

2　乔治·阿姆斯特朗·卡斯特（George Armstrong Custer，1839—1876），美国陆军将领，1876年6月25日在一次对印第安人的战斗中被击毙。

密涅瓦:

我他妈才不在乎呢。

密涅瓦的父亲:

别说脏话。贝弗莉告诉我说,你最近在别人家过夜?我去看看你吧。我真的有必要去看看你吗?

密涅瓦:

你要留下来陪着我吗?

密涅瓦的父亲:

不,米妮,我就是去看看你。估计到时候我们也是不欢而散。

密涅瓦:

每次收到你寄来的信,都要等上大概三个星期。你为什么不能像正常人那样,用网络社交媒体或是手机短信来沟通呢?

密涅瓦的父亲:

我才不信任那些玩意儿。

密涅瓦:

可你毕竟住在别的州。

密涅瓦的父亲:

从前人们都写信。想当年,即便是最愚蠢的傻瓜也能写出像样的信来。有关南北战争的文档中有记载——

密涅瓦:

我为什么不能过去跟你一起生活呢?

密涅瓦的父亲:

这里太乱了——到处都是醉酒驾车、无视限速的疯狂司机。

密涅瓦：

你说过那里的沙漠景色很美。

密涅瓦的父亲：

等等吧，等我安顿下来的时候。

密涅瓦：

你还爱妈妈吗？

密涅瓦的父亲：

这无所谓。

密涅瓦：

妈妈还爱着你呢。

密涅瓦的父亲：

有些事情就是无所谓。

密涅瓦：

爸爸？

密涅瓦的父亲：

密涅瓦，女儿，好好听话吧。替我亲吻那对双胞胎，亲吻小花生。告诉你的小弟，他应该再阳刚一些，再有男人味一些。

（打油诗一首）

屠戮浑蛋的卡斯特将军

吾父远征大荒漠

颂罢沙黄赞花色

卡公英灵似附体
战衣加身巡界河

壮士此番风中去
背影幽幽追阎罗
横刀跃马不回望
难知明朝事如何

吾父有言嘱切切
唯企爱女孝悌多
孝悌红颜常薄命
我愿舍身入邪魔

但见恶女得善报
凡夫俗言又奈何
待到阁下逍遥日
我在本方仍快活
吾等同享此间乐

六月未见尊驾面
为君知悉，半载难消磨

蒸汽熨斗

1966 1976 1986 1996 2009

　　克劳迪娅第一次带我去她家的时候，阿格尼斯·克里斯蒂想用熨斗烫我。我已经忘记那熨斗是什么样子了，只记得熨斗顶部有扁平的镀铬把手，上面的小孔咕噜咕噜喷着蒸汽。我印象中那只熨斗好像是褐红色的，不过也可能是蓝色、银色或是灰色的。阿格尼斯·克里斯蒂的逐客令简单易懂，没什么浮夸的词句。我和克劳迪娅坐在L形客厅里的驼背式沙发上，面前是玻璃咖啡桌和一堵灰泥墙——这让我想到我母亲在威尼斯海滩住过的第一套公寓。爱迪·克里斯蒂是扬基队的狂热球迷。他一直用手轻轻按住那盘意大利香肠，把奶酪和面包往我们这边推。这些面包是从附近他最钟爱的意大利烘焙店买来的。他让我们用粗面卷、坚果面包和夏巴塔面包夹着各式各样的奶酪食用。他坚称，这些奶酪在纽约大多数市场都买不到。那些散发着刺鼻气味的意大利奶酪，是他特别推荐的。要不是他说"特别推荐"，我才不要吃那些玩意儿。

克里斯蒂夫人坐在她丈夫旁边，两条修长的美腿交叉着。克里斯蒂先生则在对我进行"审问"："小子，你是哪里人？""我出生在纽约城，我是在离这儿不远的哥伦比亚长老会医院出生的。""你家里人呢？他们都是干什么的？""我父亲是一名律师，我母亲在洛杉矶做星探。""哈，看来也是单亲家庭啊。你的兄弟姐妹不少吧？""不，先生，我是家里的独生子。""噢，我老婆也是。阿格尼斯是独生女。"

克里斯蒂夫人打了个哈欠。她似乎很满意丈夫这种主导谈话内容走向的方式。"我一直想有兄弟姐妹，不过我想现在这样也不错。现在我有丈夫和女儿，这就够了。"说完，克里斯蒂夫人暂时离开了。当她回来的时候，我还以为她手上拿着的滚烫的熨斗是装满基安蒂酒的醒酒壶。我笑着望向这个漂亮的黑人女性——克劳迪娅也有着跟她一样的鹅蛋脸，再过二三十年，她也会变成克里斯蒂夫人这副模样——我站在原地，眼看着她仿佛丧失了意识似的朝我走来，我伸出双手想要挡住那滚烫的熨斗，同时唤醒这位梦游般的夫人。我做出了一个伸手去挡但不是向外猛推的姿势。终于，阿格尼斯·克里斯蒂回过神来，看向手中的熨斗。

"克里斯蒂夫人，您这是干什么？"我说道，"您得小心点啊，万一烫着您自己。"

克里斯蒂先生走到他妻子身旁。"阿格尼斯，"他说道，"没事，没事了。"

"原谅我。"阿格尼斯·克里斯蒂一边说着，一边关掉了熨斗开关。

　　　　　　　*　*　*

　　"告诉我个秘密吧？"我说道。大学三年级。哥伦比亚大学。我俩确立关系已经三个星期了。我知道，自己该向克劳迪娅·克里斯蒂求婚了。我并不在校园里居住，而是和一位哲学专业的学生一起在晨边高地合租。我的室友每隔一天晚上都会去他女朋友那里过夜。我之所以选择住在校外，是因为我的睡眠质量不太好。我总是睡不着觉。那会儿，我每天凌晨三点都会起床吹吹萨克斯。其实我吹得很烂，但是萨克斯对我的睡眠产生了神奇的作用。合租到第二个学期，我的室友就搬到西村，和他那个摄影师女友同居去了。他是在某个周六搬走的，而不到一周之后克劳迪娅就搬来和我同住了。在那个秋冬学期的头几个星期，我俩几乎天天都在公寓里疯狂地翻云覆雨。我们血气方刚，被肉欲带来的持续的快感冲昏了头脑。朋友们称呼我和克劳迪娅是隐身大师，因为我俩只有在上课和觅食的时候才会走出公寓——其实，即便是吃饭，我们也大多是靠廉价外卖解决的，比如说彩虹炸鸡店的烤鸡肉和蒜蓉酱三明治。这些地中海风味的食物让我们口臭，然而即便是蒜味也能带来些许额外的好处。恰当地利用蒜味，可以为性爱平添更加强烈的体验（这一招是一个叫帕斯尼普的女人教给我的）。

　　"拉夫，"克劳迪娅说道，"已经没有什么秘密可说了。"她正靠着荆编蒲团，把一本歌德的作品放在膝上读着。我们正在学习有关小说题材诞生的课程。这是让文学专业的学生们兴奋不已的课程。

"我叫鲁弗斯。"只有我的父母叫过我"拉夫"。克劳迪娅这么快就开始叫我的小名，其实我很开心。

"我没办法一本正经地叫你'鲁弗斯'。听到'鲁弗斯'这几个字，我就忍不住会想到那个叫'鲁弗斯和查卡汗'的组合。"

"该死的，你真是伤到我啦。"

"很遗憾，你又不会因为这个死掉。"

大学时期的约会经历，有时会让你感到惶恐。我和某些姑娘上过床之后，就再也不想见到她们。如果不是因为在错误的时间发生了错误的邂逅，我大概根本都不会碰她们一下。结束宿舍派对之后，第二天早晨醒来，一翻身就看到昨天晚上跟你一起上床的姑娘，实在是一种惊悚的体验。但我非常喜欢一睁眼就看到克劳迪娅躺在我身边。我是白人。克劳迪娅是黑人。我们在一起的大部分时间里，都没有被种族问题困扰。当然，这个世界对我们俩之间的爱情还是颇有些微词的。

"那么，或许我们彼此已经没有相互隐瞒的东西了，"我说道，"你或许觉得秘密像是维多利亚时代的音乐剧里才有的东西，但它们毕竟承载着你所经历过的某些深邃而阴暗的过往。克劳迪娅，说说吧，你最羞耻的事情是什么？"

"如果我带你回我家，你会被烧死的。"说罢，她便笑了起来。我当时并不知道，她的笑声遗传自父亲，洪亮而温暖，仿佛带着夏日艳阳的炽热和香烟的味道——不过，她是不吸烟的。我将这种笑声称为"克劳迪娅的紧张笑声"：每当她这样一笑，接下来就会说出一些"真相"。如果说人们都会因为伴侣而染上一些习惯，那么我从克劳迪娅身上得来的就是她的笑声。当然，我母亲也有着世间少有的独特笑声。

"我是说真的，"克劳迪娅说道，"我的前男友就因为肩膀上的一度烧伤而住进了哥伦比亚长老会医院。他们连指甲剪都用上了，才把粘住皮肉的上衣从他肩膀上撕下来。我当时还以为他们家会提起诉讼的。"

"你妈疯了吗？"我从蒲团上爬起来，把衣服搭在肩上，转身看着她。我真希望能找点事做换换脑子。当时我的心里就一个念头：现在就把这姑娘甩了。我的父母已经够难缠了。我可不想在谈恋爱这事儿上也冒险赌一把。按照我已故的曾祖父的说法，和这种姑娘谈恋爱，就像是守着一兜屎。

"等你见到她的时候，你自己判断吧。你很快就能见到她了。"

* * *

克劳迪娅喜欢在床上工作。即便是二十年之后的现在，她依然经常把餐盘拿到床上、放在腿上，当作桌板来为学生的论文打分。我们住在大学的教工宿舍，只须步行十分钟即可到达我们最初同居的公寓。我们的住所周围处处都承载着过往的回忆，见证着我俩相识、结婚、生孩子的全部过程。人们总是在说纽约变了，我并不能完全理解这种说法。变了，为谁而变？我记得自己一个街区又一个街区、一步又一步地融入了城市生活。当然，那些店铺和餐馆换了一茬又一茬。彩虹炸鸡店早就关张大吉了。哥谭橱柜店倒还在营业，当年我第一个蒲团就是在他家买的，但我不确定现在的年轻人是否还会用蒲团这种东西。城中心和城郊的氛围大不相同。我们曾经为了一点点粗浅的文化冲撞体验而去下东区游逛。可现如今勒德洛街充斥着从事信托基金行业的金发女白领。等你有了孩子，你就不会像这样怀旧。你根本没时间怀旧。

　　克劳迪娅只跟我提过她妈妈的熨斗，却没告诉我她家几乎没什么藏书——实际上，克里斯蒂家在藏书方面的匮乏，让我颇感惊愕。客厅里，唯一摆在外面的书是一部《不列颠百科全书》，以及克里斯蒂夫人在教会学校读书时在一次拍卖会上得到的一套莎士比亚戏剧集。对此，我感到很是震惊。也许，要是你认识克劳迪娅的话，就会明白我为什么这么震惊。又或者，是我自己想当然地期望过高了？我从小成长的地方，是一套配有书房、能够俯瞰中央公园的公寓。我经常花上几小时，用墙上书架里的书堆成一座"书堡"。到克劳迪娅家里拜访之时，我原以为她会打开一间装满书籍的密室，让我见识一下她是怎样考上哥伦比亚大学的。她家至少应该有一间属于一位学界新秀的小书房吧。然而我只看到了一张双人床、一个抽屉床头柜、一张桌子，还有一幅电影《紫雨》的海报。克里斯蒂家的房子并非物资匮乏，只是没有太多闲置空间。房子里的一切陈设都有其实际功用。在思考白人男性与黑人女性结婚这个问题的时候，我曾经不止一次体会到自己作为白人的"特权"。这一刻就是其中之一。你可以跟别人为了什么是"特权"争论到面红耳赤，然而直到你真的要与那些必须凭借较少的资源完成更多事情的人共处一室，你才能真正理解自己的特权究竟意味着什么。

"利用图书馆呀，"后来，在乘坐地铁返回公寓的途中，克劳迪娅解释道，"我都是到图书馆借书，用完了再还回去。这也常常被我拿来当成出门的理由——或者说，是离家的理由。"

"这就叫'停摆状态'。"在噪声繁杂的地铁车厢里，我扯着嗓子说道。

"什么？"

"我是说，你的家人都处在一种类似'停摆'的状态之中。我的家人也是如此。"

她把头扭到一旁："请不要基于你父母的状况来评判或是分析我的家人。这样做是完全徒劳的。他们不是一辈人。世事无常。我——我是说我和贝弗莉——不想去管他们的事。"

"为什么？"

"鲁弗斯，那是他们的事。"

"可是我们传承着父母的生活方式。你难道不想知道他们为何会如此生活吗？"

她叹了口气："无所谓。只要他们爱我就够了。"

* * *

我和克劳迪娅在一起之后的第一个圣诞节，我给她妈妈买了一个老式熨斗。我是在和我母亲一起度假的时候，在威尼斯海滩的一家二手商店里买到这玩意儿的。克里斯蒂夫人打开礼品包装的时候，我实在不知道她、克劳迪娅或是克里斯蒂先生会有怎样的反应。我不确定他们是否会接受我的玩笑，我甚至也不确定这到底是个玩笑，还是用一种消极方式宣示立场："就算你用熨斗烫了我，我也还是会继续登门的，我决不放弃，我会一次又一次地来找你们的女儿。"后来，赠送熨斗成了我们之间的一种传统。每年圣诞节，我都会给克里斯蒂夫人买一个老式熨斗：平底熨斗、盒形熨斗、马镫形熨斗……那些熨斗都成了克里斯蒂夫人的收藏品，就像博物馆里的艺术品一样。现在，她已经不需要再为克里斯蒂先生熨烫衣物了。我并不清楚她在佐治亚州巴克纳县是否还经常熨烫衣物。在她每周末与克劳迪娅聊天的时候，我也曾经试着问过她，是否还保留着那些熨斗。

　　我是鲁弗斯·诺埃尔·文森特，现年四十五岁。我母亲提出协议离婚那年，我父亲五十四岁。旅行是我对抗"停摆状态"的策略之一。而暂停工作则是另外一项策略。最近一段时间，我和我的妻子一起在家中的游泳池旁陪女儿威诺娜进行泳疗，每周三次。按照威诺娜的主治医生的说法，克服某种恐惧感的最佳途径，就是重新经历造成恐惧的事情。于是，克劳迪娅、威诺娜和我（这段时间里，我的儿子伊莱贾正"一对一"地陪伴他的祖父，也就是我的父亲）就像两栖动物那样，在泳池里来回折腾。威诺娜喜欢手脚并用匍匐着游泳，每当在她身旁的水里匍匐着游泳的时候，我总会想起我那个"同父异母"却从未真正相识的兄弟汉克·堪夫尔。我想起了我的父母，还有我曾经花费很多时间试图忘记的陈年旧事：一条小鱼、两条小鱼、三条小鱼。我实在搞不清楚，自己究竟是在逃离过去，还是在追忆过去。

*　　*　　*

我在哥伦比亚大学预科读书的第二个学年下学期，母亲终于为我办理了退学手续。她认为那里的环境太过排外。我和学前班起就一块儿读书的孩子们共同考入哥伦比亚大学预科，我在中央公园参加同样的垒球和足球联赛，我在同样的生日聚会上喝得烂醉，也参与了在佛蒙特和缅因州海岸地区的同样的露营活动。我六年级时没能考入亨特学院附属高中，这让母亲感到遗憾。她很后悔她和父亲并没有在学业上对我提出更高要求。她确信我们需要做出改变。后来，我养成了一个说话时的坏毛病：我总是习惯性地清嗓子。我感觉有什么东西卡在我的喉管里，咳不出来。

"我这里面好像粘着一条胶带。"

母亲和父亲带着我去了曼哈顿耳鼻喉医院。纽约城里最棒的专业医生为我做了检查，但他们并没有在我的喉咙里发现任何异物。我也没被查出过敏症状。我的健康状况非常完美。我是一个健康的青春期小男孩。

"我觉得是心理问题，"一位医生最终下了结论，"你们家里发生什么事了吗？"

当时那个阶段，我正在苦苦应付钢琴课程。对于这种乐器，我既没有天赋，也没有兴趣。然而哥伦比亚大学预科的所有学生都会演奏乐器。我那出身欧洲的母亲，时常会在晚上下班后，弹奏我们家那架斯坦威牌钢琴。在她看来，弹钢琴或许是这世上唯一能让我放松身心的事。我父亲从小生活在一个没有任何乐器的家庭里，但他喜欢爵士乐，钟爱迈尔斯·戴维斯的所有作品。所以呢，他从一位自称曾与迈尔斯·戴维斯合奏过的爵士乐手那儿买了一支二手萨克斯给我。后来父亲承认，他买这支萨克斯并没有花多少钱。尽管潜意识告诉他，如果他给我买一支全新的萨克斯，或许我能吹得更好一些。

"想清嗓子的时候就吹吹它吧，"父亲说道，"如果你能有进步，我认识一个专业人士，他能教你。"

接下来他开始跟母亲对话，语气不太友善："让拉夫从哥伦比亚大学预科退学，你怎么想的？他在那儿有学习的榜样。"

"我要带他去的地方多了，那里只不过是其中一处而已。"母亲说道。然后，她提出要与父亲离婚。当时，他俩刚参加完父亲公司一位高级合伙人的五十岁生日聚会，准备回家，正乘着出租车行驶在第五大街上。母亲注意到了父亲在聚会上与年轻女性们打情骂俏的样子：那些女人都是他的同事。母亲说，父亲总是跟其他女人打情骂俏。大多数时候，他的这些行为并不会让她感到烦恼。

突然出现的离婚提议，让父亲感到震惊不已。一开始他只不过把母亲的话当成了耳边风。两人顿时陷入了一阵沉默。

"或许你让他从哥伦比亚大学预科退学是正确的。"父亲说道。在餐厅的桌上，他伸手去摸母亲的手。

"我要去太平洋沿岸居住！"母亲望向一旁，把父亲的手拿开。

"西格丽德，到那儿你就会失去我的。"

"我一直想去太平洋沿岸地区居住。"

父亲瞬间明白了："你不能带我儿子去西部。"

"他已经十五岁了。"母亲说道，她的语气并非自信满满，只是在强装出一副自信的姿态，"该由他自己做决定。"

"你们要离婚了？"问罢，我清了清嗓子。我左右环顾了一下，用三根手指抚摸着自己的喉结。当时的我还不知道，但多年之后当我抚摸着克劳迪娅的肚皮，为我们尚未出生的双胞胎宝宝唱歌的时候，也是这样按摩的。在我吃了比萨或是其他一些奶制品、导致乳糖不耐的时候，克劳迪娅也给我做过这样轻柔的按摩。

"西格丽德，你还是起来去给拉夫弄点水来喝吧，"父亲说道，"这小子的嗓子听起来就像是坏掉的真空吸尘器。"

"我就知道你会命令我去弄水来，"母亲摇着头，"怎么，因为我是女人，所以我就得去弄水来给孩子喝？"

"因为你是女人，所以我爱你。"

"这就是问题所在。你爱所有的女人，"母亲说道，"即便是鲁弗斯在哥伦比亚大学预科班里的女同学。"

父亲吹了一声口哨："拉夫，或许这会儿正适合你练习吹萨克斯。"

就在此时，一阵清风从阳台上吹到餐厅。阳台俯瞰着中央花园。我能嗅到十一层楼下小吃摊的廉价热狗和烤花生的香味。我甚至能听到拉车的马儿踩出的马蹄声。

"鲁弗斯，"母亲说道，"你父亲给你买萨克斯这件事做得很好。我们都知道你不是弹钢琴的那块儿料，但是你对吹萨克斯还真有一套。跟我去西部沿海吧，你可以住在海边，还可以加入军乐队。"

"纽约城本身就是一座岛屿，"父亲说道，"这里四面环海。加利福尼亚是一片荒漠，只会不停地'喝水'。总有一天，太平洋会掀起巨浪，控诉加利福尼亚那如无底洞般的饥渴。西格丽德，太平洋可不会给你讲道理的。你还是举手投降然后滚蛋吧。"

"你是说爸爸出轨了吗？"我有些犹豫，不知自己应该回房间练习吹萨克斯还是留在客厅的餐桌前。

母亲只是不停地发笑。她的笑声让父亲脸红。看上去他似乎是在仔细计算着，自己究竟背着妻子出轨了几次。

"你认为我跟哥伦比亚大学预科班的那些女人上床了？"父亲认为母亲的这一提法既让他感到受辱，又显得荒谬可笑，"兔子还不吃窝边草呢。那可是拉夫学习生活的地方，是他的第二家园。"

听到这番表态，我和母亲顿时就明白了，父亲的确出轨了，只是出轨的发生地存疑而已。

"西格丽德，你说我不是个好父亲吗？"他说道，"无论从哪个方面看，我都是一个合格的、事必躬亲的父亲。"

我对父亲有了新的看法。他曾经教过我如何在暴风雨中支起帐篷。他曾经在中央公园教我投掷垒球。他曾经教过我如何用橡皮绳子编出"城墙"，或是在书房里用丹尼尔·笛福和马克·吐温的书围成"城堡"。但母亲教会了我如何骑自行车。母亲曾经带我去看本尼·汉娜的演唱会。许多个夜晚，当父亲不在家中的时候，是母亲和我相互陪伴着吃完晚饭。我开始思索我喉咙里那坨类似胶带、咳不出来的东西——每次与父母同处一室时，这喉咙里的不适感都会加重。

"你总是事必躬亲。"我说道。

"加利福尼亚有灿烂的阳光，"母亲点点头，"那里是阳光之国。"

无论是父亲还是我，都没心情跟母亲解释，其实佛罗里达才是真正的阳光之国。母亲是个聪慧的女人，但她很容易乱了方寸。我离开客厅，去翻找我的萨克斯。我实在不想去加利福尼亚生活。但我也实在厌烦父亲。

* * *

> 在洛杉矶步行
>
> 在洛杉矶步行，没人在洛杉矶步行
>
> 在洛杉矶步行
>
> 在洛杉矶步行，没人在洛杉矶步行
>
> ——失踪人口乐队，
>
> 一九八二年发行的《春季学期M》

众所周知，洛杉矶种植着棕榈树。每到夜晚，城中都是灯光闪耀，霓虹缤纷。五车道的高速路上车水马龙。汽车尾气"装点"着碧蓝的天空。在威尼斯海滩，我们喜欢步行。然而在洛杉矶，也绝非完全没人步行。

"凭着两条腿，你想去哪儿就能去哪儿，"母亲说道，"只要你有好奇心，想要多见见世面。"没错，我的母亲就是一个好奇的人。

"见世面？就像手表[1]？"

"不不，我是说结识高层次的街坊邻居。"我们搬进加利福尼亚的公寓两周之后，母亲找到了一份工作，为一名星探做助理。

"你得亲自探访一下洛杉矶这座城市。"星探对母亲如是说道。我的父亲是个头发很茂盛的人，而这位星探是我见到过的唯一一个比我父亲头发还要浓密的人。这家伙长发过肩。有些时候，他会把他那一头黄褐色的"鬃毛"梳成一条马尾：那夹杂着灰白色头发的马尾，总让人想到臭鼬，或是夜晚的高速公路上的白色条纹。

母亲为我报了名，让我进入威尼斯高级中学就读。这里根本就没有什么军乐队。为此，她不止一次向我道歉：她真的道歉了很多次，甚至让那个叫布鲁斯的家伙——对，那个星探的名字就叫布鲁斯——帮我转入比弗利山高中。

"不用了，谢谢。"我说道。母亲让我做选择，要么选她，要么选父亲。"还是给我找个家庭教师吧，我会把私教课程都上完的。"

"你这是在提问还是在下命令？"母亲盯着我，眉头紧锁。

有些时候，你即便面对面地望着父母，也未必搞得清楚他们在

1　上文中母亲的原话中有swatch一词，既有模范、样本的含义，也是知名手表品牌，所以鲁弗斯搞混了。

想些什么。自从他们要离婚的那一刻起，我经常会有这样的感觉，不过我的咽喉不适似乎消失了。整个洛杉矶城里的商店货架上到处都能找到胶带，但我的喉咙里已经没有被胶带粘着的感觉了。我从未在洛杉矶咳嗽过，偶尔会打喷嚏。不过打喷嚏嘛，没什么大不了的，最多擦擦鼻子就好了。

母亲在一座西班牙风格的洋楼里租了一套两室公寓。这座洋楼配有内部庭院和爬满藤蔓的露台。在八月的艳阳照耀下，庭院里九重葛、木槿花和橙树长得茂盛而浓密。此地的气候的确干燥。我们居住的地方距离海滩只有两个街区。布鲁斯住在西好莱坞山。有时候，母亲会开着她的大众甲壳虫轿车载着我去布鲁斯的宅邸。说实话，母亲的这辆小汽车倒是蛮适合她那娇小的身材，但对我这种大个子而言，车里的空间实在太憋屈了。每次坐在车里，我都会望着枯草色山坡上那巨大的白色字母出神。那枯草色的山坡让我想到布鲁斯的头发。我确信他想跟我亲上床。不过，呼吸着加利福尼亚慵懒而悠闲的空气，有很多事情可以去做。

一九八七年八月，我们搬到了威尼斯海滩。这里的氛围给人一种荒芜、破败而恐怖的感觉。不过无所谓，纽约不也是这样吗？多年以后，当人们问起我是怎样在洛杉矶艰苦度日的时候，我会告诉他们，洛杉矶不是一个让你艰苦度日的地方。十五岁那年，我就住在距离海滩两个街区的地方，总能欣赏到穿着比基尼泳衣的年轻姑娘。在一九八七年，你即便长得像是僵尸怪物，也能轻易融入威尼斯海滩的美妙氛围，邂逅属于你的艳遇。我们搬到那儿的时候，因为厄尔尼诺现象的缘故，那条著名的休闲防波堤已经关闭了。我曾经在海滨木板道上散步，有时我感觉几千公里外的纽约城中过半的流浪汉都跑到威尼斯海滩落脚了。生活的氛围决定了一个社群的性格，对于流浪汉们在海滩上落脚这件事，当地人经常发动各种各样的抗议。如果我的母亲来威尼斯海滩是为了找寻理想中的乌托邦，那她肯定是失望的。我们刚刚搬来的时候，看到这里遍地都是碎玻璃和带着针头的废弃注射器。

"只要能看到太平洋，其他的都无所谓。"母亲说道。她对我说，太平洋一直都在呼唤着他，而她之前居然没有感受到这一点。"真是惭愧呀，"她说，"我们是如此无知。"

我们居住的公寓洋楼，住满了各种名叫"赛琪""帕斯尼普"或是"贾丝明"的女人。不知这些是她们的真名还是从过去某个年代被分配的"花名"[1]。从某种程度上说，她们都是些演员、模特或是职业舞者，却随缘随性地做着空姐、行政助理或是平面模特之类的工作。其中至少有一个女人——那个叫赛琪的——被剥夺了两岁女儿的监护权。她从来不愿提及这件事。她不知道她丈夫把女儿带到哪儿去了，也不知道自己是否还能再见到她。母亲和这些隐瞒着实际年龄的女人交上了朋友（后来，在跟这些女人上床的时候，我翻了她们的钱包，看到了她们驾驶证上的实际年龄：有的已经三十六岁，有的甚至四十一岁了。赛琪只有二十七岁，看上去却似乎是这群女人之中最老的一个）。赛琪自称是一名计划管理员，但实际上她是一名脱衣舞女。我期盼着母亲也能重回她十六七岁或

---

1 三个名字的原意分别为鼠尾草（Sage）、防风草（Parsnip）、茉莉花（Jasmine）。

是二十一二岁时的模样。我期盼着母亲把头发染成金色，而她却期盼着我能放弃这种不切实际的幻想。她总是用眼角余光观察我，看我的咳嗽是否真的痊愈了。尽管我的母亲已经是第三代移民，但她说话又开始有意点缀上一些欧洲口音了。这种两个月之前她还没有的口音，让布鲁斯和他的同事们痴迷不已。人们说她长得像娜塔莎·金斯基[1]，其实这话一点都不靠谱，但她还是欣然接受了这样的恭维。

"我们家族来自布列塔尼。"她总是这样说。她喜欢在脖子上扎上小巧精致的丝巾，打成法国风情的结。

"鲁弗斯，"无论赛琪、帕斯尼普还是贾丝明，都曾经这样问过我，"你喜欢那条海滨木板道吗？"

我们彼此面面相觑。我仿佛听到父亲的话音在脑海里回响，兔子还不吃窝边草呢。我来到海滩上，沿着冲浪者们寻欢作乐的那条防波堤一路走着。他们玩得心醉神迷，我也跟着他们一起忘乎所以。我就这么结识了一位名叫赫布的冲浪者。赫布是个留着长发、有点狐臭的白人小伙子。我们总拿"赫布卖草药"这句话开玩笑[2]。他问我是否愿意入伙，和他一起做生意。

"你是个健康的小伙子，人们喜欢健康的小伙子。"赫布大概和我共事了三年。

每天上午，我都会来冲浪。而到了下午，我就会在海滨木板道上吹萨克斯卖艺，赚点小钱。出乎我自己意料的是，我居然混得不

---

1 娜塔莎·金斯基（Nastassja Kinski，1961— ），德国女演员。
2 赫布（Herb）有草药的意思。

错。我并不是一个高水平的萨克斯手。有一位老妇人是酒吧常客，每天都穿着同一件红色灯芯绒连体裤，居住在一家酒店的单间客房里。每天日暮时分，她都会出现，一遍又一遍地放声高唱那首《只有你》中的同一个唱段：

只有你，才能使这世界变得美好
只有你，才能让黑暗变成光明
只有你，只有你一个
能让我充满激情
我全心全意只爱着你

然后她就会带着当天赚到的小钱消失。

即便母亲知道我吸食大麻，她也不会说出去的（毕竟她就是这样一个"欧洲人"嘛）。很多时候，她需要每天陪着布鲁斯工作十四小时。星探这一行很残酷，有其独特的法则，而布鲁斯的合作对象，是一群来自纽约、被他称作前卫独立导演和独立演员的家伙。我的母亲在纽约时曾经在图书行业工作，又有所谓的"法国血统"。尽管在纽约时，她只有一个面对小窗、需要与别人共享的办公工位，如今在洛杉矶，她则一个人享受着明亮的落地窗、摇曳垂地的植物、侧滑门和看上去宛如游艇内饰的家具。

他们在威尼斯高级中学拍摄电影。八月底，我第一次去报到，母亲把我送到学校，接着便返回了片场。布鲁斯说我母亲真的很会跟演员们交流，她能让演员们对自己充满信心。布鲁斯出身舞台，受过专业训练，到加利福尼亚真正实现梦想之前，他甚至在公共剧院表演过非百老汇音乐剧。

有些时候，布鲁斯会到我们的小公寓来吃法式鱼肉浓汤。"西格丽德，"他对我母亲说道，"说实话，你为什么要住在这种鬼地方？"

母亲与布鲁斯之间的对话一直都围绕着电影和表演行业，至少在我面前是这样的。她喜欢这种只说不做的"清谈"。我注意到，她脖子上的丝巾越来越长、扎得越来越松，丝巾的颜色也从柔和的粉色变成了鲜艳的紫色。

"审稿和星探工作之间的差异并没有那么大。审稿员的工作是发现瑕疵并加以润色改正。星探的工作则是去发现那些努力展现自身不凡之处的完美演员。"

父亲从纽约为我寄来一些书籍。随着书籍一起被送来的，还有他手写的字条："作为一个小男孩，什么时候堆'书堡'都不算晚。我无时无刻不在脑子里堆着属于我自己的'书堡'。"

我对赫布提起我父亲的事。赫布说："你的父亲真的太棒了！"

当时我感到一阵骄傲。然而正当我俩一起在海滩上吞云吐雾之时，赫布的举动让我吓了一跳。

他说："鲁弗斯，你能用嘴为我做吗？"

我不再对赫布讲述我父亲的故事。我开始跟他聊公寓里的那些女人。赫布说服我把那些女人介绍给他。母亲满脸疑惑地看了他一眼，但什么也没问。她正要出门去"马克塔珀论坛"[1]参加一个预演会。一位来自纽约的新晋女星要在那里进行一场广受好评的表演，演的是奥古斯特·斯特林德贝格的名剧《朱莉小姐》。母亲走后，帕斯尼普邀请我和布鲁斯上楼去，到她的公寓一叙。

就在那一晚，我和帕斯尼普上了床。我对此印象深刻，因为那张床一直吱嘎作响。而且，尽管那是一张特大号的双人床，我却依然觉得它小到让我难受。或许我难受的原因不单单是床太小。从一开始，赫布就在旁边起哄。他一直在说他想在旁边观看。他的旁观，让我的动作无比笨拙。于是我停了下来，就像是怕尿到马桶座上的小孩子。赫布点燃了我内心之中最原始的羞耻感。

我用手扶着自己的私处，差点绝望地喊出来："能给我点隐私空间吗？"我实在不想让赫布知道，这是我第一次和女人上床。

我和帕斯尼普云雨过后，赫布接替我跳上了她的床。激情之中的帕斯尼普喜欢模仿名人的嗓音。她几乎可以模仿电视里的每一位角色：无论是《黄金女郎》里的贝蒂·怀特、《欢乐酒店》里的卡尔西·格雷玛，还是《夜间法庭》里的玛姬·波斯特，她都模仿得惟妙惟肖。她喜欢看各种电视节目，想要征服她的肉体和她那变幻多样的嗓音，实在是一种挑战。在我俩第二轮翻云覆雨的时候，我一定是用手捂住了她的嘴。因为没过多久，等赫布走了之后，她从床上爬了起来，指着她家的浴室对我说："鲁弗斯，快去洗个澡。"

我半躺在她家客厅的沙发上，欣赏着音乐电视录像：手镯合唱

---

1 Mark Taper Forum，洛杉矶音乐中心的一个设有伸展式舞台的剧院。

团的《在你的街上漫步》。帕斯尼普的客厅里有一只养满金鱼的鱼缸。那些金鱼都是同样花色，彼此挤在缸里，几乎引发了我的幽闭恐惧症。

"你可没让赫布去洗个澡。我喜欢你的气味留在我身上的感觉。"说完，我拍了拍帕斯尼普赤裸的屁股。

帕斯尼普坐到我身边："赫布永远都不干净。他永远都不会干净的。"

"好吧。"

"这是你第一次和女人上床。我得教你几招。"帕斯尼普把一张印着"这儿是威尼斯海滩"的毛毯扔过来，盖住我的私处。"干完了就去洗个澡，"她说道，"听着，有的女人或许会因为脏兮兮的阳物而兴奋不已，但我从来不愿意跟不讲卫生的人上床。"

现在，我非常感激帕斯尼普。这些都是我母亲不会教我的东西。

"还有呢，"帕斯尼普一边调着电视频道，一边说道，"如果一个小伙子在做爱的时候用手去捂女方的嘴，那他可能一辈子都要倒霉的。听明白了吗？那种行为会给你惹麻烦。"

我去洗了澡，留下帕斯尼普在她的客厅里给金鱼投食。

我父亲突然造访，到洛杉矶来看望我。他自己没有预订酒店，于是我母亲为他订了一间。当晚我们在一家名叫好莱坞的素食餐厅吃了晚饭。父亲一直戳弄着他餐盘里的味噌烤香菇。然而吃过晚饭之后，父亲和母亲却一起回到公寓，睡到了同一张床上。第二天晚上，帕斯尼普、赛琪和贾丝明都来见了我的父亲。母亲为他们调制了马天尼鸡尾酒（我并没有邀请赫布）。

"拉夫，你在干蠢事你知道吗？"父亲一边说着，一边揪住我的头发，把我拖到客厅一角。

"你觉得哪一个最火辣？"我骄傲地问道，"赛琪、贾丝明，还是帕斯尼普？"

"我第一次和女人上床是在上大学的时候，"父亲说道，"那是一个叫艾丽丝的姑娘。但你这么做完全是个错误。她们也应该心中有数，毕竟你还是个未成年人。"

"老爸，你别扫我的兴好吗？"

父亲给了我一盒避孕套，叮嘱我一定要每次都做足安全措施。我做足了安全措施。帕斯尼普、贾丝明和赛琪也一样。我带父亲去看了我平时演奏萨克斯卖艺赚钱的海滨木板道。我含混地吹了一曲《那又如何》，父亲听罢鼓了掌。当那个红衣妇人跑来高唱完那首《只有你》，我父亲给了她五十美元。

"上帝啊，"他看着她离开的背影说道，"人生真是多艰。"

"我妈在这儿过得挺开心。"我和父亲的谈话里几乎没有提到母亲。我现在很确定，她已经爱上布鲁斯了。

"什么叫过得开心？"父亲问道。

我一直以为他会提议让我回去跟他一起生活，可他并没有提及此事。后来我发现，他也不过是到洛杉矶来参加会议的。再后来我发现，跟母亲睡了一晚之后，他又在洛杉矶多待了一晚，跟那个叫芭芭拉·堪夫尔的女人勾搭上了。他俩每个季度都要见一次面。一年勾搭四次。

我父亲走后，母亲开始对帕斯尼普冷脸相待。她会做酒焖仔鸡和牛肉浓汤请贾丝明和赛琪吃。而帕斯尼普却被她排除出了她的小圈子。尽管在帕斯尼普看来，她仍然是她们之中最优秀的人，只不过是略逊我母亲一筹罢了。赛琪有时候会犯迷糊。虽然我母亲从未意识到这一点，但赛琪很喜欢抱着我。她喜欢一边梳理我的头发，一边给我讲些故事。贾丝明大半时间都拿不准自己是不是在飞机上。她经常乘坐飞机往来于纽约和洛杉矶之间。我小时候曾听人说起，空乘人员的生活并不像表面上那样光鲜，而是要经历各种各样的事情。所以，每当乘飞机旅行之时，我都会对他们以礼相待。

＊　　＊　　＊

　　我来到洛杉矶后第一个学期的成绩单上写满了C。母亲裁撤了她手下的一些工作小组。我听到了她与布鲁斯的争吵。

　　"我原本希望，让你这条小鱼见见大世面，能让你的学业更进一步。"

　　"妈，我就是个普通人。"

　　"不，我不这么认为。我才不相信这种话。"

　　母亲在威尼斯海滩找了一位音乐家专门教我吹萨克斯，结束了我在海滨木板道上吹萨克斯骗小钱的卖艺生涯。"你把学习成绩先提上去，然后咱们再来谈吧。"

　　我的萨克斯老师拥有一座俯瞰水道的大宅。他是威尼斯海滩清洁委员会的成员。他正在戒除海洛因毒瘾。他是一个严厉的黑人音乐家，懒得去伺候那些想要演奏爵士乐的白人小男孩。"别浪费我的时间，我也不想浪费你的时间，"他说道，"吹萨克斯需要不断练习。"

为了让我忙碌起来从而没时间乱搞，母亲还让我兼职做她的助理。每个星期天的傍晚，她都会做一锅爆米花，让我陪她一起看老电影，比如《彗星美人》《公寓春光》《大都会》《诺斯费拉图》《日落大道》《卡萨布兰卡》等。她让我编制一个列表，把在洛杉矶摄制的或是以洛杉矶为主题的电影都统计进去——只要我完成这个列表，就可以换取零花钱。有些时候，我们还会四处去探访当年那些拍摄现场。

"我们刚来洛杉矶的时候就做过这件事了。"我提醒她。

"当时我们是漫无目的地乱逛，"她说道，"现在我们是要完成一项任务。"

"什么任务？"

"其实也没什么新鲜的，"母亲说道，"所有要做的事情，咱们都已经做过了。咱们最多就是透过生活本身来重新构想我们的生活方式。"

每周四傍晚上完萨克斯课之后，我都会跟母亲步行回家。我们会去最喜欢的那家餐厅，只点一份轻薄到令人惊叹的手切炸薯片。每当我在回家路上讲起奥森·威尔斯[1]在拍摄《历劫佳人》时掉进水

1　奥森·威尔斯（Orson Welles，1915—1985），美国导演、演员。

道差点淹死、托马斯·曼[1]的故居距离布鲁斯在西好莱坞山的住处只隔了两个街区之类的故事，母亲都会开心不已。

"在演员选秀的时候，我可以讲讲这些细节小故事，"她笑着说道，"这样我会显得更聪明。"

我俩之间算是相安无事。我是说我和母亲之间。我的大麻抽得比之前少了。赫布跟他几个熟人去了旧金山。我在第三学期的生物课上遇到一个姑娘，我想跟她出去约会。我还是没有什么朋友。我认识的都是些混迹在威尼斯海滩上的冲浪者和无所事事的懒汉。他们大多是赫布的熟人。我还会和帕斯尼普上床。有时我觉得，帕斯尼普之所以会跟我上床，为的是重新回到我母亲的朋友圈子。

有一次，上完萨克斯课，我和母亲准备再去几个街区外我们最喜欢的那家餐厅吃饭。尽管已是十月，但热浪袭人。到处似乎都被炽热的蒸汽笼罩，所有东西都散发着热量。我们走在人行道上，一个男人开着一辆黑色福特野马，在我们身旁缓慢行驶。

"捎你们一程？"说着，男人摇下驾驶座的窗玻璃。他的下颌有些肥胖，看上去已经开始有双下巴了。

"不了，谢谢。"母亲用她那娜塔莎·金斯基式的口音答道。

"今晚景色不错啊。"开野马的男人说道。

"景色的确不错。"母亲微笑着说。她停下脚步，那辆野马跑

1　托马斯·曼（Thomas Mann，1875—1955），德国作家。

车也停了下来。

"你们要去哪儿？"

"我们只想安静一下，自己待会儿。"母亲答道。

"我打算去吃个三明治。"男人泰然自若地说道。

"伙计，"我说道，"这附近有的是餐厅饭馆。"

他把身子从车窗里探出一点："你还没问我想吃什么口味的呢。"

这个开野马的男人手上戴着大号戒指。这种手上戴戒指的男人，总让我感到毛骨悚然。"因为我们才不关心你要吃什么呢。"我说道。

母亲用手扶住我的肩膀——我正用这边肩膀扛着我的萨克斯。我的萨克斯就装在我肩上扛着的携行箱里。

"你想吃什么口味的三明治？"母亲问那个男人。

"当然是能满足我的三明治。"

母亲用法语骂了一句，然后用英语说道："难道你没听过那首歌里唱的吗？'世界上没有那种东西'。"

就当时的情势来看，这个开野马的男人肯定是喝多了。要么就是嗑药了。他把脑袋从驾驶座车窗里探出来，对我母亲说道："要不你先爬到车后座上，让我和这个小伙子把你做成'三明治'怎么样？"

或许是因为我、赫布和帕斯尼普三人曾经在一张床上共度春宵，我完全能想象到这个开野马的男人所说的"三明治"是什么意思。或许是因为他趁着我还没为母亲找回尊严的时候，用言语再次羞辱了她。或许是因为母亲的脸瞬间变得通红，以至于我的脸也羞红了。我能感觉到自己的双耳正喷出愤怒的蒸汽。是因为今天的天气太热吗？

"妈，咱们在这儿干什么呢？"自打搬到洛杉矶的第一天，我就想向母亲提出这个问题了。其实我真正想问的是，我在这儿干什么呢？妈妈过得很好。她喜欢洛杉矶。我曾经对父亲这样说过。但此时此刻，我全身的每一根骨头都在因为残酷的现实而颤抖不已。我从肩膀上卸下装萨克斯的箱子，砸到那个双下巴男人的脸上。他的鼻子和嘴巴顿时血流如注。我的母亲浑身哆嗦起来。她哆嗦得很厉害。我抓住了她的胳膊。

"继续走吧。"我对她说道。我强迫自己开始迈步。我们走得很快。

"鲁弗斯，你差点就砸死他了。"

"那是个变态色情狂。"

"鲁弗斯，咱们应该回去看看他。"

我把装萨克斯的箱子重新背回肩上："不。那个人是在向你求欢。"

"我能处理好的。"

"怎么处理，就像你当年嫁给爸爸那样，是吗？"

"你不应该这么做。至少此时此地不应该。你不能因为别人说了你不愿接受的话就揍他。"

"我打他不是因为他说了什么，而是因为他图谋不轨。"

"你这样说话的时候，真像那个谁——"

"说吧，像谁？"

"詹姆斯·萨缪尔·文森特。"

回到租住的公寓，我蹒跚着钻进浴室洗了个澡。虽然那个男人被我砸得满脸是血，但我的衣服和装萨克斯的盒子上只留下了一丁点血迹。洗过澡之后，我回到房间，拿出父亲寄来而我却尚未开封的所有书籍：《最后的莫西干人》《白鲸》《野性的呼唤》等。我用这些书堆了一个小小的书堡，然后藏在后面，蜷起身体。我装作已经入睡，却发现入睡也无比困难。接下来几个月我都没再吹萨克斯。

母亲打开电视，搜索着晚间新闻，希望看到与威尼斯海滩打人事件相关的报道，却一无所获。如今回想起来，如果这事发生在现在，发生在一个遍地都是视频监控、人人都有手机的年代，我们肯定无法轻易逃走。至少我个人是无法逍遥脱罪的。肯定会有人把我的行为录成视频，用不了五分钟，就会在网上传播开来。

母亲给父亲打了电话，二十四小时之后他就来到了洛杉矶。母亲对詹姆斯·萨缪尔·文森特讲述了事情的整个经过。父亲什么都没说。我们做的第一件事便是把他寄给我的书重新打包。我们把那些书按字母顺序包装整齐，以便我要回纽约的时候能够轻易拆包。我们把包装好的书带到邮局，以印刷品的费率将它们寄了出去。我需要一本在飞机上消磨时间的读物，于是父亲抽出一本詹姆斯·乔伊斯的《一个青年艺术家的肖像》。

"你读过这本书吗？"我问道。

"乔伊斯的书，"他说道，"并不适合所有人读。"

我心想，加利福尼亚也并不适合所有人居住。后来我们再也没有提及在洛杉矶发生过的事情。我不提。我父亲不提。我母亲也不提。我不知道这算不算是一个秘密，因为我们都不再谈论它；或者说我们不再谈论它，是因为它牵涉到太多其他东西。总之，我从来没有如此愤怒过，或者说这是我有生以来最愤怒的一次。在我第一次看到克里斯蒂夫人拿着熨斗向我靠近之时，我回忆起了当初被人威胁的感觉，也回忆起了怒发冲冠想要伤人的感觉。那是一种想要保护你所爱之人的冲动。那一天，我感觉克里斯蒂夫人身上喷出的蒸汽似乎比她手中的熨斗还多。我理解这种感受。我们的身体都蕴藏着这种如炽热蒸汽般的冲动。

第三部

你又不是李·克拉斯纳[1]

1950 1960 1970 1980 1990

世界上最糟糕的事情，莫过于一个相貌平平的女孩拥有一个美丽迷人的母亲，或是让一个美丽迷人的母亲去端详她相貌平平的女儿。阿黛尔·普兰斯基在冷饮柜旁用玻璃杯接樱桃味汽水的时候，遇到了杨·索科洛夫。这个人是跟着塞思一起来到迪恩海滩烧烤酒吧的，是他新结识的赌友。多年之后，阿黛尔依然能回忆起当时海风如何舔舐着杨和塞思白色衬衫上散发出的汗味：他们像一对密友，从科尼岛的步行道溜达过来。实际上，这两个人几乎是彼此陌生的，他们只不过是在地狱厨房一家妓院的一张摇摇晃晃的桌台旁边喝了几杯酸麦芽威士忌、抽了几根雪茄、又玩了几把牌之后，才混到了一起。

---

1 李·克拉斯纳（Lee Krasner，1908—1984），美国抽象表现主义艺术家。

阿黛尔的母亲雷切尔·普兰斯基，一向容忍着塞思的赌博嗜好，只要他别输掉太多钱就好。别输掉太多她的钱。在那个温暖舒适的傍晚，雷切尔正忙着在吧台收款。塞思亲吻了雷切尔，然后招呼杨·索科洛夫在酒吧里不要客气。

"阿黛尔，"塞思挥了挥手，喊道，"给我哥们儿端一盘黑鳕鱼炸薯条豪华套餐来。"

阿黛尔解掉围裙，朝他们走了过去。她在迪恩海滩烧烤酒吧从来不会解掉围裙。"你怎么知道他喜欢吃黑鳕鱼？"她问道。

杨点点头："我确实想吃你们家的黑鳕鱼，但是别给我上贝壳类，我会吐的。"

阿黛尔打量着这个自称杨·索科洛夫的男人。他的穿着比酒吧里其他男人更整洁考究，活像是一个展示灰色丝绸和斜纹华达呢的衣架。阿黛尔喜欢他脱掉夹克，卷起白衬衫袖子，和在场的工薪阶层打成一片的样子。她认为他是在以一种反其道而行之的方式表现自己。看他脸上的皱纹和岁月留下的沟壑，估计年龄在三十岁到五十岁之间。他应该比塞思年轻十岁。

"这人是谁？"雷切尔问塞思。

"一个熟人。"塞思对雷切尔讲述了当天傍晚发生的事。就在他马上就要把赢来的钱全数输掉的当口，杨·索科洛夫把他从牌桌旁拽走了。

"你这是急着要变成穷光蛋吗，朋友？"杨·索科洛夫当时如是说道，"悠着点儿。你早晚有机会去救济院的。"

塞思往自动唱片点歌机里塞了两枚硬币："就在我准备告诉他

别来多管闲事的时候，我想到了你，雷切尔，还有钱包里没输掉的钱。当然，我也想到了阿黛尔。"

塞思用双臂搂住雷切尔的腰，揽着她走出吧台，在锯末铺成的地板上转了个圈。点歌机里播放着辛纳特拉的那首《爱你爱到骨子里》，两人的脚把锯末踢得翻腾起来。迪恩海滩烧烤酒吧的常客们都把他俩称作"塞思的雷切尔"双人组。塞思曾经不止一次向雷切尔求婚，但雷切尔表示必须要到阿黛尔嫁人之后，她才会同意和塞思结婚。就这样他们的婚事拖了很久。这间酒吧算是雷切尔能留给阿黛尔的最接近遗产的东西。这间酒吧是她们仅有的营生。

在舞池里翩翩起舞之时，雷切尔和塞思也没忘记偷偷瞟上阿黛尔和杨一眼。那两人正身体前倾，用手肘支撑在台面上。无论杨·索科洛夫说什么，阿黛尔似乎都全神贯注地倾听着。阿黛尔和杨耳鬓厮磨的样子，就像是海浪轻轻涤荡着海滩上的细沙。

"我真幸运，"雷切尔不止一次地对塞思说，"能在相亲中找到爱情。但我不想强迫阿黛尔嫁人。我希望阿黛尔能有幸福的婚姻。"

在塞思看来，阿黛尔的面相不像是能拥有幸福婚姻的样子，或者换句话说，因为她的面相，她未必能维持婚姻的幸福。但塞思从未对雷切尔说过这些。雷切尔有着一头松软乌黑的卷发，而阿黛尔的棕发弯曲而凌乱。雷切尔的肤色亮白光洁，而阿黛尔的皮肤上却满是雀斑。幸运的是，阿黛尔继承了她母亲那绿色的明眸。还有那引人注目的鼻子。那鼻子在雷切尔的脸上，能衬托出她冷艳美人的气质，然而在阿黛尔的脸上则展现出别样的优雅。关于阿黛尔是否为两人结婚的阻碍这件事，塞思和雷切尔通常会在彼此争吵或是完全不能称作"做爱"的疯狂性行为之后，求同存异达成共识。随后，两人才能水乳交融地真正做爱。

* * *

他们给杨·索科洛夫起了个外号，叫"小害虫杨"。每天傍晚七点，他都会准时来到酒吧。每次他都会带来玫瑰花和味道消散了的石竹花。

"石竹花的香味怎么能跟海风相提并论呢？"小害虫杨如是说。

他把玫瑰花送给阿黛尔。阿黛尔红着脸对他说："也许你这包花的蜡纸扎得不够紧。"她向他展示如何将玫瑰花束包扎紧实，应该怎么处理包装纸的边角，怎么卷起来，等等。

"你最好告诉他，你已经不是处女了。"看到女儿熟练包扎玫瑰花的样子，雷切尔说道。

"可我还是处女啊。"阿黛尔眨眨眼睛。

"那你应该早点破了处女身。"说完，雷切尔转身离开吧台，钻进后厨，在接下来的一两秒里，她感觉自己简直要因为怀疑而晕过去了。多年之前的一个早晨，雷切尔的原配丈夫迪恩在距离自家酒吧数英尺的木板道上被闪电劈死了。"哎，你真应该看看闪电是怎么把他劈死的。"路边的小贩对雷切尔如是说。为什么？为什么她会想要看这种事情——迪恩被闪电劈死了，只留下她抚养一个四个月大的女婴？人们都觉得她应该改嫁，让别人来照看酒吧生意。

雷切尔只是对顾客们嫣然一笑，她宁愿选择忘记自己是多么爱着迪恩，忘记自己已经恐惧到不知如何是好、不知怎样才能继续活下去。她告诉自己，尽管她每天早晨都要一边让孩子咬着奶头、一边在酒吧开门迎客，每隔一小时都要钻进后屋给孩子喂奶，但世上如此生活的女人绝不只有她一个。这么多年过去了，当年的小女婴已经长成亭亭玉立的女人。在酒吧混迹了这么多年，阿黛尔怎么可能还是个处女呢？

阿黛尔二十九岁了，天生丽质，让人神魂颠倒。每次客人们喝到微醺之后，她都会成为迪恩海滩烧烤酒吧里最吸引人注意的那一个。在招呼客人的时候，雷切尔的态度总是既讥讽戏谑，又以诚相待。而阿黛尔则常常告诉他们，阳光总在风雨过后。对那些结束了朝九晚五工作的工薪阶层人士而言，这种话总能让他们感到心情愉悦。此外，迪恩海滩烧烤酒吧还有一项优势，就是这里欢迎各种肤色的客人，无论是谁，都可以来这里消费。

"我喜欢画画，"阿黛尔说道，"我每周四都会去城里上美术课。"

"哟，原来你是一个嫁给了艺术的女人啊，"杨笑道，"我一定得——不对，我能欣赏一下您的大作吗？"说着，他冲雷切尔眨眨眼睛，"多好的母亲呀，养育了一个能够尽情活出自我的女儿。"

阿黛尔亲自带着杨参观了酒吧的每一个角落，指着那张几乎覆盖整个酒吧墙面的壁画让他看。那上面有佩戴红宝石金锁链的美人鱼，有几乎能肩扛擎天神的壮汉，有打扮得像是玛丽·安东尼皇后的小矮人，有踩着独轮车玩手杖杂耍的小丑，有玩呼啦圈的海星，还有在钢丝绳上上下翻飞，扔着芒果、木瓜和刺梨等奇异水果的杂技演员。此外，那壁画上还有活力四射的肥胖女人。

看到阿黛尔的绘画作品，杨·索科洛夫感到欣喜不已。他借了一把活梯，爬到壁画顶部，比量着美人鱼的身材尺寸。

"你画得很精确。"杨赞许地点点头。

"看来杨对阿黛尔有意思。"雷切尔对塞思说道。

"他在曼哈顿拥有好多楼盘。"塞思感觉自己看到了一丝曙光。

"好多楼盘？"雷切尔喃喃地重复着，"好吧，这可真是天赐良缘。不过，塞思，这个人的人品好吗？他是个老实人吗？"

* * *

夏去秋来。杨·索科洛夫用俄语请求雷切尔同意让阿黛尔嫁给他。而雷切尔用意第绪犹太语答复了他。杨·索科洛夫用意第绪犹太语又问了一遍。雷切尔用俄语答复了他。两人用英语订下了这桩婚事。自从迪恩死后，雷切尔就不再笃信任何宗教了。但为了纪念阿黛尔的生父，杨和阿黛尔的婚礼还是选在犹太教堂进行。婚礼之后，他们在酒吧举办了一场盛大的聚会，整整持续了一夜，直到第二天早晨依然没有完全结束。

在婚床上看到处女之血的印迹，杨·索科洛夫感到惊讶不已。他用一个金属桶装了温水，用泻盐、玫瑰香水和薰衣草精油为阿黛尔洗了脚。

290

"以后你不要再去酒吧工作了，"他说道，"告诉你母亲，从今天开始，你再也不去酒吧上班了。"他给了阿黛尔一笔钱，让她拿去买市面上能买到的最好的绘画用具。

"可是，没有我的帮助，妈妈该怎么办呢？"阿黛尔问道。

"会有人替代你的，阿黛尔，"杨说道，"那是用人干的活儿。你是想成为一名画家，还是在海滨酒吧当陪酒女郎？"他捏了捏阿黛尔的脸颊。

阿黛尔喜欢跟迪恩海滩烧烤酒吧的顾客们打交道。她是家中的独生女，那些顾客就好像是她另外的家人。她是在他们身边长大的。有些顾客从科尼岛的建筑工地下班而来，靠着酒吧里的百威啤酒或是海王星大道后面意大利移民区的万家灯火，来治愈他们的苦闷。有些顾客会来讲述他们前一晚所做的梦，然后按照家中亡人在梦中的"指点"到牌桌上放手一搏。有的顾客来自布莱顿海滩，到酒吧来只是为了尝尝这里的热狗——雷切尔在菜单上只保留了这一种符合犹太教规的食品。虽然档次更高的内森酒吧和这家店只隔了两个街区，有时迪恩海滩烧烤酒吧的小面包会有些回潮变味，但顾客们并不在乎这些。当人们在冰冷刺骨的大西洋里被冻得瑟瑟发抖之时，没有什么地方比迪恩海滩烧烤酒吧更适合喝杯热茶了。为了帮那些大概是北极熊转世的勇士暖身子，阿黛尔会在热茶里加一点波本酒。常客都直接称呼她"姑娘"。当然，有些时候阿黛尔也明白，自己正处在一个人生节点上：再不嫁人，她就变成"老处女"了。她准备在度完蜜月之后，再对母亲说她不想在酒吧继续工作的事。

阿黛尔和杨去了旧金山度蜜月。杨在那里拥有两座商业大楼，在教会区还经营着许多生意。他们掉头往南，沿着太平洋沿岸高速公路来到大瑟尔地区[1]，每天清晨和傍晚都会在蜿蜒的森林小道里散步。一个标志牌吸引了阿黛尔的注意，上面写着：当心。小孩子会引来美洲狮！

回到纽约之后，杨继续忙于工作，而阿黛尔则开始了绘画生涯。他们搬进了西区大道85号街道公寓十二层的一套二战后风格的三室公寓。这座环形公寓楼的中间设有一处庭院，里面有当地特有的植物和动物，还种着菩提树。楼里的每一只猫，看上去都像是在树下悠闲地游逛着。阿黛尔曾经看到过松鼠的残肢，以及没能快速飞离猫爪的鸟儿的尸骸。每周五，阿黛尔都会去探望她的母亲。她会沿着第五大街一路走到第四十二大街，然后坐上穿越曼哈顿大桥的Q线。她以前很喜欢坐地铁，但最近每当来到地下她都会有一种不祥的预感。现如今她更喜欢透过Q线地铁的车窗窥视雾霭缭绕的东河[2]以及曼哈顿岛一眼望不到边的天际线。每当她以为自己已经足够了解这座城市，总会有一座新的钢筋水泥大楼拔地而起。

雷切尔听着女儿的陈述。阿黛尔已经是有夫之妇了。是阿黛尔自己决定不再在酒吧工作的，但她的母亲还是忍不住有些生气："一个女人，总应该有点属于她自己的钱，特别是结了婚的女人。"

1　Big Sur，旧金山以南一处风景如画的海滨地带。
2　East River，指纽约城东南部的水道。

"可我有的是钱啊。"

"阿黛尔，"雷切尔说道，"钱是踏踏实实工作赚来的。"

"绘画也是我的工作呀。"

听到这话，雷切尔无言以对。她并没有什么艺术气质。她只是一个女商人，仅此而已。她环视整个酒吧——无论按照怎样的标准来看，这酒吧都是粗陋和破败的集合，锯末铺成的地板并不平整，天花板上的吊扇嘎嘎作响，和工作台没什么两样的酒桌有许多都缺腿了，只能靠酒鬼们忘在店里又懒得拿走的拐杖撑着桌面。一九六九年的科尼岛已经过了它的繁荣期。但即便是在肮脏而了无生气的村庄里，雷切尔也知道在哪儿能买到便宜货。虽然雷切尔并没有花太多时间跟阿黛尔去城里逛博物馆，但她每次去都很介意别人对她发型、服饰、鞋子搭配，以及她说话时羊头湾口音的看法。在博物馆里逛上几分钟，雷切尔就想回到她的酒吧和海滨木板道去。

"好吧，我的女儿，"雷切尔低声嘟囔着，"我就权当它是你的工作吧。"

阿黛尔决定认真地对待绘画事业，于是她报名参加了为职业画家们开设的绘画鉴赏班。入学后的第一个星期，导师将阿黛尔的一幅描绘海洋的水彩画挂在墙上："你所画的这片海洋的雄浑之处在哪儿？"

阿黛尔看着自己的画。其实它更像是一幅关于科尼岛的杂乱无章的拼贴画。的确，这幅画上所描绘的东西，可以被说成是任何地方的海景。入学后的第二个星期，阿黛尔又画了一幅描绘海洋的画。这次她画的是一片泛着泡沫的海面，海天之间有一道清晰的闪电，而闪电上方是一片乌云。

"还有救。"挺着大肚子的导师说道。阿黛尔曾经跟杨一起在城中心的一家美术馆欣赏过这位导师的画作。她认为导师的作品看上去很糟糕，但她在艺术评论方面还是个门外汉，尤其是不知如何评价自己的画。阿黛尔劝自己，也许导师的画作很糟糕，但他仍然足以指导她，或者启发她。杨花了很多钱让她去上这个胖子导师的课。他很有名望。假如说上他的课意味着每周都要画与海洋有关的画，那就去上呗。

* * *

"对初学者而言，'还有救'这样的评价算是委婉的了。"杨说道。

阿黛尔已经不再继续画海景了，转而开始对庭院里的猫进行抽象速写。这也算是野生动物绘画练习的一部分。

阿黛尔将油画颜料调进松节油中。她喜欢在客厅里开着窗户作画："杨，你怎么想？"

杨放下手中的报纸，抬起头来。每天早晨和傍晚阅读报纸，是他的习惯。他仔细观察着阿黛尔笔下准备向庭院里的鸽子猛扑的暹罗猫。"你为什么不画狗呢？"他问道。

"我喜欢猫。"

"在猫面前，你会不知所措的。"自从结婚以来，杨留起了胡子。阿黛尔认为，胡须让杨的脸看上去不再那么棱角分明，从某种程度上看倒是显得有些严肃了。

"那要看是什么猫吧。"

"猫嘛，为了得到它们能得到的任何东西，都会离开家。"说完，杨把双臂交叉抱在胸前。

"狗就等着吃残羹剩饭。"

"猫总是喵喵叫。"

"哎，反正咱们既不养狗，也不养猫，"阿黛尔意识到杨的话里有话，"坦诚点吧，咱们这么喋喋不休，究竟是在争论什么？"

"如果你想听实话，阿黛尔，我觉得对你而言画猫有失身份。这种事不应该被当成正事。太粗野了。"

"你为什么不去跟我的导师当面说这些呢？你似乎比他懂得还多。"

"我负责花钱让你去上课。"

阿黛尔想起了母亲说过的话："好吧，从现在开始你不用给我交学费了。"

她还没来得及把画笔放下，杨·索科洛夫就抡圆了拳头重重地打了她的面颊。阿黛尔的鼻子顿时血流如注。她听到鼻梁骨折断的声音。她一直很喜欢自己的鼻子——那是一只与芭芭拉·史翠珊[1]同款的美丽鼻子。迪恩海滩烧烤酒吧的点歌机里有六首芭芭拉·史翠珊演唱的歌曲，阿黛尔对每一首都耳熟能详。鼻子里流出的鲜血

1　芭芭拉·史翠珊（Barbara Streisand，1942—　），美国著名犹太裔女歌手、演员、导演、活动家。

沿着她的面颊流进她的衬衣领口，而史翠珊那些歌曲的标题在她的脑海里挥之不去。

当天夜晚，阿黛尔打电话告诉母亲雷切尔，星期五自己不能去看望她了。虽然婚后的阿黛尔不在迪恩酒吧工作了，但她每周还是会去一次，像顾客一样坐下来喝一杯。不过有时候她依然控制不住自己，拿起那块粗糙的三色抹布去擦吧台。

杨·索科洛夫送她去看了医生。他是个会说甜言蜜语、善于立即道歉的人，他用一块手帕帮阿黛尔止血。他大声哭喊着，就像是他自己的鼻子受伤了一样。

"我们真应该再小心一点，别往墙上撞。"他说道。

"我真是个笨蛋。"阿黛尔对医生说，"我居然撞到墙上了。"

"这种事情不会再发生了，"杨说道，"绝不会了。"

阿黛尔从唱片店弄来一些芭芭拉·史翠珊的专辑，在家中用杨的老式单声道唱机播放。然而这单声道唱机的效果实在难以跟迪恩海滩烧烤酒吧的点歌机相提并论。

接下来那个星期，阿黛尔又来到酒吧。她母亲说："你的鼻子这是怎么了？"

阿黛尔一笑："哎，我就是给它整了整形。"

雷切尔大声叫塞思过来。一周之前，塞思刚刚为雷切尔戴上订婚戒指。他们没有敲定婚礼日期，却已经立下了结婚誓言。塞思在那家给迪恩酒吧供应酒类的公司上班。他走出厨房，放下手中正在搬运的箱子。这会儿他们正在为生意兴隆的周五夜晚备货。

塞思打量着阿黛尔："阿黛尔，这是怎么回事？"第二次世界大战期间，塞思曾经参加了美国陆军，与纳粹作战，这段经历让他很是骄傲。他曾经和战友们一起从达豪集中营和奥斯维辛集中营解救过他的犹太同胞。塞思儿时的偶像是重量级拳击冠军马克斯·贝尔，长大以后他曾经做过职业中量级拳击手，直到因伤结束职业生涯。他是一名优秀的拳手，动作敏捷而不失优雅，即便年纪大了依然雄风不减当年。"我决不允许杨把你当成一个只会挨耳光的傻瓜。"

"塞思，上帝做证，"阿黛尔说道，"这是一次意外。"

塞思感到他那打架的欲望逐渐消退。阿黛尔都说让上帝做证了。既然上帝可以为这件事做证，那么所有人也只能去相信了。

阿黛尔并没有给她的鼻子做整形。她只是放任它自行痊愈，重新将全部精力投入绘画之中。她笔下的猫摆出各种"有伤风化"的姿势。她让"猫模特"们在房间里自由漫步。她描绘着那些鼻子和爪子受伤的猫，描绘着被开膛破肚的猫，还有长着长耳朵的猫。导师感到很好奇，但依然鼓励阿黛尔随心所欲地去画。阿黛尔画了一些在她家窗台上伸展身体的猫，最后又画了一只由半只猫和半个女人组成的怪猫。

"哎呀，真是一只讨人喜欢的斯芬克斯啊。"导师说道。最近他又找回了自信和风度，伴着他那诚挚的欢笑，他那救生圈般的大肚子上下哆嗦着。

"阿黛尔，"杨·索科洛夫摇着头，"你不能再这么下去了。"阿黛尔的画让杨深恶痛绝。只要看到它们，他就觉得眼睛像是被火灼伤了一样。他是一个非常有主见的强势的男人，这些画对他而言简直是一种冒犯。

阿黛尔坐到沙发上，说道："如果你觉得这些画让你觉得眼睛被灼伤了，那你就变成瞎子了。如果你都变成瞎子了，那我这些画还有什么问题呢？"

她听到杨·索科洛夫的硬皮鞋蹭地的声音，便赶忙站起身，放弃了沙发的舒适，冲到前门的安全地带。她搭上地铁Q线，来到母亲的住处。在面对酒吧里熙熙攘攘的人群之前，她需要先放松一下紧张的神经。

这一次阿黛尔没有再欺骗母亲。雷切尔和塞思赶回家中，发现阿黛尔正躲在阴暗的厨房里等着他们。他们来到厨房桌台旁边，分别坐到她两侧，听她讲述事情的经过。

"这个狗娘养的！"阿黛尔喊道。

"这个男人还是个孩子，"塞思说道，"对付这种孩子只有一种方法。"

阿黛尔伸出胳膊想要拦住已经站起身来披上外套的塞思："如果你把他打伤了，你会被捕的。"她珍惜母亲现在的幸福生活。她仍然相信，幸福的护身符还攥在自己手里。

至于雷切尔，她最近梦到了鱼。五天了，她每晚都会梦到有一条鱼从月亮上一跃而过，唤醒了耀眼的鱼群。这些鱼，它们吞噬了夜空，变成了黑夜里的繁星。一直到阿黛尔回到从前的房间，雷切尔才跟进去问她："说吧，你是怀孕了吧？"

"你怀孕了吗？"阿黛尔尴尬而窘迫地反问母亲。

"你省省吧，"雷切尔耸了耸肩，"我都多大年纪了。别开玩笑了。"

阿黛尔、雷切尔和塞思各自上床睡觉了。凌晨两点，电话铃声响了起来。

"回家来吧。"杨在电话那头说道。

"不，"阿黛尔说，"我要离开你。"

"离开我？"

雷切尔从女儿手中拿过电话听筒："对，我女儿要离开你。"

阿黛尔拿回听筒。电话那头是一片死寂。接着，传来沉重的呼吸声。

"我割腕了，切得很深。"他说道。

他们在哥伦比亚长老会医院找到了杨。他背后塞着一大堆枕头。他不停地抱怨着被护士们称作睡衣的病号服。他的右手手腕上缠着绷带。

"下次我一定会做个了断的。我对上帝发誓。我一定要做个了断。"

"把他送到疗养院去吧。"雷切尔跺着脚说道。

"自杀？他自杀？"塞思火冒三丈，"就好像这世上有谁真想要活下去似的。让他死吧。"

"我不想因为他的死而感到负罪。"阿黛尔说道。她原本想说，她爱杨·索科洛夫。但就这一点而言，她感觉自己心里充满了矛盾。母亲那关于鱼的梦，对她的心理产生了不小的影响。她陪着丈夫一起离开了医院。

六个月之后，阿黛尔生下了他们的儿子马克西米利安。马克西米利安降生十二个月后，阿黛尔又生下了女儿弗雷亚。杨和阿黛尔的床上再次迸发出了欲望的火花。初为人父母的他们感到很骄傲。同时，与所有新爸爸新妈妈一样，他们感到既疲惫又幸福。

阿黛尔仍然在绘画。她已经不局限于画猫了，而是参加了一个教人用丙烯和油画颜料描绘躯体解剖结构的研习班。研习班在招募上非常严格。对于自己能拿到半额奖学金，阿黛尔也感到惊讶。她开始画裸女，画在雷鸣电闪的天空下表演的杂技演员。

"你的画会让孩子们做噩梦的，"杨说道，"他们长大了会变得又蠢又笨。"

阿黛尔看了看她的画布。她看到了违背重力法则的躯体。"或者，也许，他们会变成意志坚定而充满好奇的人呢。"

究竟是她的幻觉，还是杨·索科洛夫又抡起了拳头？阿黛尔陷入了沉默。沉默之中，她突然意识到，无论是家中的女用人还是清洁工，都像走马灯似的受雇而来又突然辞职离去。那些女人选择离开，应该不是因为杨说了什么，或者杨的存在让她们感到紧张。他尊重用人们的权利，也会给她们为数不少的小费；但她很想问问那些人，为什么只要杨一出现，整个世界都天翻地覆——还是只有她这么觉得？

她画了一栋公寓，上面有一双正伸向墙里的血肉模糊的大手。

"真是太棒了！"她的导师说道。

"阿黛尔，"杨问道，"你是不是想弄死咱们的孩子？"

阿黛尔把画摘了下来。

马克西米利安三岁、弗雷亚两岁那年，雷切尔和塞思结婚了。她埋怨塞思将阿黛尔介绍给杨。婚宴办得很不错。雷切尔和塞思拜托阿黛尔在他们去度蜜月的时候经营酒吧、照看房子。来到母亲的家中，阿黛尔看到一张感谢字条、一套画笔、一个画架，以及一套颜料。这些都不是什么高级货，但却是阿黛尔重拾绘画所必需的东西。

每天上午，阿黛尔都会把马克斯[1]和弗雷亚带到海滩上，让他们用塑料铲子和塑料桶玩沙子。当他们玩累了开始打盹儿，她就趁空画些速写。她尽情感受着手中铅笔和排刷笔的质感。

数年之间，孩子们压制了杨的脾气。他在乌烟瘴气的生意场上花的精力少了。更多时候，他喜欢聆听孩子们的小脚丫踩在硬木地板上的声音。孩子们奶声奶气的笑声甚至让他腼腆得有些可爱。每当他要大发雷霆的时候，马克斯就会在他面前推玩具车，而弗雷亚则会扮成仙女的样子。当孩子们穿着双排轮旱冰鞋在街上玩耍的时候，杨会追着他们来回奔跑。有时候甚至穿梭在铁轨旁的黄色警戒线和飞驰而来的火车车灯间。只要没有处在情绪低迷的状态，杨都

1　马克西米利安的昵称。

算得上是个好父亲。当他情绪低迷的时候，阿黛尔就会带着马克斯和弗雷亚去科尼岛，在母亲和继父的家中度过日日夜夜或是漫长的周末。

"孩子们想要什么？"杨经常这样问阿黛尔。

他这么问是在给她挖陷阱吗？又要用拳头打她的脸了吗？阿黛尔小心翼翼地说道："他们的父母。"

杨耸了耸肩："你也知道的，我们救不了他们。"

"杨，我们生活在美国。我们的孩子是世界上最安全的。我们的孩子非常安全。"阿黛尔认为这一点关系重大，非常有必要对杨说清楚。

* * *

一年又一年，时光如流水。阿黛尔和杨的孩子们长大一些了。曾经紧紧握着父母双手的马克西米利安和弗雷亚，渐渐松开了手。这两个孩子的确意志坚定、充满好奇。他们发现父亲杨·索科洛夫从来没有提到过有关他的父母、家人或是童年时代的事。每次他们或是母亲阿黛尔提及或是问到这些，杨都会发怒。他们不知道这两件事究竟哪个更可怕：必须和杨一起生活，或者，他们的父亲是一个没有过去的人。

马克西米利安十八岁、弗雷亚十七岁那年，他们高中毕业，搬到旧金山，在加州大学伯克利分校就读。弗雷亚跳了一级，很开心地和哥哥一起从家中"逃离"。阿黛尔和杨提议开车送马克西米利安和弗雷亚去上学,但兄妹俩拒绝了。

"有空来看我们吧。"弗雷亚对她的母亲说道。

"我们想过我们自己的生活。"马克西米利安对父亲杨说道。

阿黛尔不想让孩子们看到她流泪的样子。但在离别之时,她还是大声喊了出来。杨用一只手扶住她的左肩:"你看看你都做了些什么!你把孩子们从咱们身边逼走了。"

"我?我把他们逼走了?"阿黛尔狠狠地抽了杨一耳光。她用了很大力气,以至于天花板上的吊灯都似乎在颤动。

*　*　*

无数次看到女儿阿黛尔拄着拐杖的模样之后,雷切尔对塞思说:"干掉他。"

塞思现在很后悔当初自己把阿黛尔介绍给了杨·索科洛夫。他来到杨居住的公寓楼门前,等着对方出现。杨刚刚从西区大街转过来,就被他逮了个正着。杨一直在等待塞思的出现,冲着这位老朋友伸出一根手指,做了个调皮的手势。

"只要你敢打我,我就告诉雷切尔,你在外面勾搭别的女人。"

塞思还是揍了杨。随后,他赶回家中,对雷切尔坦白了自己偶尔不忠的事。雷切尔笑道:"那又怎样?我也会出去吃些野食。塞思,杨这个人很危险。干掉他。"

当晚,塞思返回杨居住的地方,准备干掉他。这一回,他在两人第一次碰面的棋牌室外抓到了杨。塞思用拳击手的方式狠狠地揍了他，一招一式地将他打得不成人形，堪称宝刀未老。塞思是想打死杨的。但他突然发现，自己除了是个优秀的拳击手，更是一个优秀的调停人。他选择了离开现场，只留下杨在破败龟裂的步行道上血流不止。

"你把他干掉了？"每天想着帮女儿摆脱杨·索科洛夫，雷切尔头发都白了。她现在看上去比实际年龄老一倍。

"雷切尔，"塞思说道，"你想想，你都让我去做了些什么啊。"

阿黛尔坐在沙发上。在酒吧里，雷切尔就注意到她的女儿开始喝酒了。之前跟醉鬼们一起翩翩起舞的阿黛尔，已经把别人瓶底的残酒全都喝光了。连那些人的口水都被她嘬得一干二净。

"我们需要上帝。"雷切尔说道。

"或者来个好的拉比[1]也行。"塞思说道。

* * *

为了准备同拉比的交谈，阿黛尔数天来滴酒未沾。她喜欢喝神风酒——那是一种用橘皮甜酒和伏特加调成的鸡尾酒。她也喜欢马天尼酒。没错，马天尼酒才是她的最爱。不仅仅在酒吧里。有时候，她在家中也会用马天尼酒来慰藉自己。当然，她不会把这些告诉拉比。

---

1 犹太人中的特别阶层，主要为有学问的学者，是老师，也是智者的象征。犹太人的拉比社会功能广泛，尤其在宗教中担当重要角色，为许多犹太教仪式的主持。

"每一段婚姻都会出各种状况，"拉比说道，"你婚姻的问题在哪儿？"

"淋浴喷头。"

拉比被搞蒙了："淋浴喷头？"

"还有洗碗机。"阿黛尔嘟囔着。

"还有洗碗机。"拉比重复道。他个子不高、神态忧郁，时常用手去扶眼镜——那眼镜戴在他的脸上，让他看上去活像是一只猫头鹰。"如果我没理解错的话，你的丈夫创造了舒适的生活条件。你们家雇人了吧，帮佣之类的。"

阿黛尔点点头："当然。"随后，她继续念着那份清单，"浴室的脚垫，衣服的叠放方式。洗衣机。无论他穿不穿鞋，在房间里来回走动，寻找某些悄悄潜行的东西时的脚步声。实际上房间里从来都没有什么悄悄潜行的东西。把我叠放好的衣物打开弄乱。只要有所怀疑就要刨根究底地问个清楚，比如现在正发生什么事情？接下来会发生什么事情？前一秒家里还电闪雷鸣，后一秒就能听到释怀的笑声，要么就是彻底的寂静。杨一进门起，他脸上就挂着毫无温度的笑容。当他说'早上好'，你听不出一丝善意。而当他说'你好'，你只能感到深入骨髓的阵阵寒意。他用沉默的方式抱怨你准备了一天的饭菜不合胃口。他的柠檬水要倒在玻璃杯里。每次还没等他的嘴碰到玻璃杯，甚至在刚倒上柠檬水的杯子被端回餐桌之前，他就会抢在前面说，糖放多了。可是你知道，实际上你完全没放糖，因为上一次你放糖的时候，他就嚷过'糖放多了'。每次听到他用这样的语调说话，你都会感觉脊背发凉，不知是因为自己衣服穿得太暴露了，还是害怕他又要以那种让你不舒服的方式靠近你。"

"你爱他吗？"拉比问道。

这个问题，阿黛尔已经自问过多少次了？答案是肯定的，就像她爱的神风酒一样。神风队员总是像飞蛾扑火一样拥抱自己的死亡。每次这样自问的时候，阿黛尔都会告诉自己，和杨·索科洛夫在一起生活，又何尝不是她自己心甘情愿的。

突然之间，阿黛尔冲着正探身评估她愤怒状态的拉比大声嚷了起来："一个玻璃花瓶里的一枝孤零零的兰花！一盒从我们最喜欢的'伊芙琳'巧克力店买来的松露巧克力！那些巧克力还点缀着新鲜草莓，装在绿色的纸盒里！只凭着一点点能够体现关怀和美意的东西，就想抹去之前的每一分丑恶！"

拉比心想，或许还有希望去挽救这对夫妻的婚姻。但他只是平静地对阿黛尔说道："我想见见你丈夫。自从你们结婚之后，我还没见过他呢。"

阿黛尔已经记不清结婚那天的事了。她转头望向一旁："我们并不是严守教规的人。他或许不会来。"

"你必须说服他，让他来。"拉比说道。

阿黛尔回到了她和杨居住的公寓。自从两人结婚以来，这是杨第一次没主动打电话叫她回家，或是去雷切尔和塞思的住处接她回来。杨被塞思的拳头打得鼻青脸肿。他用崭新的现代风格家具重新装饰了公寓。每一样东西都是白颜色的。

"为了改头换面重新做人，"杨说道，"我愿意付出一切。"阿黛尔几乎就相信了他的话。杨道了歉，也做出了承诺。阿黛尔很庆幸，这个男人没再去割腕。

"我在长岛租了一套房子，咱们周末度假去住。"他补充道。

她想对他说去见拉比的事。也许好好休息放松过之后，他能更好地听她说话。

在浏览《东汉普顿之星》的时候，阿黛尔注意到波洛克-克拉斯纳故居已经向游客们开放参观了。这一年是一九八八年。杰克逊·波洛克[1]和李·克拉斯纳都已仙逝。那间宅邸距离杨和阿黛尔在阿默甘西特租下的度假别墅只有十五分钟车程。

"他啊。"杨小声嘟囔着，他和阿黛尔站在波洛克的谷仓画室里，看着地上斑驳的油画，还有墙上的画作和照片，"天才？人们都说他是天才。一个游荡在森林之中、赤身裸体的帝王。"

"她啊。"阿黛尔停顿了许久，瞻仰着这座科德角风格大宅里厨房碗柜上克拉斯纳的作品。阿黛尔流连于每一张照片和画作。"我喜欢她的笔触。还有这大胆鲜明的颜色。杨，我想他们夫妻二人都是天才。"

当晚，阿黛尔和杨的肉体再次纠缠在一起。还没来得及跟杨提去见拉比的事，阿黛尔就睡着了。不过她并没有睡太久，她被杨翻身坐到床边的动作惊醒了。

---

1 杰克逊·波洛克（Jackson Pollock，1912—1956），美国画家，克拉斯纳的丈夫。

"你知道的，我们还算不得赢家。我们的孩子拥有一切，但他们仍然算不上安全。我们为什么不能始终保证孩子们安全呢？"

阿黛尔心想，你的孩子们都恨透了你了。但我的孩子们可怜我，她自言自语道。不过，她对杨说的却是："你或许应该去请教一下拉比。"

"不，"拉比说道，"你不可能始终保证孩子们安全。我们都是上帝的孩子，可即便是上帝也没办法阻止我们吃下禁果。经受一些磨难是人之常情，但任何磨难都不应该持续一生。"

杨很欣赏拉比这番不假造作的回应："拉比，今天我能帮您做点什么？"

"杨，请你来并不是要你为我做什么。你能为你自己，还有阿黛尔，做点什么？"

"阿黛尔和我过得挺好的，比大多数夫妻过得好。"

拉比在羊头湾附近的曼哈顿海滩上拥有一座房子。他们家祖祖辈辈都是钟表匠。甚至在身边没有钟表的时候，他都能听到时间流逝的声音。只有在他阅读犹太法典的时候，这种时间流逝的吵闹感才会减轻。拉比仔细端详着杨·索科洛夫："事情并非如此吧。"

"可是亲爱的拉比，事情就是如此。"杨坚持道。

"你打老婆。"

"偶尔。"杨承认道。

"阿黛尔不应该遭受这样的对待。"

杨沉默不语。

拉比问杨，你是否觉得自己是个合格的犹太人？杨说是的。

"那你就别再打老婆了。否则你就是个品行恶劣的不合格的犹太人。"拉比警告道。

杨又一次沉默不语。他的嘴唇一抖，闪过一个似笑非笑的表情。杨环视拉比的书房，他的眼神里透出的，绝不只是一时而起的兴趣。房间里到处都堆满了书。如果说这些书是高耸的山峦，那么杨是会攀登上去的。

"如果你不爱阿黛尔，"拉比说道，"那么你就应该跟她离婚。"

"可还有其他女人能忍受跟我生活在一起吗？她是个贪得无厌的人，而我是她应得的惩罚。"

拉比问杨，他的家族来自俄罗斯的哪个村庄。杨耸了耸肩。拉比等待着他的回答。但杨不想提及他所出生的村庄的名字。

"这又有什么关系呢？"他耸着肩膀说道，"那个村庄是用斯大林的名字命名的。"

拉比对杨说，他自己出生于白俄罗斯的维帖布斯克。他说出了父母、祖父母和曾祖父母的名讳。说出他们的名讳，也能减轻他耳朵里那种时间流逝的吵闹感，让他在杨面前表现得更加平静安稳——毕竟，杨一直眼睛不眨地盯着他的瞳孔。尽管拉比是一位学者，但他同样坚信这世上有恶鬼邪魔。第二次世界大战之后的三十年间，他曾经听闻过许多相关的故事，也目睹过恶鬼邪魔假借抑郁、悲伤和暴怒之名附身于人。借着谈论母亲，拉比将对话主题重新引到阿黛尔身上："想想你的母亲。"

"我从来都不喜欢我的母亲。"杨说道。

真的吗？杨这是在开玩笑还是坦陈事实？杨面无表情，让人捉摸不透。拉比绝对不会容许女儿嫁给一个不喜欢自己母亲的男人。他很疑惑，阿黛尔为什么没想清楚就嫁给了一个不喜欢自己母亲的男人？然而不一会儿拉比的心就软了下来，因为阿黛尔从未了解过她早死的父亲。

那天夜里晚些时候，拉比对他的妻子莉迪娅讲述了阿黛尔和杨的境遇。莉迪娅明确提出，她从来都不喜欢拉比的母亲，因为老太太一直都是个爱管闲事的人。

拉比从他们的雪橇式大床上坐了起来："莉迪娅，你以前可从来没说过这件事。"

"我？对你抱怨你那亲爱的妈？省省吧。伊萨克，你难道不知道吗，只有上帝才有耐心去喜欢你的母亲。"

"我爱我的母亲。"

莉迪娅转过身背对着他："你也不是每天都喜欢你母亲的。"

"哎，只要她允许，我会一直喜欢她的。战争对她造成了伤害。"

"你为什么总为别人找借口？战争对所有人都造成了伤害。现在也依然在造成伤害。"

整整一夜，拉比都没能安睡。直到三个星期之后，他才给杨打了电话。

＊　＊　＊

那三个星期里，杨一直躲着阿黛尔，也不曾回家。他给妻子打了电话，说他要出差去谈生意。实际上，他几乎无时无刻不在打着寒战。他在城中租下的三处办公地点轮流居住，以消磨时间。每一处办公地点都有一张单人床、一张书桌、一台电话机和一台电脑，这样他可以打理生意。但每当打起寒战，他的双手都会抖到摸不着电话机。此时正值八月盛夏，而他却一直把暖气开到最热。杨心里明白，冻死人这件事不是闹着玩儿的。拉比给他打来电话的时候，他已经恢复到足以抑制寒战，能够重新见人了。

"最近你又打阿黛尔了吗？"拉比问道。他们正坐在书房里。杨坐在那儿，双手放在两腿之间，就像一个乖巧的小孩。

"最近、最近没有。"杨答道。

"或许，这算一种进步？"

"您想怎么定义它都行。"杨笑道。

"你是个成功的商人，对吧？"

"我经营着一份生意，而我的生意又掌控着别的生意。"

"你的职业专长是什么？"

"财务清算。"

"我猜这种工作让你很有压力。我们男人都要承受妻子们难以理解的压力，"拉比一边说着，一边翻开犹太法典，"但犹太法典不允许男人不公正地殴打他的妻子。"

杨笑了："那怎么样才算是公正地殴打呢？"

"也就是说，我们都赞同犹太法典里的规定，也就是你不应该抬手去打你的妻子？"

"亲爱的拉比，犹太法典里的条款可以有许多种不同的解读。"杨说道。他时不时地会留起胡须，但最近他刚把它们剃掉。他对自己形象的打理，只能用整洁干净来形容。"我们都知道，我们可以坐在这儿以某种方式争论，然后翻出一则法典条款，让我们的争论变得毫无意义。你认为我不懂犹太法典吗？我比任何人都更熟知犹太法典。"

拉比确信，杨的言语中有挑衅的意思。拉比曾经是犹太宗教学校同班同学里最优秀的。出于内心的骄傲，他很想接受杨的挑战。但作为一名为上帝服务的谦逊的神职人员，他还是选择了另外一种处理方式。

"你是怎么做到对犹太法典如此熟知的？"拉比问道。

"我父亲就是一名拉比。"

"而你却没有遵循一名拉比的儿子应有的人生轨迹。"

杨突然站了起来，脸上的表情也风云突变："和您谈话很愉快。但我想咱们就谈到这儿吧。"这是拉比第一次亲眼看到杨表现出自己的情绪。

两人谈话期间，拉比的妻子端着茶水走进书房，因为她实在抑制不住自己的好奇心。当她看到杨像一只花里胡哨的孔雀（或者说拉皮条的）似的粗鲁无礼地从她丈夫面前离开之时，她望着他的背影大声嚷了起来。

"想欺负人吗？有本事你去哈勒姆区揍个人试试看啊。"

拉比走到妻子身后："莉迪娅，嘘。"

"看他在那些未开化的野蛮人面前还能猖狂多久！"

"莉迪娅，我真是有些搞不懂你了。最近你总是说这种话，"拉比说道，"你觉得他父亲真的是一名拉比吗？"

* * *

哈勒姆区。去哈勒姆黑人区试试看，这个"提议"激发了杨·索科洛夫的兴致。拉比妻子愤怒的挑战激发了他的兴致。这兴致是如此高涨，以至于让杨在一个炎热的星期五下午坐上了开往138号大街和伦诺克斯大道的地铁，看看他究竟能在那儿遭遇些什么。与拉比不同，杨是一个从不拒绝接受挑战的人。

他来到135号大街那家售卖炸鸡和华夫饼的"潘潘"早餐店门前，做好了挑事的准备。他并没有穿着踢踏舞鞋，却跳起了踢踏舞。实际上，在一九八八年，嘻哈音乐才是最时髦的。他期待着哈勒姆区的居民——包括酒鬼和瘾君子们——都能闻声而出，到人行道上跟他一起舞蹈。

但哈勒姆区的居民们并没有人出来跟他一起跳舞。

于是杨进行了一番疯狂的表演，用一大波饱含种族主义观点的毁谤和咒骂攻击着这里的黑人居民。然而哈勒姆区的黑人居民们却只是用手指着他笑，或是干脆望向一边。只有一个穿着蓝色运动衫的小男孩从他母亲身边走了过来，一边打量着杨·索科洛夫，一边从自己的运动衫上拽下一颗金色的纽扣扔到地上。杨朝小男孩走去，想要捡起那颗纽扣。小男孩的母亲警告道："先生，凡事有度。你不要接近我，也不要接近我的儿子。"

看来这里的黑人居民认为这是一个圈套。他们认为杨是一名便衣警察。如果上钩，他们就会遭到警棍殴打。或者他们认为杨是个疯子。他们不知道的是，杨已故的叔叔莫伊切在哈勒姆区和布朗克斯区都经营过批发商店。杨移民美国之初，莫伊切叔叔就曾经带他去过莫特港的钢琴厂，让他在一架架钢琴之间穿行，随意按响琴键。

当大晚上，杨回到布鲁克林，打算向拉比讲述他在哈勒姆黑人区的"冒险"经历。尽管拉比的妻子坚称丈夫晚上要休息，但杨仍旧拒绝离开。第二天早晨，莉迪娅觉得杨有些可怜，便领着他来到书房。杨一口气喝了两杯咖啡，又把拉比的巴布卡蛋糕吃掉了一半。

"我来是为了跟您说明，我在恃强凌弱横行霸道方面很有一套。然而跟哈勒姆区的黑人所面临的问题相比，我这都只能算是小打小闹。亲爱的拉比，我可是亲眼所见。他们是那样贫穷。我这么跟你说吧，哈勒姆区的黑人们根本就不应该停止唱歌跳舞。只要不去唱歌跳舞，日子一久他们就会发疯。亲爱的拉比，你说说，难道不是这么回事吗？"

拉比又一次问及杨的家族来自俄罗斯的哪个村庄。杨说出了一长串的村庄名。接着，他又开始顾左右而言他："我在哈勒姆区某个地方，看到一个黑人小男孩穿着一件掉了一颗纽扣的运动衫。我把他的纽扣捡起来揣进兜里了，因为这座城市说大不大说小不小。我和他或许早晚还会碰面的……"

拉比问杨，能否记起他父亲当初在俄国就读哪家犹太宗教学校。

杨一脚踢翻了盛放蛋糕和咖啡的托盘。滚烫的咖啡从金属壶中溅出，弄脏了地板上的土耳其织毯——这块织毯是拉比的姑奶奶送给他的结婚礼物，她是萨宾人。滴。答。滴。答。

"有谁敢招惹一个出生在苏俄的人？"杨说道，"有谁敢来招惹我？"

拉比对杨说，他需要去找一位好的心理诊疗师。他催杨早些离开，以免莉迪娅报警。

* * *

自从搬到阿默甘西特，阿黛尔和杨还没有争吵过。阿黛尔报名参加了57号大街艺术工作室联盟的美术课程。她甚至会把画布、画架、画笔和颜料拿到户外进行创作。当杨走进房间的时候，她刚刚开始绘制一幅新画的框架线条。正值上午十一点钟。阿黛尔从杨走在硬木地板上的脚步声判断，他们俩又要开始争吵了。

喝酒已经成了阿黛尔的习惯。酒精给了她勇气。杨在客厅里围着她走来走去。客厅的窗户大开着。阿黛尔再一次把自己的绘画工作间放在了客厅里。杨眼看着阿黛尔画上的线条变成宽粗的条块，而宽粗的条块又最终物化成了一只龇着牙齿的柴郡猫。阿黛尔已经很久没有画过猫了。杨抄起一支画笔，把阿黛尔的柴郡猫涂得乱七八糟。

"你又不是李·克拉斯纳。"杨端起颜料，泼到阿黛尔的画布上。

"你呢，"阿黛尔笑着说，"你就是一个独裁者。"

"噢，这么多年了，咱们终于学会咬文嚼字地互相指责了。"

"你啊，"阿黛尔说道，"你就是个暴君。"

"阿黛尔，你了解什么叫暴君吗？你懂什么啊？"如果杨有兴致的话，可以给阿黛尔讲讲什么叫作暴君。他可以给她讲讲冬日的严寒。总有人会来告诉你，你就会死在这个房间里。他可以给她讲拉比的祷词，对，就是他父亲的祷词，讲讲他们当年按照斯大林的命令而聚居的房舍——曾几何时，斯大林似乎并不是他们的守护者，而是他们的朋友。他可以给她讲讲和衣柜差不多大的房间，以及那些梦魇缠身的夜晚，讲讲在暗夜里突然被手电筒刺眼的亮光惊醒、恐惧地数着门外的脚步声、听着警犬呼吸声的经历，讲讲人们从精神高度紧张到逐渐松懈、最终彻底放松的过程，再讲讲他父亲老拉比那样的男人们和女人们一同围成人墙保护孩子们的事。是谁保护了孩子们？如果阿黛尔这样问的话，杨会告诉她，我曾经保护了孩子们。大人们保护我，而我保护了更小的孩子们。但杨终究什么都没对阿黛尔说。

"杨，我要离开你。"阿黛尔说。

"好。那你就走吧。你要问我是否在乎吗？"

"你把我在乎的一切都夺走了。"阿黛尔说道。

"一个从来不想好好吃顿饭、从来都有良好睡眠的女人，居然有脸这么说。"

"你夺走了我的一切。"

杨从阿黛尔身边走开，告诉她自己打算再夺走一件东西。

阿黛尔很惊讶。"你还能拿走什么？我身上还有什么东西没被你抢走的？"她问道。

"你内心的安宁。"杨放下脏兮兮的画笔，径直冲向客厅窗户。他纵身一跃，撞破了窗玻璃，撞翻了窗台上的库拉索芦荟，从窗户跳了下去。他从十二层楼坠下，一命呜呼。

七日服丧，别无他人哭泣。只有阿黛尔和杨的孩子们马克西米利安和弗雷亚惊讶地发现，因为一个曾经让他们深感恐惧的男人的突然离去，他们的眼眶里居然噙满了泪水。

杨死后，阿黛尔喝酒喝得更凶了。

"这世上最糟糕的莫过于一个老酒鬼了。"雷切尔说道。

"好歹他已经死掉了，"塞思劝慰道，"这算是一件好事。接下来你可以好好生活了。"

阿黛尔冲着雷切尔和塞思的脸打了个酒嗝。

马克西米利安和弗雷尔什么都没说。阿黛尔因为他们离家远走而咒骂着。他们从母亲身边绕过，打扫了母亲居住的公寓，将她藏匿了多年的画作挂到墙上。他们大概盘点了父亲的银行账户，惊讶地发现父亲已经将他俩指定为他的联合遗嘱执行人，还在房地产业和私人投资领域赚了一笔小钱。

当马克西米利安和弗雷亚告诉阿黛尔她在阿默甘西特拥有一套别墅的时候，她振作了起来。她重新去上美术课程，并且慢慢减少饮酒。一天傍晚，她突然迎面撞上了之前的美术导师。导师肚子上的肥肉仍然像救生圈一样挂在腰间，两只眼睛都得了白内障，却因为恐惧而不敢去接受手术治疗。

　　"老师我看不见了！"导师解释道。他邀请阿黛尔去参加一场聚会。聚会地点在上西区，主题是为一所当地的公立学校募捐。阿黛尔通常都拒绝参加曼哈顿地区的聚会，但一个微弱的声音在她耳边念叨着：去吧，去吧。

　　阿黛尔去了聚会现场，但控制着自己的饮酒量。她只是端起杯来抿上一口，并不开怀豪饮。她将自己那杯马天尼酒放在一张桌上，去了一趟卫生间。回来之后，她发现有个一头银发的英俊男士正在喝着她那杯酒。

　　"不，不，不，您喝的这杯马天尼是我的。"阿黛尔一边说着，一边用手指着酒杯边缘的口红印。

　　"不好意思。我看走眼了。"男士说道。

　　他依然喝掉了阿黛尔那杯马天尼酒，然后坐到沙发上。阿黛尔在他身旁坐下。这个男人名叫詹姆斯·萨缪尔·文森特。他对她说，自己是一名律师，离婚了。他有个儿子叫鲁弗斯，还有一个黑人儿媳，一对双胞胎孙子孙女——伊莱贾和威诺娜，两个星期前刚刚出世。他一边招呼侍者再端两杯马天尼酒来，一边对阿黛尔说了这些。

　　"好吧。"阿黛尔一面想着她亲爱的、几乎成了瞎子的美术导师，一面聆听着詹姆斯·萨缪尔·文森特讲述着他的人生悲欢。随后，她转身看着他，开始把她自己的故事和盘托出。

"你遭的罪都是些小打小闹，"她对他说道，"没什么大不了的。至少你还可以指着自己的伤痕说：'唉，这儿有个疤。'而有些伤痛是根本说不出口的，直到未来的某一天，你正喝着汤，或是在游泳池边晒日光浴，却突然动弹不了、什么都做不了的时候，才会念叨出来。到那时候你会想，唉，我心中有些东西已经死了，我这一生究竟遭遇了些什么啊，我为什么会让这种事情发生呢？现如今，现如今，唉，现如今……"

汉克的手记

2010

星期五，国殇周末

　　如今，堪夫尔家族的新一代堂兄弟们聚在了一起。有一天，汉克·堪夫尔对他自己说，堂兄弟之间的矛盾很可能会凸现出来，他打算毫不犹豫地快刀斩乱麻，跟那些所谓的亲戚划清界限。然而此时，他正在承载了他儿时记忆的日落海滩度过又一年的国殇纪念日周末。按照堪夫尔家族的传统，节庆活动自打国殇纪念日前的星期五傍晚就开始了，因为远在华盛顿州斯波坎、近在佐治亚州杜切斯的亲戚都已经用他们的汽车和摩托车堵塞了谢默斯·堪夫尔三世家门口的双车道。他们会用设计精美的婴儿车推着刚出生的孩子，靠雅芳香粉和美宝莲口红浓妆艳抹的老太婆们会用各种精华液遮盖她们脸上的老年斑。当然，那些关系更远的亲戚会去各种高级酒店或是假日旅馆下榻。儿时很长一段时间在这座房子里度过的汉克·堪夫尔，是谢默斯·堪夫尔三世的叔伯兄弟，理应住在家族大宅之中，睡在那间曾经属于他的卧室里。汉克曾经住过的卧室已经被重新改造，看上去像是一间时尚旅馆客房，浴室里配有坐浴盆和小便池，床上铺着几何图案床单，搭配三角形枕头，墙上挂着巨大的平板彩色电视，如果住客感到压抑或是孤独，这台电视还能激活音乐助眠功能。

尽管跟许多堂兄弟姐妹在一起，但汉克依然沉迷于他自己那自私的想法之中。他把这种自私的想法告诉了父母（先是告诉了芭芭拉，后来又告诉了查尔斯·堪夫尔）。他几乎能忍受别人的任何缺点，但唯独不能忍受不讲卫生的胖子，因为体重和体臭是这个世界上能够为人所掌控的两样东西。汉克从来不会陪他的妻子苏珊去给本地救助站的无家可归者送食物，还会强烈拒绝食用快餐。有些时候，苏珊会这样评论："我嫁给了一个可爱而又虚荣的家伙。"

"我嫁给了一个可爱而又虚荣的家伙。"汉克在童年住过的卧室里反复叨念着苏珊的话。墙上的平板彩色电视忠实地陪伴着他，跟他聊天，问他想看FOX频道还是CNN频道。"我想看色情频道。"汉克嘟囔道。这会儿，苏珊和苔丝都不在身旁，汉克觉得自己或许可以放纵一下。当电视机自动切换到一个有着大量精选成人内容的限制级频道的时候，他感到颇为惊喜。汉克喜欢看黄金时代的情色影片，比如《琼斯小姐内心的魔鬼》《深喉》《塞卡的内心》之类的粗鄙而又直接的老派经典：这是由少年时代在父亲的地下室里搜刮到的那些东西影响而成的偏好。汉克告诉电视，他想要看二十世纪七十年代的成人片，而电视屏幕上的列表简直要让他惊掉下巴。他选择了约翰·霍姆斯和玛丽莲·钱伯斯的《绿门背后》。

汉克·堪夫尔从来没有在肉体上背叛过苏珊·韦瑟比（娘家姓）·堪夫尔，但他偶尔会耍一些小伎俩。他会到来爱德或是CVS[1]选购一些廉价而气味强烈的香水——花香越浓越好，故意刺激他老婆那敏锐的鼻子，任她胡思乱想。他最喜欢选的是一种叫梦泉的香水。

"汉克，这是什么味道？"苏珊会这样问。

"我什么都没闻到啊。"汉克会揉着下颌，如是回答。

苏珊是杜克大学人力资源学院的副院长。她并不是一个自我怀疑的女人，但汉克能够从她绿色双眸的瞳孔里看到一丝疑惑。这份疑惑并不会让她成为男人的附属品，而是会让她比大多数女人更能照顾好自己。苏珊的这份疑惑，有利于她和汉克享受"意料之外"的性爱。汉克从他父母那里了解到了"意料之外"的价值。他对自己的行为感到羞耻，但这份羞耻感并不足以让他改邪归正——尤其是这种恶行还十分奏效。

星期六，国殇周末

在堪夫尔家族的郊游远足活动中，去日落海滩游玩是必做的

---

1 二者皆为美国零售企业。

内容。烤猪肋条、辣味魔鬼蛋、酪乳炸鸡和菜豆之类的吃食会被装进红色和白色的冷藏箱里，作为大家一整天的伙食。对热爱海滩的汉克而言，这样的郊游非常值得期待。他会看着孩子们堆沙堡，或是一边冲浪、一边追逐一条名叫斯黛拉的杰克罗素梗犬。那条狗是谢默斯·堪夫尔三世养的，喜欢在沙滩上边跑边冲着海鸥吠叫，或是撕开垃圾袋寻找肉骨头。看到斯黛拉，汉克只会想到那些挺着大胸、随时可能抢走闺密男友的啦啦队长。汉克从来没养过狗，也不太想养狗。不过，小的时候他曾经短暂地想要养一条巴赛特猎犬。

　　每次周六沙滩之旅的晚餐菜单，都包括烤生蚝、荷兰虾蟹土豆乱炖以及用盐调味的昂杜耶香肠。汉克总是把那些配有杯架、能够安放饮料瓶的塑料沙滩椅让给堪夫尔家族的其他男人。他会乐不可支地把一块沙滩毯铺到平整的沙地上，专注地欣赏着美丽的日落。每一次，都会有一些中年男人腆着便便大腹，晃晃悠悠地来海滩上，喝到酩酊大醉。汉克总会展现出他那紧绷的身体，以及线条完美的结实臀部。他已经四十多岁了，但看上去也就三十出头。堪夫尔家族的男人们都跟汉克一样身材高大，但却早已失去了年轻活力和敏捷身手。

星期天，国殇周末

　　星期天，为了去缅怀逝者，堪夫尔家族的人们驱车四小时来到佐治亚州的郊野地区。汉克的父亲、大个子谢默斯、谢默斯三世的父亲，都葬在圣马修公墓。低调质朴的卫理公会教堂早已无法容纳这一大群善男信女。谢默斯三世在教堂草坪四处摆满了长凳，安装了扩音器，以便在场所有人都能听清那个满眼眼屎的老牧师每年一度的悔罪布道。牧师用铃鼓敲打着他的胯部，以增加他布道的声势。

汉克从来都不会为父亲的坟墓献花。为了纪念查尔斯·堪夫尔生前曾经钟爱的体育运动，他买了一枚斯伯丁牌高尔夫球。汉克在医学院读书的头一年，查尔斯·堪夫尔死于航海事故。在简朴小教堂的配房里进行的餐会上，汉克的母亲抓住他的胳膊，说："查尔斯不是你的父亲。"

汉克曾经在查尔斯的眼神里看到过父亲对他的无限期许，他坚信芭芭拉·堪夫尔是在跟他开玩笑，要么她就是因为丈夫突然离世而暂时没能恢复理智。他站在配房里，视线越过那一排排深红色餐椅，看着那些肥胖的白人村姑把葬礼吃食摆放整齐，这些东西足以让他饱餐一顿，舒缓哀恸。当时汉克所学的专业是外科整形，他已经学到了一个道理：只要等待得足够久，总能找到一条清晰的人生之路，这样就有可能避免那些无法挽回的错误。

"很久之前，在一次会议上，我遇到了詹姆斯·萨缪尔·文森特。我们俩度过了一段美好时光，"芭芭拉说道，"也有了你。汉克，对不起。"

娼妓。汉克很想对母亲说出这番话："上帝做证，我绝不会娶一个娼妓。"不过他还是忍住了，转而说："你的阴道爽到了。"接着，汉克发出了充满仇怨的嘶吼，泪水喷涌而出。周围的人都以为他是在为亡父而哭泣。

芭芭拉转身走开，来到传菜台旁边。汉克紧跟而去。当牧师吃食祝祷、亲朋好友站成一排最后一次默哀并表达慰问之时，芭芭拉和汉克还是装成了悲伤的孤儿寡母。之后，随着吊丧亲友们逐渐离开，教堂配房里的人越来越少，汉克在教堂外最近刚刚修剪过却已然重新长高了的蒿草旁看到了母亲。她那沙黄色的头发被吹到一旁。她已经脱掉了身上的黑色丧服，正跟查尔斯的堂兄弟大个子谢默斯一起抽大麻。

"汉克，"大个子谢默斯说道，"尽管这是个悲伤的日子，可我实在忍不住要吸食这神圣美妙的药草。"

尽管查尔斯·堪夫尔钟情于优质的威士忌、金酒和波本酒，但他对大麻、可卡因和其他毒品完全不感兴趣。汉克眼睁睁地看着母亲那涂成猩红色的指甲，看着她和大个子谢默斯一起熟练地操作着烟壶。

芭芭拉望着汉克，面带挑衅、毫无歉意地说道："我再抽一两口，然后就不抽啦。"

她长长地吸了一口，让烟雾从嘴里和鼻孔里缓缓喷出。她盯着烟壶，仿佛盯着一位知心老友，许久之后才把它递给大个子谢默斯。汉克从母亲手中夺过烟壶，自己抽了起来。大个子谢默斯拍着他的肩膀。

"对于你父亲的离世，我感到很遗憾。"谢默斯说道。这一整天，有多少人对汉克说过这样的话了？一百？两百？他父亲的葬礼称得上是风光大葬了。就连汉克儿时唯一被允许交往的黑人朋友杰罗姆·詹金斯，都从科罗拉多州的丹佛乘飞机前来吊唁。离开之前，杰罗姆·詹金斯问到了汉克儿时邻居们的事情："那个住在你家旁边的人家后来怎么样了？你那个叫吉迪恩的朋友，还有他那个总是在埋头看书的漂亮姐姐呢？天哪，她可真是漂亮。我现在真想见见她。"

"爱泼伍德一家很早以前就搬走了。"汉克说道。他并没有告诉杰罗姆，其实查尔斯喜欢某些黑人，只是无法忍受跟他们做邻居而已。

＊　＊　＊

查尔斯·堪夫尔下葬一年之后，他的房产被转手了。芭芭拉甚至还没做好出售房产的准备，大个子谢默斯就已经在劝诱她卖房了。

"贝弗莉有的是适合单身女士住的房子，"大个子谢默斯说道，"可以肯定的是，如果你还住这么大的房子，肯定会睹物思人无法自拔的。"

汉克在杜克大学医学院读书的第三年，他和母亲不常联系，但他渐渐开始对自己的亲生父亲有些好奇。芭芭拉送给他一张用拍立得拍的照片，上面是詹姆斯·萨缪尔·文森特在扬基球场和汉克同父异母的兄弟鲁弗斯一起看球的样子。汉克在他那间几乎是毛坯房的一室公寓里仔细研究这张拍立得照片。遗传基因的强大作用让他感到惊奇不已，照片上的两个人和他的容貌何其相似。这张照片至少拍摄于十年之前，他同父异母的兄弟看上去最多十六七岁。这是否意味着，芭芭拉和詹姆斯·萨缪尔·文森特近些年并未见过面？汉克实在懒得对母亲再次提及此事。当他在一次毕业舞会上遇到苏珊·韦瑟比之后，就把那张有他亲生父亲和同父异母兄弟形象的拍立得照片扔进了垃圾桶。美好的家庭要靠自己去建立。自己的事情要自己把控。

他们渡过了难关。汉克和他的母亲，渡过了生活的难关。在卖掉家中老房子的事情上，芭芭拉让汉克做主。

"说吧，你最高出价多少？"汉克问大个子谢默斯。

与其他亲戚不一样，大个子谢默斯从来没跟查尔斯·堪夫尔借过钱。在某种程度上，汉克一直很尊重这位消防员。在出售房子这件事上，他给大个子谢默斯开出了很实惠的价码。把"父亲"查尔斯的房子转交给他的堂兄弟，从某些角度看似乎也很合情合理。

星期一，国殇日

谁也不知道，那条名叫斯黛拉的狗，是怎样从谢默斯三世和马克辛·堪夫尔大床底下的金属箱子里，把那支史密斯·韦森手枪给弄了出来。那个金属箱子至少有三磅重。就在下午三点半，当所有人都无比快乐、完全没有伤感的时候，斯黛拉盘着腿坐在那支史密斯·韦森手枪上。长长的枪管指向欢乐的人群——有些人甚至早饭之前就已经在推杯换盏了。

"要是没人掏出枪来打上一发，那还叫什么派对呢。"汉克听到谢默斯三世这样说道。那一瞬间，汉克心里想的都是，感谢上帝，幸亏我把苏珊和苔丝留在罗利了。

每次看到斯黛拉坐在手枪上烦躁不安的样子，汉克的亲戚都会放声大笑。每当斯黛拉因为屁股瘙痒而扭动身体，那支银黑相间、能装七发子弹的九毫米转轮手枪，似乎都会像俄罗斯轮盘一样转动。

　　"枪里有子弹吗？"汉克从醉醺醺的围观人群中穿过，走到卧室门廊。汉克能听到孩子们在宽阔的门前草坪上玩耍。至少他们还留在外面，暂时远离危险的方向。

　　"妈的，当然有子弹了，不过枪已经上了保险。"谢默斯三世一边说着，一边用他那满是伤疤的手拿起一杯威士忌。作为一名消防员，谢默斯身上的伤疤就是他一次又一次勇斗火灾的勋章。

　　"斯黛拉，别坐在枪上了，到跑步机上去。"马克辛说道，她转身对宾客们说，"斯黛拉会用跑步机。你们上网还能搜到它锻炼的视频。它会跑步。"

　　汉克确信自己听到楼上传来了孩子们的声音。他认为自己听到了苔丝的声音。他不得不一直提醒自己，他三岁的女儿正待在北卡罗来纳州罗利的家中，安全着呢。

　　"首先咱们得把那支枪拿走。"汉克转身对谢默斯三世说道，"谢默斯，咱们快把那支枪拿走吧。"

　　"那只不过是一只小胖狗而已。"谢默斯笑着，一边品着威士忌，一边冲他的老婆挤眼睛。马克辛穿着一件白到透明的连衣裙，让汉克不由得想到一位希腊神话中的女神。一位来自奥林匹斯山的女神——维纳斯。汉克觉得马克辛非常性感诱人，这样的想法让他感到羞愧。马克辛那身女神般衣裙的低胸领口让他一时间意乱神迷。那领口在他心中激起了某种欲望。那是一种他并不喜欢的感觉。美色并不是汉克择偶的唯一标准——他老婆苏珊是一个可爱而不做作的人——温柔和智慧同样是他所看重的。

"汉克，如果你已经对我老婆送完秋波了，"谢默斯三世笑着说道，"那就来帮我抱住斯黛拉的前半身吧，我来抱住它的后半身。"

毕竟谢默斯三世说过那支史密斯·韦森转轮手枪里装着子弹。安全起见，汉克和谢默斯将宾客们赶出了比现代画廊还要大的主卧室。汉克和他的父母还在这里住的时候，卧室墙壁是被漆成白色而不是橙红色的，而且那时卧室的面积也只有现如今的一半大。为了追求创新的先锋艺术潮流，大个子谢默斯和马克辛砸掉了一面墙，为这座已经有五间卧室、三间浴室的大宅平添了一份开阔感。汉克和谢默斯朝斯黛拉走去，吓得那条狗使劲摇起尾巴、浑身肌肉紧绷起来。狗的爪子推动枪口，使那支史密斯·韦森手枪又转了一个方向。

"你确定那支破枪上了保险吗？"汉克的话音里带着一点明显的南方口音，他感觉自己的嘴角都有些扭曲了。

就在谢默斯十三岁的儿子、虎背熊腰的小胖子谢默斯四世从大厅楼梯上冲下，用双手和双膝把宾客们撞得东倒西歪，打算跟大人们一起看热闹之时，那支史密斯·韦森转轮手枪被击发了。子弹被橙色墙壁上的古董金属装饰弹飞，从谢默斯四世面颊右上角蹭过。顿时，血在他的脸上流淌开来。

"我要死了！"谢默斯四世说道，"救命啊，我要死了！"

"孩子，你没事，"谢默斯三世冲向他的儿子，一把搂住他，用手捧着孩子的胖脸，"没事没事，只是擦破了点皮。"

子弹被天花板弹了一下砸在地上，近在咫尺的声响吓到了那条叫斯黛拉的狗。斯黛拉冲出卧室大门，跑下楼梯。汉克已经厌倦了所谓的亲戚，他非常想抽支烟。他点燃一支香烟，也离开了卧室。

房子前门大开着，有六七个孩子正在玩耍，他们要么在用陶瓷茶具玩过家家，要么在玩槌球。汉克注意到，周围并没有大人在看着。一个满头红发、满脸雀斑的小女孩穿着一件被撕破的衣服，正跌跌撞撞地跑向门廊。

"我哥哥死了！"小女孩痛哭道。这个孩子让汉克想到了苔丝。他觉得她也就三岁大。汉克弯下身子看着小女孩，拿着香烟的手背在身后，任凭烟灰飘洒在前门廊的地板上。他想不起来这孩子叫什么名字了。

"谢默斯，谢默斯！"小女孩哭喊着。

汉克突然想起了她的名字：彭妮。她是谢默斯三世和马克辛的女儿。汉克原本想对她说，彭妮，你那个白痴哥哥还活着呢。然而最终他还是拍拍她的小脸，说："屋子里乱成一锅粥了，你还是待在外面吧。"

汉克在家族大宅的前门廊掐灭了烟蒂。他童年的家什么时候成了一处家族聚会的大宅？他把房子卖给大个子谢默斯的时候，并没有预见到这一点。烟灰弄脏了汉克原本干净的双手。那是一双给别人做整容手术的手，一双稳定的手。一头红发的彭妮正用手拉着他的裤脚。

"那不是斯黛拉厕所的方向。"她说道。

"什么？"有些时候，汉克认为自己的确能从心理治疗中获得一些帮助，但他并不认为心理治疗是一种能够解决问题的长期途径。其实他根本就不相信心理治疗这种东西。

"斯黛拉，到这儿来！"彭妮叫喊着，试图用她三岁孩童的方式解释，斯黛拉正在往宅院外面逃跑，而它本不该到房子外面或是庭院里来，除非是去那个他们为它挖的"厕所"拉屎撒尿。汉克问"厕所"在哪里，彭妮领着他绕过房子，来到后院的盐沼。汉克看了看"厕所"，不禁热泪盈眶。

那"厕所"所在的位置，正是二十多年前他埋葬邻居家的猎犬蒂伯的地方。查尔斯·堪夫尔——他那因为醉酒而狂怒的"父亲"——用一根高尔夫球杆打断了蒂伯的脊梁。他能做的，当晚汉克能做的，只能是收殓了蒂伯的尸身，挖个洞埋起来，将整件事彻底隐瞒，以免吉迪恩和吉迪恩的姐姐朗尼发现他的父亲对他们的狗做了什么。

彭妮抬起头来看着汉克："别哭。斯黛拉喜欢它的厕所。"

"我得走了，彭妮。"说完，汉克转身跑去追正从堆积多年的粪堆跳向干净道路的斯黛拉。斯黛拉转了个弯，汉克也跟了上去。他努力加速奔跑，伸出手去抓住了斯黛拉那僵硬的尾巴。他把斯黛拉整个抱住，狗在他怀里颤抖、扭动，给他来了一次狗屎的"洗礼"。仿佛上天有眼，一阵大雨降下。汉克冒着大雨跑过堪夫尔家族大宅，来到他那辆梅赛德斯轿车旁边。他打开车门，把狗塞到后排地板。接着，他拧动车钥匙点火，脚踩油门，驾着车绝尘而去，离开了日落海滩。

国殇日一周之后

汉克给谢默斯·堪夫尔三世打了一千美元，算是买走那条鲁赛尔梗犬的钱。自打国殇日开始，谢默斯就不断地给汉克打电话。当终于有心情接起电话的时候，汉克听到谢默斯的话音里饱含沉默的愤怒："打开天窗说亮话吧，你给我一千美元，是为了占有我孩子们的宠物？"

"我可以再给你五百美元。"

"就为了那条你偷偷带走的狗？"

汉克正在高尔夫球场上，准备向第一洞击球："你随时可以开车来把斯黛拉带走。"

"或者你可以发个活物航空速递，把斯黛拉送回来。"

"相信我，它会死在半路的。它撑不住的。"

"伙计，你到底有什么毛病啊？"谢默斯一边说着，一边咳嗽，"你该庆幸我们的父亲们是堂兄弟。我对这件事无话可说了。"

"我没什么毛病。"

沉默片刻后，谢默斯的声音再次从话筒里传来："是因为孩子，对吗？因为苔丝？"

汉克很庆幸谢默斯没有亲眼看到他此刻畏首畏尾的样子。他说得没错。苔丝和斯黛拉如今已经难舍难分了。那条狗喜欢睡在苔丝的床尾，也喜欢坐在他们家位于罗利市中心的维多利亚式橡木大宅的飘窗旁边，像个卫兵似的等苔丝从学前班下课归来。

汉克曾经并不想要孩子。是苏珊在结婚第五年的时候提到，应该要个小孩了。而汉克却更珍视夫妻俩在特克斯凯科斯群岛潜水和在特柳赖德滑雪的双人时光。

"汉克，咱们至少得生一个孩子。"

"孩子会拖住我们的手脚。"

"孩子会让我们永葆青春。"

"如果我是个差劲的父亲怎么办？"

"你是个既帅气又细腻的人。咱们的孩子肯定很好看。"

为了怀上小孩，他们尝试了两年，也咨询过不少生殖医学专家。后来，汉克的母亲听闻夫妻俩在"造人"方面遭遇了困境。于是，在欣赏《费加罗的婚礼》的时候，她悄悄对苏珊耳语道："哎，你有没有人力资源管理方面的会议可以参加？"

尽管在剧院之中，但苏珊还是站了起来，大声问道："汉克，这个女人是谁？"

当晚，汉克载着苏珊回到家中。把车子开进车库之后，他把苏珊按倒在梅赛德斯轿车的引擎盖上。他掀起她的裙子，扯下她的内裤，以前所未有的持久力和无限柔情同妻子做了一次爱。九个月后，苏珊产下了他们的女儿。那孩子继承了汉克那双钢蓝色的眼睛。汉克明白，苔丝一定是他的亲骨肉。

苔丝出世后没多久，汉克开始对高尔夫球产生兴趣。

"汉克，听我说一句吧，"谢默斯说道，"比起整容外科医生，人们更需要消防员。"后来，汉克收到一张支票。同时寄来的还有一张字条，上面用红笔写着同样的话。

"来年国殇周末再见吧，谢默斯。"汉克嘟囔着。他很惊讶，自己居然说出了这样的话。他还惊恐地意识到，从某种原始欲望的角度来说，自己这句话是认真的。

七彩岛

2010

国殇周末两个月之后，汉克·堪夫尔收到一封来自他同父异母兄弟鲁弗斯·文森特的邮件。邮件中说鲁弗斯和他的家人正从佐治亚州重新迁回，打算在回纽约家中的路上经停罗利。他们希望在某些"没有什么冲突"的地方喝杯咖啡或是吃顿午饭。鲁弗斯在信中用到"没有什么冲突"，让汉克颇为赞赏，因为这个词体现了一种对于"种族界限"的理解。

他们的见面地点选在了"七彩岛"的大厅。"七彩岛"是一座重新翻修过的艺术与工艺实验室，共有四层，坐落在罗利城中心，目的是培养每个孩子的抽象艺术能力。每一楼层都专注于特定的活动，比如墙壁与巴士车身涂鸦、色彩时尚配搭与室内装饰设计、腰带与钱包彩绘雕刻，以及可以带回家或是当成生日或圣诞礼物送人的熔岩灯墨镜等。这里最吸引人的当属一处蜡笔喷泉——它能汩汩地喷涌出可以被洗掉的液态彩蜡，孩子们可以用塑料蜡笔模具盛下这些彩蜡，带到"七彩岛"实验室里，等待它们凝固成型。家长和孩子们都需要穿好雨衣，因为蜡笔喷泉最著名的特征，便是它那形似尼亚加拉瀑布的"蜡雾"。其他的有趣设施还包括位于三楼的攀岩区，那是一处由可拆卸墙壁、被弯成各种几何形状的管道组成的设施，当孩子们攀爬、跌倒、翻滚或是穿过它登上兼做梯子、跳箱和弹球台的秋千之时，整套设施都会变换颜色。那些胆大勇敢的孩子还可以乘坐室内缆车，沿途经过礼品店，观看由专业演员扮成的"画笔""记号笔"和"画纸"等卡通形象持续不断的歌舞表演。对来"七彩岛"参观的孩子们来说，一个有着浑厚男中音的亮红色"二号铅笔"卡通形象颇受欢迎。他总是在与"画纸"打情骂俏。"我是能写字的木棍儿，"他常常这么说，"有人需要笔吗？"

汉克环视整个大厅，这环境让他觉得嘈杂到难以忍受。他开始重新掂量苏珊对于见面地点的选择。

鲁弗斯·文森特和他的妻儿为苔丝带来了礼物：一大包从曼哈顿他们最喜欢的书店"奇书"买的书。他们都是有学问的人，自然会带书来。汉克很高兴苏珊能从杰罗姆·詹金斯那里打包来两件曾获教育大奖的电动玩具。汉克和鲁弗斯个头一样高。汉克当场注意到某些细节，不过鲁弗斯稍微有一点弓着腰，这个偶然的动作让汉克有了一种自己个头略高一些的错觉。鲁弗斯不修边幅的气质体现在他的穿着打扮上，他的衣服很干净，仿佛随意搭配，带着一些褶皱，但都不是便宜货。

汉克和鲁弗斯之间相互发过一些敷衍的电子邮件。汉克记得鲁弗斯在这些电子邮件里从来没有提到过他的父亲——他们的父亲——詹姆斯·萨缪尔·文森特也会随他一起到来。然而他却来了。汉克的母亲为查尔斯·堪夫尔选择了一个完美的替代者，完美到两人生下的孩子从来没有被查尔斯·堪夫尔怀疑过来路。无论是汉克的养父还是生父，他们都是有着蓝色眼睛的英俊男子，只是詹姆斯·文森特的发色偏黑，而查尔斯·堪夫尔的头发是沙棕色的。

　　"哎呀，哎呀呀！"詹姆斯·萨缪尔·文森特抢在鲁弗斯前面冲到大厅门口，向汉克伸出手。他似乎并没有意识到，他正挡住了汉克想要观察同父异母兄弟及其妻子的视线。汉克略往旁边闪身，一边握着生父的手，一边偷瞄鲁弗斯妻子那身简朴的淡绿色罩衫裙和脚上的棕褐色拖鞋。她正拉着她孩子们的手，仿佛是要把他们拉回去似的。汉克的女儿苔丝比鲁弗斯的孩子们更害羞，怯生生地站在母亲身旁。苏珊和汉克就像是能够遮蔽苔丝的大树。

　　"苏珊和我没想到'七彩岛'会这么拥挤。"

　　"这里哪里是'七彩岛'啊，说它是个'挤满了黑人的岛'[1]还差不多。"鲁弗斯·文森特说道。他转身望向克劳迪娅，两人同时放声大笑。汉克感觉自己的面颊因为尴尬窘迫而有些发烫。

　　"威诺娜和伊莱贾整个早晨都盼着到'七彩岛'来呢，"克劳迪娅向汉克伸出手，"我叫克劳迪娅。"

1　鲁弗斯将color（色彩）改为colored（有色人种）。

汉克点点头："克劳迪娅，很高兴见到你。"

苏珊颇有远见地订了优先票，这让汉克感到很有面子。凭着优先票，他们可以径直走到排队等待的人群前面，直接进入"七彩岛"。进馆之前，每个家长都要签署一份放弃索赔的声明——如果孩子在"七彩岛"出现伤亡情况，运营方将不用负责。随后，每个参观者都会被戴上"七彩岛"的腕带。

苏珊说："我想我和克劳迪娅还是带着孩子们去楼上的攀岩区玩玩吧。你们男士可以在咖啡馆里聊聊天。"

"听上去是个好主意。"克劳迪娅笑着说道。

汉克尽量掩饰着自己心中的失望。他眼睁睁地看着鲁弗斯和妻子吻别。"记得别喝乳制品。"她说道。汉克感觉鲁弗斯和克劳迪娅都能通过这番拥抱测量到彼此的体温了。苏珊领着克劳迪娅和孩子们穿过入口。苏珊经常带着苔丝来"七彩岛"玩。她对这里的一切了如指掌。这里哪里是"七彩岛"啊，汉克心中默念着，说它是个"挤满了黑人的岛"还差不多。这里人群熙攘人声鼎沸，让他忘记了和苏珊吻别。当然，他的老婆也忘记了跟他吻别。

"七彩岛"的咖啡馆，像极了二十世纪五十年代的餐厅，铺着黑白相间的瓷砖，点缀着红色的塑料椅子和餐盘。兄弟俩点的咖啡水加多了，寡淡如尿，让汉克想起了自己的少年时代——当时他的身体在经历改变和成长，对于这一切的好奇让汉克别无旁好，而是把手伸向了下半身。

鲁弗斯坐在那儿，盯着盛着咖啡的杯子："我只能说，这一切都太奇怪了。"

汉克立马站起身来:"哎,咱们为什么不换个地方聊呢?我给苏珊发个短信。我们可以一起去我家里坐坐,或是去别的地方也行。"

"我不是这个意思,"鲁弗斯解释道,"我是说,有个素昧平生的兄弟,一个年龄上如此相仿的兄弟,真是太奇怪了。"

"对咱们的妈妈来说,肯定更奇怪。"汉克说道。

"反正我妈妈直到现在也不知道,"鲁弗斯的视线停在詹姆斯·萨缪尔·文森特身上,"我的意思是,她总怀疑她丈夫有别的女人,但丈夫和别的女人生孩子这事儿,她真不知道。"

汉克算是选择了一个错误的话题。平时的他比这要老练得多。

"抱歉。"他说道。

"你有什么可抱歉的?"鲁弗斯耸了耸肩,"你又没做错什么。"

詹姆斯透过一扇窗望着一处停车位。这是一个炎热的夏日。即便是在少年时代,他也很厌倦南方这湿热的气候。听鲁弗斯说要来见同父异母的兄弟,他立刻就乘飞机赶来了。他希望能在场。他希望能从中调和,做一个调解人。"汉克,你是什么类型的医生?"

"外科医生。我的专业是运动医学。"

"你给名人做过手术吗?"

汉克笑了:"我本应该为病人保密的。不过,管他呢。"他探过身子,给詹姆斯和鲁弗斯讲起了两个著名橄榄球运动员的故事。那两个球员总是受伤,因为他俩纵欲过度,结果无论在球场上还是在床铺上，都开始力不从心。汉克讲着故事，忽然注意到他和鲁弗斯的手形相似，都有着修长甚至有些纤细的手指。但鲁弗斯的手一直"忙"：抚弄咖啡杯的边缘，往里面倒糖和奶，端起杯子，还没喝一口又放下。尽管汉克试图用故事情节引起他的注意，但鲁弗斯看上去颇为无聊。毕竟，汉克的母亲是那个第三者。如果汉克没算错的话，他比鲁弗斯大五个月。他忍住了，没有称呼鲁弗斯"弟弟"。

"鲁弗斯，你有喜欢的体育运动吗？"汉克笑着问道。

"哦，我喜欢棒球，"鲁弗斯说道，"我小的时候，爸爸带我去看过不少扬基队的比赛。"

"我爸爸，"汉克在这里顿了一下，"查尔斯·堪夫尔——他永远都是我爸爸——曾经是克莱姆森大学橄榄球队的球员。他是打跑卫位置的。在南方，人们更喜欢橄榄球。"

"我一直不懂橄榄球。我只懂英式足球。那个嘛，倒还算是一项有意义的运动。"鲁弗斯说话的时候，把下颌骨和颅骨之间的关节咬得咯咯作响。

"汉克，你在大学里打过橄榄球吗？"詹姆斯问道。

汉克看着鲁弗斯："有些人觉得橄榄球很有趣，是因为这项运动充满了策略性。而且玩起来很复杂。整个比赛让人眼花缭乱，并不是所有人都能跟得上这个节奏。"说着，汉克瞄向詹姆斯·文森特，"我喜欢跑步，每天六英里。我的体格不适合打橄榄球。我在杜克大学参加的是田径队。"

"我也跑步，"鲁弗斯笑道，"从一个演讲大厅跑到另一个演讲大厅。"

詹姆斯用手揽着鲁弗斯的肩膀:"鲁弗斯是个研究乔伊斯的学者。没准儿能称得上全美最顶尖的乔伊斯研究学者。"詹姆斯的介绍是如此充满自信,以至于鲁弗斯放下了咖啡杯,一时间看上去一脸蒙。

"你为什么会去研究乔伊斯?"

"我也不知道。我想大概是因为我在恰当的时机读到了他的作品吧。"

"我们家族的人都是挖土豆长大的。"詹姆斯·文森特说道。

"我可没听说过这个。"鲁弗斯修长的手指一直在转动着咖啡杯。

"你当然听说过。"

"有很多事情我是不知道的。"鲁弗斯说道。

詹姆斯·文森特耸了耸肩:"缅因州。适合打鱼,不适合种地。你们的祖父,我的父亲,家里有四兄弟,他们用抓阄的方式确定将来谁去读大学。在那个年代,人们有些时候不得不早早决定儿女的命运。我父亲成了幸运儿。他去了波士顿,但相比于上大学,他更喜欢混迹酒吧夜店。他退学了,又不愿意觍着脸回乡种田,就去做了一名消防员。"

"哈,我这边的亲戚有不少消防员。"汉克说道。

"所以,咱们这两家还是有些缘分的。"詹姆斯·文森特的双眼望着汉克·堪夫尔,手上却在轻轻推着鲁弗斯,"说到乔伊斯嘛,乔伊斯就是土地。"

鲁弗斯坐回椅子上："爸，你在胡说些什么……"

一时间，汉克想起了他和父亲之间的"友情"，尤其是他在高中和大学本科阶段与查尔斯·堪夫尔之间的"父子情"。他想念他的父亲。

"你们俩得和睦相处。"詹姆斯说道。

椭圆形的吧台堆满了纸托蛋糕和大号棒棒糖——有螺旋形图案、五颜六色的那种。汉克已经叮嘱过那些扮成画笔、记号笔和画纸的演员离他们远点。他悄悄地告诉那些演员，不要来打扰他们。鲁弗斯站起身来说道："有人要吃棒棒糖吗？我要吃个棒棒糖。"

汉克忍不住笑出声来。他以为鲁弗斯在开玩笑。"不，"汉克说道，"我还是不吃了。"

"什么事情让你觉得这么可笑？"

"我不知道。没什么可笑的。"汉克的话音里带着歉意。

"给你自己买一个吧，"詹姆斯·文森特转身对鲁弗斯说道，"再给孩子们一人买一个。威诺娜、伊莱贾，还有贝丝。"

"是苔丝。"汉克纠正道。

鲁弗斯上前一步："爸，汉克的女儿叫苔丝。"

"哦，对对，苔丝，"詹姆斯点点头，"她肯定也想要个棒棒糖。"

鲁弗斯看着汉克："其实前阵子他出了点状况。他把脑袋摔了，有时候听力不太好。"

说罢，鲁弗斯走开了。

"给我讲讲你脑袋受伤的事吧。"汉克说道。

詹姆斯·文森特喝完了杯中最后一点咖啡："你母亲芭芭拉过得怎么样？"

　　"在欧洲再婚了，过得开心着呢。"

　　"她丈夫是干什么的？"

　　汉克认为詹姆斯之所以用这种方式追问，是急切地想要得到答案："他是个养英国猎犬的。"

　　"我从来都没想象过芭芭拉在养殖场上的样子。"

　　"你想象中的她是什么样的？"

　　"至少不会出国。"

　　此时此刻，轮到汉克被激怒了。假如他的生父完全不打听他母亲的近况，会让他很失望，但他也不喜欢詹姆斯趁着鲁弗斯不在的时候打听芭芭拉的事。"嗯，据我所知，你们每年只见面一次，所以你并不十分了解她。"

　　詹姆斯·文森特看着汉克："其实每个人都不了解别人。"

　　汉克拿出手机，给詹姆斯·文森特看了一张芭芭拉·堪夫尔的照片。照片上的芭芭拉坐在一棵圣诞树前，身穿一件丑陋的毛衫，身边是她新任丈夫特雷弗，还有一窝刚降生的小狗崽。

　　"芭芭拉。"詹姆斯一边说着，一边伸手摸着手机屏幕。

　　"你永远见不到她了，"汉克说道，"别抱幻想了。"

　　"我再婚了，婚姻很幸福。"詹姆斯·文森特说道。

　　"那怎么不见她跟你来？"

　　"你觉得一个再婚妻子愿意去见她丈夫因为背叛前任妻子而生出来的私生子吗？"

"所以，你跟她说过这件事了？"

"对，在她先有所怀疑之后，"詹姆斯·文森特说道，"阿黛尔先是有所怀疑。女人的第六感很强的。"

鲁弗斯回到桌前，汉克小声对他耳语道："关于咱们父亲对你母亲的所作所为，我感到很遗憾。但是我想，如果没有他，咱俩都不会来到这个世上。"

在"七彩岛"的游玩持续了一小时十五分钟，孩子们相处得很不错。苔丝、威诺娜和伊莱贾在攀岩区跑来跑去，又在蜡笔喷泉玩耍，头脑逐渐难以负荷，伴随着身体的疲惫，直到最终因为新朋友彼此别离而大哭为止。

"温妮想见见斯黛拉！"汉克抱起苔丝想要安抚她的时候，苔丝说道。汉克的心中一阵喜悦。女儿给了他一个理由，让他可以把鲁弗斯一家留到傍晚，而不是下午见个面就匆匆告别。

"说起来，"汉克的笑容充满了舒适和自信，"我有些亲戚很有意思。我想苏珊肯定会对你说，其实我们对今天会发生什么一点心理准备也没有。"

鲁弗斯点点头："我们也是。"

汉克注意到鲁弗斯的孩子们缠着詹姆斯·文森特的样子。他心中有些异样的感觉，他不喜欢这种感觉。他看着克劳迪娅，心中思绪飞快地回忆了许多年前朗尼·爱泼伍德的样子。也许这就是汉克说出下面这番话的原因："如果可以的话，也许，过一会儿，等孩子们都睡上一觉之后，你们可以到我家里吃顿便饭？"

"那好极了。"詹姆斯·文森特说道。

然而汉克并不是要问詹姆斯·文森特，而是希望听到鲁弗斯和克劳迪娅的回答。

"克劳迪娅，你说呢？"鲁弗斯转头看着妻子。

"你决定就是了。"她说道。鲁弗斯和克劳迪娅之间显然是有某种交流的。汉克能看到他俩的肢体语言。那种肢体语言体现着情绪的温度。这一会儿，他们的情绪相对温和，不热烈，也不冰冷。

时间很快来到了晚餐之后。当晚，孩子们吃过饭后先是在游乐室里玩耍，随后跟随汉克绕着街区遛那条名叫斯黛拉的鲁赛尔梗犬。从某种程度上说，汉克更喜欢斯黛拉了，因为尽管苔丝、威诺娜和伊莱贾的喜爱让这条狗有些承受不住，但它依然对孩子们非常友好。汉克带孩子们遛狗回来之后，苏珊为苔丝换上了她的独角兽睡衣，而伊莱贾则捧着他最爱的书读了那篇《古怪的雪人》；苔丝和威诺娜一遍又一遍地把洋娃娃的头发编成辫子又解开，威诺娜说她不被允许拥有洋娃娃，苔丝问她为什么，这时伊莱贾转头盯着威诺娜，那眼神仿佛在说"安静"。詹姆斯·文森特已经喝了一杯又一杯的金酒和马天尼酒，这时汉克询问他们接下来要到哪儿去。克劳迪娅说，她的母亲在佐治亚州生病了，这趟临时拜访之后，他们一家人要去她娘家探视一下。詹姆斯说他明天就要乘飞机回纽约去了，他是直接飞到南方来见他儿子的。汉克带孩子们遛狗回来之后，鲁弗斯轻手轻脚地在书房里来回踱步，汉克从未碰过的那些精装书籍让他叹为观止——汉克从来都不太喜欢读书——而克劳迪娅则像她母亲一样五音不全地唱着催眠曲，哄威诺娜睡觉，打算让鲁弗斯过会儿来抱她到车上继续睡。还好，最近这几天，威诺娜大部分时候睡得都很香。还没等汉克借抽烟的机会再溜出去，詹姆斯·文森特已经手里抱着金酒瓶子打起了盹儿。克劳迪娅要去洗手间，而当晚喝了太多酒的汉克一直在她身后偷偷尾随，看着她走进洗手间的移门。他掐灭手中的香烟，在走廊里站下。

就在这一刻，汉克看着克劳迪娅当晚换上的那身黄色衣裙，看着它左右摇曳，他很想逆转时光，颠倒白天和黑夜，穿越回自己十三岁那年，回到自己站在邻居家门口的那个时候。就在这一刻，汉克说服自己，要径直走到书房，趁着那老头子昏昏欲睡的机会，与鲁弗斯坐下来谈谈。然而汉克却发现自己的脚正不由自主地朝洗手间移门挪去。他在等着那扇移门再次打开，等着克劳迪娅从里面走出来。洗手间里传来马桶冲水的声音，听上去像是海洋的波涛，马桶上水的声音则像是湖泊在汩汩作响。当克劳迪娅打开移门，他或许感受到了一股扑面而来的暖流，烂醉而又笨拙地探过身子，想要亲吻她，却被她躲开了。

"你该来片苯那君。"他说道。

"看来，"克劳迪娅看着靠在墙上的汉克，"有些人喝多了。"

"对不起，"汉克说道，"你让我想到了一个熟人。曾经的熟人。"

克劳迪娅把头歪到一边。一刹那间，汉克确信自己盯着的是朗尼·爱泼伍德的脸庞，听到的也是朗尼·爱泼伍德的声音："亲爱的，你不觉得太老套了点吗？"

汉克无法确认，克劳迪娅究竟是被逗乐了，还是被气恼了。她从他身旁绕开，回到了书房。汉克让自己镇静下来，沿着灯光昏暗的走廊朝书房走去——在那里，鲁弗斯正在诵读一本书，克劳迪娅正为她自己倒酒喝，苏珊正在播放古典音乐，而詹姆斯·文森特则在打呼噜。鲁弗斯抬起头来，看到汉克，他那抚摸着书脊、略显紧张的手指渐渐放松下来。他对汉克说："咱们能促成这件事，我很高兴。"

汉克看着鲁弗斯用胳膊紧紧搂着克劳迪娅的腰。鲁弗斯的这一动作提醒了汉克，他也应该去搂住苏珊的腰。

"没错，"汉克轻声表示赞同，"我希望大家这次都别感到太失望。"

开飞机的埃洛伊丝2

1970 1978 1988 1989 1999 2010

你好

再见

亲吻我的黑屁股吧[1]

德国，东柏林。在埃洛伊丝·德莱尼最后咽气的公寓对面的街道旁，如今有一家舞厅。这家舞厅开在一座房间众多、如迷宫般的旧时仓库里。仓库周遭长满了高挺的野草，从外面看简直就是一座鬼屋。随便哪天夜里（比如今晚），随便透过哪扇窗户，都能看到有人大汗淋漓地跳舞——灯光明暗变幻，频频闪烁，向年轻的肉体发出热辣辣的邀请，而灯光下，那些人仿佛幻影一般摆动着身体。

1　原文皆为德语。

在这些跳舞的身影中间，有一群美军士兵。他们大多数都是黑人和西班牙裔。这些士兵是从伦敦的军事基地调到此处的，他们住在柏林马克旅馆，总是趁着十二月的冬雾来享受音乐、寻找夜生活、勾搭德国姑娘。士兵们从一辆严重超载的出租车里鱼贯而下，加入了挤成一团的夜店寻欢者行列。空气中到处弥漫着大麻的气味。一个身材精瘦、留着山羊胡子的士兵来自佐治亚州巴克纳县——没错，就是埃洛伊丝·德莱尼出生的地方。他们俩是表亲，关系隔了一层，只不过他并不知晓这一点。当这个士兵还是个两岁的小男孩时，埃洛伊丝曾经小心谨慎地抱着他，让他在她的膝上蹦跳。时光飞逝，如今埃洛伊丝早已离开人世。然而对这个世界而言，她的死去本无所谓，她不会停留在人们的记忆之中，一丝一毫的痕迹也不会留下。

　　一九七〇年，埃洛伊丝·德莱尼拄着拐杖参加了金·蒂龙的婚礼。她唯一值得尊重的男性表亲，迎娶了一个非常挑剔的女人。九个月后，这个名叫萨拉·布劳恩的女人为金·蒂龙生下了一个女儿。婚礼是在泰比岛码头举行的，两位新人以大西洋为背景立下誓言，只有一小群宾客前来见证。婚礼之后的晚餐并非大摆筵宴，但也准备了不少鱼虾、生蚝和扇贝。如果宾客中有谁不喜欢吃海鲜，那他可就太不走运了。

　　埃洛伊丝从战场上回到家中——她所参与的这场战争，有许多美国人已经开始怀疑它的意义了，但大多数美国人对它依然兴味盎然，直到战争宣告结束。被部署到前线之后，埃洛伊丝从报纸和电视新闻上看到了一些报道，她第一次感觉到信仰危机。在战争中，有人生存，就一定有其他人死去，这是铁一般的事实。夜晚独处时，越南战场上的伤亡数字总是让埃洛伊丝辗转难眠。自从进入情感空窗期以来，她有了大把闲暇时间。她不确定，她从前的战友们是否也像她一样，为背叛感和惶惑感所扰。她想到了杰贝迪亚·爱泼伍德说过的，这一切都不是真实的。如果他也在巴克纳县，她真想跟他一起借酒浇愁，不为别的，只为从一个不同的角度理解这一切。埃洛伊丝会一次又一次地给阿格尼斯打电话。而阿格尼斯呢，则是近乎不由自主地让电话保持畅通，这让她几乎有些憎恶自己。她有时会回答埃洛伊丝的问题，有时会陷入长久的沉默：或许你早已无法忍受某些人，但这并不意味着你不再爱他们了。

　　为了让埃洛伊丝振作起来，弗劳拉·爱泼伍德专门在一天下午来到泰比岛，驱车带着埃洛伊丝去了巴克纳县城郊的一个"新地方"。这个所谓的新地方便是木兰湖旅馆，一家坐落在纷乱湖边的老旅馆。在它的繁盛时代，常有客人拖家带口地来到这家提供早餐的旅馆，享受烧烤、野餐，骑小矮马，在午后喝一点鸡尾酒和甜冰红茶，或是尽情享用恶魔蛋和蟹饼之类的美食。这里的新业主铲掉了墙上的壁画和涂料，照着好莱坞电影布景的样子对旅馆进行了重新装修。每周四五六晚上，会有一位DJ来这里打碟，而在每个月第一个星期六的晚上，还会有爵士乐队现场演出。这里有钟点房，男人们可以带着他们的情妇或是同性情人来开房。女人则可以同时跟男伴和女伴一同来玩，午夜时分脱掉衣衫到湖里畅游绝对是一件美事。埃洛伊丝惊讶地发现，在这里玩乐的女人们不光抽烟喝酒，还会在大庭广众之下勾肩搭背。但后来她靠着厚重的窗帘，一直呆望到黄昏时分，心中有所感悟——她不想夺去弗劳拉的快乐，或者愤懑——我们大多数时候还是要掩藏自己的性取向。埃洛伊丝拖着一条瘸腿，缓慢地走在弗劳拉身旁，让当晚木兰湖旅馆里所有的宾客都成了她的观众。随后，埃洛伊丝告诉这位密友，她要搬去德国了。

"埃洛伊丝，"弗劳拉说道，"我是劝过你离开巴克纳县，但我的意思可不是让你永远离开。"

可埃洛伊丝该怎么向弗劳拉解释呢，巴克纳县给她留下的都是撕心裂肺的记忆。这里的一草一木都会唤醒她的那些记忆：她那醉酒的母亲、失踪的父亲、逃离修道院的"哭泣的修女"玛丽，当然还有她那远走高飞、留在他乡的情人阿格尼斯。

埃洛伊丝在巴克纳县停留了八个星期。这期间，她在东南航空报名了高速飞行课程——没错，就是那个克劳德·约翰逊工作过的航空工程公司。埃洛伊丝的飞行教官是个中年白人男子。他看着埃洛伊丝的学习申请，问她为什么要学开飞机。

埃洛伊丝点燃一支香烟。"我想在世间万物上空翱翔，"她知道教官或许还会再追问她一些问题，便补充道，"我想你肯定听说过贝西·科尔曼吧。"

教官给埃洛伊丝上的第一堂课，是如何识别飞机的种类，并对飞机进行检查。她记住了控制面板上的每一个开关，熬过了每天四小时，还要撰写一份模拟飞行日志的枯燥乏味的地面课程。她是班上唯一一个黑人学员，也是教官所带的第一个驾机飞越机场、湿地和沼泽的学员。她驾着飞机，看到了河岸上那些闭目养神晒太阳的鳄鱼。

"怎么样，德莱尼女士，感觉如何？"教官问道。

埃洛伊丝放声大笑："只要我别把这架小可爱摔了，把咱俩都变成鳄鱼的口中食，这感觉就不错。"

她驾着飞机不断爬升，五百英尺、七百英尺、一千英尺，只有朵朵白云围绕在她身边。"轻盈得就像一片羽毛。这一刻我觉得自己简直无所不能。"

她带着一张业余飞行驾驶证，去了德国。

二十世纪七十年代，美国设在欧洲的军事基地有百分之六十位于西德。埃洛伊丝·德莱尼当然提前"做过功课"，知道贝西·科尔曼是在弗拉德切芬和柏林创下了她的功业。但埃洛伊丝并不了解德国与非裔美国人之间那悠长而复杂的历史纠葛。一九六四年，马丁·路德·金博士曾经游历东西两德。当然，在第二次世界大战期间，有不少应征入伍的黑人士兵也曾为美国效力，与纳粹作战。他们之中有许多人，在法国和德国体会到了自己在美国永远无法得到的自由。

埃洛伊丝被派驻到德国罗腾堡的军事基地待了一年。长官鼓励她去种族关系办公室工作，负责指导优秀非裔美军士兵的招募。她从德国给弗劳拉寄了一些明信片。

亲爱的弗劳拉：

我实在不喜欢在基地里居住。他们安排我在小隔间里处理文件。我并不适合做一名所谓的文员。我在越南战场上拼上这条命做情报工作，可不是为了待在别人的办公室里录入数据，或是搞征兵工作的。如果现在我去读个高级点儿的学位，是不是显得太自私了？

你的埃洛伊丝

亲爱的埃洛伊丝：

我从来都没能真正理解"自私"这个词的意义。去读一个高级点儿的学位能让你更快乐吗？或者说，能让你快乐吗？

你的弗劳拉

亲爱的弗劳拉：

在后勤总部混了一年之后，我决定调去公共部门，还要去柏林大学读书。我认为计算机、卫星和监视技术才是未来的发展方向。我还要学习密码学。

学习密码学的埃洛伊丝

亲爱的学习密码学的埃洛伊丝：

好吧，我觉得这些都不错。但你从不谈及你的生活近况，这让我感到困扰。埃洛伊丝，你过得怎么样？你有特别要好的女友了吗？这一生过得如此之快。孤独是难解的人生之疾啊。

好奇的弗劳拉

亲爱的好奇的弗劳拉：

在柏林住公寓的第一个月真是糟透了。德国人真冷漠。我知道他们很冷漠，但许多人比我预想中的更加冷漠。有一次我过马路闯了红灯，一个司机差点撞死我，还对我大喊大叫。我并不认为这与种族有关。他们彼此之间也不存在我所知的"温馨而模糊"的人际关系。我现在还是会乱穿马路。因为我实在不知道站在路沿，慢悠悠地等到路上没有车辆经过意义何在。好奇的弗劳拉，如果你再也听不到我的音讯了，那就意味着我已经被某个没有耐心的德国人开车撞死了。

乱穿马路的埃洛伊丝

亲爱的乱穿马路的埃洛伊丝：

你应该出门去多跟人接触。总不能所有的德国人都没耐心或是脾气坏吧。出门去见见世面，做点事情。做这些的时候想想我。埃洛伊丝，我已经老了。上帝呀，我真不想就这么变老了。

疲惫而衰老的弗劳拉

亲爱的疲惫而衰老的弗劳拉：

我为金·蒂龙的女儿黛德丽准备了一份礼物，寄到你那儿去了，请你捎给他们。他们给我寄了照片，她真是这世上最可爱的小东西。读了你的信，我发现你有些小问

354

题，比如自怨自艾。如果你感觉自己变老了，或许去拥抱一些新的东西也没什么大碍。比如拥抱一个婴儿。人们都说，婴儿是清清白白地来到这个世界的。但如果你真的亲自观察过婴儿，我觉得他们其实是带着所有被我们遗忘了的智慧来到这个世界的。我的礼物就是一个简简单单的婴儿摇铃，德国人很擅长制造这种简单玩意儿。如果你能去抱抱金·蒂龙家的宝宝，我也会出门去交新朋友。当然，我必须坦承一点，以我的品位而言，日耳曼女人皮肤太白了。我更愿意抚摸巧克力色的肌肤。

爱摸巧克力色肌肤的埃洛伊丝

亲爱的爱摸巧克力色肌肤的埃洛伊丝：

你的来信让我哑口无言。我没什么好写的也没什么好说的。抱着小黛德丽，对我重新振作精神的帮助很大。你也很了解你的表兄金·蒂龙。那个婴儿摇铃跟他们家的一切都是那么般配。你是怎么想到送一个八爪鱼形状的婴儿摇铃的？

重回正轨的弗劳拉

亲爱的重回正轨的弗劳拉：

自从来到柏林，我的体重已经涨了十五磅。我这辈子第一次有了一个又圆又翘的屁股。没准儿黛安娜·罗斯或是阿格尼斯都会羡慕我的屁股。阿格尼斯——我一直在想她，你知道吧。或许这就是我暴饮暴食的原因。也可能是因为该死的德国面包。德国人似乎很喜欢把食物弄得丰盛诱人。猪肘子、炸肉排、碎肉腊肠。跟我们从小到大吃的东西一点都不一样。还有他们那种面包！我的屁股之所以变得又圆又翘，就是因为这些。弗劳拉，我能一次坐在那儿吃掉一整篮的面包。这些面包让我想起戈特利布面包店，米勒夫人，对，还有阿格尼斯。你看，我又提到她了。但是，说句真心话，我也成功地找到了一些分散注意力的方式，我结识了一些可爱而又无所顾忌的德国女友。这么说吧，这边的女同性恋夜生活非常充满活力。每个人都有属于她自己的小乐子。你完全不需要奔波工作，也能在夜里或者早晨怀拥佳人。我结识了一个叫作格蕾塔的女人——好像叫格蕾塔·嘉宝。她是柏林大学历史系的学生，是个非常激进的人。亲爱的，柏林的大学生们总是在就各种各样的事情进行着抗议。我想，是美国发生的事情给了他们启发。格蕾塔喜欢让我陪在她身边。我觉得这挺好的，因为这样我学习德语的进度要比在军事基地的时候快得多。最近，我们去听了安吉拉·戴维斯[1]的演讲。我站在那儿，心中思考着，原来这世上还有那么多东西是我不了解的。即便我能完整地过完这一生，弗劳拉，我也不可

1　安吉拉·戴维斯（Angela Davis，1944— ），黑人女性政治活动家。

能了解这世上全部的事情。

新交了女朋友的埃洛伊丝

亲爱的新交了女朋友的埃洛伊丝：

我嫉妒了。

心怀嫉妒的弗劳拉

亲爱的心怀嫉妒的弗劳拉：

亲爱的，不要嫉妒。我真正爱过的、和我有过浪漫爱情和亲密关系的女人只有两个，你是其中之一。格蕾塔很可爱，也很善良。甚至在我觉得自己应该适当受惩罚的时候，她依然能包容我的过失。有一天，我俩在她小小的公寓里做香肠，往肠衣里灌肉的某些细节，让我想到了我爸妈在海鲜加工厂收拾螃蟹的情景。格蕾塔和她的朋友们，还有我，大家开怀大笑，非常开心。我们都喝了些啤酒。可是你知道吗，灌完那些香肠之后，我放声大哭起来。她们问我怎么了，我把她们骂了个狗血淋头。格蕾塔让所有人都离开，然后问我，她该怎么做才能让我感觉好一些。我把她给"干"了，弗劳拉，因为你也是知道的，有些时候只有"干"才是唯一有意义的事。格蕾塔居然敢问我，我是否迷恋她的身体。我实在不知道该对此说些什么。她是个年轻的历史专业大学生，历史专业大学生对任何事情都喜欢去做权衡。所以我把真相告诉她了——当她用手抚

357

摸我的头发的时候,我压根儿就没有花费一丁点时间去想
过,她是否迷恋我的身体。她说,这算不得一个诚实的回
答。我希望你能见见格蕾塔。她有一身小麦色的肌肤。后
来我俩一起去了一家酒吧,我对我俩共同的朋友讲述了一
个故事。只要喝足了酒,我就能胡诌出好多故事来。我已
经靠这个本事钓到过一个女朋友了。

胡诌故事的埃洛伊丝

＊　＊　＊

二十世纪七十年代和八十年代初,是埃洛伊丝人生中最快乐
的时光之一,只不过她自己并没有意识到这一点。经历了一场丑陋
的战争之后,在这美好的十多年时间里,她可以尽情工作、游历,
无忧无虑、无事挂怀。大卫·鲍伊当时正居住在柏林,录制着《英
雄》。伊基·波普[1]正忙着吸食海洛因。埃洛伊丝并没有去嗑药,而
是选择享受四处寻欢。她和格蕾塔的关系之所以终结,是因为有一
天晚上格蕾塔醒来,听到埃洛伊丝正跟另外一个女人通电话。

"亲爱的[2]。"埃洛伊丝对着电话听筒说道。

"那女人是谁?"格蕾塔很想搞清楚,于是她在埃洛伊丝挂断
电话之后问道。

"就是一个我交往过的人。"

1　大卫·鲍伊和伊基·波普均为二十世纪六十年代英美当红的摇滚歌手。
2　原文为Love,可理解为"爱"或"亲爱的"。

"你不能这么做。你怎么能这么做？"

埃洛伊丝和格蕾塔就这么分手了。但她俩仍然保持着密友关系，偶尔也做做露水情人。埃洛伊丝把她那张印着贝西·科尔曼照片的剪报卷了起来，藏进抽屉里，把她心中的英雄和飞行事业都抛到了九霄云外。她继续到处信口开河，而那些陈年往事，她只想通通忘掉。

"我妈那边的亲戚都是些怪物，"埃洛伊丝在酒吧里如是讲述着，"他们都死得非常惨烈。有的被枪打死，有的被大砍刀砍死，有的被小刀捅死。我的亲戚里有好几个是被吊死的，虽然我也不知道这种暴力是不是他们自己的问题。自从我的曾曾曾外祖父母还在低地国家的稻田里做奴隶下苦力的时候，这样的暴力便开始传承了。我曾曾曾外祖父母的女儿玛蒂尔达得到机会去大户人家的房子里工作，因为她的肤色相对较浅。然而最后一刻，那家里反复无常的女主人却说，不，我不要她了，我要另一个。女主人的这番话激怒了我的曾曾曾外祖母，她非常气愤，以至于当场抽了女主人、还有那个替代她女儿位置的女奴的耳光。作为报复，女主人把玛蒂尔达卖掉了。人们都说我的曾曾曾外祖母曾经反抗过残酷的凌虐，那些凌虐在她的人生中留下了深刻的印迹。当她从伤痛中恢复之后，尽管承受着殴打和鞭笞，她和她那七个身材健壮的儿子都不再干活。他们奋起反抗，以至于奴隶主将他们全部处以绞刑。他们之中有一个人的脖子没被拽断，逃过一死。奴隶主意识到，有些斗争是不可能取胜的。通过查账，奴隶主发现，为了驯化这些奴隶，他就已经损失了接近一万美元。那个亲眼见证所有兄长无故被杀的最年轻的奴隶，已经生无可恋了。他等待着，等待着死神将他带走。当一切平息之后，女主人带进大宅的那个肤色较浅的姑娘在拿鸡蛋的时候倒地而死，而女主人先后四次流产了奴隶主的孩子。生在南方、畏惧上帝的奴隶主，坚信家中遭遇了瘟疫袭扰。他把我的曾曾外祖母玛蒂尔达又买了回来。当玛蒂尔达看到她母亲和六个兄弟的坟上长出了雏菊，她把自己的名字也改成了黛西[1]。失去家人（除了她那个脑子受了刺激的弟弟）的悲痛，让她的灵魂逐渐滑向阴暗罪恶的深渊。如果树上垂下一根枝桠碰到了她，她会毫不犹豫地抄起斧头把树砍倒。尽管黛西常常摔坏碗碟、让便桶里的脏水流满地、不关鸡窝大门让狐狸随意进出，甚至把送水工刚刚从井里挑来的洁净饮水泼到后院，奴隶主和女主人也不会招惹她。看到她在厨房朝奴隶主的饭菜里吐痰，也没人会出声，甚至连穿着长筒胶鞋的女佣们和黑人长工大叔们也不敢言语，因为大家都害怕黛西暴怒的样子。奴隶主认为，早晨还能醒来看到日出，本身就已经是上帝的恩赐了。每天清晨，他都会看着黛西，问她：'黛西，你今天打算毒死我吗？'

"'不，先生，'她通常会这样回答，'我十有八九会在明天毒死你。'

"黛西一直没给奴隶主夫妇下毒。他们离开人世的时候，让她和她那愚笨的弟弟变成了自由身。可是重获自由的他们能做些什么呢？又能去哪儿呢？有人说，谢尔曼正率军向种植园开进[2]。谢尔曼

1　**Daisy**，意为雏菊。
2　参见美国南北战争时期谢尔曼将军著名的"向海洋进军"。

将军总是穿着他的蓝色军服向某地或是某人进军。当他看到在七座被妥善打理的坟墓旁徘徊的黛西，便把手中的火把递给了她。

"'把一切都烧光吧！'谢尔曼喊道。他在摧毁敌人方面颇有战略头脑且长于计算，他判断黛西恰是一个头脑清醒而刻薄的人。"

＊　＊　＊

柏林墙被推倒之时，埃洛伊丝正待在意大利美丽的中世纪古镇卢卡。她醒来的时候，双腿之间刺痛不已。她所在的房舍是那样陌生，床铺上的被单破损不堪。她记不清自己究竟身在何处，也记不清自己昨晚究竟做了什么——她只记得一家酒吧，所有人都在畅饮作乐，她喝了数不清的红酒。埃洛伊丝将她在柏林的公寓以三倍价租了出去，只身来到意大利度一个长周末，因为适逢柏林墙被推倒，喧闹的人群让她意乱心焦。

一个披着一头黑发、长着标准鹰钩鼻、下半身穿着牛仔裤、上半身套着T恤的苗条女子走进卧室，给了埃洛伊丝一个早安吻。那女人用生涩的英语说，汉斯正在煮咖啡，但她认为大家最好还是出去吃早饭。埃洛伊丝在床上坐起，发现自己身下是一张咕噜作响的水床。她盯着黄色的墙壁和叶绿色的意大利式地砖，她的衣服被撕成了碎片，四散扔在绿色的地板上。近些年来，埃洛伊丝已经习惯了在清晨醒来看到陌生的女人，而她偶尔——确切地说是极少数的时候——也会喝到酩酊，忘了节制。

"现在几点了？"埃洛伊丝用意大利语问那个女人。

"已经是午后了。"那个女人又亲了埃洛伊丝一口，随后溜出了卧室。埃洛伊丝怕是一辈子都想不起那女人姓甚名谁。还好，看到护照、钱包和一切个人物品都还在，埃洛伊丝感到全身放松下来。

真正让埃洛伊丝猝不及防的，是那个叫汉斯的男人。埃洛伊丝穿好所有衣服，走到厨房，发现那男人正赤身裸体地在灶台前忙着。

"要再来一次吗？"那男人一边说着，一边搅动煎锅里的鸡蛋。埃洛伊丝现在清晰地回忆起昨晚的事——一切都与那个女人有关——在酒吧里遇到的那个叫维多利亚的女人，还有汉斯——来自荷兰、正在替朋友照看房子的汉斯。透过厨房里的一扇窗户，可以看到一个花园——若是在夏天，那花园的风景一定是美不胜收的。埃洛伊丝在窗户玻璃上看到了自己的投影。在那一瞬间，她发现自己的样子与母亲几乎别无二致。她感到头疼，下体也在疼痛，她感觉自己的尊严正在一点一滴地消失，因为她失去了某些珍贵的东西。这一天是一九八九年十一月九日，柏林墙倒塌后第二天。埃洛伊丝已经四十多岁了，每天都要抽掉一包不带过滤嘴的香烟。但她喝酒作乐、与陌生女人相交寻欢的岁月，就此正式终结了。

* * *

二十世纪九十年代，埃洛伊丝每年都会回乡一次。这个因为听闻克劳德·约翰逊暴死而雀跃不已的女人，此时开始关注他的亲戚族人。她发现克劳德·约翰逊的亲人都挣扎在贫困线上，而且戒不掉嗑药的坏毛病——这个恶习已经从南方逐渐蔓延传染到了他们身上。埃洛伊丝并不是一个富婆，但她踏实勤奋，即便在她四处寻欢作乐的年月也没有忘记工作。埃洛伊丝咨询了一位财务顾问，为她的穷亲戚设立了一个小额的信托基金。因为这是家族中一个头脑清醒但膝下没有儿女的长辈应该去做的事。在与金·蒂龙夫妇和他们的女儿黛德丽一同在海滩上长距离散步的时候，埃洛伊丝注意到那孩子了解不少关于海鸟、鱼类和贝类生物的知识。从那时起，她便开始送给黛德丽一些关于珊瑚礁和海洋生物的带地图的书籍以及成罐的巧克力色脆饼。当美国驻柏林使馆的上司们给埃洛伊丝提供了她应得的晋升机会时，她欣然接受了。她告诉弗劳拉：巴克纳县永远是我的家乡，但德国是我生活的地方。

二〇〇六年，埃洛伊丝在弗劳拉的坟前献了花，痛哭了一场。二〇〇九年，她在母亲的坟前献了花，哭得没那么撕心裂肺。她在母亲的坟旁买了一个墓穴，作为自己死后的容身之所。

母亲葬礼两天之后，埃洛伊丝在繁华的大街上和阿格尼斯撞了个满怀。这是两人数年间的第一次重逢。

"阿格尼斯。"埃洛伊丝说道。

"埃洛伊丝。"阿格尼斯点点头，想继续前进。埃洛伊丝伸出手来拦住了她。

这是一个微凉的秋日，街上人来人往。两人就站在步行道上。埃洛伊丝忽然意识到，自己已经颇显衰老，而阿格尼斯，好吧，过了这么多年，她居然还保持着从前的模样。

"阿格尼斯，你在这儿干什么？我是说，你在巴克纳县干什么？"

"我还想问你同样的话呢。我不喜欢你这种问话的方式。"

"前几天我母亲去世了。"

"哦，哦，唉。"阿格尼斯忽然哭了起来。埃洛伊丝觉得她这种行为很奇怪，因为除了去米勒家送过鱼虾，德洛雷斯·德莱尼几乎就没跟阿格尼斯说过话。

"爱迪也死了，"阿格尼斯拿出丈夫用过的红色手帕，"癌症把他带走了。"

埃洛伊丝让阿格尼斯节哀。这一次，两人算是坦诚相见了。"阿格尼斯，我感到非常遗憾。"

"他是个好人。"

"我不认识他，但我想他一定是个好人。"

"怎么？你是怎么确定的，埃洛伊丝？"

"阿格尼斯，因为我了解你。你不会嫁给一个坏男人的。"

"可是一个好男人或许会娶到一个坏女人。"

"哎，阿格尼斯，你现在有点钻牛角尖了。我可没办法饿着肚子陪你一起钻牛角尖。我打算去路边找一家咖啡馆吃顿午饭。一起来吧？"

两个女人走进一家咖啡馆坐了下来。其实这是一家连锁店。

"你为什么打扮得都不像是你了？"阿格尼斯问道。她的话音里带着一点点不赞同的语气。因为要为亡母服丧，埃洛伊丝穿着一

364

条连衣裙，而不是裤装。

埃洛伊丝从阿格尼斯的问话中看到了与对方重归于好的希望："阿格尼斯，你是不是喜欢看到我穿裤子的样子？"

"我只不过是很高兴又能见到你。"说罢，阿格尼斯眨了眨她那一如儿时般浓密的睫毛。

埃洛伊丝鼓起勇气，改签推迟了从家乡飞往柏林的航班。她邀请阿格尼斯第二天共进晚餐——还约对方晚饭前到她入住的巴克纳县河岸地区的精品酒店，一起喝鸡尾酒。

"听起来不错。"阿格尼斯展示着她两个已经长大的女儿的照片——贝弗莉和克劳迪娅，还有她的孙辈子女。埃洛伊丝甚至都无法装出兴味盎然的样子。

"我的女儿克劳迪娅，"阿格尼斯说道，"是个研究莎士比亚的学者。"

埃洛伊丝笑笑："哎呀，'哭泣的修女'玛丽不就喜欢那个嘛！"

"谁？"阿格尼斯皱起鼻子。她把照片和装照片的钱包都塞回她的真皮手包里。

"'哭泣的修女'玛丽——就是那个在圣保罗教会学校教我们莎士比亚的年轻修女。"埃洛伊丝一边说着，一边点燃一根香烟。

"我女儿克劳迪娅是从爱迪——就是她父亲那儿——了解的莎士比亚，"阿格尼斯耸耸肩，"我为什么跟我女儿讲圣保罗教会学校那种地方呢？为什么会有人愿意提起那里呢？"

"你依然是个集爱恨于一身的人呀。"

"大多数时候我还是更倾向于爱的吧。"

　　不过，翌日傍晚，阿格尼斯并不会去跟埃洛伊丝共进晚餐，也不会去她入住的酒店喝鸡尾酒。而埃洛伊丝呢，则会坐在客房的双人床上，俯瞰那条尽管被污染却依然称得上美丽的河流。她独自一人望着皓月从河上升起，心中思索着，她在越南战场上见到过的当众表演莎士比亚戏剧的矮个子壮汉，真的给了阿格尼斯幸福生活吗？

　　最终埃洛伊丝会说："我就知道她不会来的。"她会这样告诉自己，如此大概是最棒的结局，在咖啡馆里聊聊天是一回事，而发现自己已经白发苍苍、垂垂老矣则是另一回事。我看上去还算年轻，但阿格尼斯看上去更年轻。她会点燃一支香烟，再花上几小时自怨自艾，思索自己究竟忘记了什么。她真的忘记了什么吗？她已经关上了爱的心扉，变成了一个等待者，等待某个绝不会有相同感受的人。你怎么能揭开我的伤疤又把我这样丢下？阿格尼斯，你究竟在畏惧些什么？真的，该发生的都发生过了，还有什么可畏惧的呢？

　　在返回德国的途中，埃洛伊丝会想到贝西·科尔曼。回到住处之后，她会把卧室抽屉翻个底朝天，寻找那张她儿时起便无比钟爱的剪报。那张剪报业已褪色，但埃洛伊丝·德莱尼仍能认出贝西·科尔曼的容貌，以及部分词句。

　　就在同一个星期，埃洛伊丝报名进入了柏林的航空学校，以六十岁高龄重拾她所钟爱的飞行。有时，她会邀请那些更加勇敢的女伴跟她一同升空。她会继续同一大票女人谈情说爱或是相交寻欢，而那些女人也会不同程度地爱上她。但她也时常会不可避免地听到某位女友说："我没想到……"

每当这时，埃洛伊丝总会翻个白眼，替她们来个痛快："宝贝儿，这不是你的错。是我还没做好认真恋爱的准备。"

在女友们收拾个人物品的时候，埃洛伊丝常常会走着去弗拉德切芬附近的酒吧，但她总能按时回来，以防这些女人把不属于她们的东西也打包带走。

每次开飞机升空，埃洛伊丝都会把这些忘到九霄云外，无论是人还是事。为了完全享受飞行的快乐，她还会去研究飞机的引擎，在脑海里将引擎的零件分解组合，就像是解剖女性器官一样：这里是阴道，这里是小阴唇，这里是大阴唇，这里是子宫颈，这里是子宫，这里是卵巢……她会在心中默默念叨，埃洛伊丝，你这个不折不扣的肮脏的老女人。

她还是会继续每天抽一包半香烟：这是她唯一的恶习。她不愿放弃这个嗜好，甚至不接受医生关于戒烟的建议。你算什么人，凭什么对一名老妇人说她不能再抽烟了？我住在柏林。

她会因为一场感冒而病倒。住院之后，这场感冒会演变成肺炎。经历了足够长时间的治疗之后，她会回到位于弗拉德切芬的单间公寓。她最后一次病倒之时，她的德国朋友们会给她在佐治亚州巴克纳县的亲人打电话。此时的埃洛伊丝已经七十岁了,尽管不能算是特别老,但也绝对不再年轻了。

"我妈妈在哪儿?我爸爸在哪儿?金·蒂龙在哪儿?还有阿格尼斯呢?阿格尼斯?哦,上帝啊,阿格尼斯在哪儿?"弥留之际的埃洛伊丝会躺在床上,仰望着金·蒂龙的女儿黛德丽的脸——金·蒂龙已是疾病缠身的垂垂老者,无力跨越大西洋来看埃洛伊丝了,所以派黛德丽替他前来。

埃洛伊丝会紧紧抓住黛德丽的双手,问她许多与海洋有关的事。让她感到欣慰的是,黛德丽已经成了一名海洋生物学家。黛德丽会为她的姑姑埃洛伊丝念叨各大洋的名字:太平洋、大西洋、印度洋、北冰洋,以及广阔的南大洋。埃洛伊丝会一边点头,一边更加用力地握着黛德丽的手——这是她迎接人生终点的方式,她可以借此放空所有纠缠她心灵的丑恶的恨意。"姑姑,"黛德丽会低声对她说,"放开这些吧。"埃洛伊丝的目光会越过黛德丽的双肩,看到弗劳拉,看到她的爸爸妈妈,还有"哭泣的修女"玛丽。他们会向她飘来,像是抬棺者一样,把她从床上抬起。他们会面带微笑,在埃洛伊丝耳边轻轻说话。而埃洛伊丝呢,则会用英语和德语咒骂着他们。

"把我从这该死的棺材里放出去!你们是有什么毛病吗?你们要把我抬到哪儿去?把我从这该死的棺材里放出去!我希望被火葬!我改主意了!别把我埋进土里,听到了吗?"

然而死亡将持续裹挟着埃洛伊丝向另一个世界行进。埃洛伊丝——或者说她所谓的灵魂——将带着愤怒飞出公寓卧室窗户，飞过风中飘扬的德意志三色旗，飞越街边的仓库。那仓库业已被非法住客们占据，在私搭乱接的电线的作用下，灯光忽明忽暗，那些住客仿佛成了潜行的鬼影。埃洛伊丝的灵魂在这里停顿了一秒，想要听听他们究竟在放什么音乐。然而她什么乐声都没听到。

你好

再见

亲吻我的黑屁股吧

只有她的声音随风扶摇升天，与虚空万物融为一体。

一只鳄鱼的重量

2010

　　当阿格尼斯告诉女儿们她正在返回佐治亚州的途中，她们吃了一惊。阿格尼斯是与一群来自北方城市的退休老人同行的，这些人要么是卖掉了自己的房子，要么是失去了自己的房子，要么是逃离了不孝不悌的儿女和孙辈，要么是单纯想要重寻旧爱、落叶归根。对阿格尼斯来说，回家这件事并未掺杂太多情感因素，也没那么复杂难懂。她身患严重的风湿性关节炎。有些时候，当她走出位于河畔和155号大街的公寓时，关节总会因为受风而吱嘎作响。如今，她的丈夫爱迪已经辞世两年，再也没有熟悉的人为她涂抹万金油缓解关节疼痛了。每到冬天，阿格尼斯总觉得自己已经成了被户外严寒困在家中的病人。于是，她将自己那套出租公寓过户给了贝弗莉和她的四个子女，准备去巴克纳县享受更加和暖的气候，投奔仍然居住在那儿的少数亲友。她的朋友之中，有相当大一部分已经年老肥胖，或是双目失明，或是罹患糖尿病，要靠助步器或是拐杖才能

370

行走。他们满脸狐疑地打量着阿格尼斯："你是喝了长生不老泉水吧？"

"哪有什么长生不老泉，"阿格尼斯看着她脚上那双有些开胶的气垫跑鞋，"我半辈子都住在纽约城里。时至今日，我觉得我生来就应该去健步走。"每当此时，阿格尼斯都会庆幸自己在走着就能到巴克纳县图书馆的地方租到了一间小小的单房公寓。她很庆幸自己买到了一辆二手的深绿色萨博轿车，可以在需要的时候驾车去食品店或是每周一次的农夫集市，料理自己的事情。她并不是一个信教的女人，但每天早晨起床时，她总会在心中默默祈祷："上帝呀，请保佑我的关节。"

阿格尼斯·克里斯蒂在佐治亚州巴克纳县城中心的巴克纳县图书馆做志愿义工，每周三次。此外，她还在一家专为来巴克纳县附近养鸡场工作的墨西哥移民设立的语言学校教英语，每周两次。是女儿贝弗莉在她去南方之前，劝她注册了非母语英语课程授课资质。"妈妈，"贝弗莉是这么说的，"我能预见到，等你到了南方，独自一人无事可做的时候，你会抑郁的。"但真正帮她报名参加培训并替她交了学费的，却是克劳迪娅和她的丈夫鲁弗斯。克劳迪娅夫妇还为阿格尼斯支付了飞机票钱和搬家费，当作他们的离别礼物。

一个看上去十岁大的黑人男孩走进图书馆，要借一本名叫"磁力石"的书。起初，阿格尼斯查阅了网上的科学类书刊目录，认为这书或许在描述一种她所不熟知的石头。但查到第三遍的时候，她调阅了图书总目录，看到一个书名——"魔力石"。她把电脑显示器转向那个男孩，指着书名问："你是说这本《魔力石》吗？"男孩眨眨眼。他的脸颊消瘦，一双眼睛在阿格尼斯看来有些太小，和他的脑袋不太相称。"对，就是这本书。"男孩说道。完全是出于好奇——阿格尼斯不喜欢把自己当成一个残忍的人——她将两枚二十五美分硬币、三枚十美分硬币和一枚一美分硬币扔到塑料地板上。她看着这些硬币在地上滚动，静静等待着，想看看这个黑人男孩是否受到过足够的家教，把硬币都捡起交还。

"咱们一共捡到多少钱？"阿格尼斯兴致盎然地问道。最后一枚硬币被放到她的手中。男孩站在问询台跟前，数着六十一分钱，嘴里念念有词。阿格尼斯看着他，尝试用同情的目光看着眼前的黑人男孩，就像忍住不去吹嘘夸赞她俊俏的孙辈一样——伊莱贾和威诺娜，三岁时候就已经识字，能做加减法了。就在阿格尼斯端详眼前这个黑人男孩之时，她的喉咙里忽然发出一个刺耳的声音，就像是吃到了腐坏的猕猴桃。黑人男孩的愚笨让她不禁想到自己另外几个前途未卜的孙辈：密涅瓦、小花生、凯莎和拉马尔。曾经有几回，图书馆里的小孩子们大声喧哗又不服管束，阿格尼斯不得不召来保安将他们赶出去，或是强迫他们安静下来。阿格尼斯常常屏住呼吸，忧心忡忡地思索着，女儿贝弗莉的孩子们将来会变成什么样子。自从圣诞节之后，她就再也没见到过他们了。

"宝贝，你多大了？"阿格尼斯问道。

"十岁。"黑人男孩答道。

她猜对了。阿格尼斯让男孩拿好那些零钱，又悄悄塞给他一张崭新的一美元纸币。下班之后，她步行了五个街区，来到巴克纳县邮局，像要赎罪似的寄出一张"想念你们"的贺卡，里面夹着四十美元——贝弗莉的孩子们每人十美元。

借走《魔力石》两天之后，黑人男孩回到图书馆，请求阿格尼斯为他们学校的募捐活动购买一条巧克力棒。阿格尼斯一口气买了四条牛奶巧克力棒，对男孩说以后别再来烦她了。珀维斯中学坐落在巴克纳县图书馆路对面。每个星期有三次，在放学之前大约四十五分钟的时候，校长总会到图书馆来借一些纪实类书籍。威尔森·塔特喜欢先花点时间浏览体育新闻，然后再拿着一两本体坛名人传记——大多数都是黑人棒球联盟里的人物，比如"黑色巴比·鲁斯"乔希·吉布森——来到问询台前。和塔特校长一样，阿格尼斯也喜欢纪实类书籍。但她关注得更多的是当地的动植物群——这里的海岸湿地，以及受此庇护的野生动植物。

阿格尼斯并未想过，在爱迪过世之后自己还能邂逅另一个男人。阿格尼斯不想再和别的男人交往了。她觉得，假如威尔森·塔特知道她的年龄，一定会知难而退，宁可去找个年轻点的女人。他第一次邀请她去参加巴克纳县的爵士音乐节时，她拒绝了——爵士音乐节让她感到心痛不已——但她答应跟他一起去长角牛周日自助餐厅吃早午饭。星期天一起用早午饭很快成为两人的习惯。吃过无数盘两人都认为没什么滋味的罗非鱼之后，威尔森问阿格尼斯，是否觉得如今的年轻人被管教得太松弛了，是否觉得年轻人内心深处的某些东西可能已经被永久性地污染了。

"阿格尼斯，"威尔森用勺子刮去罗非鱼肚子里的填料，"有些时候，他们会显得疯疯癫癫的，我不得不穷追不舍地教训他们。"威尔森六十出头，是个头皮刮得很干净的秃子。二十九岁那年他就谢顶了。头发曾经承载着他的骄傲，是他快乐的标志。一头自然的卷发，并不需要各种护卷护发产品来打理。有些时候，他还是会下意识地触摸早已不在了的"卷发"。

他解释道，大多数时候他还是会通过言语来教训学生。但如果时机合适，他也会把某个学生拖进办公室，躲开监控摄像头，把那倒霉蛋揍个七荤八素。

"小子，你这是在跟谁讲话呢？"威尔森重现着他拎着衣领教训学生的样子，"要是我敢对我亲爱的祖母这么说话，她非得扒了我的皮。"

"小心有挨过打的学生举报你，"阿格尼斯警告道，"到时候，你干了这么多年的体面工作可就要丢了。"

威尔森坐回柔软的餐椅上："至今还没有谁举报过我。这些愚蠢的年轻人需要纪律约束。"

阿格尼斯儿时从未受过体罚。她也从未体罚过克劳迪娅和贝弗莉。体罚孩子的活儿被她留给了爱迪——爱迪并不相信自己能做到少去体罚孩子，但他的确鲜有体罚孩子的行为。他们的两个女儿都长大成材了。阿格尼斯觉得自己亏欠了第一个孩子。贝弗莉降生之时，有些需要的东西是阿格尼斯从未有能力给予的——那是一份最低限度的爱，贝弗莉在她见到的、触碰到的一切东西里挖掘着这份爱。贝弗莉需要的是一份天生快乐的母爱，而这样的需求恰恰耗尽了阿格尼斯——一个刚刚逃离巴克纳县、重新感到自己是个正常人类的年轻母亲——的精气神。她的另外一个女儿克劳迪娅，是在她境况相对更好的时候降生的。当年在大马士革路上发生的事情，已经过去了足够久的时间，阿格尼斯认为自己可以成为一名合格的母亲。她通过宠爱克劳迪娅的方式怀念着克劳德，幻想着如果克劳迪娅是他的女儿，他也会如此爱着克劳迪娅。

"时间，"她对威尔森说道，"有些时候，年轻人更需要时间，而不是约束他们的纪律。"

威尔森·塔特打量着阿格尼斯。他总是在打量着阿格尼斯。"巴克纳县购物中心有一场日场演出。咱们要是不吃甜点的话，有可能赶得上开场，或者咱们可以去我家里看部电影。"

上帝啊，阿格尼斯心想，威尔森·塔特想要占有她。无论是男人还是女人，总是想要占有她。看着威尔森·塔特脸上那冀望的表情，阿格尼斯的虚荣心得到了一瞬间的满足。年纪大了，找个老伴儿也算是好事。

"威尔森，下星期吧，"她笑着说道，"我跟我女儿克劳迪娅约好了，八点钟给她打电话。我可不想因为去了你那儿而匆匆忙忙地再往家里赶。"

* * *

疑问，疑问，接连不断的疑问。

"妈妈，你怎样才能足够爱一个人呢？你是怎样才足够爱爸爸的呢？"近来某天的半夜，克劳迪娅打电话叫醒了阿格尼斯。

阿格尼斯穿着她那身印着花体字的格子花呢睡袍，从床上坐了起来。她庆幸女儿的半夜来电带来的不是谁的死讯。

"我的宝贝，"阿格尼斯的双眼还在适应卧室里的黑暗和手机屏幕的蓝光，"我们没时间思考这些问题。你们也不该胡思乱想这些。"

然而挂掉电话之后，阿格尼斯发现克劳迪娅的问题让她无法入眠。足够爱某个人，而不是爱某个人，在这一瞬间，她觉得应该坚守这"爱"的真谛，因为人们永远都不知道自己哪一天会离开这个世界。在她和爱迪婚后的最初阶段，爱迪一直在越南参战。他讨厌那场战争，然而出于阿格尼斯几乎无法理解的原因，他后来又选择了二次入伍。她的爱迪是那种血里有风、要去云游四方的男人，即便站在她面前时亦是如此。这就是她丈夫的本性。

当克劳迪娅再一次向她提起这个话题时，阿格尼斯问女儿究竟遭遇了什么困局："你，还爱着鲁弗斯吗？"

"主要是威诺娜的问题，"克劳迪娅说道，"她已经有所好转了。妈妈，我们还在努力。但有些时候，我和鲁弗斯会感觉，我们根本就不了解对方。"

"胡说——"

"不，妈妈，"克劳迪娅说道，"我没胡说。你有没有过这种感觉，你和爸爸渐行渐远了？"

"你们想要互相了解，到底图些什么呢？"

"夫妻原本就应该互相了解啊。"

阿格尼斯心想，如今的人们总觉得自己应该了解伴侣的一切。不过，她还是对克劳迪娅说道："有些事情我们本不用去了解。小心经营。哪怕是爱情也需要留下一方私密的净土。"

* * *

当爱迪前赴越南战场的时候，阿格尼斯则会在夜里去酒吧，点一杯"大都会"鸡尾酒，这是自然而然的事情。她会一个人坐在高脚椅上，观察酒吧里的人情冷暖。每当有另一个女人向她靠近——阿格尼斯从来都不需要等太久，就会有女人前来跟她搭讪——她都会站起身来，身上那条束腰连衣裙的下摆也随之如花般绽放开来。"我在等一位朋友。"她总会这么说。如果恰好有女人尝试跟她搭讪，或者想拦住她的去路，阿格尼斯都会笑笑，婉拒对方为自己买单的请求。

"我想我的朋友打算对我讲些事情。是她约我来这儿的。她肯定是打算对我讲些事情。"她常常会一边调着裙子的腰带，一边盯着舞池里那些伴着《我要带你去那儿》疯狂起舞或是凑在红色丝绒卡座聊天的女人。

有些时候——尽管比阿格尼斯自己凭记忆愿意承认的次数要多，但实际上并没有那么频繁——她会颓然地将整个身体倚在酒吧椅背上，让酒保再给她倒上一杯："干吗不来点更刺激的呢？这一次我要喝一杯'边车'鸡尾酒。现在埃洛伊丝随时可能现身。"

"她长什么模样？"通常坐在她左边或者右边的女人就会跟她聊起天来。

"噢，"阿格尼斯会把戴着手镯的胳膊撑在吧台边缘，"她大概五英尺六英寸，有着柔软的棕褐色皮肤，也就是意大利人所说的焦糖色。我想她这次应该会穿一件吊带背心，搭配锥形裤，戴着一顶男士软呢帽。"

阿格尼斯一边品尝着她那杯"边车"鸡尾酒里的橙酒、柠檬汁和白兰地，一边描述她和埃洛伊丝初次相见的样子，描述着埃洛伊丝被父母刻意"遗弃"成为"孤儿"的悲惨人生，以及她俩少女时代同睡一间卧室然后渐行渐远的故事。酒吧里香烟的迷雾，为阿格尼斯那半真半假、夹杂着事实真相和老套谎言的描述，提供了一张足够厚重的幕布。

"人们在孤独的时候，总会做出愚蠢到极点的事情，"阿格尼斯说道，"比如说，抄起电话拨通那些最好不再联系的旧情人的号码，或是打给压根儿就不算朋友的朋友。"

在爱迪和阿格尼斯位于南布朗克斯的宅院里，偶尔会响起电话铃声，间隔也许几个月，也许几天，也许只有几小时，毫无规律。你大概会以为那电话机有它自己的想法。当然，实际上是有人在某个地方拨动拨号盘，或是按动键盘，往这里打来电话的。阿格尼斯知道那一定是埃洛伊丝。她甚至不需要去听对方所说的第一个字，就能确定这一点。

"我知道电话那头有人。"阿格尼斯用手捂住听筒，扭头看了看她的女儿们，确保她们听不到她在跟别人通电话。听筒里传来更加清晰的呼吸声。

"你到底是谁？"

"谁也不是，"埃洛伊丝·德莱尼在电话另一头说道，"你把电话挂了吧。"

"我会挂掉电话的，"阿格尼斯说道，"可我不明白，为什么某些人这样固执呢？"

"因为爱。"埃洛伊丝低声说道。

"我压根儿就不知道什么是爱。"

"是啊，我觉得所谓的爱只不过是我一个人要去承受的负担。"

"埃洛伊丝，你不该打电话到我家里来。"

"阿格尼斯，那我该往哪儿给你打电话呢？"

"不要打。往哪儿都不要打。"

"我什么时候能见你？"

"你天天都能见到我，"阿格尼斯说道，"伸出手去感受吧，我就在那缥缈无形的空气里。"

每天晚上都会有一个时间节点，即便是最有决心的求欢者，也会用疲惫的眼光最终打量一下阿格尼斯，起身前去撩拨下一个目标。在"褐色榛子树"这家一九七二年开始于纽约西村开张营业的、向各种肤色人群开放的女同性恋酒吧，桑迪·西蒙斯坐在那儿，整整花了四十五分钟，听阿格尼斯讲故事，最后把手伸进裤袋，拿出指甲刀和指甲锉。自儿时起，桑迪就学会了这一招：每当有人称桑迪是"假小子""死拉拉"或是"伪爷们儿"，她就借此平息自己的愤怒。在出手打斗之前，她会安静地修剪指甲。如此一来，她的"敌手"就有机会做出退让，而她也有时间思量，自己究竟会取胜还是被揍惨。

"听着，"桑迪·西蒙斯对阿格尼斯说，"没人想听这种废话。你要么自己坐在这儿，要么跟我回家上床。"

桑迪·西蒙斯这种直奔主题的态度吸引了阿格尼斯。同样吸引她的还有桑迪那头浓密的短发，以及扎在棕色哈尔斯顿带扣牛仔裤里的笔挺的衬衫。阿格尼斯打消了告诉桑迪·西蒙斯她有多像埃洛伊丝的念头。

阿格尼斯遵循着一条金科玉律，就是从来不跟同一个女人第二次上床。然而桑迪亲吻了她，为她口交，让她忍不住弓起身体。桑迪还很会挑逗她，就像是"褐色榛子树"酒吧二层餐厅里即兴演奏的爵士乐钢琴师，在她的身体上肆意触摸。其实阿格尼斯从来不会去光顾那家餐厅，因为爵士音乐会让她感到心脏疼痛，而且店主为了让食物显得光鲜亮丽而用细面粉包裹后炸制的鸡肉、虾肉和鱼肉的味道弥漫在楼梯间里，与"褐色榛子树"酒吧里飘出的薄荷香烟味彼此交融，会沾染到她的衣服上，必须洗好几次才能把那气味洗净。

"不管那女人是谁，她把你调教得不错啊。"桑迪斜趴在大床上，伸手去拿一盒莫顿牌火柴。她这套整洁的小单身公寓阳台的窗户开着，街上的喧嚣如潮水般涌了进来。

"你为什么会认为是有人调教过我？"阿格尼斯忽然羞涩起来，用被单裹紧了她那赤裸的肩膀。

"放松点，"桑迪用胳膊肘撑在一个扁平的枕头上，"我们应该再约一次。吃顿晚饭，或者去找点别的乐子。"

阿格尼斯听说过一些南方男人抛妻别子的故事。也听说过一些孩子站在窗边，拉着窗帘向外张望，等待母亲或是父亲——大多数时候是父亲——回到家中的故事。埃洛伊丝就曾经是这样一个孩子。而那时的阿格尼斯太过关注自我的感受，并未真正意识到埃洛伊丝的处境。是的，是的，阿格尼斯也知道有些男人会时不时地出现，来看自己的子女，在街角的零食摊给他们买一包爆米花或是饼干，但当他们把子女带回家中，却永远都找不到这种做父亲的感觉。所以，即便这样的父亲住在邻城，他们的子女也无法掌握他们的行踪。阿格尼斯不是这样的孩子。她是执事的女儿，与那些孩子截然不同。

阿格尼斯出其不意地亲吻了桑迪，然后绕了一大圈回到位于布朗克斯的家中——也就是说，她先向南去了布鲁克林，然后才绕回北边的布朗克斯，在亚瑟大道打了一辆计程车。接下来两年时间里，她并不经常光顾"褐色榛子树"酒吧。后来她发现，这家酒吧关张大吉了。

阿格尼斯是一九六九年遇到爱迪·克里斯蒂的。当时他俩都在参加阿格尼斯表亲夏洛特·爱泼伍德的婚礼茶会。那是一次周日的下午茶会，由阿格尼斯的父母做东主办。

"你头顶飘着一朵云彩。"爱迪·克里斯蒂如是说道。他在长长的草坪上蹦蹦跳跳，假装要驱散米勒家女儿头上的云彩。阿格尼斯扬起修长的脖颈向上望去，只看到碧蓝的天空。

"你头顶飘着一朵明亮的伤感之云。"

"滚开。"阿格尼斯说道。实际上，她已经尽全力维持美好的仪态了。她完全没有心情参加任何人的茶会或是聚餐。

"敲敲门，妖魔邪祟快走开！"他一边说着，一边在塑料餐桌餐椅之间穿行，装作大喊大叫驱赶云彩的样子。阿格尼斯想把他打到一旁，像扫地一样把他扫进时光的垃圾桶。

一个月之前，爱德华·克里斯蒂曾经作为伴郎和证婚人，参加了夏洛特和鲁本·爱泼伍德在拉斯维加斯举办的婚礼。而此刻，这个穿着明光锃亮的军靴和金扣海军礼服的矮个子黑人男子，在米勒家精美的草坪上显得格格不入。在阿格尼斯看来，他简直就像是一只深蓝色的企鹅。

"你真是一只害虫！"阿格尼斯咒骂道。

爱迪踮起脚尖走到阿格尼斯身旁，说她头上出现了另外一朵云彩。他伸手要来"驱散"那"云彩"，却在半道停了下来，因为他看到盛甜酒的大碗周遭已经围了一圈人。阿格尼斯看着爱迪的脚跟落地，然后转身面朝西北方向，完全忽视了她的存在，而是去挨桌挨席地听那些已经落座的女性长辈发号施令。时值早春，杜鹃花处处绽放，但依然不及这些老女人的印花衣裙明艳。爱迪向前探身，仔细聆听着这些老女人的耳语。阿格尼斯能猜到她们在说些什么。

小伙子，你刚才说你是哪儿人？哎呀呀，真是个讨喜的小东西。你能把这个信封交给新婚夫妇吗？钱不多，但是足够买一套科宁牌餐具了。爱迪·克里斯蒂完全没有一丁点感到无聊的样子，也似乎并不因为她们浪费了他的时间而拒绝帮忙。但阿格尼斯知道，她明白，这些老女人的呼吸炽热而潮湿，带着一股令人作呕的、由唾液臭味和草本润喉片味混合而成的气味——没错，比起薄荷味口香糖，她们更喜欢草本润喉片。

阿格尼斯朝摆放着甜点的桌子走去。桌子中间摆着一个非常诱人的三层婚礼蛋糕。昨晚，她整夜都在帮母亲米勒夫人打下手，给这个蛋糕涂抹浓厚的柠檬奶油。她母亲的订单可谓源源不断。有些时候，米勒夫人会在某场婚礼举行数周之前便把蛋糕制作完成，存放在冰柜里。她经营着一份不错的副业：为那些思乡心切的大学生制作小面包、胡桃糖和桂皮香甜包。但这一次的蛋糕是为夏洛特准备的。夏洛特是她唯一的外甥女，是她异卵双胞胎姐姐碧尤蒂的女儿。这蛋糕必须是新鲜烤制的。

"最近你睡得可有点多呀。"米勒夫人一边说着，一边在蛋糕的奶油外层上喷洒温水，这样奶油外层就不会起皱，也不会沾上碎屑。

"最近我很疲惫。"

"你确定仅仅是因为疲惫吗？"

三个星期之前，阿格尼斯和克劳德·约翰逊分手了。自从那时候起，她母亲米勒夫人就在等待女儿就这件事给她一个解释。

"妈，"阿格尼斯说道，"你不用这么紧张。我没怀孕。"

"是因为她吗？"

阿格尼斯的手指顿在了蛋糕上。她知道母亲一直不赞同自己的某些行为。"你就直说她的名字好了。"

"是因为埃洛伊丝吗？"米勒夫人说道。正是她要求埃洛伊丝离开的。

"跟埃洛伊丝·德莱尼一点关系也没有。"阿格尼斯说道。克劳德·约翰逊是她最爱的人。大概……也许……甚至比埃洛伊丝在她心中的位置更重要。然而这恰恰是她母亲无法理解的。阿格尼斯既没有精力也没有办法让母亲明白这一点。

爱迪·克里斯蒂服侍完每一桌宾客，跟着阿格尼斯来到放蛋糕的桌边，想要"吞噬"她头顶的"云彩"，就像食火兽想要吞噬烈焰一样。阿格尼斯转过身，盯着他的嘴巴。就在那一瞬间，她似乎看到他呼出的气里有烟云缭绕。他鞠了个躬，做出殷勤的姿态，使劲吞着口水，用夸张的动作扭动着身体，让阿格尼斯不由得发笑。这是经历了大马士革路上的事情之后，阿格尼斯第一次露出笑容。她之所以发笑，是因为眼前这个男人又矮又丑，让她想起自己在巴克纳县学院的文学课上读到过作品的那个黑人作家詹姆斯·鲍德温。看着眼前的场景，只不过，在阿格尼斯的记忆里，鲍德温似乎要瘦一些。爱迪·克里斯蒂这个家伙，如果他不加以小心，或许会变成一个胖子。可这究竟是怎么了？这个男人身上居然有一些惹人喜爱的东西。

"好吧，我已经在甜酒里掺好了烈酒，"爱迪说道，"我已经准备好吃蛋糕了。"

人群中有人在呼唤他的名字。爱迪？爱迪？宝贝儿？就在他刚刚"吞"掉阿格尼斯头顶那旋转的"云彩"的时候，他再一次飞也似的跑开了。又有人给他安排了任务。阿格尼斯守在放蛋糕的桌子旁边，直到夏洛特和鲁本·爱泼伍德手挽手切开他们的婚礼蛋糕、互相把第一口喂给对方。阿格尼斯觉得整个流程都很精致美好，简直可以跟夏洛特穿的那条时尚的黄色带衬连衣裙媲美。米勒家族的女人们，即便算不得服装大师，但也都称得上是缝纫天才，米勒家族的女人们都是漂漂亮亮地出嫁的。

"这人到底是谁来着？"阿格尼斯冲爱迪·克里斯蒂所在的方向点点头，轻声问夏洛特·爱泼伍德。

"那是鲁本的表亲爱迪。"

鲁本·爱泼伍德长得很帅气，可以说是无可挑剔。无论从哪个角度观看，他的相貌都十分养眼，毫无死角。鲁本和阿格尼斯就读于同一所天主教教会学校。两人的父母多多少少都信奉同一个上帝。阿格尼斯眼看着鲁本步态优雅地走到桌边，去拥抱他那个忙着搂抱爱迪·克里斯蒂的姑妈弗劳拉。

"哎，他俩长得可是一点都不一样呢——我是说爱迪和鲁本。"

夏洛特抚平她黄色连衣裙上的褶皱，笑着说道："你知道的，我们和这些表亲之间，既有剪不断的血缘，又有同样紧密的友情。"

阿格尼斯心想，这才不是事实呢。整个下午，亲朋好友们都在念叨着，说阿格尼斯将会是下一个出嫁的姑娘，还说她和夏洛特简直长得像是双胞胎姐妹一样。阿格尼斯尽量不把这样的话当成是对她的冒犯，但事实显而易见：夏洛特长了一张圆脸，就像是一块放了太多酵母的圆鼓鼓的面包，而她却长着一张完美的椭圆形脸颊。

"得了吧，"阿格尼斯最终说道，"他这人太闹腾了。而且我不喜欢矮个子男人。"

"阿格尼斯，"夏洛特说，"我可不记得我问过你喜欢什么样的人或东西。"当然她也没有揭发阿格尼斯偷偷切走了两块蛋糕的事。这对表姐妹之间保持着泾渭分明的界限，因为从儿时起她俩就玩不到一块儿去。

"把你藏起来的玩具交出来。"当年的夏洛特会对阿格尼斯如是说。作为各自家庭里的独生女，她们从小就被教会在朋友来访之前把自己心爱的东西隐藏起来，比如说把精美的瓷器收起来，换之以塑料器皿，把能够模拟撒尿和哭泣功能的娃娃收进木箱，换之以去年买的旧娃娃。每当阿格尼斯拒绝拿出她那套精美的瓷器，夏洛特就会揪起她的发辫，直到其中一人的母亲前来干预为止。

距离或许能产生美。当两个女孩年满八岁的时候，夏洛特一家搬去了俄亥俄州。

婚礼茶会临近尾声之时，爱迪和阿格尼斯玩了一个转圈圈的游戏，即便是在吃柠檬奶油蛋糕的时候也没停歇。

"你就不能站稳当吗？"阿格尼斯取笑着爱迪，但实际上她因为晕眩比他晃动得更加严重，"我现在越来越相信你的确在甜酒里掺烈酒了。"

爱迪笑道："对我来说，想要站稳当的确成问题。"

阿格尼斯注意到他有一口完美而洁白的牙齿。这是他少数标志性优点之一。他对她说，再过几周他就要开赴越南战场了。

"下次再见到你，希望你能为了我，驱散头顶上那些云彩。"

阿格尼斯知道自己说不出什么宽慰的话语，便脱掉了脚上的高跟鞋。这样一来，爱迪就几乎跟她同高了。他俩在她父母家的庭院草地上来回穿行，把那些塑料椅子折叠起来。数小时之前那种热闹聚会的神奇气氛已经烟消云散，耳边只有清脆的蝉鸣。

椅子都被折叠妥当之后，爱迪将它们搬到了车棚。那里原本是阿格尼斯的父母在冬天放置冰柜、烧烤架和塑料庭院家具的地方。米勒夫人满意地看着这一切。看到女儿阿格尼斯终于做了一件有意义的事，而不是继续埋头昏睡，米勒夫妇的心情稍微轻松了些。

"也不知是谁出的馊主意，把我们布朗克斯家中的后院用水泥铺平了，"爱迪说道，"等我回家之后，第一件事就是凿掉那层水泥地面。该死的，或许我也该弄一个你们家这样的草坪。然后留出空地专门用来滚球。"

阿格尼斯从没听说过什么滚球。爱迪对她说，那是保龄球的一种，早在古罗马时代就有人玩了。他对她描述了意大利人在庭院或是街边花园里玩户外泥地滚球的样子，还模仿了意大利人抛出球去却错失目标时咒骂的样子。阿格尼斯喜欢他说意大利语的模样。就是这一刻，他们决定开车去商店，看看能否买到一套滚球装备。

"你可以玩玩泥地滚球，想想我。"爱迪说道。

此番商店之旅变成了白跑一趟——他们去的两家商店都没有滚球——但店员们都说他们乐意帮忙进货。一时兴起的热情消散了，不过两人的饥饿感却是真实的。他们在下午的婚礼茶会上吃了不少东西，但阿格尼斯还是带着爱迪去了一家烤肉小餐馆，她信誓旦旦地对他说，这家店的带肉猪肋排是城里最棒的。等到爱迪开车把阿格尼斯送回她父母家门口的时候，已经是夜里十点钟了。米勒夫妇还在看电视，透过窗户可以看到他俩的影子。

爱迪把车挂到空挡。这辆老旧的别克轿车是他父亲的。他就是开着这辆车从布朗克斯来到佐治亚州的。"我可以给你寄一套泥地滚球来，或者你也可以到布朗克斯找我拿。"

阿格尼斯点点头，没有说再见，就开始准备下车。还没等双脚着地，她便大哭起来。来不及爬出驾驶座为她打开车门的爱迪，连忙探过身子，用手扶住她的肩膀。

"阿格尼斯，你怎么了？"他问道。

阿格尼斯张开嘴想要说话，但她对自己在大马士革路上的遭遇实在难以启齿。她想告诉爱迪，她曾左顾右盼、看着摇曳树影遮去了本应照在沼泽地上的阳光。她感觉当时她的双眼仿佛在欺骗她。树枝上仿佛垂下了无数条黑色的毒蛇。她仰望天空，天幕似乎无边无际。她的心怦怦直跳，仿佛要从胸腔喷涌而出，穿过她的嘴，飞向克劳德·约翰逊。她当时心焦万分，不知道那些警官会对克劳德·约翰逊做些什么。上帝在哪儿？上帝那天晚上哑巴了吗？或许，也许上帝已经见惯了人间的男女之事？禽鸟野兽，沼泽里呼啸鸣叫的各种生物，代替上帝成为整个事件的见证人。是的，是的，阿格尼斯很想把这一切都告诉爱迪·克里斯蒂。然而她最多只能告诉他，各式美衣——无论是一块精美的布料，丝绸划过肌肤的触感，薄纱和蕾丝花边，羊毛百褶裙，还是会被清风吹起下摆的纯棉夏裙——都能让她感到愉悦。作为一个年轻姑娘，阿格尼斯收集了很多服装裁剪纸样，她常把它们铺放在卧室的地毯上，双膝跪坐在那儿，手中感受着剪刀的分量，照着某一幅纸样去裁剪布料，把原本无形的东西剪出形状。然而所谓的衣服能保护身体，只不过是人们一厢情愿的想法，是虚假的伪装。这些轻薄的东西不可能提供真正的保护。当时一位警官转身说道，小姐，如果你自己不脱衣服，那我就帮你脱。小姐，你自己脱总比我来脱要好一些。你这件衣服应该值点钱吧。事实的确如此，这件衣服是她为了和克劳德·约翰逊一起参加那个爵士音乐节而专门在高档商店里买的。"看哪，阿格尼斯，"当时米勒夫人这样说过，"这件衣服真不错。你不觉得它很可爱吗？"

爱迪从手套箱里拿出一块红色手帕递给阿格尼斯。他让她静静地坐在副驾驶座上，半边身子悬在座椅之外，双脚搭在路沿石上。他不知道自己是否应该伸出手去，表示一下安慰。无论如何，他不想丢下她不管。他并不理解她所讲述事情的整个来龙去脉，但他明白，阿格尼斯·米勒曾经有过非常糟糕的遭遇。他开始有了一种想法，希望自己能够抹去阿格尼斯记忆里这段不幸的片段。

"关于布朗克斯，有些事情你得了解一下，"爱迪似乎沉默了许久，最终开口说道，"布朗克斯看上去并不漂亮，但确实是一个适合生活的美好的地方。"

阿格尼斯觉得，眼前这个矮个子男人或许是在一语双关地描述他自己。她的第一反应是爬出轿车，溜走，逃走。但她做不到，无论如何，她也无法放下爱迪·克里斯蒂的手帕。

* * *

佐治亚州，巴克纳县。每个星期四的下午，阿格尼斯·克里斯蒂和夏洛特·爱泼伍德都会去为长辈们的坟墓拔去杂草——实际上这些过世的长辈她们并不相熟，如今她们却发现自己突然在意起来生这回事了。两位老妇人彼此讲述着失去好丈夫的人生之痛。她们的丈夫都未埋葬在圣安德鲁圣公会墓地。阿格尼斯的丈夫是一年半之前因肝癌去世的，而夏洛特挚爱的鲁本则是因动脉瘤突然辞世的。于是，这两个儿时几乎难以容忍对方的女人，如今相谈甚欢，简直成了好朋友。赶上下雨的时候，她们会一同在公墓大堂里散步，以便确保血压和血糖不至于"爆表"。起初，她们来圣安德鲁圣公会墓地，只是为了缅怀往昔时光。后来，随着来墓地的次数越发频繁，她们对那些埋葬在此的先人的事也了解得越来越多。

圣安德鲁圣公会墓地附属于美国南方最古老的黑人圣公会教堂

之一。该教堂当初是由黑奴们建造的。阿格尼斯和夏洛特儿时并不知道圣安德鲁圣公会教堂，因为她们的母亲们转入了夫家的教会，放弃了枯燥的圣公会信仰，变成了更有活力的卫理公会派和浸信会派信徒。阿格尼斯和夏洛特所嫁的男人都是天主教徒，但阿格尼斯却从未加入任何一个教派。不过，她从未反对爱迪带着女儿们去参加每周日的弥撒。阿格尼斯认为，在人们信仰缺失的时代，孩子们需要一些东西去相信。

"你的女儿们过得怎样？"夏洛特问阿格尼斯。

"挺好的，"阿格尼斯说道，"至少据我所知她们过得还不错。"她忍住了，没有把自己的担忧告诉夏洛特：她担忧克劳迪娅的婚姻，而且自从她用信封寄了四十美元之后，贝弗莉也再没有音讯了。在阿格尼斯看来，贝弗莉至少应该懂点礼貌，打个电话来谢谢她。或者起码她的孩子们也该打个电话过来。阿格尼斯是个靠固定收入生活的老年人，金钱并不是她随时随地都能掏得出的。

"吉迪恩和朗尼怎么样？"阿格尼斯询问起夏洛特儿子和女儿的情况。

夏洛特顿了一下才开始回答："我希望他们能多给我打打电话，或者说至少来看看我。"

"夏洛特，他们都喜欢干自己的事情。"阿格尼斯虽然嘴上这样说着，但听闻夏洛特钟爱的子女们也经常不去联系他们的母亲，她从一定程度上感到窃喜。

"吉迪恩和他的同性恋人正准备从内罗毕领养一个小女孩，"夏洛特说道，"那孩子大概六岁，跟朗尼的儿子差不多大。"

阿格尼斯仔细端详着夏洛特的脸，希望看穿她对吉迪恩是同性恋这件事的真实想法。儿子没能娶个儿媳，夏洛特失望吗？因为谈及儿子的性取向，夏洛特和鲁本究竟有多少次彻夜难眠？他们曾失眠到什么地步？更何况，他们的儿子生活在旧金山。

"他们就不能领养一个婴儿吗？谁知道一个六岁大的孤儿都有些什么毛病。"阿格尼斯说道。

圣安德鲁圣公会教堂周围的乡村地区，曾经一度是那些重归生活的嬉皮士的避难之所。在部分田地里，人们依然在种植西葫芦、芥菜和番茄之类的作物。但近些年来，这一带开始建起新的房屋。那些大同小异的中产阶级宅邸看上去很孱弱，似乎有一阵大风就能把它们吹倒。在这里看到一名黑人穿着牛仔装骑着白马呼啸而去，或是在每天下午听到货运火车的汽笛声，都并不稀奇。

"领养婴儿也有领养婴儿的烦恼。"夏洛特忽然站起身来。

通常情况下，夏洛特都会把阿格尼斯也扶起来，因为风湿病有时会让她表妹的关节动弹不得。今天，她倾向于让阿格尼斯凭自己的力量站起来。这对表姐妹一生都在相互竞争，这样的竞争让夏洛特感到悲伤而疲惫。夏洛特给鲁本生下了一个儿子——尽管阿格尼斯并不能理解其中的缘由，但她相信，爱迪肯定也想要个儿子。阿格尼斯感觉，无论是在这件事上，还是在其他一些事情上，她都辜负了爱迪。

"想想看！"夏洛特说道，"你爹妈接受了你的朋友埃洛伊丝·德莱尼。如果老两口等着抱外孙，会发生什么事情？曾几何时，她就像是你的姐妹。这样想就能让一切都合理起来吗？真的吗？她只是你的一位好朋友吗？"

阿格尼斯已经稳稳地站起来了。夏洛特的话把她这一天的心情都毁了。

"这么多年了，我既没有见到过埃洛伊丝，也没有想过她。"阿格尼斯撒了个谎。几个月前，她刚刚见过埃洛伊丝，就在她回到巴克纳县不到六个月的时候。她甚至跟埃洛伊丝一起吃了一次午饭。她们吃饭时的气氛出奇地好，但当天晚些时候她放了埃洛伊丝鸽子，没有去酒店喝鸡尾酒。那个夜晚，阿格尼斯待在自己的公寓里，把她所拥有的全部衣服都拿了出来，用一整夜的时间熨烫平整。阿格尼斯已经太老了，不愿再旧事重提。而埃洛伊丝恰恰是一只装满陈年旧事的手提箱。

此刻，轮到夏洛特端详阿格尼斯的脸，试图看穿她的真实想法了。夏洛特把从坟墓旁边拔下的杂草装进一只黑色的垃圾袋，尽量让自己的语调柔和下来。难道阿格尼斯真的不知道吗？

"阿格尼斯，我猜今天早晨你没读报纸吧？"夏洛特说道，"那上面登了埃洛伊丝·德莱尼的讣告。"

"今天早晨的事？"阿格尼斯重复道。

"恐怕是的，表妹，是的。"

阿格尼斯深吸了一口气，用力吞进肺里。

一回到家中，阿格尼斯便爬到床上躺下。她全身的寒毛都竖立起来，体温飙升：这是一种她一生中从未有过的刺痛感，如此尖利，如此强烈，以至于她第二天早晨都没办法爬起来去上班，也没办法打电话请病假。她的周身仿佛扎着一千根针，那些针穿透了她的身体，钉在她的关节和皮肤上，然而即便如此疼痛，她依然忍住没有哭出来。有一刻，她努力翻了个身，在一瞬间，她仿佛感觉埃洛伊丝就在床上，在她身边，就像懵懂寡智的少女时代那样望着她。

"对不起，"阿格尼斯失声尖叫起来，"埃洛伊丝，对不起。"

阿格尼斯无故缺勤两天之后，威尔森·塔特来到她的公寓查看状况。他轻轻敲门，却没有得到任何回应。沉默片刻之后，威尔森悄悄离开了。因为他不想看到自己开始有些喜欢的女人已然死去甚至尸身腐烂的样子。他想起阿格尼斯在城中有个表姐，就给夏洛特·爱泼伍德打了电话。十分钟后，夏洛特就带着阿格尼斯留给她以防万一的备用钥匙，来到了公寓门口。

夏洛特马上给贝弗莉和克劳迪娅打了电话。

* * *

到了医院，医生们给阿格尼斯打了静脉点滴，当天就确诊她没什么问题。她的重要脏器一切正常。在贝弗莉和克劳迪娅赶到之前，医生们就做出了判断，阿格尼斯的病并不是器质性的。

"你得从床上起来。"贝弗莉把母亲身上盖的被单掀开。她和克劳迪娅是一天之后才赶到巴克纳县的。

"有些时候，当老年人陷入抑郁，"医生这么说过，"他们就会不吃不睡。"

在阿格尼斯的公寓里，贝弗莉的态度很坚决："床铺是老年人的大敌。你在床上躺个一两天或是更久，连先知摩西都救不了你了。"

"克劳迪娅？"阿格尼斯的视线越过贝弗莉，望向她一直宠爱的那个女儿。她原本以为克劳迪娅会成为一名工程师，但她觉得做学者也不错。

贝弗莉往后退了几步，对克劳迪娅说："你来照顾她好了。"

看到母亲卧床不起，克劳迪娅感到非常震惊，很难接受。她刚刚失去父亲，若此时再让她失去母亲，那么时光之神也太过残忍了。

"你应该听贝弗莉的话。"克劳迪娅说道。

"你们俩不用再待在这儿了。"阿格尼斯说道。

"唉，妈妈，那我们该怎么办呢？"克劳迪娅模仿着姐姐那种尖刻的语气，"放着你独自一人继续卧床不起吗？"

阿格尼斯环视整个卧室。她第一次意识到，她压根儿就没怎么打理过这间卧室，也没怎么收拾过这套公寓，这里看上去根本就不像是她的家。她应该挂几张相片，摆上一点小玩意儿。她不能再继续这么浑浑噩噩地过下去了。

"独自一人？不，我还有一两个朋友陪着我呢。"

克劳迪娅看着贝弗莉。姐妹俩曾经在父亲弥留之际激烈争吵过。但这一次贝弗莉却伸出一只手按在妹妹的肩膀上，问道："妈妈，今年是哪一年？"

"二〇一〇年。"

"您多大年纪了？"

"老得都讨厌自己了。"

"美国现任总统是谁？"

"一个黑人。老婆叫米歇尔。"

"奥巴马，他的名字是奥巴马。"克劳迪娅补充道。

"克劳迪娅，我知道总统的名字。我的外孙们怎么样？"

"你有几个外孙？"贝弗莉问道。

"从你问我今年是哪一年开始，咱们就应该打住了。"

"鲁弗斯正开车带着威诺娜和伊莱贾过来。齐科也会带着贝弗莉的孩子们过来的。"

"一个也不少吗？"

贝弗莉点点头："人多热闹些。"

"哎呀，天哪。我们得做点准备。你们知道的，我很在意细节。不能让他们看到我这副模样。"

于是，贝弗莉、克劳迪娅、鲁弗斯、威诺娜、伊莱贾、密涅瓦、小花生、凯莎、拉马尔和齐科，在巴克纳县聚齐了。为了省钱，阿格尼斯坚持大家都应该跟她待在一起，但克劳迪娅和鲁弗斯却希望在城中一个能俯瞰河景的精品酒店下榻。埃洛伊丝就是在这家酒店里等待阿格尼斯前去赴约的，只是房间号不同。克劳迪娅一家入住的是豪华家庭套房。在他们夫妻俩带着孩子们在河岸边散过步之后，鲁弗斯在社交网站上查了汉克·堪夫尔的个人资料，给他发了封电子邮件，告诉汉克，他和他的家人将会开车回纽约，但回家路上或许会经停罗利——这种话，汉克会当真吗？"找个适合孩子们游玩的、没有什么冲突的地方。"鲁弗斯在电子邮件里如是说。当天早些时候，在岳母大人的公寓里，鲁弗斯发现壁炉架上放着好多熨斗。他把这些熨斗当作是个好兆头，怀疑自己是不是因为最近重新开始的对于布列塔尼地区凯尔特民间故事的研究而变得迷信起来了。在刷牙之后、穿上一件丝绸睡袍之前，克劳迪娅说鲁弗斯并不是因为研究民间故事而迷信的。鲁弗斯本身就是一个容易迷信的人，而且还有些神经质。

克劳迪娅和她的母亲一样，从来都不穿那种松垮的女士睡衣。她们都更偏爱丝绸睡袍，因为更能凸显她们的身材。她开始向鲁弗斯讲述，母亲公寓里没有放置一张她和姐姐的照片，这让她非常在意。那间公寓看上去如此空荡冷清，似乎她的母亲已经把生命中的回忆都尘封起来了。但克劳迪娅随后回想起了母亲说过的话，"哪怕是爱情也需要留下一方私密的净土"。或许，她和鲁弗斯可以抛开烦恼，或是不再抱怨，简简单单地过一个愉快的夜晚，如果威诺娜能踏踏实实地睡一整晚。鲁弗斯把目光从电脑屏幕上移开，打量着克劳迪娅身上穿着的米白色丝绸睡袍："哎，这件是新买的吗？"

再说贝弗莉。贝弗莉和孩子们入住了万豪酒店。他们同样住了一间套房，但贝弗莉并没有关掉她所住房间的门，因为密涅瓦近来开始同一个居住在华盛顿高地的男孩约会。那个叫胡里奥的小男友这次也跟着密涅瓦一起来了。贝弗莉不希望把密涅瓦单独留在公寓里，让她跟自己一样在少女时代未婚先孕。把胡里奥一起带来是最佳选择，因为此时此刻贝弗莉能清楚地听到密涅瓦和小花生正在隔壁房间因为电视换台争吵，而胡里奥则在试图劝和。贝弗莉想，青春期的毛头小子们很难对付，密涅瓦的眼光还不算太差。贝弗莉想要转身跟齐科聊聊这件事，但开车来巴克纳县对她男友而言实在是一段漫长的旅程。来的路上齐科全程都在开车，此刻已然倒头睡着了。他甚至比贝弗莉的双胞胎儿女睡得更早。要不是不想闹出声响，贝弗莉早就暴跳如雷了。她忽然意识到，将来的某一天，自己将成为一家之长。这个想法让她冷静下来。

　　阿格尼斯·克里斯蒂带着女儿们、外孙们和女婿们到圣安德鲁圣公会墓地转了一圈。他们走过草地，登上台阶，进入那座建于十九世纪的白色教堂，以及曾经被用作学校、以仅有的一间校舍对那些重获自由的奴隶孩童进行教育的教会房舍。密涅瓦和小花生一直念叨着："等等，是我们的祖先建成了这些吗？是我们的祖先建成了这些吗？"而小一点的孩子们——伊莱贾、威诺娜、凯莎和拉马尔——只是快乐地跑来跑去，在教堂前面的草坪上玩耍，因为这是他们聚齐在一起的少数机会之一。

　　孩子们的肚子开始咕咕叫的时候，一行人返城了。一路上，他们都在浏览着店铺招牌，找寻能够提供正经饭食而不是只卖快餐的餐厅。孩子们在一家小木屋风格的饭馆屋顶，看到了一只颜色鲜艳的巨鸟——那是一只佐治亚啄木鸟，嘴里叼着一个招牌，上面写着"大伯德餐厅，快来，快来呀"。
　　阿格尼斯是第一个钻出面包车的。她在心里对自己说，假如她稍有犹豫，肯定会克制住进餐厅吃饭的冲动。她走进大伯德餐厅，径直走到橡木制成的柜台跟前。前警官威廉·伯德正穿着一件红白相间的花格衬衫，坐在柜台后面，活像是一个正在上朝的国王。衬衫上的红色格子，正好和他头发上稀稀拉拉的红色相衬。这位退休警官的头发就那么闪着红光，那是属于七十岁的红光，和当年二十五岁时的光景已截然不同。阿格尼斯不清楚，那究竟是他头发的本色，还是他用了染发膏？他的双腿因为年龄而弯曲，而且其中一条腿看着比另一条稍短一些。这一切都要拜他五十五岁那年得的中风所赐。

贝弗莉和克劳迪娅跟着阿格尼斯走进餐厅。孩子们也都进来了。他们正在刁难密涅瓦手机上的语音助手软件。语音助手说，他们缺少朋友。这样的话让孩子们更加肆无忌惮地对语音助手展开了责难。通常情况下，阿格尼斯会很介意外孙们在餐厅里太过吵闹。她会对小孩子们的家教产生怀疑。但从各方面来看，大伯德餐厅似乎并不是一个讲究家教的地方。

"我猜这只鳄鱼得有九十九磅。"阿格尼斯的视线越过前警官伯德，望向墙上那只鳄鱼标本。她并未寄望得到他的回应。阿格尼斯走到一个锈迹斑斑的餐桌前落座。她在等待那份属于她的免费馅饼。

伯德望向阿格尼斯落座的位置。他似乎回忆起了什么，但他的回忆显得那般模糊，像是一团稀泥般糊在一起，他这一生做过、经历过、渴望去做的或是希望忘却的事情实在太多了。

"哎，"他对朝柜台走来的贝弗莉说道，"这位女士猜得没错。你们都是本地人吗？"

贝弗莉伸手拿过一份菜单。这是一个安静的下午。餐厅里只有为数不多的食客。贝弗莉专注于为孩子们点餐，生怕他们因为饥饿而哭闹起来。

"我母亲出生在这儿。"贝弗莉答道。

"欢迎回家，"伯德笑道，"你母亲刚刚赢得一块免费的核桃馅饼。"

"妈妈，您没事儿吧？"克劳迪娅在她母亲身边坐下。威诺娜、伊莱贾和他们的表兄弟姐妹们在她俩身后的餐桌旁叠起罗汉来。克劳迪娅瞪了鲁弗斯和齐科一眼，而鲁弗斯回了个眼神，意思是他们俩会照看好孩子们。贝弗莉走过来坐到阿格尼斯对面。她也注意到了母亲的沉默。

"妈？"贝弗莉问道。

阿格尼斯正试图想象那只鳄鱼溜出沼泽之前的生存状态。她当初从报纸上了解到，那是一只雄性鳄鱼。她正是凭着这一点猜出了它的体重。但也有些事情是不那么容易猜到的。比方说，当那个红发男人举枪瞄准之前，那只鳄鱼有何感想。那畜生对于它自己的命运是否略有预知？它孤注一掷地向前冲了吗？还是说它只是做出了本能的反应？

前警官威廉·伯德端来了核桃馅饼，然后揉着他的瘸腿。阿格尼斯闭着双眼，握着贝弗莉和克劳迪娅的手，比当年领着幼小的她

400

们过马路时握得更紧。她顿了一秒，才睁开眼。前警官威廉·伯德已经回到后厨去了。

"你们能来看我，我很高兴。你们能把孩子带来，我很高兴。"随后，阿格尼斯笑着冲他们眨了眨她那长长的睫毛。她或许有些回光返照，看上去像是恢复了二十岁左右时的神采，仿佛回到了她年轻力壮的时候：仿佛一个身体里聚集了如此多的生命和欲念。

"核桃馅饼对我而言太甜了。不过你们都很喜欢吃。人都到齐了。开吃吧。"

"无论天上到底有多少颗星星，我真心希望
死亡不只是一个歇脚之处。"

马上扫二维码，关注**"熊猫君"**

和千万读者一起成长吧！